あの図書館の彼女たち

ジャネット・スケスリン・チャールズ

高山祥子＝訳

東京創元社

あの図書館の彼女たち

両親に

第一章

オディール
パリ、一九三九年二月

数字が頭のまわりを、星のように回っている。八二三。数字は新しい人生への鍵だ。八二二。希望の星座。八四一。夜更けに寝室で、朝クロワッサンを買いにいく途中で、次から次へと——八一〇、八四〇、八九〇——目の前に現われる。それらは自由、未来の象徴だ。数字と並行して、わたしは図書館の歴史を一五〇〇年代にまで遡《さかのぼ》って勉強した。イギリスでヘンリー八世が妻たちの首をはねるのに忙しかったころ、我らが国王フランソワは図書館を近代化して、学者たちに開放した。この王による王室の所蔵書が、国立図書館の始まりだった。今、寝室の机に向かい、わたしはアメ《A》リカ《L》図書館《P》の面接に備えて、最後にもう一度メモを見直していた。この図書館は一九二〇年に設立された。パリで初めて、書架を公衆に開放した。利用登録者の出身国は三十ヵ国にわたり、その四分の一がフランス人。わたしはこうした事柄や数字をしっかり覚え、女性館長に適任だと思ってもらえますようにと願った。

薄暗いローム街の、機関車が煙を上げているサンラザール駅の向かいにある、家族と住んでいるアパルトマンを大股《おおまた》で歩いて出た。髪を風になぶられて、わたしは巻き毛をニットのベレー帽の中にたくしこんだ。遠くに、サントーギュスタン教会の黒い丸屋根が見える。宗教、二〇〇。旧約聖書、二二一。新約聖書は？　わたしは待ったが、数字は出てきそうにない。すごく緊張していて、単純な事柄を思い出せない。ハンドバッグからノートを取り出した。ああ、そうだ、二二五だ。わかっていたはずなのに。

図書館学校で好きだったのは、デューイ十進分類法だ。アメリカ人の司書メルヴィル・デューイによって一八七六年に創案され、主題に基づいて、図書館の書架にある本を十クラスに分類するものだ。すべてに数字が割り振られていて、誰でも、どの図書館ででも、どんな本でも見つけることができる。たとえばママは自分の六四八（家事）に誇りを持っている。パパは自分では認めないけれど、本当は七八五（室内楽）が好き。双子の片割れはどちらかというと六三六・八派で、わたしは六三六・七派だ（それぞれ、猫と犬）。

グラン・ブールヴァールに着いた。この一区画で、街は労働者階級の外套《がいとう》を脱ぎ捨て、ミンクのコートを羽織る。粗野な石炭のにおいは消え、ニナリッチのドレスやキスレーヴの緑色の革手袋がならぶウィンドーを楽しそうに見ている女性たちのつけている、ジョイの甘いジャスミンの香りに変わる。わたしはさらにその先へ進み、皺《しわ》くちゃの楽譜を売る店から出てくる音楽家たちを大回りして除《よ》け、青いドアのあるバロック様式の建物を通り過ぎて、角を曲がって狭い脇道に入った。そらで覚えている道順だ。

わたしは秘密の街、パリが大好きだ。革装や布装の本の表紙のように、パリのドアを開いた向こうには思いがけない世界が広がっている。中庭には自転車が何台もあるかもしれないし、箒《ほうき》を持った太った管理人がいるかもしれない。図書館の場合は、堂々たる木製のドアを開くと秘密の庭がある。片側にペチュニアがならび、もういっぽうには芝地が広がる白い丸石敷きの小道が、煉瓦と石でできた館に続いている。わたしは並んではためいているフランスとアメリカの国旗の下の戸口から中に入り、壊れそうなコート掛けに上着を掛けた。世界一いいにおいの空気を吸いこみながら――かびっぽい書物の古びたにおいと、真新しい新聞紙のにおいが混じったもの――自分の家に帰ってきたような気持ちになった。

面接の時間には数分早かったので、いつも愛想のいい司書が利用登録者の対応をしている貸出デスクを避け(「パリでは、どこに行ったらまともなステーキがあるかな?」と、カウボーイ・ブーツを履いた新参者が尋ねた。「まだ読み終わってもいないのに、どうして罰金を払わなければいけないの?」と、気難しいマダム・シモンが訊いた)、居心地のいい閲覧室の静寂の中に入った。

フランス窓の近くのテーブルで、コーエン教授が新聞を読んでいた。おしゃれなクジャクの羽根を、シニョンにまとめた髪に挿している。ミスター・プライス゠ジョンズが、パイプを吹かしながら〈タイム〉を読んでいる。普通だったら挨拶をするところだが、面接が気になって落ち着かず、逃げるようにお気に入りの書架のほうへ行った。わたしは物語に囲まれているのが好きだ。とても古いものでも、つい先月刊行されたものでもいい。

双子の片割れであるレミーに、小説を借りていこうと考えた。最近はますます頻繁《ひんぱん》に、夜中のどんな時間でも、目が覚めると彼がタイプライターを打っている音がするようになった。レミーは、内戦でスペインから逃れた避難民たちをいかにフランスが助けるべきかという記事を書いているか、そうでなければヒトラーがチェコスロヴァキアの大半を手に入れたようにヨーロッパを乗っ取るだろうと主張している。レミーに心配事――つまりは他人の心配事だ――を忘れさせられる唯一のものが、おもしろい本だった。

本の背を指先でたどっていった。一冊を選び、無作為に開いて一節を読んだ。わたしはけっして本を冒頭部分で判断したりはしない。それは、わたしがその昔に経験した最初で最後のデートで、お互いに明るすぎる微笑《ほほえ》みを浮かべていたのと同じようなものだから。そうではなくて、著者が特別に印象づけようとしてこない、真ん中あたりのページを開いた。〝人生には暗闇があり、光がある〟わたしは読んだ。〝あなたは光、すべての光の中の光だ〟そう《ウィ》。ありがとう《メルシー》、ミスター・ストーカー。機会があったらレミーにそう言っておくわね。

　もう遅刻の時間だった。急いで貸出デスクに行ってカードにサインをし、『吸血鬼ドラキュラ』を鞄《かばん》に入れた。女性館長は待っていた。いつもの通り、栗色の髪を丸く結い上げて、銀色のペンを手にしている。

　誰もがミス・リーダーを知っている。彼女は新聞に記事を書き、ラジオでひとを感嘆させ、みんなを図書館へと誘う――学生、教師、兵士、外国人、そしてフランス人も。ここには全てのひとにとっての居場所があると、彼女は信じて疑わない。

「オディール・スーシェです。遅くなって申し訳ありません。早く来ていたのですが、本を開いたら……」

「読書は危険です」ミス・リーダーはわかるわというように微笑んで言った。「わたしの部屋へ行きましょう」

　わたしは彼女のあとを追って、閲覧室を通り抜けた。閲覧室ではきちんとしたスーツ姿の利用者たちが、有名な女性館長をよく見ようとして新聞を下げた。螺旋《らせん》階段をのぼり、〝関係者以外立入禁止〟の聖域である建物部分の廊下を進み、コーヒーの香りのする彼女の執務室へ行った。壁には都市の航空写真があった。その区画はチェス盤のようで、パリの曲がりくねった街路とはまったくちがっていた。

　わたしが見ているのに気づいて、ミス・リーダーは言った。「ワシントンＤＣよ。議会図書館で働いていたの」彼女はわたしに座るように身振りで示し、自分は机についた。机の上は書類でおおわれていた――トレーから零《こぼ》れ落ちそうなものもあれば、穴あけ器でその場に押さえられているものもあった。隅につややかな黒い電話があった。ミス・リーダーの横の椅子には本が積まれていた。アイザック・ディネーセンとイーディス・ウォートンの小説があった。それぞれの本からしおり――鮮やかな色のリボン――が、女性館長に戻っていらっしゃいと呼びかけている。

ミス・リーダーはどのような読者なのだろう？　わたしとちがって、しおり《マルクパージュ》がないからといって本を開いたまま放置したりはしないはず。ベッドの下に積んだりもしないだろう。同時に四冊か五冊を並行して読むかもしれない。バスで市内を移動するときのために鞄の中に一冊。親しい友人から意見を求められた一冊。あと一冊は、誰にも知られず、雨の日曜日の午後に秘かに楽しむために――

「いちばん好きな作家は誰ですか？」ミス・リーダーは訊いた。

いちばん好きな作家は誰？　ありえない質問だ。どうやって、たった一人を選ぶというのか？実際、これを決めなくていいように、おばのカロとわたしは分けて考えることにした――死んだ作家、生きている作家、外国の作家、フランスの作家などだ。わたしはついさっき閲覧室で触れた本、わたしに触れてきた本を考えた。〝近くに誰もいなくても、読んだり書いたりしているあいだは孤独ではない〟という、ラルフ・ウォルド・エマーソンの考え方はすばらしい。ジェーン・オースティンの考え方もだ。この女性作家は十九世紀に執筆活動をしたが、今日《こんにち》も多くの女性の状況は変わっていない。将来は結婚相手によって決まる。三ヵ月前、わたしが両親に夫は要らないと告げたとき、パパは鼻を鳴らして、毎週日曜日の昼食に職場の部下を連れてくるようになった。ママが紐で縛ってパセリを振りかけた七面鳥を皿にのせて出すように、パパはそれぞれを紹介した。「マルクは一日も仕事を休んだことがない、風邪を引いたときでもだ」

「読書はするの？」

わたしは考えるより先に口を動かすと、しょっちゅうパパにぼやかれる。一瞬の苛立《いらだ》ちとともに、わたしはミス・リーダーの最初の質問に答えた。

「いちばん好きな死んだ作家はドストエフスキーです。作品に登場するラスコーリニコフが好きだからです。誰かの頭を殴りたいと思うのは、彼だけではありません」

静寂。

なぜ普通の答えをしなかったのだろう——たとえば、わたしのいちばん好きな生きている作家、ゾラ・ニール・ハーストンを挙げるとか?

「お会いできて嬉しかったです」面接は終わりだと思って、ドアへ向かった。

磁器製の取っ手に指が触れたとき、ミス・リーダーの声がした。「〝何も考えずに人生に飛びこみなさい。恐れることはない——流れがあなたを土手に運び、ふたたび安全に立てるようにしてくれる〟」

わたしの好きな『罪と罰』の一節だった。八九一・七三。わたしは振り返った。

「志願者の多くは、好きな作家はシェイクスピアだと答えます」ミス・リーダーは言った。

「デューイ十進分類法で専用の請求番号を持っている、唯一の作家です」

「『ジェーン・エア』を持ち出すひともいるわね」

それが普通の答えだった。なぜシャーロット・ブロンテと言わなかったのだろう? それをいうなら、どのブロンテでもよかった。「ジェーンも好きです。ブロンテ姉妹は一つの請求番号を共有しています——八二三・八です」

「でも、あなたの答えはよかったわ」

「そうですか?」

「わたしが求めていると思うものではなく、自分の考えを答えたでしょう」

「それはそうです」

「ひととちがうことを恐れないで」ミス・リーダーは身を乗り出した。その視線――知的で揺るぎない――が、わたしの目を捕らえた。「どうしてここで働きたいの？」

本当の理由を言うことはできなかった。すごく変に聞こえるだろうから。「デューイ分類法を記憶して、図書館学校の成績はオールAでした」

ミス・リーダーはわたしの願書をちらりと見た。「あなたの成績証明書はすばらしいわ。でも、まだ質問に答えていませんよ」

「わたしはここの利用登録者です。英米文学が大好きで――」

「それはわかります」その声には、かすかに落胆が聞き取れた。「時間を取らせて悪かったわね。いずれにしても、数週間のうちにお知らせします。そこまでお送りするわ」

中庭に戻り、わたしはどうにも不満でため息をついた。もしかしたら、ここでの仕事を望む理由を正直に話すべきだったのかもしれない。

「どうしたの、オディール？」コーエン教授にたずねられた。わたしは彼女がアメリカ図書館でおこなっている、英米文学の〝立見席のみの講座シリーズ〟が大好きだった。トレードマークの紫色のショールを肩にかけ、『ベオウルフ』のような難解な作品を理解可能にしてくれる。彼女の講座は、辛口のユーモアがあって快活なものだった。彼女の通ったあとには、身につけているライラックの香水のように、不名誉な過去の噂が漂った。このマダムは、もともとはミラノ出身なのだという。スターの地位（と垢《あか》ぬけない夫）を捨て、恋人を追いかけて仏領コンゴのブラザヴィルへ行ったプリマ・バレリーナ。パリに――一人で――戻ったあとソルボンヌ大学で学び、シモーヌ・ド・ボーヴォワールのように、非常に難しい国家試験、最高学府で教えることのできる一級教員資格試験に合格した。

「オディール?」

「就職の面接で、ばかなことをしてしまいました」

「あなたのように賢い娘さんが? わたしの講座に、一回も欠かすことなく出席していると、ミス・リーダーにお話しした? 教え子には誠実であってほしいわね」

「その話をすることさえ思いつきませんでした」

「彼女に伝えたいことを、すべて、お礼の手紙に書きなさい」

「きっと選ばれません」

「人生は口論よ。欲しいもののために闘わなければだめ」

「そうでしょうか……」

「そうですとも」と、コーエン教授は言った。「ソルボンヌの古風な男たちが、たやすくわたしを雇ったと思う? 女でも大学で教えられると納得させるまで、それは一生懸命に働いたわ」

わたしは顔を上げた。それまでは教授の紫色のショールばかりが目についた。今は、厳しい表情をした彼女の目が見えた。

「しつこいのは悪いことじゃないわ」教授は続けた。「父には、わたしが最後まで譲らないと咎《とが》められたけれどね」

「わたしもです。父に頑固過ぎると言われます」

「その性質を活かすのよ」

彼女の言う通りだ。わたしの好きな本では、女性主人公はけっして諦めない。コーエン教授に手紙を提案されたのには、なるほどと思った。面と向かって話すよりも、書くほうが簡単だ。必要ならば百回だって、書いたものを消して新たに書き直せる。

「おっしゃる通りです……」わたしは言った。

「もちろんよ！　あなたはいつも講座で適切な質問をすると、館長に話しておくわ。必ず、最後までやり遂げてね」ショールをひらめかせて、教授は大股で図書館の中へ戻っていった。

　どれほど気分が落ちこんでいても関係なく、ＡＬＰにいる誰かがわたしをすくい上げ、気持ちを落ち着けてくれる。この図書館は煉瓦と書物以上のものだ。そこを固めているモルタルは、人々の気遣いだった。堅い木製の椅子が並び、「こんにちは《ボンジュール》、マドモアゼル」「さようなら《オ・ルヴォワール》、マドモアゼル」と儀礼的に挨拶を交わすような、ほかの図書館を利用したこともある。そのような図書館《ビブリオテク》に何も問題はないが、ただ、本物の共同体としての仲間意識には欠けていた。この図書館は我が家のようだった。

「オディール！　待ちなさい！」それはペーズリー柄《がら》の蝶ネクタイをつけた、引退したイギリス外交官のミスター・プライス＝ジョンズで、そのあとを、切りそろえたブルー・グレーの前髪のラインが少し曲がっている目録係のミセス・ターンブルが追いかけてきた。コーエン教授が二人に、わたしが意気消沈していると話したにちがいない。

「失うものは何もないだろう」彼は遠慮がちにわたしの背中を軽く叩いた。「きっと館長を説得できる。有能な外交官がするように、とにかく主張を書いてごらん」

「その子を甘やかすのはやめて！」ミセス・ターンブルが彼に言った。それから彼女は、わたしに顔を向けた。「わたしの生まれたウィニペグ（カナダ南部の都市）では、みんな逆境に慣れているの。それで本来の自分になれるのよ。冬にはマイナス四十度にもなるけれど、誰も不満をもらしたりしない、アメリカ人とはちがって……」そこで外に出てきた理由――誰かに偉そうなことを言うチャンス――を思い出し、骨ばった指をわたしの鼻先に突きつけた。「元気を出しなさい、拒否を受け入れてはだめよ！」

　わたしは微笑みながら、この我が家という場所では何も秘密にできないことに気づいた。でもわたしは微笑んでいた。それだけで、すでに意味があった。
自宅の寝室に戻り、もう緊張することなく、わたしは書いた。

ミス・リーダー

今日はお仕事の話をしていただき、ありがとうございました。面接を受けられて、とても嬉しかったです。この図書館はパリのどこよりも、わたしにとって意味のある場所です。幼いころ、おばのカロリーヌが〝お話の時間〟に連れていってくれました。わたしが英語を学び、この図書館が大好きになったのは、おばのおかげです。もうおばとはつきあいがありませんが、わたしはALPでおばのことを探し続けています。本を開き、カードにおばの名前がありますようにと願いながら後ろのポケットの部分をめくります。おばが読んだのと同じ小説を読むと、彼女をまだ身近に感じます。

この図書館はわたしにとって安息所です。いつでも、わたし自身のものと呼べる書架、本を読み、夢を見られる場所が見つかります。誰にでもそのようなチャンスが、必ずあるようにしたいと思います。とりわけ違和感を抱き、我が家と呼べる場所を必要としているひとのために。

わたしはサインをし、面接を終えた。

第二章

リリー
モンタナ州フロイド、一九八三年

彼女はミセス・グスタフソンという名前で、うちの隣に住んでいる。みんなは陰で彼女のことを〝戦争花嫁〟と呼ぶけれど、どう見ても花嫁のようには見えない。まず、絶対に白い服を着ない。それに歳を取っている。わたしの両親よりもはるかに高齢だ。花嫁には花婿がつきものだけれど、彼女の夫はとうに亡くなっている。彼女は二ヵ国語を流暢《りゅうちょう》に話すけれど、たいていは誰にも話しかけない。一九四五年からここに住んでいるのに、常によそから来た女性だと思われている。

ドクター・スタンチフィールドがフロイドでただ一人の医師であるように、彼女はただ一人の戦争花嫁だ。ときどき彼女の居間を覗きこんでみるけれど、テーブルや椅子まで外国製で——彫刻を施したクルミ材の脚のついた、ドールハウスの家具のように優美なものだった。郵便受けを盗み見たところ、マダム・オディール・グスタフソン宛の手紙が遠くシカゴから届いていた。トリシアやティファニーといったわたしの知っている名前と比べて、〝オディール〟というのは異国風だ。みんなは、彼女がフランスから来たと言っている。彼女のことをもっと知りたくて、わたしは百科事典のパリの項目を調べた。ノートルダム寺院の灰色のガーゴイルや、ナポレオンの凱旋門が載っていた。でもそれを読んでも、わたしの疑問に対する答えはなかった——どうしてミセス・グスタフソンは、あれほどひととちがっているのだろう？

彼女はフロイドのほかの女性のようではない。ほかの女性たちはミソサザイのようにぽっちゃりしていて、重そうなセーターや不格好な靴はたいていい地味な灰色だ。ほかの女性たちはカーラーをつけたまま雑貨店に行くけれど、ミセス・グスタフソンはごみを出しにいくだけでも、よそ行きの服――プリーツスカートとハイヒール――を身に着けている。赤いベルトがウエストを強調している。いつもだ。彼女は教会でも、真っ赤な口紅をつけている。「あのひと、ほんとに気取っているわね」クローシュ帽を目深にかぶって前のほうの椅子に歩いていく彼女を見て、ほかの女性たちは言う。ほかに帽子をかぶる者はいない。それにたいていの教会区民は、神さまの注意を引きたくなくて、後ろのほうの席に座りたがる。あるいは司祭の注意を引きたくなくて。

その日の朝、〝鉄の襟《アイアン・カラー》〟・マロニーは、ソビエトのミサイルに撃ち落とされたボーイング七四七の二百六十九人の乗員と乗客のために祈ろうと呼びかけた。テレビでは、レーガン大統領がアンカレッジからソウルに向かった飛行機に対する攻撃について話した。教会の鐘のように、大統領の言葉が耳の中で響いた。「悲しみ、衝撃、怒り……ソ連はあらゆる意味で人権を踏みにじった……あのような非人間的な蛮行は驚くにはあたらない……」ロシア人は子どもも含めて、誰のことをも殺すだろうと言っているようだった。

モンタナ州にいても、冷戦は恐ろしかった。マルムストローム空軍基地で働いていたおじのウォルトが、千ものミニットマン・ミサイルがこのあたりの草原じゅうに芋《いも》のように埋まっていると言っていた。丸いセメント製の地下室で、核弾頭が威力を発揮するときを忍耐強く待っている。ミニットマンは広島を破壊した爆弾よりも強力だと、おじは自慢げに話した。おじによるとミサイルはミサイルを探し当てるもので、ソビエトの武器はワシントン州を素通りしてわたしたちを狙ってくるだろう。これに応えて、わがミニットマンが発射され、わたしたちが登校の準備をするよりも短い時間内にモスクワを攻撃するはずだ。

ミサのあと、信徒たちはコーヒーとドーナッツ、そして仲間内の噂話のために、通りを隔《へだ》てたホールへ移動する。ママとわたしはペストリーをもらう列に並んだ。コーヒー沸かしの周囲に、パパを含めた何人かの男性たちが、銀行頭取のミスター・アイヴァースを囲んで立っている。パパは副頭取になりたくて、週に六日働いている。

「ソビエトは遺体を回収させないだろう。ひどいやつらだ」

「ケネディが大統領だった時代は、国防費は今より七十パーセント多かった」

「われわれはいいカモなんだ」

わたしは聞くともなしに聞いていた――常に冷戦を意識しているなかで、こうした沈鬱《ちんうつ》な会話は日曜日によく聞くサウンドトラックだった。皿に穴の開いたドーナッツを積み重ねるのに忙しくて、わたしはママが息苦しそうにしているのに、すぐには気づかなかった。普通、発作が起きるとき、ママは理由を言った。〝収穫の時期で、空中の埃《ほこり》のせいで喘息《ぜんそく》が起きた〟とか、〝マロニー神父が、まるで煙でいぶそうとするかのように香炉を振った〟とか。でも今回わたしの二の腕をつかんだとき、ママは何も言わなかった。わたしはママを近くのテーブルの、ミセス・グスタフソンの隣の席に連れていった。ママは金属製の椅子に座り、わたしを引き寄せた。

わたしはパパの注意を引こうとした。

「大丈夫。騒がないで」ママは本気だとわかる口調で言った。

「飛行機に乗っていたひとたちの身に起こったことは、まさに悲劇だわ」テーブルの向こうで、ミセス・アイヴァースが言った。

「だからわたしは家にいるの」と、ミセス・マードック。「あちこち出歩くと、災難に遭うのよ」

「罪のないひとがたくさん死んだわ」わたしは言った。「レーガン大統領は、国会議員も一人死んだって」

「たかり屋が一人減ったってことね」ミセス・マードックは茶色い歯のあいだにドーナッツの残りを押しこんだ。

「ひどいことを言うのね。誰にだって、撃ち落とされずに飛行機に乗る権利があるでしょう」わたしは言った。

ミセス・グスタフソンと目が合った。彼女は、わたしの考えが重要であるかのようにうなずいた。わたしは彼女を観察するのを趣味にしていたけれど、彼女のほうがわたしを意識して見たのは、これが初めてだった。

「はっきり意見を言うなんて、勇敢ね」彼女は言った。

わたしは肩をすくめた。「意地悪を言うべきじゃないわ」

「まったくその通りよ」彼女は言った。

わたしが答える前に、ミスター・アイヴァースが大声で言った。「冷戦は四十年近く続いている。われわれが勝つことはない」

何人かが同意してうなずいた。

「あいつらは冷血な殺し屋だ」彼は続けた。

「ロシア人と会ったことがあるの?」ミセス・グスタフソンが彼に訊いた。「一緒に働いたことは? わたしはあるわ。あなたやわたしと、なんら変わらないひとたちよ」

ホール全体が静まり返った。どこで彼女は敵と会い、そのうえ一緒に〝働いた〟というのか?

フロイドでは、誰もが誰もを知っている。誰が深酒をしがちか、そしてその理由もわかっている。誰が脱税をし、誰が妻に隠れて浮気をしているか、誰がマイノットに住む男と不倫をしているかもわかっている。唯一の秘密がミセス・グスタフソンだった。彼女の両親の名前や、父親が何を生業《なりわい》としていたかを知る者はいない。彼女が戦争中どのようにバック・グスタフソンと出会ったのか、どのように高校時代の恋人を振って自分と結婚しろと説得したのか、誰も知らない。彼女の目は悲しみをたたえているが、それは喪失感か後悔か？　パリに住んでいたあとで、なぜ彼女はこの草原の中の小さな町に身を落ち着けられたのだろう？

わたしは〝いちばん前の席に座って手を挙げる〟ような生徒だった。〝メアリー・ルイーズはわたしの後ろの席で、机にいたずら書きをしている。今日は黒板の前でミス　ハンソンが、七学年のクラスの生徒に『アイヴァンホー』（ウォルター・スコット著）に興味を持たせようと苦心していた。メアリー・ルイーズがつぶやいた。「アイヴァン、ノーだわ」通路の向こうに、鉛筆を握っているロビーの日に焼けた指が見えた。彼の髪――わたしと同じ茶色――は、フェザーカットに整えられている。彼は家族が穀類を運ぶのを手伝わなければならないから、すでに運転ができる。ロビーが鉛筆を口元に持ち上げると、ピンクの消しゴムが彼の下唇に触れた。わたしは彼の口元を永遠に見つめていられるだろう。

フレンチ・キス。フレンチ・トースト。フレンチ・フライ。すてきなものは、みんなフレンチがつく。わたしの知る限り、フランスのインゲンマメはアメリカのものよりもおいしい。フランスの歌は、町で唯一のラジオ局でかかるカントリー音楽よりもいいにちがいない。〝雌牛《めうし》が反芻《はんすう》しながらおれを捨てて若い雄牛《おうし》のところへ行っちまったとき、おれの人生は打ち砕かれた〟たぶんフランス人は愛についても、もっと知っているだろう。

空港の滑走路や、ファッション・ショーのランウェイを歩いてみたい。ブロードウェイで演技したり、鉄のカーテンの向こうを覗いてみたい。フランス語を話したらどんな気分になるか知りたかった。わたしの知人でたった一人、フロイドの外の世界を知っているひとがいる――ミセス・グスタフソンだ。

彼女はうちの隣に住んでいながら、何光年も離れているような気がした。ハロウィンが来るたび、ママに注意された。「戦争花嫁のポーチの明かりは消えてるわ。つまり、子どもたちにドアを叩いてほしくないってことよ」メアリー・ルイーズと一緒にガールスカウトのクッキーを売り歩いたときには、メアリー・ルイーズの母親に言われた。「あのひとは生活に余裕がないの、だから売りつけにいかないで」

ミセス・グスタフソンとのやりとりで、わたしは勇気を得た。適切な学校の宿題さえあれば、彼女の話を聞くことができる。

案の定、ミス・Hは『アイヴァンホー』についての感想文を宿題に出した。授業のあと、わたしは彼女の机に近づいて、ある国についてのレポートにしてもいいかとたずねた。

「今回だけよ」彼女は言った。「フランスについてのレポート、楽しみにしてるわ」

トイレに行ったとき、わたしはこの計画に気を取られていて、個室の下を確認するのと出入り口のドアに鍵をかけるのを忘れてしまった。思ったとおり、用を足したとき、ティファニー・アイヴァースとその仲間たちが洗面台のあたりにたむろしていた。ティファニーは鏡の前で小麦色の髪をいじっている。

「水が流れなかったみたい」彼女は言った。「クソが出てきた」

そもそもおしゃれとは言い難いが、鏡の中の自分を見ると、茶色い髪の毛ばかりが目についた。わたしは個室の前に立っていた。手を洗おうとすれば、きっとティファニーに蛇口の下に押し出されてずぶぬれになる。手を洗わなければ、学校じゅうに言いふらされる。メイジーは、まさにそれをやられた——一ヵ月のあいだ、誰も〝手がおしっこ臭い子〟の隣に座ろうとしなかった。トイレの四人組は、腕を組んで待っている。

ドアの蝶番《ちょうつがい》が軋《きし》んで、ミス・Hが顔をのぞかせた。「またそこにいるの、ティファニー。膀胱《ぼうこう》でも悪いのかしら?」

四人組は、〝これで終わりじゃないわよ〟というようにわたしをにらんで出ていった。それくらい、わかってる。

意外なところで楽観的なママは、明るい面を見なさいと言うだろう。少なくとも、パパの上司であるアイヴァースには一人しか子どもはいない。そして今日は金曜日だ。

金曜日にはいつも両親が夕食会を催《もよお》すので(ママはスペアリブを焼き、ケイはサラダを持ってきて、スー・ボブはパイナップルのアップサイドダウン・ケーキを焼いてくる)、わたしはメアリー・ルイーズのところで夜を過ごす。でも今夜は、わたしは自宅にいて、ミセス・グスタフソンへの質問を考えた。大人たちが食事をしているあいだ、笑い声がダイニング・ルームから聞こえた。やがてそれが静かになって、イギリスの紳士淑女のように、女性たちは退席し、男性たちは椅子に腰を据えて妻の前では話しづらいことを言い合えるようになったのだとわかった。

女性たちが皿を洗っているあいだ、ママのいつもとはちがう声、友人に対して使う声が聞こえた。友人といるときのママは、いつもより幸せそうだ。同じ人間が別の人間になりうるなんて、おもしろい。ママはミセス・グスタフソンみたいに謎めいてはいないけど、きっとママについてもわたしの知らないことがあるのだろう。

机に向かって、思いつくままに質問を書き出した――最後にギロチンで誰かの頭を落としたのはいつですか?　フランスにもエホバの証人はありますか?　どうしてみんなは、あなたが夫を盗み取ったと言うのですか?　夫が亡くなった今も、どうしてここに留まっているのですか?――ものすごく集中していて、温かい手を肩におかれるまで、ママが背後に立っているのに気づかなかった。

「メアリー・ルイーズの家に泊まりにいかなかったの?」

「宿題をやってるの」

「金曜日なのに」ママは納得していない様子だ。「学校で何かあった？」

たいてい、何かある。でも、ティファニー・アイヴァースのことを話す気分ではなかった。ママは後ろに隠していた靴箱ぐらいの大きさのプレゼントを持ち出した。「あなたのために作ったのよ」

「ありがとう！」包装紙を開けると、かぎ針編みのベストだった。

わたしはそれを、Tシャツの上に着た。ママはちょうどいい大きさだったというように、裾《すそ》を引っ張った。「すてきよ。緑色は、あなたの目の斑点《はんてん》を引き立てる」

鏡を見ると、すごくださかった。これを学校に着ていったら、ティファニー・アイヴァースに何を言われるかわからない。

「そうね……すてきだわ」わたしはママに言ったが、遅すぎた。

ママは傷ついたのを隠そうとして微笑んだ。「それで、何をしていたの？」

わたしはフランスについてレポートを書くために、ミセス・グスタフソンの話を聞かなければならないと説明した。

「あら、あのひとを煩《わずら》わせていいものかしら」

「いくつか質問をするだけよ。うちに呼んでもいい？」

「そうね。どんなことを訊くの？」

わたしは質問を書き出した紙を見せた。

質問の一覧を見て、ママは大きくため息をついた。「ねえ、フランスに帰らなかったのには、何か事情があるのかもしれないわよ」

土曜日の午後、わたしは急ぎ足でミセス・グスタフソンの古いシボレーの横を通り過ぎ、ぐらぐらするポーチの階段をのぼり、呼び鈴を押した。ピンポン。返事はない。もう一度呼び鈴を押した。

誰も現われないので、正面ドアに手をかけた。ドアは軋みながら開いた。「こんにちは」わたしは言って、中に入った。

静寂。

「誰かいませんか?」わたしは呼びかけた。

静まり返った居間では、壁いっぱいに本が並んでいた。ピクチャーウィンドーの下の台を、シダが縁取《ふちど》っている。ステレオは急速冷凍庫ほどの大きさで、ひとが一人入れそうだ。彼女のレコードをめくってみた。チャイコフスキー、バッハ、またチャイコフスキー。

昼寝から目覚めたばかりのような様子で、ミセス・グスタフソンが廊下をすり足でやってきた。自宅にいても、彼女はワンピースに赤いベルトをしていた。ストッキングだけの脚が無防備に見えた。そういえば、この家の前に友人の車が止まっているのを見たことはないし、親族を呼ぶこともない。彼女は孤独そのものだった。

数メートル離れたところで立ち止まって、彼女は〈白鳥の湖〉のレコードを盗みにきた泥棒を見るような目つきで、わたしをにらんだ。「なんのご用?」

〝あなたはいろんなことを知っている、それをわたしも知りたいんです〟

彼女は腕を組んだ。「なんなの?」

「あなたについてレポートを書くんです。いえ、あなたの国について。それで、うちに来て話を聞かせてもらえませんか」

彼女の口の両端が下がった。何も答えない。

沈黙が続いて、わたしは不安になった。「ここは図書館みたい」本棚のほうに手を振ってみせた。そこには知らない名前ばかりがあった——スタール夫人、ボヴァリー夫人、シモーヌ・ド・ボーヴォワール。

もしかしたら、まずいことだったのかもしれない。わたしは帰ろうとした。

「いつ?」彼女は言った。

わたしは振り返った。「今すぐは?」

「ちょっと用事をしているところだったの」彼女はそっけない口調で言った。まるで彼女は大統領で、寝室という領土の統治に戻る必要があるかのようだった。

「レポートを書いているんです」わたしはもう一度言った。学校は、神さまと国家とフットボールに次ぐ存在だから。

ミセス・グスタフソンはハイヒールを履き、鍵をつかんだ。彼女のあとを追ってポーチに出ると、彼女はドアに鍵をかけた。フロイドでドアに施錠するのは、彼女一人だ。

「いつも他人の家に無断で入るの?」芝地を横切りながら、ミセス・グスタフソンに訊かれた。

わたしは肩をすくめた。「たいてい、玄関に誰か出てきます」

うちのダイニング・ルームに入ると、ミセス・グスタフソンは両手を握りしめ、それから両脇にだらりと垂らした。敷物、窓の下の腰掛け、それから壁にかかっている家族の写真へと視線を動かした。ほかの女性だったら言うような〝すてきなお部屋ね〟みたいなことを言おうとしたのか、彼女は口を開きかけて、すぐにしっかりと閉じた。

「いらっしゃいませ」ママは言って、チョコレート・チップ・クッキーの皿をテーブルにおいた。

わたしは隣人に、座るように手振りをした。ママは自分とわたしの前にマグカップをおいた。ミセス・グスタフソンの前には、ママのティーカップをおいた。これには有名な物語がある。何年も前、ミセス・アイヴァースがイギリスの〝城巡りツアー〟に行ったとき、パパはママのために上等なティー・セットを買ってきてほしいといってお金を託した。でも磁器製品は高価で、ミセス・アイヴァースが買ってきたのはたった一組のカップと皿だった。磁器製品が割れるのを恐れて、ミセス・アイヴァースは大西洋横断の飛行中、ずっと包みを膝《ひざ》の上においていたという。わたしの頭の中では、上品な青い花柄のカップは、ここよりもいい場所から来たものだった。もっとすてきなところ。ミセス・グスタフソンのように。

ママは紅茶を注いだ。わたしは沈黙を破った。「パリで最高のことはなんですか？　パリは本当に世界一きれいな街ですか？　そこで生まれ育つのは、どんなものでしたか？」

ミセス・グスタフソンはすぐには答えなかった。

「ご迷惑でなかったらいいんですけど」ママは彼女に言った。

「こんなふうに質問をされるのは、フランスで就職したとき以来よ」

「緊張しましたか？」わたしは訊いた。

「そうね。でも必要な本は全部暗記して準備したわ」

「役に立ちましたか？」

ミセス・グスタフソンは残念そうに微笑んだ。「いつでも、答える準備をしていない質問をされるものよ」

「リリーは、そんな質問はしないんじゃないかしら」ママはミセス・グスタフソンに向かって言ったが、これはわたしに対する警告だった。

「パリで最高のこと？　そこが愛書家のための街だということね」隣人は言った。

友人たちの家で、書物は家具のように大事にされていたという。彼女は夏のあいだ街の中の緑豊かな公園で読書をし、冬は図書館で、初霜《はつしも》とともに温室に入れられるチュイルリー公園の鉢植えのパルメットヤシのように、窓際で本を膝の上において丸くなって過ごしたそうだ。

「読書が好きなんですか？」わたしにとっては、英語の時間に読まされる古典文学は苦痛だった。

「読むために生きているようなものよ」ミセス・グスタフソンは答えた。「たいてい歴史や時事問題の本ね」

雪が溶けるのを見ているくらいおもしろそうだ。「わたしくらいの年齢のときはどうでしたか?」

「『秘密の花園』のような小説が大好きだったわ。双子の片割れは、ニュースに興味を持っていた」

双子の片割れ。名前を訊きたかったが、彼女はその先に話を進めた。パリに住む人たちは文学と同じくらい食事を楽しんだという。もう四十年以上も前のことだが、ミセス・グスタフソンはまだ、彼女が初めて仕事に出た日の夜に父親が買ってきてくれた、フィナンシェという菓子を覚えていた。目を閉じて、バターを含んだアーモンド・パウダーを口に入れると天国のようだったと言った。彼女の母親は、何層ものコーヒーの染みたスポンジ生地を濃いチョコレートで包みこんだ、オペラというケーキが大好きだった……フィナンシェ。オペラ。わたしはその名前を味わい、舌の上の感触を楽しんだ。

「パリは話しかけてくる街なの」彼女は続けた。「独自の歌に合わせて、ハミングしているような街なのよ。夏にはパリの住人は窓を開け放っておくから、近隣のひとがピアノを弾いたりトランプを切ったり、ラジオのダイヤルを回して出る雑音なんかが聞こえたものよ。子どもの笑い声や誰かの口論、広場で演奏しているクラリネットの音が、いつでも聞こえた」

「すてきね」ママは夢見るように言った。

日曜日の教会のあとなど、いつもミセス・グスタフソンは背を丸め、その目は月曜日のバー〈オアシス〉のネオンサインのようだ——電気が点いていないのだ。でも今は、彼女の目は輝いていた。パリの話をしていると、顔の険《けわ》しい表情がゆるみ、声も同様だった。なぜそこを離れたのだろう?

驚いたことに、ママが質問をした。「戦争中の生活はどうでした?」

「大変だったわ」ミセス・グスタフソンのティーカップを持つ手に力が入った。「家族で地下室に隠れた。食料は配給制で、各人にひと月に一個ずつ卵が配られた。空襲警報が鳴ると、みんな、見えなくなってしまうのではないかと思うほど痩せた。街路では、ナチスがあちこちに検問所を設けてパリ市民を取り締まった。彼らは狼のように群れていた。人々は理由もなく逮捕された。あるいは、門限を過ぎてからも外にいたというような、些細《ささい》な理由で。

門限は十代の子どもたちのものではないのか？　メアリー・ルイーズの姉のエンジェルには、門限がある。

「パリのことで、いちばん懐かしいと思うことはなんですか？」わたしはたずねた。

「家族や友人ね」ミセス・グスタフソンの茶色い目が、切なそうに曇った。「わたしを理解してくれたひとたちよ。フランス語を話したい。我が家にいる気分を味わいたいわ」

わたしは何を言ったらいいのかわからなかった。部屋に沈黙が広がった。ママとわたしは落ち着かなかったが、隣人は気にしていないようで、お茶を飲み干した。

ミセス・グスタフソンのカップが空になったのに気づいて、ママは勢いよく立ち上がった。「やかんを火にかけてくるわ」

キッチンに行きかけて、ママは突然立ち止まった。ふらりとよろめいて、戸棚をつかもうとして片手を伸ばした。わたしが反応するより早く、ミセス・グスタフソンが立ち上がり、ママの腰に腕を回して、ママを椅子に座らせた。わたしはママの横にしゃがんだ。ママは頬を赤くして、ゆっくりした浅い息をしている。空気が肺に入っていこうとしていないかのようだ。

「大丈夫」ママは言った。「いきなり立ったからよ。気をつけなくちゃね」

「前にもこんなことがあったの？」ミセス・グスタフソンは訊いた。

ママはわたしを見た。わたしは椅子に戻り、クッキーのくずを払うようなふりをした。

「何度かね」ママは認めた。

ミセス・グスタフソンはドクター・スタンチフィールドに電話をかけた。フロイドでは、大人はみんな同じことを言う。「大きな街で、医師に電話をかけてごらん。どんなに具合が悪くても、来てくれない。ここでは二回目の呼び出し音で受付が出て、きっかり十分でスタンチが家に来る」彼は三つの郡内で子どもを取り上げている——わたしたちの多くが生まれて最初に抱かれるのは、彼の温かくて斑点のある手だ。

彼はドアをノックして、黒革の鞄を抱えて入ってきた。

「来てもらわなくてもよかったのに」ママはうろたえた様子で言った。ママはわたしがくしゃみをするとスタンチのところに連れていくのに、自分の喘息で診察を受けたことはなかった。

「その判断はわたしがするよ」彼はそっとママの髪の毛を横によけて、ママの背中に聴診器を当てた。「大きく息を吸って」

ママは息を吸いこんだ。

「それが深呼吸なんだとしたら……」スタンチはママの血圧を測りながら、眉をひそめた。彼は血圧が高いと言い、いくつかの薬を処方した。

ママは喘息だと言っていたけれど、もしかしたらそうじゃなかったのかもしれない。

夕食後、メアリー・ルイーズと一緒にうちの敷物の上に腹ばいになって、わたしはレポートを書いた。「ミセス・グスタフソンはなんて言ってた?」メアリー・ルイーズは訊いた。

「戦争は危険だって」

「危険?　どんなふうに?」

「あっちこっちに敵がいるの」わたしはミセス・グスタフソンが仕事に行く途中、卑劣な狼たちでいっぱいの通りを歩いている様子を想像した。狼はうなったり、ハイヒールに嚙みつこうとしたりする。それでも彼女は歩き続ける。二度と同じ道は通らないようにしただろう。

「それじゃあ、逃げて歩かなくちゃいけなかったの？」

「そうね」

「ミセス・グスタフソンがスパイだったら、かっこよくない？」

「すごくね」わたしは彼女が、古い本の中にメッセージを隠して運ぶところを想像した。

「秘密といえばね」メアリー・ルイーズは鉛筆をおいた。「エンジェルの煙草を、一本吸っちゃった」

「一人で吸ったの？　ちがうわね」

彼女は何も言わない。

「ちがうでしょ」わたしは繰り返した。

「ティファニーと」

メアリー・ルイーズの言葉はショックだった。「煙草なんか吸ったら、二度と口を利かないからね」わたしは言った。そのまま息を詰めていた。

わたしたちは二人とも十二歳だったが、メアリー・ルイーズのほうがなんでも先に知った。姉のエンジェルのおかげで、メアリー・ルイーズはコンドームやビールパーティーといった言葉を耳にしていた。わたしは両親に化粧するのを許してもらえず、メアリー・ルイーズのものを借りた。彼女のほうがわたしより強いし速くて、わたしは彼女が走り去っていくような気がしていた。

「どっちにしろ、おいしくなかったわ」彼女は言った。


その後の何週間かで、ママは食欲を失い、服がぶかぶかになった。薬は効いていなかった。パパがママを専門医のところに連れていったが、ストレスのせいだと言われた。ママはだるくて料理できず、パパがサンドイッチを作った。感謝祭の日、パパと二人でキッチンのカウンターでグリルドチーズ・サンドを食べた。パパもわたしも、ママが一緒に食べられるほど気分がいいといいのにと思いながら、戸口のほうをちらちらと見た。

パパが咳《せき》ばらいをした。「学校はどうだ？」

わたしは成績は全部Aで、恋人はいなくて、ティファニー・アイヴァースがメアリー・ルイーズを横取りしようとしてる。「大丈夫」

「大丈夫？」

「女の子はみんなお化粧してる。どうしてわたしはしちゃいけないの？」

「おまえのように可愛い子が、顔に化粧品なんか塗る必要はない」

パパの言うことは大半が意味をなさなかった。わたしにはパパの心配が聞き取れず、わたしを可愛いと言った言葉も聞こえなかった。無条件の否定ばかりが耳についた。

「でも、パパ——」

「そんなことを言ってママを困らせるなよ」

千回目だったろうか、わたしたちは寝室のドアを見た。

バックパックを肩に背負って、メアリー・ルイーズとわたしは学校から帰宅した。ファースト・ストリートでジャーマン・シェパードのスモーキーをかわいがり、結婚してから毎年一体ずつ増やしていって今は庭に四十七体の大地の妖精《ノーム》の像があるフレッシュ家を通り過ぎた。角の家で、高齢のミセス・マードックがレースのカーテンを閉めた。もしわたしたちが歩道を歩かず彼女の家の芝地を突っ切ったら、両親に電話をするつもりだ。

フロイドでは、みんなが同じ雑貨店で買い物をし、同じ井戸の水を飲む。同じ過去を持ち、同じ物語を繰り返す。ミセス・マードックは夫が雪かきの最中に卒倒するまでは意地悪ではなかった。

バック・グスタフソンは戦争でひとが変わった。みんなが同じ新聞を読み、同じ医師を頼りにしている。泥道を車で走ってあちこち移動し、コンバインが平原を動き回り、麦の穂を刈り取っていくのを眺める。あたりには清潔なにおいがしている。正直だ。わたしたちの口や鼻腔には干し草の優しい味が満ちていて、血には収穫の塵《ちり》が混じっている。

「大きな街に行こうよ」メアリー・ルイーズはミセス・マードックをにらみながら言った。「誰もわたしたちのことを知らないところに」

「なんでもできるところね」わたしはつけくわえた「教会で叫ぶとか」

「教会に行きさえしないところよ」

わたしたちはここで躊躇《ためら》った。あまりにも大それた考えで、意味を飲みこむのに時間がかかった。わたしの家までの最後の一区画は、黙ったまま歩いた。通りから、窓辺にいるママが見えた。ガラス越しのせいか、ママの顔色は幽霊のように青白かった。

メアリー・ルイーズは彼女の家に向かった。わたしはまだ中に入る気になれなくて、郵便受けに歩み寄り、風雨にさらされた門柱に寄りかかった。ママはキッチンのカウンターでクッキーを焼いたり、友人とお喋《しゃべ》りしたものだった。ときどき、学校まで迎えにきてくれて、バード・ウォッチングをするのにお気に入りの場所、メディスン湖自然保護区に車で行くこともあった。ステーション・ワゴンの中では、ママとわたしは同じ方向を向いていた。道路が目の前に延びて、可能性に満ちていた。ティファニー・アイヴァースとの口論や悪い点だったテストのことなどを打ち明けやすかった。いいことも、話しやすかった。たとえば体育の時間に野球のチーム分けをするとき、ロビーがキャプテンで、男の子を選ぶより先、一番にわたしを指名してくれたことなどだ。三振するたびにみんなに非難されたけど、ロビーはわたしの味方で、「次はうまくできるよ」と言ってくれた。

ママはわたしのことをなんでも知っていた。

メディスン湖には二百七十種もの鳥がいる。わたしたちは膝までの高さのある細長い草をかきわけて歩き回った。ママは首からストラップで双眼鏡を下げていた。「鷹《たか》のほうが立派かもしれない」と、ママは言った。「フエコチドリは、名前がすごくいい。でも、わたしはコマドリ《ロビン》がいちばん好き」

　わたしは、うちの前庭の芝地にもいる鳥を観察するためにここまで来るなんてと言って、ママをからかった。

「コマドリは優雅でしょう」ママはわたしに言った。「縁起がいいの。すぐ目の前に何か特別なことがあると教えてくれる」ママはわたしをしっかり抱きしめた。

　でも今は、ママは一人で家にいて、わたしにさえ話しかける力がろくにない。

　ちょうどそのとき、ミセス・グスタフソンが彼女の家の郵便受けに歩いていった。わたしは彼女とのあいだの茶色い草地を横切っていった。ミセス・グスタフソンは胸に手紙を押し当てていた。

「誰からの手紙？」

「シカゴにいる友だちのリュシエンヌよ。何十年も手紙のやりとりをしている。彼女と一緒に船に乗ってきたの――ノルマンディーからニューヨークへ、忘れられない三週間だった」ミセス・グスタフソンはわたしをうかがうように見た。「いろいろ、大丈夫？」

「大丈夫です」みんな、ルールを知っている。自分によけいな注意を引くな、自慢屋は嫌われる。たとえ背後で爆弾が爆発しても、教会では振り返ってはいけない。元気かと訊かれたら、たとえ寂しかったり怖かったりしても、〝大丈夫〟と答える。

「少し、うちに寄る？」彼女は言った。

　わたしは彼女の家の棚の前に、バックパックをおいた。いたるところに本があったが、写真はポラロイド写真ほど小さなものが三枚しかなかった。わたしの家では、本よりも写真のほうが多い

（本は聖書、ママの屋外観察図鑑、そしてガレージセールで見つけた百科事典のセットくらいだ）。

最初の写真は若い海兵隊員のものだった。目がミセス・グスタフソンに似ていた。

ミセス・グスタフソンはわたしの横に立った。「息子のマルクよ。ベトナムで死んだの」

いつだったか、わたしが教会で会報を配っていたとき、何人かの女性たちが聖水の水盤の近くにいた。そこへミセス・グスタフソンが入ってきて、ミセス・アイヴァースが囁《ささや》いた。「明日はマルクの命日ね」高齢のミセス・マードックはかぶりを振りながら答えた。「子どもを亡くすほど悲しいことはないわ。お花でも――」

「噂話はやめたら」ミセス・グスタフソンはぴしゃりと言った。「少なくとも、ミサの場ではね」

女性たちは震える指先を聖水につけ、すばやく十字を切って、信徒席に腰かけた。

写真の額縁の上辺を手でなぞりながら、わたしは言った。「残念でしたね」

「わたしもそう思うわ」

その声に悲しみを聞き取り、わたしは落ち着かない気持ちになった。誰も彼女を訪ねてこない。配偶者の両親も、フランスの家族も来ない。彼女が愛した者全員が死んでしまっていたら、どうしよう？　わたしがここで喪失感をほじくり返すのを、彼女は望んでいないはずだ。わたしはバックパックを拾い上げた。

「クッキーでもいかが？」彼女が言った。

キッチンで、わたしはミセス・グスタフソンが自分の分に手をつける前に、皿の上のなるべく大きなクッキーを二つ選んでむさぼるように食べた。薄くてパリパリしているシュガー・クッキーは、小さな望遠鏡のような形に巻かれていた。

彼女は最初のひと焼き分を作ったところで、それから一時間ほどかけて、わたしは残りを丸めるのを手伝った。彼女がママについて何も言わないのがありがたかった。「お母さんがＰＴＡに来なくて残念だったわ、みんなに仕事の分担があるって伝えてね」とか、「ローストポークができないのは、彼女が悪いんじゃない」などと言われることはなかった。沈黙がこれほどいいものだと思ったことはなかった。

「このクッキーはなんというの?」わたしはもう一つ手に取りながらたずねた。

「シガレット・リュス。ロシアの煙草という意味よ」

共産主義者のクッキー? わたしは手にしていたクッキーを皿に戻した。「誰に作り方を教わったの?」

「本を届けたとき、これを出してくれた友だちに、レシピをもらったのよ」

「どうしてそのひとは、自分で本を手に入れられなかったの?」

「戦争中、彼女は図書館を利用できなかったのよ」

どうして利用できなかったのかと訊く前に、ドアを叩く音がした。「ミセス・グスタフソン?」パパだ。ということは、もう六時——夕食の時間だ、困ったことになった。わたしは口元についたクッキーのくずを払い、言い訳を考えた。知らないうちにこんな時間になった、手伝いを最後までしたくて……。

ミセス・グスタフソンがドアを開けた。わたしはパパの叱責《しっせき》に身構えた。

パパは目を見開き、ネクタイが曲がっていた。「ブレンダを病院に連れていきます」パパはミセス・グスタフソンに言った。「リリーをお願いできますか?」

ごめんなさいと言おうとしたのに、パパは答えを待たずに走っていってしまった。

第三章

オディール
パリ、一九三九年二月

サントーギュスタン教会が、あいかわらず退屈な日曜日の礼拝から出てきたママとレミーとわたしに、影を投げかけていた。重苦しい香から解放され、司祭とその沈鬱な説教から離れられたことに安堵《あんど》して、わたしは思い切り冷たい外気を吸いこんだ。ママにせっつかれて歩道を進み、レミーの二番目に好きな書店、傷心のパン職人がパンを焼いているパン屋《ブーランジュリ》を通り過ぎて、自宅のある建物に入った。

「今日来るのはどっちだったかしら、ピエールかポールか？」ママは苛立った口調で言った。「誰であれ、もうすぐ来るわ。オディール、渋い顔をしないの。もちろん、お父さんは彼らを知りたいと思ってるのよ……全員がお父さんの管区で働いているわけじゃないから。誰か、あなたの結婚相手にぴったりのひとがいるかもしれないでしょう」

またもや疑うことを知らない警察官との昼食だ。その男性がわたしに興味を示せば気まずいし、全く興味を示さなければ癪《しゃく》にさわる。

「ブラウスに着替えるのよ！　そんなスモックを着て教会に行くなんて、信じられないわ。みんなにどう思われたかしら？」ママは言ってから、慌ててキッチンに肉の焼け具合を見にいった。

玄関ロビーで、金箔《きんぱく》のはげている鏡を覗きこんで、わたしは赤褐色の髪を編みなおした。レミーは整髪料を、手に負えないくせっ毛にすりこんだ。フランスの家庭では、日曜日の昼食はミサ同然に神聖なもので、ママはわたしたちが最高の身だしなみをしなければいけないと言い張った。

「デューイだったらこの昼食を、どう分類したかな？」レミーは訊いた。

「簡単よ——八四一。『地獄の季節』（アルチュール・ランボオの詩集）」

レミーは笑った。

「これまでにパパは何人の部下を連れてきたっけ？」

「十四人かな」レミーは言った。「きっとみんな、怖くて断われないんだ」

「どうしてあなたには、この責め苦がないの？」

「男がいつ結婚するかなんて、誰も気にしない」意地悪な笑みを浮かべて、レミーはわたしのスカーフをひったくり、チクチクするウールの布を頭にかぶって、ママがするように顎の下で結んだ。

「娘《マ・フィーユ》よ、女性の賞味期限は短いのよ」

わたしはくすくす笑った。レミーはいつでも、わたしの気持ちを明るくしてくれる。

「今のおまえの様子では」レミーはママを真似したきつい口調で続けた。「永遠に棚の上で売れ残ってることになるわ！」

「もし面接に通ったら、わたしがいるのは図書館の棚よ」

「もし面接に通ったらね」

「自信ないけど……」

レミーはスカーフをはずした。「図書館学の学位があって、英語を流暢に話す。実習の成績もいい。ぼくはオディールを信じてる。自分を信じろよ」

ノックの音がした。ドアを開くと、ピーコートを着た金髪の警察官が立っていた。わたしは身構えた——先週の父のお気に入りは、脂《あぶら》ぎった顎をわたしの顔にこすりつけて挨拶をした。

「ポールといいます」この男性は言った。頰はほとんど触れなかった。

「お二人に会えて嬉しい」彼はレミーと握手をしながら言った。「いろいろ、いいお話を聞いていますよ」

男性は誠実そうに見えたけれど、パパがわたしたちについて少しでも肯定的なことを言うなんて信じられなかった。わたしたちが耳にするのは、レミーのひどい成績（彼は法律のクラスで最高の論客なのに）、そしてわたしの部屋の乱雑さ（「本が散らばっているベッドで、どうやって寝られるんだ？」）に関する小言ばかりだった。

「今週ずっと、今日のことを楽しみにしていました」今日のお気に入りはママに言った。

「家庭料理は体にいいはずよ」ママは言った。「来てくれて嬉しいわ」

パパは客人を暖炉のそばの肘掛《ひじかけ》椅子に座らせて、食前酒を配った（男性にはベルモット、女性にはシェリー）。ママは可愛がっているシダの近くの椅子からキッチンへと動き回って、家政婦が指示通りにするのを確認していた。そのいっぽうで、パパはルイ十五世風の椅子に座ってその場を仕切り、箒の形の口髭《くちひげ》で主張を掃きだすように言った。「知的失業者《ショムール・アンテレクチュエル》を、誰が必要としているんだね？　知的失業者には、鉱山で働きながら散文詩でも書いていてもらえばいい。よその国では、頭の切れる浮浪者と頭の鈍《にぶ》い浮浪者をどのように区別しているのかね？　使われているのはわたしの税金なんだ！」日曜日ごとに求婚者は変わったが、パパの長々とした演説が変わることはなかった。

もう一度、わたしは説明を試みた。「誰も、無理に芸術家や作家を支援しろとは言っていない。普通の切手を使うか、少額の付加税のついた切手を使うか、選ぶことができる」

わたしの横の寝椅子に座っていたレミーが、腕を組んだ。彼の頭の中を読むことができた。〝なぜ相手にするんだよ？〟

「その計画のことは聞いたことがなかったな」パパのお気に入りは言った。「今度家に手紙を出すとき、その切手を買ってみよう」

もしかしたら、この男性は他ほど悪くはないのかもしれない。

パパはポールに顔を向けた。「われわれの仲間は国境付近の収容所のことで苦労している。あの避難民たちが全員流れこんできたら――まもなくフランスには、スペイン以上にスペイン人がいるようになるぞ」

「内戦があったんだ」レミーは言った。「助けが必要だよ」

「彼らは我が国に助けてもらおうとしてる！」

「罪のない民間人はどうすればいいんですか？」ポールはパパにたずねた。「家にいて、殺されろというんですか？」

このときばかりは、パパは即答できなかった。わたしはこの客人を見直した。つんつんと立っている短い髪の毛や制服とよく合う青い目ではなく、自説を主張する強さと、まっすぐで大胆な態度が印象的だった。

「これだけ政治が混乱してるんだ」と、レミー。「一つだけ、確かなことがある。戦争が始まる」

「ばかなことを言うな！」パパは言った。「国防に何百万も注ぎこんだんだ。マジノ線があれば、フランスは絶対に安全だ」

わたしはイタリアとスイスとドイツとの国境に大きな溝があって、攻撃してきた軍隊が丸々飲みこまれてしまうところを想像した。

「戦争の話をしなければいけないの？」ママは訊いた。「日曜日に、ずいぶん暗い話題ね！　レミー、学校の話をしてくれない？」

「息子は弁護士養成学校を辞めたがってる」パパはポールに言った。「授業をサボっていると、確かな筋から聞いた」

わたしは何か言うべきことを探した。それが見つかる前に、ポールが話し始めた。彼はレミーを見て言った。「その代わりに、何がしたいんだい？」

パパにしてほしかった質問だった。

「公職選挙に立候補する」レミーは答えた。「物事を変えていくんだ」

パパはあきれたような顔をした。

「国立公園の管理人になって、汚れた世界から逃げ出すのもいいな」と、レミー。

「きみとわたしは人々や社会を安全に保っている」パパはポールに言った。「息子は松ぼっくりやクマの糞《ふん》を守るんだそうだ」

「森林はルーブルと同じくらい重要です」ポールは言った。

またもやパパを黙らせる答えだった。わたしはレミーがポールをどう思っているか探ろうとしたけれど、レミーは窓のほうを向いて遠くに引きこもってしまった。長たらしい日曜日の昼食中に、わたしたちがよくすることだ。今回、わたしはこの場に居残ることにした。ポールがどんなことを言うか、聞きたかったのだ。

「おいしそうなにおいがするわ！」わたしはパパの注意をレミーから逸らそうとして言った。

「そうだね」ポールが果敢に言葉を足した。「家庭料理なんて、何ヵ月も食べていない」

「弁護士養成学校を辞めて、どうやって避難民たちを助けるんだ？」パパは続けた。「何かする必要があるだろう」

「スープができるころだわ……」ママは落ち着かない様子で、シダの干からびた葉をつまんだ。

黙ったまま、レミーはママを避けるように通り過ぎてダイニング・ルームへ向かった。

「仕事はしたくない」パパは大声で言った。「でも食事の席には真っ先に行くのか！」

パパは客人がいても、何か言わずにいられなかった。

いつものように、わたしたちはジャガイモとポロネギのスープを飲んだ。ポールは滑《なめ》らかなスープがおいしいといってママを誉め、ママはレシピがいいからなどと言葉を濁《にご》して答えた。パパがスプーンで磁器の食器をこする音が、最初の皿の終わりを告げた。ママはパパに礼儀正しくしてと言いたそうに口を開きかけた。でもパパを咎めるようなことを言うはずはなかった。

家政婦がローズマリー風味のマッシュポテトとローストポークを運んできた。わたしは目を細くして炉棚の時計を見た。いつも昼食は長々と続くが、もうすでに二時になっているのに驚いた。

「あなたも学生ですか?」ポールはわたしに訊いた。

「いいえ、もう学校は終えました。アメリカ図書館の採用試験を受けているんです」

ポールは口元に笑みを浮かべた。「あのような平和なところで働いてみたいものだな」

パパは黒い目を、興味深そうに輝かせた。「ポール、第八管区が嫌なら、わたしの管区に移ったらどうだ? 適切な人材が見つかったら、巡査部長にしたいと思っている」

「ありがとうございます。でも、今の管区で満足しています」ポールの視線は、わたしから外れることはなかった。「まったく満足です」

突然、わたしたち二人だけになった気がした。〝いま彼は椅子に背を預け、今度は彼のほうが奥まった目を彼女に向けて、彼女が彼の胸に身を投げ出して隠している心の秘密を吐露しようとしたとき、彼女の躊躇いを見て取ったのかもしれない〟(チャールズ・ディケンズ『ハード・タイムズ』)

「働く女性だとは」パパはばかにしたように言った。「少なくとも、フランスの図書館を希望できなかったのか?」

不承不承、わたしはポールとの優しい場面、そしてディケンズから離れた。「パパ、アメリカ人はアルファベットだけじゃなくて、デューイ分類法と呼ばれる数字を使って――」

「数字で文字を分類するのか？　どこぞの資本家が考えたことだろう――文字よりも数字が大事だろうからな！　われわれのやり方の、何が悪いんだ？」

「ミス・リーダーは、ひととちがってかまわないとおっしゃるわ」

「外国人ってやつは！　これ以上どんなやつらを相手にしろというんだ！」

「みんなにチャンスを与えれば、驚くような――」

「驚くのはおまえだ」パパはフォークの先をわたしに向けた。「社会に出て働くのは大変なことだぞ。まったく、昨日は下院議員が不法侵入で逮捕されたために呼び出された。小柄な年配の女性が、自宅の床の上に倒れている議員を発見した。議員は意識を取り戻すと、さんざん暴言を吐いたあげくに嘔吐した。ホースで水をかけて、ようやく事情を聞き出せた。議員はそこが愛人の住んでる建物だと勘違いしていて、錠が開かないものだから格子を伝《つた》い上って窓から侵入した。悪いことは言わない、世間と関わりを持つものじゃない、我が国をだめにしてるクズたちの話など始めさせないでくれ」

　パパはまた、外国人や政治家や生意気な女性たちのことをこぼしはじめた。わたしはうめいた。レミーが靴を脱いで足をわたしの足に重ねてきた。この小さな触れ合いに癒《い》やされて、肩から力が抜けるのを感じた。わたしたちが小さいころに作り出した秘密の助け合いだ。わたしは父親の怒りを目の当たりにしたとき――「今週は二回も学校でダンスキャップ（怠け者の生徒が罰としてかぶらされた円錐型の紙帽子）をかぶらされたというじゃないか、レミー！　なんならおまえの頭に直接ホッチキスで留めてやろうか」――優しい言葉でレミーを慰《なぐさ》めようとしないほうがいいと心得ている。うっかりそうしたとき、パパに言われた。「レミーの肩をもつのか？　だったら二人まとめてお仕置きだ」

「きっとおまえじゃなく、アメリカ人を雇うだろう」パパは推断した。

この全知の警察署長《コミセール》がまちがっているると証明できたらいいのに。何を希望するべきかとやかく言うのではなく、わたしの選択を尊重してほしかった。

「図書館の登録者の四分の一はパリ市民よ」わたしは言い返した。「フランス語を話す職員だって必要だわ」

「人さまにどう思われるかしら?」ママが心配そうに言った。「パパがおまえを充分に養えないのかと思われるわ」

「最近は、たくさんの女性が働いているよ」レミーは言った。

「オディールは働く必要はない」パパは言った。

「でも働きたいの」わたしはそっと言った。

「口論はやめましょう」ママはムース・オ・ショコラをすくって、小さなクリスタルのボウルに入れた。濃厚ですばらしい味のデザートがわたしたち全員の心を捕らえて、一つの合意を導いた――ママのムースは最高だ。

午後三時、ポールは立ち上がった。「ごちそうさまでした。残念ですが失礼します、まもなく交代勤務時間なので」

みんなで玄関までポールを送っていった。パパは彼と握手をして言った。「さっきの提案を考えておいてくれ」

わたしはレミーの味方、そしてわたしの味方をしてくれたことのお礼をポールに言いたかったけれど、パパが近くにいたので黙っていた。ポールがわたしに近づいてきて、目の前に立った。わたしは息を詰めた。

「採用されるといいね」彼は小声で言った。

さようならのキスをするとき、頰に触れた彼の唇は柔らかくて、口に触れたらどんな感触だろうと知りたくなった。彼とのキスを想像すると、『眺めのいい部屋』（E・M・フォースター著）を初めて読んだときのように鼓動が早まった。ジョージとルーシー――とてもお似合いの二人――が限りない愛を告白し、人気《ひとけ》のない広場で抱き合うのを期待して、夢中で読み進んだものだ。ポールとまた会えるのかどうか知りたくて、人生のページをもっと早くめくりたいと思った。

わたしは窓辺に立って、ポールが通りを急ぎ足で歩いていくのを見送った。

背後で、パパが食後の酒を注ぐゴブゴブという音がした。日曜日の昼食は、毎週たった一度、パパとママが大戦争の暗い思い出にふけるのを自らに許すときだった。ママは何口か酒を飲んだあと、ロザリオの数珠《じゅず》玉《だま》の一つ一つのように、亡くなった隣人の名前を恭《うやうや》しく挙げていく。パパにとっては、パパの連隊が勝った戦いは敗北のように思えるらしい。あまりにも多くの仲間の兵士が命を落としたからだ。

レミーが窓辺に来て、ママのシダをつまんだ。「またもや恋人候補を怖じ気づかせて追い返した」

「パパがしたことよ」

「本当に頭にくる。狭量なんだから。何が起きてるか、まったくわかっていない」

わたしはいつもレミーの味方だったが、このときばかりはパパが正しいといいと思った。「あれは本気だったの……戦争のことだけど？」

「そのようだ」彼は言った。「大変な時代《ハード・タイムズ》が来る」

『ハード・タイムズ』、八二三。イギリス文学。

「スペインでは民間人が殺されている。ドイツではユダヤ人が迫害されている」レミーは眉をひそめて、指でつまんだ葉っぱを見ながら言った。「それなのにぼくは、教室に閉じこめられてる」

「避難民たちの窮状を知らせる記事を発表してるじゃない。衣類の寄付を呼びかけて、家族にも参加させた。偉いと思うわ」

「充分じゃない」

「今は勉強に集中するべきよ。以前はクラスでいちばんの成績だった。今では、卒業できれば幸運だと言われてる」

「理屈ばかりの判例を勉強するのはうんざりだ。人々は、いま助けを必要としてる。政治家は行動しない。家にじっと座ってなんかいられない。誰かが何かをする必要がある」

「あなたは卒業する必要がある」

「学位なんかあっても、何も変わらない」

「パパの言うことのすべてがまちがってるわけじゃないでしょう」わたしは優しい口調で言った。

「いったん始めたことは、やり通すべきよ」

「言おうと思ってたんだけど——」

「早まったことはしていないと言ってね」レミーは自分の貯金を避難民のための法的な基金に寄付した。ママに内緒で、食料貯蔵室にあった食材を小麦粉を微塵《みじん》も残さずに貧しい人たちにあげてしまった。ママとわたしは、パパが帰ってきて事態を知ってレミーを叱りつける前にテーブルに出す夕食を用意しようとして、マーケットに走っていかなければならなかった。

「昔は理解してくれたのに」レミーは自分の部屋へ行き、音を立ててドアを閉めた。

レミーに責められて、わたしはたじろいだ。彼が今ほど無謀だったことはないと言ってやりたかったが、争ったところでどうにもならない。レミーの気が鎮《しず》まったら、もう一度試そう。今のところは、パパやポール、そしてレミーのことさえ忘れたかった。『ハード・タイムズ』。わたしはその本を棚から引き出した。

第四章

リリー
モンタナ州フロイド、一九八四年一月

パパとわたしは、病院のママのベッドの横で所在なく立っていた。ママは微笑もうとしたけれど、口が震えただけだった。唇からは色が失せ、ゆっくりと瞬《まばた》きをした。ママの周囲で、機械が音を立てている。どうして学校からまっすぐ帰宅しなかったのだろう？　そうしていたら、ママは今ここにいなかったのではないか。

わたしは目を閉じ、食べかけの緑色のジェローのゼリーが入っているボウルから、滅菌した病院の悪臭から離れ、ママを連れて湖へと飛んだ。沼地のにおいを吸いこみながら、ママとわたしは歩き回る。ママの顔は太陽の熱でほてっている。ママは草の中に何かを見つけた。クアーズの空き缶だ。ママはウィンドブレーカーのポケットからビニール袋を出して、それを拾った。わたしは今このときを楽しみたくて、「ほら、ママ。ごみのことなんか忘れてよ」と言ったが、ママはそれを無視した。その場を自分たちが来たときよりもきれいな状態にして離れるのが、ママにとっては大事なことだった。

ドクター・スタンチフィールドに、現実に引き戻された。先生は専門家の診断を翻訳しにきてくれた。心電図《EKG》はママが何度か秘かに心臓発作を起こしていたことを示していて、それがかなりの損傷を残していた。ただの息切れだと言い張っていたママから心臓発作へ、どのように話が進んだの

かわからなかった。〝落石注意〟とか〝横風危険〟といった警告の標識などいっさいないまま、ずいぶん先に進んでしまった。なぜここまで来てしまったのだろう？　そしてどれくらい、ママは持ちこたえられるのだろう？

夕食に、パパは冷凍のソールズベリー・ステーキを温めて、小型のテーブルを出した。そうすればニュースを見ながら食べられるからだと言ったが、祖父のような司会者であるグレアム・ブリュースターに、自分たちに代わってお喋りをしてもらいたいのだとわかっていた。今夜、ブリュースターは核戦争が起きた場合どうなるかについて、憂慮する科学者同盟のメンバーにインタビューをしていた。

「ママはよくなる？」わたしはパパに訊いた。

「わからない。少し元気になったみたいだな」

二百二十五トンの噴煙が大気中に噴出されるだろうと、マサチューセッツ工科大学の物理学者が言った。

「いつ退院できるのかな？」

「それを知りたいんだが、スタンチは何も言ってなかった。まもなくだといいが」

噴煙は太陽を覆い隠し、氷河時代を誘発する。

「わたし、怖い」

「何か食べなさい」パパは言った。

今の事態がどんなに悪くても、さらに悪化する可能性もあると、科学者は締めくくった。

わたしは肉をフォークでつついた。お腹がきゅっと硬くなって、混乱した心臓のように長くゆっくりと脈打った。

夕食のあと、パパは書斎に行った。わたしは電話コードを指に巻きつけて、メアリー・ルイーズに電話した。話し中だった。メアリー・ルイーズの姉のエンジェルは、デートに出かけていなければ電話をしている。わたしは周囲を見回してパパが近くにいないことを確認してから、五八九六とダイヤルした。ロビーが家にいますように。「もしもし」彼が出た。「もしもし？　誰ですか？」わたしは彼と話したかったけど、どうすればいいのかわからなかった。受話器を戻そうとしたけれど、すぐには手を放さず——彼の低くて深みのある声が、寂しさをいくらか紛《まぎ》らわせてくれた。

寝室の窓辺で、満月を見上げた。月はわたしを見下ろした。風が華奢《きゃしゃ》な枝を揺らした。わたしが小さかったころ、嵐を怖がると、ママはわたしのベッドを船に見立てて、突風は波で、芝地の上に海が押し寄せてきてわたしたちを遠い国へ連れていってくれるふりをした。ママがいないと、風はただの風で、ここよりもいい場所へ勝手に吹いていってしまうのだった。

十日後、ママは退院して、ベッドに沈みこむように横たわった。パパはカモミール・ティーを用意した。わたしはアフガン編みの毛布の下、ママの横にもぐりこんだ。ママはアイヴォリーの石鹸《せっけん》のにおいがした。屋根からつららが下がっていた。雪が電話線に危なっかしく積もっていた。大空は青く、わたしたちの世界は白かった。

「きょうは幸運だわ」ママは窓のほうに手をやった。「鷹がたくさん飛んでる」

ときどき鷹は通りの向こうの牧草地の上高く滑空した。ねずみを探して、低く飛ぶこともあった。

ママは、テレビより鳥を見ているほうがいいと言った。

「妊娠していたとき、あなたのパパと一緒に窓辺の椅子に座って、コマドリ《ロビン》を観察した。胸のところが明るい色なのが、春が来た印のようで大好きだった。でもパパはロビンが虫を飲みこむ様子を嫌がった。〝スパゲッティだと思ってあげて〟と言ったものよ」

「ゲエ！」

「あなたはもう少しで、ロビンになるところだったのよ。あなたが生まれたあと、看護師さんに、そう名づけようと思うと話した。でもパパはリリーにしたがるだろうとわかってた。この家を買ったとき、スズラン《リリー・オブ・ザ・ヴァリー》が咲いていたからよ。それにパパと一緒にいるあなたを見たら、あなたはパパの小指をつかんでた。そのとき、小さな花を思い出したの。パパは身をかがめてあなたのお腹にキスした。あなたを見るパパの目……それはもう愛情たっぷりで——それで、考えを変えたの」

この話は何度も繰り返し聞いていたが、なぜかこの日、ママはさらにつけたした。「パパが忙しく働いているのは、パパ自身のためではないの。パパはわたしたちを安心させたいのよ。パパは小さいころ貧しかったから。心の奥底で、何もかも失いかねないと恐れている。理解できる？」

「まあね」

「ひとは臆病なもので、いつでも何をしたらいいか、何を言ったらいいかわかるとは限らない。それで恨んだりしてはだめよ。ひとの心の中はわからないんだから」

〝ひとは臆病なもの。それで恨んだりしてはだめよ。心の中はわからないんだから〟ママは何を言いたかったのだろう？　ママ自身のことだろうか？　それともパパのこと？　メアリー・ルイーズのママがパパのことを、ウォール街の株式仲買人気取りだ、人間よりもお金が好きなんだと言うのを聞いたことがあった。

「パパはいないことが多かった」

「ああ、赤ちゃんのころどれだけ愛されていたか、記憶がないのは残念なことね。パパは一晩じゅうあなたを抱いていたのよ」

彼は鷲《わし》なのだと、ママは言った。静かで勇敢だと。わたしは鷲について習った——オスとメスが、交代で卵を温める。

「人間には家族がある」ママは続けた。「ガチョウはどうかしら?」

わたしは肩をすくめた。

「ガチョウの一団《ガグル》っていうでしょう」

「スズメは?」

「スズメたちが多数《ホスト》いるというわね」

「鷹は?」

「キャストかしら」

鳥のテレビ番組のキャストだろうか。わたしは低く笑った。

「ワタリガラスの群れをなんというか、知ってる? 無情なワタリガラスたちよ」

ばかばかしくて、本当とは思えなかった。わたしは真実を探るようにママの顔を見たけど、ママは大真面目な顔をしていた。「カラスは?」

「危険なカラスたち」

「危険なカラスたち」わたしは繰り返した。

何もかもが大丈夫だった、古き良き日々に戻ったような気がした。わたしは何もかもがこんなふうでありますようにと願って、ママをきつく抱きしめた。ママと二人、大きな真鍮《しんちゅう》製のベッドでぬくぬくとしていたかった。


朝、パパとわたしは、ママと一緒にキッチンのカウンターにいた。パパは、一日ぐらいわたしが学校を休んでもたいしたことはないと言った。

「ベビーシッターは要らないわ!」ママは言った。

「スタンチは、きみはまだ入院しているべきだと言っていた」パパは答えた。

わたしたちは黙ったまま、ベーコンエッグを食べた。食べ終わったとたんに、ママはわたしたちを玄関から押し出した。学校で、わたしはママのことしか考えられなかった――少なくとも病院にいれば、ママは一人きりではない。数学の時間、ティファニー・アイヴァースがわたしの椅子を蹴《け》った。「ちょっと、どうしたの」彼女は言った。「ミスター・グダンが質問してるわよ」わたしは顔を上げたが、先生は先に進んだ。終業のベルが鳴ったとき、わたしは急いで家に帰った。外から、両親が窓辺の椅子に座っているのが見えた。わたしは裏口に回って、キッチンからそっと入った。

「スタンチは看護師に来てもらったらどうかと言っていた」パパが言うのが聞こえた。

「とんでもないわ！　わたしは大丈夫」

「家の中のことを誰かにしてもらってもいいんじゃないか？　リリーが少し息をつける」

パパの言うとおり、それはそうだった。

「誰に頼むの？」ママが訊いた。

「スー・ボブは？」

メアリー・ルイーズの母親の名前を聞いて、わたしはぴくんと首を伸ばした。

「友だちに、こんな様子を見せたくない」ママは言った。

「一つの案だよ」パパは前言を撤回した。

ミセス・グスタフソンが助けてくれるかもしれない。わたしは彼女の家のドアをノックした。今回は、彼女が出てくるのを待っていた。

「ママが、まだ具合が悪いの」わたしは言った。

「お気の毒ね」

「誰かに家のことを手伝ってもらいたいの、ママが疲れないように。もしかして、あなたに――」

「リル？」背後でパパの声がした。「何をしてるんだ？　ママのところに戻ろう」

「何かお手伝いできると思うわ」ミセス・グスタフソンは言った。

「必要ありません」パパは言った。「なんとかなります」

ミセス・グスタフソンはパパからわたしに視線を移した。「夕食を作るわ。いくつか食材を持っていくわね」彼女は家の奥へ行き、両腕で抱えるほどの野菜と生クリームのカートン箱を持って戻ってきた。

うちのキッチンのカウンターで、彼女は透けるほど薄くジャガイモを剝《む》いた。

「何を作るの？」

「ジャガイモとポロネギ《リーキ》のスープよ」

「リーキって？」

「モンタナ州の東部では、いちばん無視されてる野菜ね」

彼女はねじれた根の部分を切り落とし、細くて白い本体を縦に裂いた。タマネギのようなにおいがした。彼女はリーキを刻んで平鍋に入れ、ジャガイモを茹でるあいだに泡立つバターの中で炒めた。それからリーキとジャガイモをミキサーでピューレ状にしてから生クリームをたっぷり加え、出来上がった白いスープをボウルに注いだ。

「夕食ができたわよ」わたしは呼びかけた。

パパはママと並んで、両手を病院の職員がするようにママの腰のあたりに添えて歩いてきた。以前だったら、両親がキスするのを見て呆れた顔をしたものだったけれど、今ではそんな親密な様子に戻ってほしいと思う。

食前のお祈りをしたあと、わたしはボウルに顔を寄せて、スプーンでスープを口に入れた。スープは滑らかでおいしかった。どんどん食べたかったけれど、熱かった。

「スープは忍耐を教えてくれる」ミセス・グスタフソンは言った。彼女は背中をまっすぐにしたままスプーンを口元に運んだ。わたしも背筋を伸ばした。

「おいしいわ」ママが言った。

「息子の好物だったの」ミセス・グスタフソンの目の輝きが、一瞬曇った。「ちょっとした材料があれば健康的な料理ができるのに、大きな食品会社がアメリカ人たちに、料理の時間などないと思いこませてしまった。バターできつね色にしたポロネギ《リーキ》は最高においしいのに、みんな缶詰の味気ないスープを食べているのよ。

　何かを無しで済ませるという経験をして、それ以前よりも感謝するようになったわ。戦争中、母は何よりも砂糖を欲しがったけれど、わたしはバターのほうが欲しかった」

「食料は手に入りづらかったんですか？」パパは訊いた。

「いいものは手に入らなかったわね。どちらの〝戦争中のごちそう〟のほうがまずいか、わからない——小麦粉不足のせいで木っ端を入れて焼いたバゲットか、水とルタバガ（スウェーデンカブ）だけで作った味なしのスープか。肉や乳製品、果物、たいていの野菜も買い求めるのに長い列ができたけど、ルタバガを安売りする店はなかった。それなのにモンタナ州へ来たら、義理の母はシチューを作るたびに何を入れたと思う？　ルタバガよ！」

　わたしたちは笑った。彼女はいろいろな話をしてわたしたちを笑わせてくれて、うちの家族を包みこんでいた不自然な静けさを、いったん消してくれた。彼女が帰ろうとして立ち上がったとき、ママは言った。「ありがとう、オディール」

　隣人は驚いた顔をした。名前で呼ばれるのに慣れていないからだろうか。一拍おいてから、彼女は言った。「どういたしまして」


メアリー・ルイーズとわたしが学校から帰ったとき、わたしの両親の寝室から笑い声が聞こえた。

オディールはハイヒールを脱いで、ロッキングチェアをベッドの近くに動かしていた。ママの髪は洗いたてで、カールしていた。ママはオディールと同じレンガ色の口紅をつけていて、美しかった。

「何がそんなにおもしろいの？」メアリー・ルイーズはママに訊いた。

「オディールから、義理のご両親が彼女の名前を発音するのに苦労したという話を聞いていたの」

「どうしても、〝オーディール〟となってしまうのよ！」

「結婚というものは、その先に何が待っていようとも、義理の両親がどれほど変わり者であろうとも」ママが言って、二人は笑った。

勉強をするためメアリー・ルイーズと一緒に部屋に行ったとき、ママが訊くのが聞こえた。「訊いてもいいかしら、ご主人とはどうやって知り合ったの？」

「パリの病院で会ったのよ。あのころは、兵士は上官から結婚の許しを得なければならなかった。バックの上官がだめだと言ったとき、彼はその少佐に、クリベッジの闘いを申しこんだの——彼が勝ったら結婚できる、もし負けたら、彼は一ヵ月間便器を洗う」

「すごい決意だったのね！」

二人の声が小さくなったので、メアリー・ルイーズとわたしはドアの近くへ歩み寄った。

「彼からは聞いていなかったのよ」オディールは言った。「ここに来たとき、ちょっとした騒ぎになったでしょう。フランスに帰りたかったけど、帰るチケットを買うお金がなかった。みんなは許してくれると思った……許してもらう必要があったわけでもないんだけど！」

「騒ぎって？」メアリー・ルイーズは小声で言った。「カンカンを踊るダンサーだったとか？　それでみんな、彼女に話しかけないの？」

「彼女のほうが、みんなに話しかけないのよ」わたしはむっとして言った。

ママは冬眠するようにその冬を過ごした。学校のあと、わたしはママの横に寝て、その日あったことを話した。ママはうなずいていたけれど、目を開けなかった。パパはいつも近くにいて、ママの好きな磁器のカップにカモミール・ティーを用意していた。ドクター・スタンチフィールドは薬を増やしたけれど、ママの具合はよくならなかった。

「どうして起き上がれないのかな？」パパは医師にたずねた。わたしたち三人は玄関で話していた。

「ほんの少し動いただけでも疲れるみたいで」

「心臓がかなり弱ってる」スタンチは言った。「もう、あまり長くはないでしょう」

「何ヵ月か？」パパは訊いた。

「何週間かですね」スタンチは答えた。

真実を突きつけられて、パパはわたしを両腕で抱いた。

両親は学校を休ませたりできないと言い張ったけれど、パパは会社を休んで、ママのそばを離れずに様子を見守った。

「息が詰まりそうよ！」ママがパパに言うのが聞こえた。パパとママは喧嘩することなどなかったのに、今ではパパが何をしてもうまくいかないようだった。ママは怒ると呼吸が苦しくなる。容体を悪化させるのを恐れて、パパは仕事に戻り、夜明けに出かけて暗くなってから帰ってきた。ママの邪魔をしないように、寝椅子で休んだ。夜、家の中が静かなとき、ママが呻《うめ》くのが聞こえた。ママの呼吸や咳、ため息にわたしは怯えた。わたしはママの様子を見にいくのが怖くて、ベッドで丸くなっていた。

ママの苦しそうな呼吸の話をオディールにして、わたしは気持ちが楽になった。オディールはどうするべきか心得ていた。彼女は簡易寝台をママのベッドの横に持ってきて、夜を過ごせるようにした。ママが抗議すると、オディールは、たいしたことではないと言った。「何十人もの兵士と寝たことがあるんだから」

「オディール！」ママは大声で言って、わたしをちらりと見た。

「戦争中、病棟での話よ」

午後九時、裏口のドアが軋んだ。パパが帰ってきた。オディールは寝台から起きて、キッチンに行った。彼女の後ろを忍び足でついていき、わたしは廊下の壁に背をつけた。

「奥さんはあなたを必要としてる。娘さんもね」オディールは言った。

「ブレンダはわたしの惨《みじ》めな様子を見ると、もう死んだみたいな気分になると言うんだ」

「だからお友だちを来させないの？」

「自分のためだとはいえ、涙は耐えられないという。同情は要らないと。彼女のそばにいてやりたいが、彼女が望むような距離をおくのがいちばんいいだろう」

「後悔はしたくないでしょう」ミセス・グスタフソンの声が、辛辣《しんらつ》な調子から穏やかなものに変わった。ママの声のようだった。

「わたしだけのことならばね」

廊下の奥で、ママが咳をした。目が覚めているのだろうか？　わたしに何か用事だろうか？　わたしはママの部屋に急いだ。急に怖くなって、ベッドの手前で足を止めた。背後でパパが言った。

「ブレンダ？」

オディールにママのほうへ押されたが、わたしは抵抗し、背中で彼女の手を押し返した。ママがわたしに手を伸ばした。わたしはママの手を握るのが怖くて、ママの手を握らないのも怖かった。ママに抱かれたけれど、彼女の腕の中で体をこわばらせていた。

「ほんの少ししか時間がないわ」ママは言った。囁くような言葉。「少なすぎる。勇気を出して……」

　わたしはそうすると言おうとしたけれど、怖くて声を出せなかった。ずいぶん経ってから、ママはわたしの体を離して、わたしを見た。ママの悲しげな目にとらえられたまま、わたしはママの言ったことを思い出した。赤ちゃんは眠っていて愛情に気づかない。ガチョウの一団、危険なカラス。ひとは臆病なもので、いつでも何をしたらいいか、何を言ったらいいかわかるとは限らない。それで恨んだりしてはいけない。ひとの心の中はわからない。ママはロビンにしたかったけど、リリーになった。ああ、リリー。

第五章

オディール
パリ、一九三九年三月

「マドモアゼル・リーダーから電話があったわよ」レミーと二人で玄関に入ったとき、ママが言った。「あなたに会いたいそうよ」

レミーのほうを向くと、彼の目に、わたしの希望と安堵が渦巻《うずま》いて映っているのが見えた。

「本当に、就職するのがいいことだと思っているの？」ママが訊いた。

「思ってるわ」わたしはママを抱きしめた。

レミーは彼の緑色の肩掛け鞄をわたしに持たせた。「幸運のために。それに、持って帰ってくるはずの本のためにも」

ミス・リーダーの気が変わらないうちにと図書館へ急いで行き、わたしは中庭を駆け抜け、螺旋階段をのぼり、彼女の部屋の戸口で急停止した。ミス・リーダーはそこに座って、銀色のペンを手にして書類を見ていた。疲れた目をしていて、口紅はとうに落ち、やつれて見えた。午後七時過ぎだった。彼女はわたしに、座るように手振りした。

「予算の承認をしていたの」民間機関であるため、この図書館は政府から資金援助を受けていないと、彼女は説明をした——本の購入から暖房費の支払いまで、何もかもを理事と寄付者に頼っている。

「でもあなたが心配する必要はありません」ミス・リーダーは紙ばさみを閉じた。「コーエン教授があなたのことを誉めていたわ、とても感心しました。仕事の話をしましょう。じつをいうと、雇ったのに様々な理由から仕事を続けられなかったひとがいた、だから職員には、二年契約でサインをしてもらうようにしているの」

「なぜ続けられなかったんですか?」

「何人かは外国人で、単にフランスが家から遠かった。あと、人々への対応が大変だと感じた者もいた。あなたが手紙に書いていたように、この図書館は安息所です。職員は、そうあり続けるために苦労しています」

「わたしはなんとかできると思います」

「お給料は高くはない。それは問題では?」

「全然ありません」

「最後に一つ。職員には順番で週末にも働いてもらいます」

ミサや求婚者から解放される。「ぜひ日曜日に働きたいです!」

「この職はあなたのものよ」彼女は厳粛に言った。

わたしは飛び上がった。「本当に?」

「本当に」

「ありがとうございます、ご期待に添えるようにします!」

彼女はからかうようにウィンクをした。「登録者の頭を殴ったりしないでね!」

わたしは笑った。「我慢できるかどうか、約束はできません」

「明日から来てちょうだい」彼女は言い、予算に戻った。

わたしは図書館を飛び出した。レミーが政治集会に出かける前に捕まえたかった。歩道でレミーにぶつかった。

「来てくれたの！」

「評決は？」レミーは訊いた。「永遠に待たされていた気分だった」

「二十分だけでしょう」

「似たようなものだ」彼は不満そうに言った。

「採用されたわ！」

「そう言っただろう！」

「政治集会に行ってると思った」わたしは言った。

「もっと重要なこともある」

「あなたが会長なんでしょう。みんな、あなたを必要としてる」

レミーは足を押しつけてきた。「ぼくはオディールが必要だ。きみ《トワ》がいなければ、ぼく《モワ》もいない」


家に帰り、居間に入ると、ママがわたしのためにマフラーを編んでいた。

「どうだった？」ママは編み針を脇においた。

「司書になったわ！」わたしはママを立ち上がらせて、部屋中をワルツで踊ってまわった。
一、二、三。
本、独立、幸福。

「おめでとう、わが娘《マ・フィーユ》」ママは言った。「パパを連れていくわ、きっとね」

仕事の準備をするつもりで、わたしはデューイ分類法のメモを見るために自室へ行った。昨日リュクサンブール公園で、わたしは何羽かの五九八（鳥）を見た。五日、四六九（ポルトガル語）を習う……愛のための数字はあるのだろうか？　自分自身の数字があるとしたら、それはなんだろう？

カロおばさんのことを考えた——最初にデューイ分類法を教えてくれたのは彼女だった。子どものころ、お話の時間におばさんの膝の上に座っているのが、どれほど好きだったか！　何年も経ってから、九歳のとき、おばさんはカード式目録を教えてくれた。それぞれに文字の書かれている小さな引き出しから成る、変わった木製の棚だ。

「この中に宇宙の秘密が見つかるわよ」カロおばさんはNの引き出しを開けて、何十枚もの目録カードを見せた。「この一枚一枚に、全世界を開くための情報が書いてある。ちょっと覗いてみない？　きっとご褒美《ほうび》があるわよ」

わたしは中を覗いた。カードをめくっていくと、キャンディが見つかった。「ヌガーだ！」

おばさんは次の手がかりの見つけ方を教えてくれた。区分、棚、そして本そのものへ導いてくれる請求番号だ。宝探しだ！

カロおばさんは誰よりもウエストが細くて、誰よりも頭がよかった。ママと同じ、青紫色の目をしていたが、わたしの母の目はパパの濃紺のドレスシャツのように影があるのに対して、カロおばさんの目は生き生きと輝いていた。読者としてはジャンルを問わず、科学、数学、歴史、演劇や詩を好んだ。本棚はあふれてしまって、鏡台の上にピンクの頬紅とドロシー・パーカー（アメリカの詩人・作家）、マスカラとモンテーニュが一緒に載っていた。衣装戸棚の中には『オラース』（フランスの劇作家コルネイユの戯曲）とハイヒール、ストッキングとスタインベックが収まっていた。おばさんの本への愛、わたしへの愛は、おばさんが耳の後ろにつけてくれるゲランのシャリマーの琥珀《こはく》の香りのように、わたしを包みこんでいた。

カロおばさんを思い出して、わたしはなぜこの仕事が必要だったのかを再確認した。

初出勤の日、わたしは面接のときよりも緊張していた。ミス・リーダーを落胆させたらどうしよう？　誰かに、答えられない質問をされたらどうする？　カロおばさんとまだ親しかったらよかったのに。最初の日は来ないでと言っただろうが、いずれにしてもおばさんは来ただろう。シェリーとブレイクの本を抱えて、わたしにウィンクをしただろう。そうしたらおばさんの言ったことを思い出して、不安は消えたはずだ――答えはここにあるのだから、探せばいいだけよ。

「紹介します」女性館長はきびきびと言い、垢ぬけた様子のフランス系ロシア人の主任司書、ボリス・ネチャエフを紹介した。青いスーツとネクタイという姿は非の打ちどころがない。貸出デスクの前で登録者たちは列をなして、教区司祭に対するような態度で順番を待つ――聖体拝領のために、そして個人的な話のために。彼の緑色の目の輝きは、登録者の回りくどい話を聞いているときでさえ、けっして曇ることがない。彼はどこで優雅な服を買えるか心得ていて（「バザール・ド・ロテル・ド・ヴィルのわたし担当の店員なら、まちがったものは薦めない」）、馬を買うさいに何を見ればいいかも知っていた。厳格なミセス・ターンブルによると、彼は貴族で、純血種の厩舎《きゅうしゃ》を持っているそうだ。ミスター・プライス＝ジョンズの話では、ボリスはロシアの軍隊にいたとのこと。図書館の本ほどの数の噂があった。

ボリスは読書療法ができるので有名だった。どの本が傷心を癒やすか、夏の日には何を読むべきか、冒険的な逃避にはどの小説を選ぶべきか。もう十年前のことになるのだが、わたしが初めてカロおばさんと一緒ではなく一人で図書館に行ったとき、背の高い書架が迫ってくるような気がした。物語の背に型押しされている題名は、いつものように語りかけてはこなかった。わたしは気がつくと目に涙をためて、ぼやけた本を見つめていた。

心配そうに、ボリスが近づいてきた。「おばさんと来たんじゃないのかい？」と、彼は言った。「おばさんのことを、しばらく見ないね」

「カロおばさんはもう来ないの」

彼は棚から一冊の本を選んだ。「家族と喪失についてだ。そして沈んだ気分のときでも、いかに幸せな瞬間を持てるか」

〝わたしは嵐が怖くはない、船の操縦法を習っているから〟

『若草物語』は、今でも大好きな本の一つだ。

「ボリスはここの見習いから始めた――一種の図書館の徒弟のようなもの――ＡＬＰのことなら完璧になんでも知っているのよ」ミス・リーダーは言った。

彼はわたしの手を握った。「登録者だね」

わたしはうなずいた。覚えていてもらえたのが嬉しかった。でもそれに答える間《ま》もなく、ミス・リーダーに閲覧室に連れていかれ、窓の近くで何か書いている女性に近づいた。白髪頭で、黒い縁の眼鏡を鼻の先のほうにかけている。彼女の前には、エリザベス一世時代のイギリスに関する本がテーブルいっぱいに広げられていた。ミス・リーダーは理事であるクララ・ド・シャンブラン伯爵夫人を紹介した。名前は知っていた。最近、彼女の書いた小説の一つ、『魂と遊ぶ』を読み終えたばかりだった。伯爵夫人であり、実際の作家だ！

「吟遊詩人についての本の調査ですか？」女性館長はたずねた。「わたしの部屋を使ったらいかが？」

「特別待遇は要らないわ！　みんなと同じ、一人の登録者ですから」

伯爵夫人の口調は全くフランス人とはちがい、イギリス風でもなかった。アメリカには伯爵夫人はいるのだろうか？　この謎は、後日明かされることになる。女性館長に導かれて、わたしの持ち場になるはずの定期刊行物の部屋へ向かった。その途中で、館長秘書のマドモアゼル・フリカール（フランス系スイス人）、帳簿係のミス・ウェッド（イギリス人）、そして棚係のピーター・アウスティノフ（アメリカ人）に紹介された。

十五種類もの日刊紙と三百種類もの定期刊行物が、アメリカ、イギリス、フランス、ドイツ、そして遠く日本から集められている、長い棚を見渡した。ミス・リーダーに、掲示板や会報、〈ヘラルド〉に掲載されるＡＬＰニュースというコラムもわたしの担当だと言われて慌てた。とても全てをできそうにない。

「いいかしら」ミス・リーダーは言った。「わたしもこの部署から始めたの。今のわたしを見てちょうだい」

わたしたちは登録者たちが大事そうに両手で本を持ち、下を向いて読書している様子を見て、ひととき共犯者のような気分を味わった。

ミスター・プライス＝ジョンズが近づいてきた。ペーズリー柄の蝶ネクタイをつけた彼はかくしゃくとしていて、鶴《つる》を思わせた。もじゃもじゃした白い髭《ひげ》のあるセイウチに似た男性と連れ立っている。「こんにちは。新人の職員を歓迎してくださいね」ミス・リーダーは言って、自室へ戻っていった。

「意見を手紙に書くようにアドバイスをいただいて、ありがとうございました」わたしはミスター・プライス＝ジョンズに言った。

「採用されてよかったよ」彼が言うと、蝶ネクタイが上下に動いた。友人を指し示しながら、付け加えて言った。「この陰険なジャーナリストはジェフリー・ド・ネルシアという。この図書館にあるヘラルド紙は全部自分のものだと思ってる」

「また嘘を言いふらしているな？」ムッシュー・ド・ネルシアは言った。「おまえら外交官が唯一得意なことだからな」

「オディール・スーシェです、司書兼レフェリーよ」わたしは冗談を言った。

「笛はどうした？」ミスター・プライス＝ジョンズは言った。「わたしたちを相手にするなら、笛が必要だ」

「わたしたちの口論は有名なんだ」ムッシュー・ド・ネルシアは自慢げに言った。

「わたしたちよりも大声で怒鳴れるのは伯爵夫人だけだ」

「彼女がわたしたちのあいだに割って入って、喧嘩なら外でしろと言い放ったときに、それがわかった」フランス人はクララ・ド・シャンブランを見やった。

「まったく怖かった！　あのご婦人に、耳をつかんで引きずり出されるかと思ったよ」

ムッシュー・ド・ネルシアはにやりと笑った。「あのご婦人になら、どこへ連れていかれてもいいね」

「彼女の夫は同意しないだろうな」

「夫は将軍だぞ！　言葉に気をつけろ」

二人は言い合い続けた。わたしは日刊紙を並べて、雑誌を眺めた。まもなくわたしは目次に夢中になって、歴史やファッションや時事問題で頭がいっぱいになった。

「マドモアゼル？　オディール？」

仕事に没頭していて、ほとんど聞こえなかった。

「すみません。マドモアゼル？」

二の腕に手が触れた。目を上げると、ポールがいた。

彼は自転車に乗ってパトロールする〝巡査《リロンデル》〟の制服を着ていて、格好よかった。濃紺のケープが広い胸を強調している。仕事から直接来たにちがいない。

いつだったか、風の強い日に公園で本を読んでいて、ページがめくられて、読んでいる場所がわからなくなったことがあった。ポールのせいで、わたしの心臓はあのときのページのようにぱたぱたと煽《あお》られた。

そこで恐ろしい考えが浮かんだ。パパが彼をよこしたとしたら、どうしよう?

「何をしているの?」わたしは訊いた。

「あなたに会いにきたわけじゃない」

「そうとは思ってないわ」わたしは嘘をついた。

「たくさんの旅行者に道を訊かれる。英語を上達させるための本が欲しい」

「わたしが採用されたって、父から聞いたの?」

「生意気な女性についてぼやいていらした」

「手がかりを追ってきたのね」わたしは辛辣に言った。「遠からず、父に巡査部長にしてもらえるわ。お望み通りでしょう」

「ぼくの望みなど知らないだろう」彼はメッセンジャー・バッグから小さな花束を出した。「仕事の初日がうまくいくように、これを」

彼の両頬にキスして感謝を示すべきだったのに、恥ずかしくて、花の中に顔をうずめた。わたしの大好きな花、ラッパズイセンは春を思わせる。

「本を探すお手伝いをしましょうか?」

「自分で探す、いい練習だ」彼は図書館カードを見せた。「しばらくここにいるつもりだよ」

ポールはレファレンス室のほうへ歩いていき、わたしは通路に取り残された。彼のカードは発行されたばかりだった。おそらくわたしのために来てくれたのだ。

午前中、たいていの登録者は、わたしが目当ての定期刊行物を見つける手助けをするのを、辛抱強く待っていた。一人だけ、文句を言った男性がいた。「どうしてここの誰も、〈ヘラルド〉の行方を把握してないんだ?」その男性は不平がましく言った。のちに、問題の新聞がムッシュー・ド・

ネルシアの書類鞄の下で皺くちゃになっているのが見つかった。

　騒ぎの気配を感じて、定期刊行物の部屋を出て貸出デスクに行くと、顔を赤くした女性がボリスの顔の前に一冊の本をつきつけ、図書館で〝不道徳な〟小説を貸し出すのはやめろと怒鳴っていた。ボリスは収蔵作品の検閲を拒否し、女性は憤慨《ふんがい》して出ていった。

「そんなに驚いた顔をしなさんな」ボリスはわたしに言った。「少なくとも、一週間に一度はあることだ。道徳を守ることがわれわれの仕事だと考えている者がいるんだよ」

「ちなみに、今の女性は何を問題だと言っていたんですか？」

「スタッズ・ロニガン（アメリカの作家、J・T・ファレルの長編小説の主人公）の三部作だ」

「読んでみるようにします」

　彼は笑った。彼を見ていて、こうして彼と同じ職場で働いているのがどれほど奇妙なこと――そしてすばらしいこと――かを意識せずにはいられなかった。

「きみにあげるものがある」ボリスは言った。

「なんですか？」彼がわたしのために小説を選んでくれるのかと期待した。だがそうではなくて、街の外に住む登録者に送るために集めて包装をする、七十冊の本の一覧を手渡された。腕時計を見た。午後二時だった。とても忙しくて、昼食を忘れていた。もう遅い。『夏』（イーディス・ウォートン著）、八一三から『アルコール』（ギョーム・アポリネールの詩集）、八四一まで、三つの階の書架を歩き回って宝探しをした。午後六時には脚が痛くなり、頭も痛くなった。試験の週でも、これほど疲れたことはなかった。二十人のひとに会い、一人も名前を覚えていなかった。何十もの質問に答えて、一日中英語を話していた――フランス人は本当にカエルの脚を食べるのか、だとしたら、脚以外の部分はどうするのか？　文書館は利用できますか？　トイレはどこ？　なんて言ったの？　もっと大きな声で！　勤務時間が終わるころには、言葉が枯渇した。小説の冒頭部分のように、真っ白なページがあるばかりだった。

しおれかけたラッパズイセンを抱えて、わたしは冷たい夜気の中に出た。小道の丸石に霜がついて、滑《すべ》りやすくなっていた。足にできた水ぶくれがズキズキ痛んだ。家まで歩いて帰るのは、十五分ではなく十五年もかかりそうな気がした。足を引きずって歩きながら、通りの向こうの街灯の薄暗い光の下で、黒い車が音を立てているのに気づいた。父が車から降りて、助手席のドアを開けた。

「まあ、パパ、ありがとう《メルシー》」フランス語に戻れるのに安堵しながら、わたしは座席に座った。座るのは朝食以来初めてだった。

「腹が減ってないか？」パパはオノレの焼き菓子の入った箱をよこした。わたしは箱を開けて、フィナンシェのバターの香りを味わったあと、それをかじった。塊《かたまり》が崩れて、口中に広がった。わたしは目を閉じて、ゆっくり噛んだ。

「大丈夫か《サ・ヴァ》？」父は訊いた。「一日目だというのに、もうおまえは疲れてる。頭痛がしてるんじゃないだろうね？」

「大丈夫よ、パパ」

「おまえぐらいの歳のとき」パパの口調は優しかった。「ママとわたしは戦争が終わったばかりで、友人や家族の死を悲しんでいた。おまえはまだ二十歳だ――本の工場で働き詰めになっているのではなく、若さを楽しみ、恋人を見つけ、ダンスパーティーに行ってもらいたい」

「パパ、お願い、今夜は……」いつも、両親の戦争の話が身近にあった――戦車や塹壕《ざんごう》、毒ガス、手足を失った兵士たち。

「そうだな、ほかの話をしよう。おまえが日曜日は仕事だというから、小曜日の夕食にある青年を招待した。この青年は読書をするそうだ！」

第六章

オディール

毎朝、図書館が開く前に、わたしはちがった部署に行く。月曜日、わたしは会計に行くことになっていた。帳簿係のミス・ウェッドは明晰《めいせき》な頭脳と美味しいスコーンで知られていた。彼女が身をかがめて台帳を見ているとき、丸くお団子にまとめた茶色い髪に鉛筆が三本挿さっているのが見えた。経費について一通り――石炭や薪《まき》から本、製本に使う糊《のり》まですべての説明を聞いたあと、わたしは彼女にインタビューをしたいと申し出た。ミス・リーダーから任された月刊の会報について、一つの案を思いついていた。いつもの学術的な論評や最も多く貸し出された本の一覧に加えて、登録者や職員についてのもっと個人的な記事を載せたらどうだろう。

「あなたはどんな読者ですか？」わたしはメモ帳を手にしてたずねた。

「学校では数学が好きだった。常に、数字のほうが人間よりも筋が通っていたわ。だからわたしが好きなのは、古代ギリシャ人による本よ。ピタゴラスとヘラクレイトス。わたしたちはいまだに彼らの仕事、彼らの考えを使っているのよ。

わたしはボリスやミス・リーダーとはちがう。人間を相手にするのは得意じゃないんです」彼女は四本目の鉛筆を髪に挿した。「なんらかの形で、ここでのわたしの仕事が役に立っているといいと思うわ。十年以上ものあいだ、わたしは本を、寛大な寄付者や長時間働いている知識豊富な職員たちの物語で埋めつくしてきた。ただし、わたしが書くのは横方向の文章ではなく、縦方向の数表なのよ」

ミス・ウェッドの話を聞いていて、バラが花開くのを見ているような気分だった。彼女は心を開き、頬が情熱でピンクに染まった。「ありがとうございました」わたしは彼女を選んでよかったと思いながら言った。「読者はあなたの話を楽しむと思います。わたしもヘラクレイトスを読んでみますね」

わたしは職場の同僚たちのことを知るのが楽しかった。火曜日には、棚係のピーターと一緒に働いた。ピーターは長身で、棚のいちばん上に手が届くのは彼だけだ。カートにのっている本を請求番号によって配置するのだが、わたしが二冊戻す時間に彼は十冊を棚におさめた。彼はボクサーのようないい体格をしているのに、「ピーター、ちょっと、ピーター」という既婚夫人のマダム・フロットのどら声が棚のあいだに響き渡ると、この多情な登録者を避けるために、手荷物一時預かり所に飛びこむのだった。

水曜日、わたしは児童室へ行った。壁には背の低い棚がならび、盛んに燃えている暖炉の前に、小さな机や椅子が集められている。児童書担当の司書、ミュリエル・ジュベールとは会ったことがなかったが、知り合いのような気がしていた。きちんとした書体のサインを、借り出す本のカードに頻繁《ひんぱん》に見ていたからだ。先週だけでも、『マイ・アントニーア』（ウィラ・キャザー著）、『ベリンダ』（マライア・エッジワース著）、『アフリカ人、イクイアーノの生涯の興味深い物語』（オラウダ・イクイアーノ著）で先を越されていた。彼女が読んだものからして、わたしは白髪の女性を想像していた。ところが同い歳ぐらいの女性が、明るい紫色の目でわたしを見ていた。黒髪を編んで頭の上にまとめているが、それでも百五十センチあるかないかだった。

「マドモアゼル・ジュベールかしら？」わたしはたずねた。

彼女はビッツィと呼んでくれと言った。テキサス出身の登録者が彼女を見て「なんと、ちっちゃ《イッツィ・ビッ》い《ツイ》お嬢ちゃんだ！」と叫んでから、みんながそう呼ぶようになった。彼女は、お気に入りの小説のカードにわたしの名前が書かれているのに気づいて以来、ずっとわたしに会いたかったと言った。

「わたしたちは本の友ね」彼女は、〝空は青い〟とか〝パリは世界一の街だ〟というような、確信のある口調で言った。わたしは心の友については懐疑的だが、本の友は信じることができた。読書への情熱で結ばれている二人だ。

彼女は『カラマーゾフの兄弟』の話を持ち出した。「読み終わったとき泣いてしまったわ」その声は感情にあふれている。「まず何よりも、それを読破したことが嬉しかったから。次に、物語に感動したから。そして第三に、この本を発見した喜びを二度と味わえないのが悲しかったからよ」

「ドストエフスキーは、わたしがいちばん好きな、死んだ作家だわ」

「わたしも同じ。生きている作家でいちばん好きなのは誰？」

「ゾラ・ニール・ハーストンよ。初めて『彼らの目は神を見ていた』を借りたとき、むさぼるように章を追って、言葉を飲みこんでいったわ。次に何が起きるか知りたかった――ジェイニーはまちがった男と結婚するのか？　ティーケイクはわたしがジェイニーのためにいいと思うような生き方をするのか？　それから、あと何ページかのところで、大好きなこの世界が終わってしまうのが悲しいと思うようになった。まださようならを言う気になれなかった。場面を味わうように、ゆっくり読んだわ」

彼女はうなずいた。「わたしも同じようにしたわ。できるだけ、どのページも長く続くように」

「四日で読んでしまったけど、二週間まるまる借りていたの。期限日になって、本を貸出デスクにおいたけど、手放したくなくて表紙に手をおいていた。ボリスがミス・ハーストンのほかの三作品を見つけてきてくれたわ。

その作品にも、チョコレート・ケーキのように、そして恋のように夢中になったわ。登場人物のことをすごく好きになって、本当にいるみたいな気持ちになった。ジェイニーと知り合いで、いつの日か彼女がこの図書館に入ってきてコーヒーに誘ってくれるんじゃないかと思ってた」

「わたしも、好きな登場人物に同じように感じることがあるわ」ビッツィは言った。

母親が近づいてきた。「息子がこれを選んだんです」彼女は二冊のおとぎ話の本を掲げた。「でもずいぶん……汚れてるわね」

「すごく人気があるんです」ビッツィは答えた。「もしよければ、〝新着〟の棚に新品の本がありますよ」

ビッツィは〝仕事に戻るわね〟と声に出さずに言い、親子を案内していった。わたしはポールがいるといいと思ってレファレンス室を覗いたけれど、彼はいなかった。

がっかりして、わたしは自分の机に戻った。そこでは一人の登録者が、〈ハーパーズ バザー〉誌を見たいと言って、苛立《いらだ》ちながら待っていた。「どこに行っていたの?」マダム・シモンは喧嘩腰で言った。

まだ茶色い包装紙に包まれている最新号を手渡したとき、彼女は態度を和《やわ》らげ、家では自分が最後なのだと打ち明けた。義歯を揺らしながら、彼女の持っているものの全て——亡くなったおばから譲られた毛のもつれたミンク、義母のものだった義歯——は、まずは他人が使っていたものだった。でもここでは、誰よりも先にファッションを楽しむことができる。実際に買えるものなどはないのだが。「着られもしないしね」肉づきのいい手ででっぷりした体をなでながら、残念そうに言った。彼女はコーエン教授の隣に座った。

ボリスを見ながら、マダムは言った。「ロシア革命のあいだに、彼の家族の財産は失われたという噂よ。それでフランスで出直した。何もない状態からね」

「どんな状況であっても、彼は君子だわ」教授は言った。

「奥さんもお偉かったのかしら。今ではレジ係だけど。地位などはすぐに落ちてしまうものね」

「生活の糧《かて》を自分で稼ぐ必要のない誰かの言ったことでしょう」

クララ・ド・シャンブランが、書類を抱えて通りかかった。「高貴なかたといえば」マダムはくすくす笑いながら言った。「オハイオ州の伯爵夫人がいるわ」

「今日は意地悪な気分のようね、ずいぶん辛辣《しんらつ》じゃない。クララはすばらしい理事で、資金の集め方を知っている。彼女がいなかったら、わたしたちはここに座っていない。ファッションがお好きなようだから言わせてもらうわ。皮肉な言葉は、誰のこともすてきに見せないわよ」

第七章

マーガレット
パリ、一九三九年三月

真珠のネックレスを不安げに軽く叩きながら、マーガレットはアメリカ図書館の入り口で躊躇《ためら》った。そこは大聖堂のように静かで、入っていいのかどうかわからなかった。マーガレットはアメリカ人ではないし、本に興味もない。だがパリに来て四ヵ月、なんらかの形の英語に飢えていた。商店や美容室やパン屋で、鼻音を多用するフランス語を使わなければならなかった。そうした場所では、誰も英語を話さない。身振り手振りで伝えようとして、クロワッサンを一つ欲しいときは、それを指さしてから指を一本立ててみせる。意味がわかったときはうなずき、わからないときは肩をすくめる。

家では、会話の大半は夫のローレンスが喋《しゃべ》っている。乳母がクリスティーナの世話をし、執事のジェイムソンがロンドン時代と同じように効率的にフラット内を仕切ってくれる。誰も彼女を必要としない。マーガレットはほとんど何も話さない。

マーガレットはパリが好きになるだろうと思っていた。高級婦人服《オートクチュール》、下着《ランジュリ》、香水《パフューム》。でも買い物だけでは楽しくなかった。服を試着しても、似合うと言ってくれる友人はいない。何よりも、マーガレットは母親の意見を聞きたかった――このガウンは彼女に合う色だろうか、ローレンスと率直に話し合ってみるべきか、それとも放っておくべきか？　マーガレットがパリに来て最も驚いたのは、女性たちが身に着けているジャンヌ・ランバンのきらびやかなドレスでもおしゃれな帽子でもなく、どれほどママが恋しいかだった。

マーガレットは不慣れな貨幣を理解できなかった。それに女子店員に騙《だま》された！　ストッキングを買ったとき、難解きわまる彼女たちの言葉で、七十五フランは一組ではなく片方ずつの値段だと言われた。それなのにマーガレットの後ろに並んでいた女性が同じストッキングを買ったとき、支払い額は彼女の半分だった。マーガレットは文句を言えず、主張できなかった。悔し紛《まぎ》れに足を踏み鳴らしただけで、それを見て店員たちは低く笑っていた。冗談の種にされて、高い金額を払わされた。

マーガレットは外出をやめた。頑張るのをやめた。フラットの中を歩き回り、〝化粧室《ル・ドレッシング》〟で夜会服の下でうずくまって泣いた。世界で最もすてきな街でそんなふうに惨《みじ》めにしているのはばかばかしいことだったが。友人に自慢したものだ！　〝世界一ロマンティックな街に行くのよ！〟〝まあ、すてき！〟〝フランス人の男性に誘われるわ！〟〝まあ、すてき！〟〝シャンパン！　ショコラ！　遊びに来てね！〟現実は、ひどく困惑するものだった。そんなことは死んでも友人に言えない。友人たちからは、電話も手紙も来なかった。マーガレットがロンドンを離れたとき、地球上からいなくなったようなものだった。

今朝、領事の妻である、多少やぼったいが親切な女性がやってきた。ジェイムソンにそれを告げられたとき、マーガレットは慌てて鏡を見た。いつ髪を洗ったか、覚えていなかった。目は血走っている。自分の情けない様子が恥ずかしかった。執事に言ってミセス・デイヴィスを帰らせようと思ったけれど、マーガレットは友人を切望してもいて、これは初めての来客だった。マーガレットは染みのついた化粧着《ペニョワール》からしゃれたアイヴィー・ドレスに着替えた。領事の妻はマーガレットの姿を見て、今日の午後すぐにパリの図書館に行くべきだと言い張った。それで今、彼女はここにいる。

その場には、それまで見たことのなかった気安い仲間意識があった。女性たちは、「ご主人は何をしていらっしゃるの？」などと訊いたりはしない。それよりも「あなたは何を読んでいるの？」という質問が好まれる。マーガレットはため息をついた。これまた、彼女が仲間に入れない会話だった。

「図書館にようこそ」

司書のワンピースはくすんだ茶色だったが、黒いリボンで髪をまとめているだけで充分におしゃれな雰囲気だった。その目はマージョリー・シンプソンが二番目の夫から三回目の結婚記念日にもらった宝石のように輝いている。ローレンスはもはや、あんな宝石をマーガレットにくれることはない。

「何か探しているのかしら？」

マーガレットはこわばった上唇を噛み、今こそ自分の欲しいものを口にしたいと思った。だがそうはせず、彼女はたずねた。「娘のための本はあるかしら。四つなんです」

司書は小首を傾げた。「『山羊《やぎ》のベッラ』はどうかしら？」

「英語の話せる場所に来られて、どんなにほっとしているかわからないでしょうね。パリはあまりにも外国で」マーガレットは言葉を切った。変なことを言ってしまった。彼女の口にすること、すべてがまちがっている。「もちろん、フランスでは自分のほうが外国人なのはわかっているの」

「ここでは大丈夫ですよ」司書はなだめるように言った。「イギリスやカナダ出身の登録者がたくさんいます」

「すてきね。わたしが読めるようなものもあるかしら？」

「ドロシー・ホイップルの小説はどう？『小修道院』はおもしろいわよ」

じつのところ、マーガレットは雑誌を見るつもりだった。教養学校で退屈なジョージ・エリオットを読んで以来、本を開いていなかった。

「それとも『ペティグルーさんの運命の一日』とか。大人のためのシンデレラ物語なの」

マーガレットとしては、おとぎ話でもよかった。

「フランス語がわからなくて苦労しているのなら、文法のいい本があるわ。そうね……」

マーガレットはこの気遣いに感動した。大使館の催《もよお》しでは、お喋りする相手は片目でマーガレットを見て、もう一方の目で室内を見ている。もっと重要な人物を見つけたとたん、会話を中断してそちらへ行ってしまう。

「もしよければ」司書は言った。「〈ヴォーグ〉もあるわよ」

司書は少し落胆しているようだったので、マーガレットは言った。「本を見せてもらうわ」

司書は明らかに嬉しそうな表情になった。「じゃあ、見にいきましょう。ところで、わたしはオディールよ」

「マーガレットよ」

だがオディールは書架のほうへ行くのではなく、階段をのぼった。マーガレットはついていったが、〝関係者以外立入禁止〟のドアの先へ進むとき、彼女は訊いた。「どこへ行くの？」

「来ればわかるわ」

小さな休憩室で、オディールはテーブルを出し、揃っていないティーカップ二組とプレーンのスコーンをのせた皿をおいた。司書が電熱器にやかんをのせるために向こうを向いたとき、マーガレットはざらざらしたスコーンの表面を指でなでた。ママが作るスコーンにそっくりだった。確かにパリにはおいしいものがあふれていて、マーガレットも贅沢なケーキを楽しんだ。それでもマーガレットは、食べ慣れたものが恋しくてしかたなかった。

オディールは座り、横の椅子を身振りで示した。「ラコント。〝話してちょうだい〟という意味よ」

パリに来てから初めて、マーガレットは幸せを感じた。家にいる気分になった。

第八章

オディール

青い時間《ルール・ブルー》、昼と夜のあいだの不思議な時間がやってきた。登録者たちが本を借り出して家に帰り、テーブルや椅子に静けさが広がる。このような、何もかもが平穏で、まるで自分のものと思えるような図書館が大好きだ。

ボリスが革装の台帳に、今日何人の登録者が来て（二百八十七人）、何冊の本が貸し出されたか（九百三十六冊）、そして図書館での些細《ささい》な出来事（また妊婦が失神した――『母親になるためのガイド』の四十三ページを読んでいるところだった）を書きつけるのを手伝った。

「もう遅い」彼は言った。「きみは残らなくていい」

「やらせてください」

ボリスは空っぽの閲覧室のほうを手で指し示した。優雅な手には、紙による切り傷がいっぱいだ。「天国じゃないか？」そこでわたしたちの夜のバレエが始まった。演出はこの一ヵ月で完成させた。ボリスは窓の鍵を確認し、カーテンを引く。わたしはレファレンス室にいる動こうとしない学者たちに図書館がもうすぐ閉まると警告するため、照明を暗くする。わたしたちのどちらも何も言わず、椅子を並べなおす。話し合うべき問題や仕事の割り振りがあるけれど、それは明日に回してかまわない。一日じゅう質問に答え続けていたあとでは、沈黙はご褒美《ほうび》だ。マダム・シモンの言うとおり、ボリスは貴族だったのだろうか。彼はみずからの人生について打ち明けるほど、わたしを信頼してくれるだろうか？

　わたしが登録者たちを追い出す番だったので、一回りした。ノンフィクションの列を歩いていて、昼間には気づかなかった題名が目に留まることがある。（今夜は『紙袋で湯を沸かす方法』だった）レファレンス室で書架のあいだを覗きこんで、最高の発見をした——ポールだ。彼は英語の文法書を読んでいた。

　両頰に彼のキスを受けながら、彼のにおいを吸いこもうとした。彼の肌は煙草のにおいがした。わたしの好きな紅茶ラプサン・スーチョンのような、いぶされた香り。わたしは彼から離れるべきだと思ったが、本は寛大な付添人だった。

「閉館時間かい？」彼は言った。「待たせて悪いね」

「かまわないわ」待たせて。好きなだけわたしを独占してくれていい。

「何度か来たんだよ」

「そうなの？」

「でも、きみはほかの登録者の相手で忙しそうだった」

　わたしたちは何センチメートルか離れて立っていたが、それでも遠すぎる気がした。わたしが近づくと、彼の唇が口元に触れた。わたしは指先で彼の頰をなでた。昨日もし誰かにポールと書架でキスするだろうと言われたら、シンナーでも吸ったんじゃないかといって責めただろう。それでもこの優しい接触は完璧で、正しいことだとさえ思えた。

　わたしは情熱について読んで——アンナとヴロンスキー（トルストイ『アンナ・カレーニナ』の登場人物）、ジェーンとミスター・ロチェスター（シャーロット・ブロンテ『ジェーン・エア』の登場人物）——心が震えた、あるいは震えたと思っていた。でもページの上のどんな文章も、このキスのような歓《よろこ》びをもたらすことはなかった。

　寄木張りの床にハイヒールの当たる音がして、ポールとわたしは慌てて離れた。かすかに触れただけだったのに、わたしのすべての部分――肌も血液も骨も――が、まだ彼を感じていた。

「ここにいたの」ミス・リーダーはわたしからポールに視線を移した。

「ありがとう、あの、マドモアゼル・スーシェ」ポールは言った。「ええと、過去分詞についての情報がどこにあるか、これでわかりました」彼は文法書を掲げて、部屋を駆け出していった。

女性館長は、愉快そうに口の端を上げた。「ミス・ウェッドが待っていますよ」

「ミス・ウェッドが?」

「給料日よ」

そうだった! 給料日。なぜ忘れていたのだろう?

「最初のお給料で何をするの?」

「何をする?」わたしは困惑した。

「もちろん大半は貯えておくでしょう――貯金は大事よ、でも記念に何かをするのも大切だわ。進路を勧めてくれた誰かに贈り物をするとか」

「とても思いやりのあることですね」自分で思いつければよかった。「あなたは誰に感謝したんですか?」

「母と親友よ――小説をプレゼントしたわ」彼女は言った。「さあ、ミス・ウェッドをあまり待たせないで」

わたしは機嫌のよさそうな帳簿係の机に行った。今夜は髪に二本しか鉛筆が挿さっていない。

「ギリシャの哲学者ヘラクレイトスについて、あなたの言ったとおりでした。〝誰も、同じ川に二度入ることはできない〟という彼の言葉が大好きです」

「わたしたちがあてにできるのは変化よ」彼女は同意した。

彼女はわたしの給料を数えた。それぞれのフランが、質問に答え、難問にぶつかって困惑し、何日も外国語を話し、本を推薦するために夜なべで読書をしたうえでの勝利を表わしている。この仕事を愛しているが、場合によってはいかに困難なものかを知って驚いた。

わたしは紙幣をポケットに入れた。これが、この仕事を希望した本当の理由だった。金銭は安定につながる。わたしはカロリーヌおばさんのように、貧しく孤独になるのは嫌だった。


翌日の午後、わたしは銀行に行って給料を預けたが、小遣いとして数フランを取っておいた。次に駅に行ってフォンテーヌブロー行きの切符を二枚買った。いつも変わらずに支えてくれるレミーへの感謝の印だ。音楽や本以上に、彼は森の中を散策するのが好きだ。そのプレゼントを夕食の席で渡そうと思ったのに、彼は数口食べただけで席を立ってしまった。

「あの子はもう何も食べない」ママはこぼした。「わたしの料理が気に入らないのかしら?」

パパはママのふっくらとした手を握った。「おいしかったよ」

「近頃は、あなただって外食が好きじゃないの」ママはきつい口調で言い返した。

「おいおい、オルタンス」パパはなだめるように言った。

「レミーの様子を見にいったら?」ママはわたしに言った。

レミーは机についていて、新聞を広げていた。すぐに行こうと言い出すだろうと思いながら、切符を手渡した。でも彼は、うわの空でわたしの頬にキスしただけだった。ますます彼は……離れてしまった。一緒にいても、そこにいない。レミーが恋しかった。今も彼は何も言わず、かといって小冊子の記事を書くのを再開しもしなかった。

「今日は授業に出たの?」

「誰も法律に敬意を払わないのに、その勉強になんの意味があるんだ? ドイツがオーストリアを支配して……日本軍が中国を攻撃し……世界がおかしくなっていくというのに、誰も気にしていない」

ある意味では、レミーの言うとおりだった。遠方の戦闘よりも、登録者どうしの喧嘩のほうが現実味があった。最近の口論を思い出して、わたしは一枚の紙の真ん中をつまみ、喉元に当てた。

「これがペーズリー柄《がら》の蝶ネクタイのミスター・プライス＝ジョンズ」その紙を口元に動かした。「これはセイウチのようなもじゃもじゃの口髭《くちひげ》のムッシュー・ド・ネルシア」

蝶ネクタイ：「再武装するべきだ！　戦争の準備をする必要がある！」

口髭：「われわれには平和が必要だ、もう大砲は要らない」

蝶ネクタイ：「現実逃避者《オーストリッチ》め！　砂の中に頭をつっこむのはやめろ」

口髭：「うすのろよりはましだろう。大戦争では――」

蝶ネクタイ：「どうして戦争のことばかり喋ってるんだ！　唯一変わらないのは、あんたのそのひどい髪形だけだ」

レミーは笑った。

「今のがおもしろかったら、図書館に来て生で見るべきよ」

「この記事の締め切りがきついんだ」

「いらっしゃいよ」わたしはさらに言った。「みんなが気にしてるってわかるわ」

木曜日はお話の時間、毎週の催しで、わたしのいちばん好きなもののある日だ。カロおばさんと一緒のときの自分と同じように、物語に夢中になっている子どもたちを見るのが大好きだった。そこへ行く途中で、ポールに会いたくてレファレンス室を覗いた。彼はいなかった。『心の死』（エリザベス・ボウエン著）、八二三。彼だって毎日図書館に来るわけにはいかないわと、わたしは自分に言い聞かせた。彼とのキスを思い出して、指先で唇に触れてみた。でも、もしかしたらまもなく？

児童室で、数人の母親が集まっている暖炉のほうへ歩いていった。ほとんどが談笑していたが、一人だけ、少し離れてぽつりと立っている女性がいた。

「こんにちは」女性は真珠のネックレスをいじりながら言った。「また会えて嬉しいわ」

寂しがっていた英国の女性だ。マーゴット？　いいえ、マーガレットだ。

「『小修道院』、よかったわ」彼女は続けて言った。「すごく気に入ったから、ミセス・ホイップルのほかの三冊も借りてみたの。今まであまり読書をしなかったけど、娘と一緒に毎日本を読むことにしたのよ」

「どの子があなたの娘さん？」わたしは訊いた。

マーガレットが指さした金髪の子は、ボリスの娘のエレンの隣に座っていた。女の子たちは盛んにお喋りしながら、ビッツィが会を始めるのを待っている。わたしはドアの上の時計を見やって、レミーが入ってくるのを見て驚いた。彼は子どもたちを迂回して、わたしの横に来た。

「来たのね、嬉しい」わたしは彼に言った。

「あんな一人芝居を見て、来ないでいられると思う？　オディールの好きな場所で一緒に過ごしてみたかった。お互い、すごく忙しくて……」

「こうして今ここにいる、それが意味あることだわ」

ビッツィがスツールに腰かけて、本を開いた。彼女が咳《せき》ばらいをすると、部屋は静かになった。二十人の子どもたちが、彼女ににじりよった。『ミス・メイジー』を読みながら、ビッツィの声は低くなり、その目は聴衆を魅了した。すっかり夢中になった男の子が、バレエ・シューズのすぐ上まで垂れている彼女のスカートに触れた。

レミーを見ると、ビッツィに新たなファンができたのがわかった——彼の目は彼女の顔に釘付《くぎづ》けになっていた。彼女が読み終わると、レミーは誰よりも先に拍手をし、ほかの者がそれに続いた。

「あれがオディールの〝本の友〟か」と、レミー。「本当に、同じくらい本を読んでいるの?」

「わたし以上かもしれない」

「彼女、才能があるね」彼は言った。

「登場人物が生きているみたいに表現するのよね」

「いや、自分が登場人物になりきるんだ」彼はビッツィに歩み寄った。

わたしはそれを追いかけた。

「すばらしい《ヴ・ゼット・マニフィック》」彼は言った。

「ありがとう《メルシー》」ビッツィは小声で言った。今は床を見つめている。

レミーをミスター・プライス＝ジョンズやムッシュー・ド・ネルシアに紹介したくて、彼の袖を引っ張った。彼は気づかなかった。

「喉が渇いたでしょう」彼はビッツィに言った。「シトロン・プレッセでも、どう?」

レミーが女性を真剣に誘うのを見たのは初めてだった。少なくとも六人の級友が、レミーに会うのが目的でわたしに近づいてきた。女の子を紹介するたび、彼は礼儀正しく話を聞いたけれど、自分から誘うようなことは一度もなかった。

ビッツィが彼の誘いを受け入れますように。今日一回ぐらい、早めに仕事を切り上げてもなんの問題もない。

ビッツィはレミーの肘《ひじ》に手をかけた。彼は瞬《まばた》きよりも少し長く目を閉じていて、声に出さずにありがとう《メルシー》と言い、それから彼女をエスコートして外に出ていった。忘れられた気分になったが、レミーがビッツィに惹かれたのは自然なことだと自分に言い聞かせた。二人とも、わたしを置き去りにするつもりではなかった。

ボリスに背中を叩かれた。「いいニュースがある」彼は言った。「本を寄付することになった」

「悪いニュースは？」

「それが三百冊もあって、それを用意するのはきみの仕事だ」

ボリスから一覧を受け取った。題名を読んでいるあいだに、わたしは消沈した気分から立ち直った。レミーの来訪は、予想したような展開にはならなかった。また別の機会があるだろう。

「この図書館が何千冊もの本を大学に提供していると知って、感心したものよ。もちろん、荷造りするのが自分だとわかる前だけど！」わたしは冗談を言った。

ボリスは笑った。「わたしじゃなく、きみでよかった」

奥の部屋は空の輸送用木箱と雑多な本であふれていた。「無事に着いてね」わたしは一冊のハードカバーの本をイランのテヘランにあるアメリカン・カレッジ宛の木箱に入れながら言った。次の本はイタリアの水兵協会《シーマンズ・インスティチュート》へ行く。三冊目、四冊目、そして五冊目は、ともにトルコへ旅する。何時間も働いた気になったが、時計を見たらまだ十分しか経っていない。果てしない、寂しい午後になりそうだった。

ドアを叩く音がした。「貸出デスクにいた男性にあなたの居場所を訊いたら、ここだと教えてくれたの」マーガレットが言った。

「連れができてうれしいわ。手伝ってもらえる？」わたしは言ってから、マーガレットのピンクのシルクのワンピースに気づいた。ここにいたら埃《ほこり》だらけになってしまうし、いずれにしても高級婦人服《クチュール》を着ている女性は働くものじゃない。

「もちろんよ。ほかにすることもないし」

わたしは彼女に娘を連れてくるように提案したが、クリスティーナはエレンとその父親と一緒に楽しくしているとのことだった。わたしはマーガレットに、それぞれの本の目的地の見つけ方を教えた。彼女は木箱のあいだを優雅に行き来し、本を丁寧に荷造りしていった。「いってらっしゃい《ボン・ヴォワヤージュ》」

彼女はそれぞれの本に声をかけた。

　わたしは彼女を見詰めた。

「本に語りかけるなんて、おかしいわよね」彼女は言った。

「いいえ、全然」

「〝いってらっしゃい《ボン・ヴォワヤージュ》〟は、学校で習って今も覚えている唯一のフランス語なの。母の言うとおりだった。もっと一生懸命に勉強しておくべきだったわ」

「まだ遅くないわ！　いくつか、表現を教えてあげる。ボン・ヴァンは〝追い風〟という意味よ。誰かに成功や幸運を祈るときに言うの。誰かを励ますときは、がんばって《ボン・クラージュ》ね」

「ボン・クラージュ！」マーガレットは化学の手引書に向かって言った。

「ボン・ヴァン！」わたしは数学の入門書に言った。

　わたしたちは本に声をかけながら、くすくす笑った。

「どうしてパリに来たの？」

「夫が英国大使館の随行員なのよ」

「すてきな社会なんでしょうね」

「どちらかというと意地悪な社会よ」マーガレットは顔をしかめた。「あら、わたしがこんなことを言ったって、誰にも言わないでね。わたしが外交官になれないの、よくわかったでしょう」

　急に恥ずかしくなったのか、マーガレットは本の分類に戻った。

「華やかな催しにも参加するんでしょう」パーティーの話を聞きたくて、わたしは言った。

「昨日はオランダ大使の公邸でお茶をいただいたけど、今のほうが楽しいわ」

「どうして？　世界じゅうから来たひとと会えるんでしょう」

「そのひとたちが会いたいのは夫であって、わたしじゃない」頬紅のついているマーガレットの頬を、涙が伝《つた》い落ちた。「ママに会いたい、お友だちとお茶したいわ」

　わたしはなんと答えればいいのかわからなかった。ミス・リーダーは、外国人はパリでよくホームシックになる、職員がその寂しさを和らげられたらいいと言っていた。

「こんなつもりじゃなかったの」マーガレットは涙を拭いた。「ママに、〝注ぎ口から水が漏れるティーポット〟って呼ばれたものよ」

「もうすぐお母さんに、〝パリジェンヌ〟と呼ばれるわよ」わたしは最後の木箱の蓋《ふた》を閉めた。「すごく助かったわ」

「本当に?」

「ここでボランティアとして働いてみない?」

「なんの訓練も受けていないわよ。何かまちがえたらどうするの?」

「ここは図書館よ、手術室じゃない！　本をまちがった場所においても　誰も死なないわ」

「どうしようかしら――」

「新しい友だちができるわよ。わたしがフランス語を教えてあげる」

　わたしはマーガレットと一緒に中庭に行った。そこでは彼女の娘がエレンと遊んでいた。夕刻の影が街に落ち、壁を這いのぼって芝地へ、壺に植えられたツタを通り過ぎ、図書館へと伸びた。暗闇がすぐそこまで来て――閲覧室の電灯が明るく輝いていた。窓ごしに　マーガレットとわたしはマダム・シモンがこそこそと周りを見回して、鞄《かばん》からプードルを出すのを見た。プードルを膝《ひざ》に乗せ、マダム・シモンとコーエン教授はその犬のお腹を撫でた。その幸福感に包まれて、二人はボリスと妻のアンナが部屋の隅で、黒髪の頭を寄せ合っているのに気づいていない。この二人は触れ合うことこそないが、いつも優しい愛を発散している。骨ばった指を口元に当てて、ミセス・ターンブルが学生たちに静かにするよう注意した。可愛そうに棚係のピーターは、獲物のように彼を追いかける既婚女性を避けて、書架のあいだに飛びこんだ。それを見て、帳簿係が口を押さえて笑いをこらえた。

そこに展開される光景を見ているマーガレットの目には憧れがあった。なぜかわたしは、彼女にはこの図書館が必要だと思った。なぜか、この図書館には彼女が必要だと思った。埃っぽい本の上を、わたしたちの会話がセーヌ川のように流れていった。わたしはマーガレットがここの一員になることを、何よりも願った。

第九章

オディール
パリ、一九三九年六月から七月

試験の週になり、テーブルは満席で、一つの席を除いてすべてが埋まっていた。ムッシュー・グロージャンはオレンジ色の耳当てをつけ、閲覧室の真ん中に陣取っていた。彼を見ながら、ボリスとわたしは緊張していた。「わが掟破りの常連は、どうするかな?」彼はわたしに訊いた。

「〝イシュマエルと呼んでくれ〟」ムッシュー・グロージャンは大声で読み始めた。「〝何年か前――正確にどれほどかは気にするな――財布にほとんど金がなくて、陸には特別興味のあるものもなかったから、少し船に乗って世界の水の部分を見てみようと思った……(メルヴィル『白鯨』)〟」ボリスが空いている椅子を指さして、静かに読むように促したとき、このムッシューは答えた。「あの香《かぐわ》しいユダヤ人たちの近くなど、座る前からうんざりだ」

ミス・リーダーが、眉をひそめ、口元をこわばらせて近づいた。彼女が怒っているのを見るのは初めてだった。ムッシューは一歩下がった、「あなたの相手はすぐにします」彼女はそっけなく言った。それから女性館長は若い女性たち――ソルボンヌ大学の学生たち――を集めて謝り、静かに勉強できるようにすると約束した。彼女はムッシュー・グロージャンに、「この図書館に、そんなことを言っていい場所はありません」といって警告した。

「みんなが考えていることを口にしただけだ」彼はぶつぶつと言った。

「考えを改めなさい」彼女は言った。

「指図なんかするな！」ムッシューは手を振り上げ、彼女を打ちそうになった。

ボリスがムッシュー・グロージャンの腕をつかみ、そのままドアのほうへ連れていった。ニットのベストとネクタイという姿の彼は、驚いたことに用心棒としても有能だった。

「〝わが魂にじめじめと霧雨の降る十一月〟についての文章を朗読したかっただけだ！」

「魂だと？」と、ボリス。

「手を放せ――」

「おまえは犠牲者じゃない」ボリスはムッシューを外に押し出して言った。「おまえは多くのひとを不快にさせた不愉快な男だ。あと一音節でも口にしてみろ、二度とここに来られないようにしてやる」

ミス・リーダーは、この騒ぎで動揺した登録者たちをなだめた。わたしはボリスの様子を見にいくことにした。彼は中庭の奥、管理人が子どものように話しかけて世話している真っ赤なバラの近くにいた。ボリスはジタンを指先でつまむように持ち、壁に寄りかかっていた。

「大丈夫《サ・ヴァ》？」

彼は答えなかった。わたしも壁に寄りかかり、二人で煙が揺らぎながらのぼっていくのを眺めた。

「革命のあと、わたしは祖国に別れを告げざるをえなかった」彼は言った。「旅立ちは辛かった。でも弟とわたしは、もっといい、すてきな場所があると信じてここに来た。フランスは啓蒙《けいもう》の国だろう？　ロシアでは多くが集団虐殺の犠牲になった。隣人はユダヤ人だというだけで殺された。だからあんな言葉を聞くと……」

「悲しいわよね」

「憎しみはどこにでもあるようだ」彼は煙草を長く吸いこんだ。煙を吹き出したとき、それはため息に似ていた。「わたしたちの図書館にさえも」

パパの言うとおりだった――社会に出て働くのは混乱させられることだった。バスで帰宅する途中、誠実な友人、八一三、『彼らの目は神を見ていた』に夢中になって、かすかな光でもとらえようとして体を窓のほうに向けた。〝彼女は誰も言わなかったようなことを知っていた。例えば、木や風の言葉だ。落ちていく種に、頻繁に「柔らかい土に落ちますように」と声をかけた。落ちていきながら種たちが、たがいにそう言い交わしているのを聞いていたからだ。彼女はこの世界が天空の青い牧草地を駆ける種馬だと知っていた。彼女は神が毎晩古い世界を引き裂き、夜明けまでに新しい世界を作るのを知っていた。それが太陽とともに形を成し、材料である灰色の埃の中から現われるのを見るのはすばらしいことだった。なじみのあるものやひとに失望させられたので、彼女は門に寄りかかり、遠くに延びる道を見詰めた〟バスが赤信号で急停車して、わたしは本の世界から連れ戻された。

ここはどこだろう？　見覚えのある目印を探したら、父の警察署、その巨大で陰鬱《いんうつ》な建物が見つかった。家から遠く離れていたが、まだパパが勤務中なら、車に乗せてもらえるかもしれない。父の車を探して、通りを見やった。車ではなく、父が見えた。フェドーラ帽を目深にかぶり、片腕で女性を抱いている。強盗に入られた店員だろうか、犯罪の被害者を慰《なぐさ》めているのかもしれない。二人の背後にある建物の名前に気づいた。ノルマンディー・ホテル。いいえ、あの女性はフロント係かメイドなのだろう。女性が何か言ってパパが笑い、それからキスをした。両頬にではなく、唇を合わせた。

どうしてママに、こんな仕打ちができるのだろう？　その売春婦は髪の毛は貧弱だし頬骨が突き出していて、きれいとは言い難い。ありがたいことに信号が青になり、バスはわたしを乗せたまま丸石の上を走った。

嫌な気分で、わたしは次のバス停で降りた。家まで歩きながら、今見たことを理解しようとした。どれほど長く続いていることなのだろう？　ママは、こんなことをされるような何をしたというのか？　何をしなかったのか？　記憶をたどってみた。ある晩の夕食で、ママはパパが〝外食が好きだ〟と言った。あれはこれを意味していたのだろうか？

玄関ロビーで、わたしは学生鞄をおいてレミーの名前を呼んだ。彼は『ハツカネズミと人間』を読んでいた。「スタインベックはあとにしてもいいでしょう」わたしは言った。両親から、そして世界から離れた、二人だけの秘密の場所へ行った。光の届かない、わたしのベッドの下だ。レミーが、次にわたしが、寄木張りの床を滑《すべ》って潜りこんだ。子ども時代に返って、誰もわたしたちを見つけにこようとしない場所に戻れるのは、いい気分だった。

乱れた息がなかなか戻らず、わたしは息切れしたまま言った。「パパ。女性と一緒。ママ以外のね」

「何を驚いているんだい？」

レミーの平気な態度は、売春婦と一緒にいるパパを目撃するのと同じくらい、辛いものだった。

「知ってたの？　どうして教えてくれなかったの？」

「お互い何もかもを言い合うわけじゃないだろう」

いつからそうなったの？

「重要人物には愛人がいるものだ」彼は続けた。「金時計みたいなステータス・シンボルだよ」

レミーは本当にそう思っているのだろうか？　ポールはどうだろう？　パパの情事は、ママだけでなく、家族への裏切りのように思えた。どうしてレミーはそう思わないのだろう？　彼を見たけれど、表情は読めなかった。彼が何を考えているのかわからなかった。どう考えたらいいのかわからなかった。指をマットレスのコイルに引っ掛けた。

「ビッツィによると、大人になるというのは、両親にも彼らの人生、彼らの欲望があると気づくことだそうだ」レミーは言い終えた。

ビッツィによると。

過去に一度、レミーと意見が一致しなかったときのことを思い出した。わたしたちが九歳になった夏、レミーは肺の病気で寝こんでいて、鬱血《うっけつ》を和らげるためにママはレミーのやつれた胸にからし泥《でい》を塗った。ママとリオネルおじさんとカロおばさんと一緒にミサに行く日曜日以外、わたしは――本を読み聞かせたり、眠っている彼を見ていたりして――レミーにつきそっていた。わたしはリオネルおじさんが好きだった。リオネルおじさんはわたしのような娘が欲しかったと言った。それを聞くとカロおばさんは泣きそうな顔になり、ママは、きっと二人はもうすぐ子宝に恵まれると言い張った。でもママ――いつでも自分が正しいと言う――は、この件については半分しか正しくなかったことがわかる。

おじさんがミサに参加しなくなったとき、カロおばさんは当たり障りのない説明をした――風邪気味だとか、顧客をカレーに連れていかなければならないとか――それで誰も、異変に気づかなかった。最後のとき、教会を出たさいに、ママはこんなことを言いさえした。「女性ばかりも、いいものよね」

わたしはデザートのことを考えながら、スキップして一歩前に出た。

「そんなふうに感じてくれると助かるわ」カロおばさんは言った。「じつは話があるの」

おばさんの声に苦悩を聞き取って、わたしは足を止めた。振り返りはしなかった。ママに、聞き耳を立てているのを咎《とが》められたくなかった。

「リオネルとは距離があったの」カロおばさんは言った。

ったの。

「ほかに誰かいると感じていた。問いただしたら、愛人がいるって認めたわ」

「この世の中はそんなものでしょう」ママは言った。「彼が本当のことを言ったのには驚いたけど」

ママの口調は苦々しくて、わたしは思わず振り向いた。ママもおばさんも、わたしに気づかなかった。

「言わざるをえなかったのよ」カロおばさんは涙ぐんだ。「相手が妊娠したの。離婚の手続きを始めたわ」

「離婚ですって」ママは青ざめた。「人さまになんと言うつもり？」

わたしの母は常に、〝人さまがどう思うか〟を真っ先に考えた。ママは不安げに、教会の階段にいるクレマン猊下《げいか》を見やった。

「それしか言ってくれないの？」カロおばさんは言った。

「ミサに出られなくなるわよ」

「残念だけど、聖書なら一人で読めるわ。行きましょう」

ママは動かなかった。「一人でうちに帰って、家の中のことをしなさい」

「一緒にいたいと思ってたのに」

「自分のアパルトマンに帰りなさい」

「できないの。リオネルが、相手の女性をうちに引っ越しさせようとしているの」

「そんなこと、わたしは知らないわ」

直接対決を嫌うママが、教会の前、神さまや皆が見ている場所で口論をするなんて、ショックだった。自分の肉親に対して、どうしてこんなに冷たくできるのだろう？

「お願い」カロおばさんは言った。「独りぼっちになるのは耐えられない」

ママはちらりとわたしを見た。わたしはママが、わたしが転んで膝をすりむいたときのように、自分の姉妹を抱きしめるだろうと思った。でもママはただ、「子どもたちに変な影響があると困るわ」と言っただけだった。

離婚した女性は売春婦よりも下に位置づけられる。わたしの母は教会が信じろというものを信じていたが、自分の姉妹については例外とするにちがいない。

「どこにも行き場所がないの」カロおばさんは言った。「お金もない」

「お願い、ママ」わたしは言った。でもママの表情は硬くなっただけだった。

「離婚は罪よ」

「懺悔《ざんげ》で、罪の許しを求められるわ」わたしは答えた。

ママは理屈で勝てないと、力を使う。ママはわたしの腕をつかんで、わたしを引きずるようにして家に向かった。わたしは振り返ってカロリーヌおばさんを見た。おばさんは震える手を胸に当てて、わたしたちを見送っていた。

家に着いて、わたしはすぐにレミーの部屋に行ったけれど、ドアノブを回そうとしたとき、ママがドアの前に立ちふさがった。「レミーを動揺させちゃだめよ」

その後何日か、わたしはママが態度を和らげると思いこんでいて、カロおばさんのことを訊いた。ママは答えた。「その名前をもう一度出してごらん、遠くへやるわよ」わたしはママが本気だと思った。

二週間、わたしは黙っていた、ずっと口をつぐんでいた。もうこれ以上レミーに秘密にしておけないと思って、わたしは彼のベッドの端に腰かけた。レミーは青白い顔をしていた。絶えず全身に響くような咳をするので、疲れているとわかっていた。「からし泥のせいで、日曜日のロースト肉みたいなにおいがする」わたしは彼をからかった。

「おもしろいな」

「ごめんなさい」わたしはレミーの髪をくしゃくしゃにしようとして、手を伸ばした。もしさせてくれたら、冗談を許してくれた証拠だ。させてくれなかったら、まだ怒っている。

レミーはさせてくれた。

「気分はよくなった？」

「まだ、あまり」

「ああ」話すべきじゃない――ママに、レミーを動揺させてはいけないと警告された。両親とわたしは、レミーの病気がぶり返すのを恐れて生活していた。レミーが眠っているかもしれないと思うときは、低い声で話し、彼の部屋の前では爪先立って歩いた。

どうしたの？　彼の問いかけを感じた。

なんでもないと、わたしは答えた。

話しなよと、彼。

ときどき、わたしたちはこんなふうに気持ちをやり取りした。

レミーは、わたしの苦悩が溢れだすのに耳を傾けた。母親の愛情は無条件に湧き出すものだと思っていたのに、母親は蛇口をひねるように止めてしまった。おばさんはどうなるのだろう？

「ママは、カロおばさんはマコンに戻りたかったんだと言ってたよ」レミーはゆっくりと言った。

わたしは顔を上げた。戻りたかった？

「だったらどうしてカロおばさんは別れの挨拶に来なかったの？」わたしは言った。「どうして手紙もくれないの？」

このときばかりは、お喋りなレミーにも答えがなかった。

「本当のことより、都合のいいことを信じてるのね」わたしは責めるように言った。

た。

「オディールこそ誤解してるんじゃないか。ママがそんなにひどいことを言うはずがない」

レミーに信じてもらえないのは、母親が自分の姉妹を拒絶するのと同じくらい衝撃的なことだった。

「レミーはあの場にいなかった」わたしは言った。「病気のふりをしてね。いつものとおり」

レミーの顔が赤らんだ。彼は起き上がって、口を開いた。すごい勢いで言い返されるものと身構えた。ところがレミーは何度か空咳をしたあと、ひどく咳きこんで黒ずんだ血を吐いた。わたしはなす術《すべ》もなく、ハンカチーフを手渡して彼の背中をさすった。口論の勝ち負けは念頭から消えた。

二ヵ月後、レミーはまたミサに行くようになった。ママのように、レミーは誠実に十字架像の前に膝をついた。信仰のおかげで元気になれたと信じていた。わたしはレミーが必要なことを、そのまま信じさせておいた。わたし自身は、愛は忍耐強くないし優しくもないことを知ってしまった。愛は条件によって変わる。身近なひとが、なんでもないことのせいで背を向け、さようならを言うこともある。頼れるのは自分自身だけだ。

わたしの読書への情熱は高まった――本は裏切らない。レミーが小遣いで菓子を買う傍《かたわ》らで、わたしは貯金した。レミーはクラスの道化者で、わたしは卒業生総代だった。レミーの友人にデートに誘われても、わたしは断わった。愛などは問題外だった。何か避け難い出来事が起きたときに自分で対処できるように、商業を学び、仕事を得て、貯金をするつもりだった。

落ち着かない一夜を過ごしたあとでぼんやりしていたが、わたしはできるかぎり登録者の手助けをしようとがんばった。考えこまずにいるのは難しかった。パパには愛人がいて、レミーは四六時中ビッツィと一緒にいて、ポールは会いにきてくれない。ボリスに本を選んでもらおうと思って、貸出デスクに立ち寄った。

「今日はふさぎこんでいたね」ボリスは八九一・七三をくれた。「〝晩年の部屋〟へ行くといい。あそこなら誰にも煩《わずら》わされない」

チェーホフを胸に押しつけるようにして持って、わたしは階段をのぼった。二階にいる、春に気づいていない学者たちを通り過ぎ、静かな三階へ行く。そこはめったに貸し出されない本をおいてある、〝晩年〟という場所だ。

書架のあいだを歩いているうちに、静けさとともに平和がわたしを包みこんだ。本に隠れて、わたしは読んだ。〝彼には二つの人生があった。一つは公開され、気にかける者全員に見られ、知られる人生……そしてもう一つは秘密裏に進んでいく人生だ（チェーホフ『犬を連れた奥さん』）〟わたしたちは愛する者について知ることができず、相手もまたわたしたちを知らない。悲しいことだが、それが真実だ。でも慰めもある。他者の物語を読むことで、わたしは自分が独りぼっちでないことを知る。

「ここにいたのね！」マーガレットは言った。彼女の顔——いつも完璧に白粉《おしろい》が塗られている——は、重くて大きな本を扱った労働と、満足感とで輝いていた。初めて会ったときの躊躇いがちのよそ者は、自信のある有能な女性に変わっていた。

「今日の仕事はなんだったの？」

「百科事典の置き換えよ」二の腕をさすりながら、マーガレットは言った。「ここで働くには、力持ちでなくちゃならない」

「ずいぶん手伝ってもらって、ありがとう」

「信じているならたやすいことよ、わたしはこの図書館を信じているの」

わたしはポールに恋していることについて考えた。「見返りが何もなかったらどうする？」

「何かを与えるときに、見返りを期待するべきではないわ」彼女はわたしを、からかうような目つきで見た。「こんなところで、一人で何をしているの？」

「しまいこまれている本を調べていたの」

「元気がないわね」

「大丈夫よ」

「いいえ、わたしにはわかる」彼女は軽い口調で言った。「ここは風通しが悪い。新鮮な空気を吸ったほうがいいわ」

いったん外に出ると、『犬を連れた奥さん』を小脇にはさんで、わたしはマーガレットを脇道に導いた。

「どこへ行くの？」彼女は訊いた。

わたしは眉をひそめた。ポールの警察署はワシントン街だっただろうか？

うまくいかなかった愛を目撃したことがある。今わたしは、愛がうまくいくのを見たかった。彼もわたしと同じような気持ちかどうか知りたかった。つまり、希望に満ちながら、用心深くなってもいる。わたしは仕事を持ち、ますます独立しつつある。一か八か、賭けてみてもいいだろう。

「何かあったの？」

「わたし……」自分の気持ちをどう表現したらいいのかわからなかった。いずれにしても、彼女はとても国際的で、わたしの悩みなどに興味はないだろう。

「革命記念日の大使館のパーティーに出てみない？」

わたしは彼女を見た。「いいの？」

「もちろんよ！　元気を出してちょうだい。うちのフラットに来て、一緒に支度すればいいわ。わたしのドレスを貸してあげる。ああ、もしドレスを持っていなければね」

わたしはほとんど聞いていなかった。警察署が見えた。やった！　わたしは立ち止まった。マーガレットは格子のついた窓を怪訝《けげん》そうに見た。何人かハンサムな警察官が出てくるのを見て、事情がわかったという顔をした。「もしかしてここに、会いたい登録者がいるの？　泥棒じゃなく、巡査だといいけど！」

「巡査のほうよ」

「挨拶してきなさいな」

「パパは嫌がるでしょうね。警察署は犯罪者で溢れかえってるって言ってるから」

「お父さんはここにいるの？」

「いいえ」

「じゃあ、入っていけない理由はないわ」彼女は木製のドアを開け、わたしを中に押しこんだ。中は薄暗く、煙草の煙でいっぱいだった。横にあるベンチから、汚れた下着を着た男がにらんできた。わたしは『犬を連れた奥さん』を胸元でしっかり抱えた。男は近づいてきた。わたしは離れた。もしかしたらポールはパパが提案した部署を受け入れて、もうここでは働いていないのかもしれない。もしかしたら彼は、そもそもここで働いていなかったのかも。わたしったら、ばかみたい。来るんじゃなかった。出ようとしたとき、肘をつかまれるのを感じた。わたしは飛びのいて、浮浪者のような男をチェーホフで殴ろうと身構えた。ところが、心配そうな青い目が見えた。

「またあなたに会うのを夢見ていたけれど、場所はここではなかった」ポールが言った。

わたしは本を下ろした。「また会いたいと思っていたの？」

「もちろんだよ。でも、上司の前で気まずい思いをさせたから……」

「そんなことはないわ。いずれにしても、また……図書館に来てちょうだい」

「ああ……また図書館に行きたいと思ってる」彼は言った。

わたしは彼が何か言うのを待ったが、彼は何も言わず、それで自分から言った。「もう行くわ。お友だちが外で……」

「ちょうど勤務時間が終わったところなんだ、お友だちも一緒に食事でもどう？」

ビストロで、黒い上着と蝶ネクタイというおしゃれなウェイターが、ビールを飲みながらわたしたちを見ている警察官たちからは遠い、静かなテーブルに案内してくれた。見覚えのある顔はなかったが、日曜日の昼食に来た者がいるだろうか？

いかにもおいしそうな甘く焦げたリンゴのにおいが、キッチンから漂ってきた。

「このすばらしいにおいは何？」マーガレットがたずねた。

「タルトタタンよ」わたしは答えた。「プロフィットロールとママのムース・オ・ショコラの次に、わたしが三番目に好きなデザートだわ」

「ぼくの四番目に好きなデザートだ」ポールは言った。

「食べたことがないわ」マーガレットは言った。「でも、もう一つ大好物が増えそう」

急に恥ずかしくなって、わたしは格子柄のテーブルクロスからパン屑《くず》を払った。マーガレットが、口だけ動かした。「彼と話しなさいよ」沈黙が続いて、わたしは何か言おうと考えた。仕事について訊いてみようか。仕事から不機嫌に帰ってきて、しようもない奴らを相手にしなければならないと愚痴《ぐち》をこぼすパパのことを考えた。レミーもわたしも、パパが言っているのが犯罪者か同僚のことかわからなかった。

「いったいどうして警察官になりたかったの？」わたしはだしぬけに訊いた。

「だって、危険な仕事ですものね」マーガレットが言った。「オディールはいつも、警察官に敬服していると言っているのよ」

「ずっとしたいことだったんだ」彼は言った。「人々を助け、人々の安全を守る」

「やりがいのある仕事ね！」彼女は言った。

「あなたはいったいどうして司書に？」彼は訊いた。その目に輝《エタンセル》きが見えた。

「人間よりも本のほうが好きなときがあるの」

「本は嘘をつかないし、盗みを働かない」彼は言った。「本は信頼できる」

わたしは驚いた。自分と同じ考えを聞いて、嬉しくなった。

「どんな本を読むの？」わたしは訊いた。

「あなたに対して答えるべきかな、それとも図書館の会報向けに？」

わたしは誇らしさで頬が熱くなった。「会報を読んでいるの？」

「ミス・ウェッドの受け答えはよかった。それで古代のヘラクレイトスを見直したよ」

「〝誰も、同じ川に二度入ることはできない〟」彼とわたしは同時に言った。

「わたしに対する答えを聞かせて」わたしは恥ずかしそうに言った。

「主にノンフィクションが好きだな。特に地理学だ。あらためて英語の文法、規則のある何かを勉強するのは楽しかった。指摘して、確かにその通りだと言えるような事柄がいい。きっと、物事が真実であることを必要としてるんだろうな」

わたしは小説は人生よりも真実になりうると言い返そうとしたけれど、彼は続けた。「たぶん、規則を無視する犯罪者と一緒にいる時間が長いからだろう。悪党たちは誰を傷つけようと気にしない。彼らは都合のいい話をするから、そんなことをしたもっともな理由があると信じたくもなる。信頼していた誰かが嘘をついていたとわかると、辛いものだよ」

「傷つくわよね」わたしはパパと愛人のことを考えながら言った。

ウェイターが咳払いをした。わたしは混みあったレストランにいることを忘れていた。横にマーガレットがいることも忘れていた。注文をしたあと、ポールはたどたどしい英語で言った。「故郷から遠く離れて暮らすなんて、できるかどうかわからない。すごいですね」

「そうかしら」彼女は言った。「じつはひどいホームシックになって、そのときオディールと出会ったの」

「マーガレットは図書館にとって大きな助けになってくれたのよ」

マーガレットは顔を赤らめ、それから言った。「休暇の予定はあるの？」

「毎年、おばの農場を手伝いにいきます」彼は言った。

「パリの近く？」マーガレットは訊いた。

「ブルターニュです」

「遠くへ行ってしまうの？」わたしはがっかりした。ウェイターがステック・フリットを持ってきたけれど、もう食欲がなくなって、フライドポテトをつまんだ。

食後、マーガレットはポールに礼を言い、タクシーに乗った。街灯のやわらかい光の下、彼はわたしを家まで送ると言った。いつものように速足で歩くべきか、彼の歩調に合わせるべきか迷った。手をポケットに入れるべきか、脇に垂らしておいて彼が握れるようにするべきなのか、わからなかった。階段をのぼりながら、彼が唇が重なるくらいまで身をかがめて、彼の息を吸いこむことになるだろうかと考えた。踊り場で、彼は身を寄せてはこなかった。わたしはクラッチバッグの奥のほうに紛れてしまった鍵を探すふりをしてうつむき、落胆を隠した。

鍵を鍵穴に入れようとしたとき、ポールがわたしの手首に触れた。わたしは動きを止めた。

「ぼくから誘おうと思っていた」彼は言った。

「そうだったの？」

「そうしたら、お父さんから仕事の誘いがあった」

わたしは鍵を落とした。

ポールはパパがいるからわたしが好きなのだ。警察署まで彼に会いにいくなんて、ばかなことをした。気分が悪かった。戸口の向こうへ行って、ドアを閉めてしまいたかった。腰をかがめて、指先で鍵を探った。でもポールのほうが早くて、片手で鍵を握り、もういっぽうの手でわたしの肘をつかんだ。

「ぼくには資格がある」彼はわたしを立たせながら言った。「それに正直言って、昇進すればもっとまともなところに住める」

わたしは彼のシャツの小さな青いボタンを見詰めた。「おめでとう。いつからなの？」

「でも断わった」

「断わった？」

「きみに、ぼくの気持ちを疑われたくなかったんだ」

胸の中に花が咲いたような気がした。彼は唇でわたしの口をふさいだ。最初、映画の中の若手女優のように唇を閉じていたけれど、やがて唇を開くと、彼は舌でわたしの舌を愛撫した。ポールが顔を上げたとき、わたしはけだるいキスのあいだに『嵐が丘』の中に飛びこんでしまったような気分で、うっとりと彼を見詰めた。


パリ祭の日（七月十四日）、マーガレットのフラットに行くと、執事に居間に案内された。そこでは偉そうな男性たちの肖像画がわたしを見下ろしていた。なんだか怖くて、わたしは部屋の隅におかれているグランドピアノのほうへ行った。それはパパの車くらい大きかった。覚束《おぼつか》ない指で、いくつか音を鳴らしてみた。家に執事がいたりグランドピアノがあったりする知り合いはいない——それらは現実の生活ではなく、小説の中のものだった。窓からは、ナポレオンが埋葬されている黄金のドーム形教会が見えた。まさに、ここは高級な地区だ。家では、鉄道駅から石炭の粉が飛んでくるため、めったに窓を開けない。低い天井のせいで、うちの薄暗いアパルトマンは、お天気のいい日は居心地がいいけれど、悪い日は気詰まりだった。わたしの寝室から外を見ると、すぐにうちの向かいの建物で――三メートルほど先――マダム・フェルドマンの浴槽の上に使い古しのガードルが干してあるのが見える。陽光とすてきな眺めは贅沢品だった。マーガレットは、わたしが思い描いた〝よそ者〟とは、ちょっとちがっていた。

「お待たせしたかしら？　クリスティーナがなかなかお風呂から出たがらなくて」マーガレットは言った。娘を両腕で抱いていた。クリスティーナはマーガレットのブラウスの襟《えり》に顔を押しつけていて、濡れた巻き毛しか見えなかった。

「お話の時間に会ったでしょう」わたしはクリスティーナに声をかけた。「あれは、わたしの一週間でいちばん好きな時間よ」

クリスティーナは顔を上げた。「わたしも」

乳母がクリスティーナを迎えにきて、わたしはマーガレットのあとについて、淡い青色の寝室から化粧室へと行った。そこはミス・リーダーの部屋ほどの広さがあった。一つの壁にずらりとデザイナー仕立ての日常着、もう一つの壁には、一着が年収より高価そうな夜会服がならんでいる。一人の女性がこれほどの服を持っているのが信じられず、わたしはぽかんと見とれてしまった。その色！　キャンディーアップル・レッド、タフィー、ペパーミント、リコリス！　服に手を触れずにいられなかった。

「何か着てみない？」

「嬉しい！」

自分では決められなかったので、マーガレットが黒いガウンを選んでくれた。それを胸の前に当てて、化粧室の中を踊るように動いた。「ほら」わたしは言った。「何を待っているの？」

マーガレットはハンガーから緑色のガウンを取り、わたしと一緒に部屋の中で踊り始めた。わたしは〈バラ色の人生《ラ・ヴィ・アン・ローズ》〉の歌詞をくちずさみ、マーガレットも声を合わせて、息切れがするまで踊りながら歌って、笑った。やがてわたしたちは、何枚もの贅沢なガウンの下にどさりと倒れこんだ。

「お邪魔ですか？」男性が、フランス語風の癖《くせ》の強い英語で言った。男性の細くて黒い髭は、扇動者サルヴァドール・ダリの向こうを張るものだった。

マーガレットとわたしは立ち上がった。彼女が紹介をしてくれた。

「初めまして《アンシャンテ》」彼は言った。

上流階級の顧客が多いため、社交界の新聞などではこの男性《ムッシュー》のことを〝相続人のドレッサー〟と呼んでいる。彼はどんな装いにするか、顧客と相談などしない。どうするべきかを承知しているのだ。わたしはマーガレットに本を修繕する退屈な日々を提供した。彼女はわたしを、パリで最も人気のスタイリストに引き合わせてくれた。

マーガレットは家政婦に裾《すそ》を直させるといって、わたしに黒いガウンを試着させた。それからわたしを、鏡台の前に座らせた。

「ポールはいいひとだわ」彼女は言った。ムッシュー・Zがわたしの髪をくしけずり始めた。

「彼とわたし、共通のものがあるかしら？　彼は警察官で、わたしは、こんな感じでしょう」

「ローレンスと彼のケンブリッジ時代の友人たちは、ソネットを暗唱できる。だからといって、愛について知っているわけではないわ。ポールは明らかにあなたのことが好き、それが彼の職場での肩書や愛読書よりも重要なことでしょう」

彼女の言葉はありがたいと言うべきだったけれど、ちょうどムッシュー・Zが頭皮をマッサージしてくれていて、それがあまりにも気持ちよくて我を忘れた。自分がどれほど不安だったか――ポールに対して芽生え始めた好意、レミーとの悲しい距離、父親がわたしたちを顧みずに愛人を持っていること――に、緊張が解け始めて初めて気がついた。ママに髪を切ってもらうとき、ママは櫛《くし》でもつれた髪を引っ張るように梳《と》かす。ムッシューの櫛は、ナイフをバターに入れるように滑《なめ》らかに髪のあいだを通った。

わたしはプロに髪を整えてもらうのはこれが初めてで、ムッシューがヘアアイロンでわたしの髪をカールし、波打つような巻き毛を作り出していくのを、うっとりと眺めた。

彼が盛んに両手を振り回し、決然と「これでよし《ヴォアラ》！」とつぶやいて仕上げをしたとき、マーガレットは言った。「ベティ・デイヴィスみたい。運命の女性《ファム・ファタル》の誕生ね」

ムッシュー・Zが念入りにマーガレットの髪を高く結い上げているあいだに、彼女は言った。

「ミス・リーダーには恋人がいるのかしら？」

「図書館の催しには、大使がエスコートしていたわ」

「ビル・ブリットは腕利きの交渉人だけど、浮気っぽいという噂なの。ノルウェーの領事で、彼女にぴったりのひとがいる。図書館に登録するように言ってみるつもりよ」

「そのひと、順番待ちしなくてはならないかも」

ムッシュー・Zのスタイリングが完成したとき、マーガレットは鏡を見ず、わたしを見た。

「どう思う？」

「すてきよ」わたしは心から言った。「完璧だわ」

マーガレットは頬を赤くした。いったいどれくらい、彼女は誰かに誉められていなかったのだろう。

「ローレンスはもう一度あなたに恋するでしょうね」わたしは言った。

「まさか……彼はとても忙しいから」

「きれいだねってあなたに言う時間もないほど忙しいの？」

「誰もが、あなたと同じようにわたしを見るとはかぎらないわ」マーガレットは鏡を見ることなく立ち上がった。

マーガレットは、自分は肩ひものない緑色のドレスを着て、わたしに裾を直したガウンを手渡した。シルクの布地は肌の上を滑るようで、冬に着るチクチクするウールとも、夏の張りのあるリネンともちがっていた。マーガレットが背中のジッパーを上げてくれた。鏡の中の自分の姿を見て、一瞬わたしは息ができなかった。自分で持っているドレスは、テーブルクロスのように体をおおった。このガウンは、腰を締め、自分でも存在を知らなかった胸を押し上げるという効果を発揮していた。上身頃がきついと考えながらも、胸の内に渦巻く冷たい感覚が嫉妬だとわかっていた。マーガレットはたくさんのものを持っていて、わたしはほとんど何も持っていない。

「パリに来て、パーティーの支度をするのが楽しかったのは、今日が初めてよ」彼女は言った。「また来てね」

ガウンや、スタイリストの出張サービス——贅沢に慣れてしまうかもしれない。マーガレットのふたたび来るようにという言葉を聞いて、嫉妬の念が薄れていった。

書斎にいるローレンスのもとへ、廊下を歩いていくとき、シルクのワンピースの裾がふくらはぎに触れて官能的な音を立てた。今の姿をポールに見せたかった。

ローレンスは肘掛椅子に座り、〈ヘラルド〉に顔を埋めていた。わたしの横で、マーガレットが咳《ユー》ばらいをした。ローレンスは新聞をおろした。青い目を、暗い色のまつげが縁取《ふちど》っている。驚い《モン・デ》た、彼はタキシードを着て、とても格好よかった！「すてきですね！」彼は立ち上がり、わたしの手にキスをした。次にマーガレットにキスするものと思ったのに、彼はわたしの手を握ったまま、わたしを見続けていた。「もしまだ結婚していなかったら……」彼は眉を動かしてみせ、わたしは嬉しくなってくすくす笑った。

「ミスター・プライス＝ジョンズをご存じではありませんか？」上流の外交官たちの社会にも知り合いがいることを示したくて、わたしはたずねた。

「伝説的な人物だ！　仏英関係の議定書は彼が書いた。一九二六年以来、討論に負けていない。どういうお知り合いですか？」

「常連《アビチュエ》の一人なのよ」マーガレットが、自慢げに言った。

ローレンスはわたしから視線を動かさなかった。「彼女に司書の真似事をさせていただいてありがたい」

横で、マーガレットが身を硬くした。『彼らの目は神を見ていた』の一節を思い出した。〝そこで彼女は顔をこわばらせ、表情を消し、期待されている通りの顔つきに……〟

「マーガレットは〝真似事〟などしていません」わたしは彼に握られていた手を勢いよく引き抜いて、マーガレットの腰に回した。「彼女はとても有能なのよ」

奇妙な空気が流れた。ローレンスの顔から愛想笑いが消え、偉そうな顔つきになった。マーガレットは無表情になった。ママがいとこのクロティルドにした助言を思い出した。「できるだけ交際期間を長くしなさい。いったん結婚したら何もかも変わってしまうから」ママが言っていたのは、このことだったのだろうか？

「とてもすてきよ」マーガレットは言った。もう演じたくもない、使い古しのドラマの中の台詞《せりふ》のようだった。

「きみもね」彼はうわの空で言った。「行こうか？　運転手が待ってる」

英国大使館の公邸で、シャンデリアの華やかな光のもと、宝石を身に着けた女性たちが輝いていた。ローレンス同様、男性たちは黒いタキシードを着ていた。わたしが夢見ていたようなパーティーだった。客たちが見てきた場所や、読んできた本について話を聞きたかった。

わたしたちを放り出して、ローレンスは胸の大きいブルネットの女性に近づいた。「あなたが幸せな結婚をしていなければ、どこかに連れ去ってしまいたい」

「まあ、そんな理由でわたしを諦めないで！」女性はローレンスの胸を撫でた。その場にマーガレットなどいないかのようだった。

〝意地悪な社会〟だという、マーガレットの外交官の社会についての言葉が、ようやく腑《ふ》に落ちた。こんなふうにマーガレットを辱《はずか》しめた彼に腹が立ち、彼の月並みなお世辞に舞い上がった自分にも腹が立って、わたしはローレンスをにらみつけた。

「せっかくのパーティーの夜なのに、ローレンスを気にしていてはだめ」マーガレットは大柄な既婚女性のほうに手を振った。「あれは領事夫人よ。さまよえる魂の担当なの」

マーガレットは声をかけた。「ミセス・デイヴィス、お会いできて嬉しいわ。図書館に行くように薦めてくださって、ありがとう」

「元気そうになったわね」女性は温かく答えた。

「あたらしくできた親友と、会ったことがあったかしら」

「一人の友人で、物事は変わるものよ」ミセス・デイヴィスは言った。「ええ、コーエン教授の講座で一緒になったことがあるかただわ」

わたしはミセス・デイヴィスが外交団の、非公式だが重要な代表だとは知らなかった。彼女が、到着する客たち一人ひとりに声をかける様子を見た。「まあ、かわいらしいこと」彼女が言うと、冴えない表情だった女性の顔が明るくなった。「少しは慣れたかしら？」不安げに周囲を見回している連れのいないイタリア女性にたずねた。「フランスは女性の夢の国かもしれないけど、現実に慣れるのには時間がかかるわ」

「ヒトラーにヨーロッパじゅうを圧倒させるわけにはいかない！」ミスター・プライス＝ジョンズが言い、図書館でムッシュー・ド・ネルシアと口論するときのように、彼の主張が舞踏室に響いた。

「われわれは団結して闘わなければならない」

「パーティーだというのに気づいていないのかしら？」わたしは言った。

「最近では、彼は戦争の話しかしないのよ」マーガレットは答えた。

「先週の〈オセロ〉を見た？」ミセス・デイヴィスがたずねた。

戦争以外の話題に救われたのだろう、何人かの客が同時に声を出した。「フランスでシェイクスピアを見るのは変な気分だったわ」「とても奇妙《トレ・ビザール》ね！」「気の毒なデズデモーナ」

「フランス軍はかつてないほど強力だ、ウェイガン将軍はそう言っている」

「ワイス将軍は、フランス空軍はヨーロッパ一だと言ってる。心配することは何もない！」

「同盟を作らなければならない」ローレンスは声を張り上げた。「イタリアは同盟国だったのに、ムッソリーニはヒトラーとの条約にサインした」

「誰か、評判のいい婦人服の仕立て屋をご存じ？」

「〈シェ・ジュヌヴィエーヴ〉に行けばいいわ。エマ・ジェーン・カービーはそうしたのよ。彼女のガウン、豪華ね！」

「そのエマは、自分の三倍もの歳の男性に言い寄ってるの」マーガレットは金髪の美人を見ながら囁《ささや》いた。「ものすごいお金持ちにちがいないわ」

「そのお年寄りは、さぞかし楽しんでいるんでしょうね」わたしは答えた。

「若きローレンスの言うとおりだ！」ミスター・プライス＝ジョンズは言った。「周りの出来事をよく観察しておく必要がある」

「ばかを言うな。ヒトラーを懐柔するべきだ」大使は答えた。

「ばかなひとね！」マーガレットは小声で言った。

「無能な愚《おろ》か者！」ローレンスがわめいた。

「シャンパンを！」領事の妻が叫んだ。「もっとシャンパンを」

すばらしい！　シャンパンを飲むのは新年以来のことだ。コルクがポンと抜ける音――お祝いの合図、わたしが世界一好きな音――とともに、使用人たちが部屋を回ってフルートグラスを配り始めた。何もかもが、銀色のトレーに載って提供された。グラスの中で泡が輝き、冷たい液体が喉を流れ落ちた。すっかり幻惑されて、わたしはローレンスの無粋な態度を忘れ、言い争う外交官たちを忘れた。壁に飾られている瑞々《みずみず》しいターナーの絵を鑑賞し、白手袋の男性に差し出されたキャビアを味わった。マーガレットは、いつでもこのすべてを手にしている。わたしには一夜だけ。その一夜を思い切り楽しむつもりだった。空に花火が上がった。それが見たくて、わたしはマーガレットを外に連れ出した。芝地で浮かれ騒ぐひとたちに合流した。バラの香りに包まれた。高い石の壁が、わたしたちと街を隔《へだ》てていた。威厳ある公邸――窓には明かりがともっている――は光り輝いていた。頭上に光の欠片《かけら》が舞い上がり、音とともに消えた。ほろ酔いぎみの幸福感に包まれて、わたしは戦争の心配を、レミーやパパやポールについての心配を忘れた。

第十章

オディール

　ポールが図書館に頻繁に来るので、ミス・リーダーは彼のことを〝最も誠実な登録者〟と呼ぶようになった。午後の巡回のさい、彼は自転車を中庭におき、海を渡って輸送されてくる〈ライフ〉や〈タイム〉といった雑誌の梱包の分厚い紙を破るような仕事を手伝ってくれた。ああ、穿鑿《せんさく》好きなマダム・シモンが目を光らせているせいで、こっそりキスするのは不可能だった。

　家でも事態はよくなかった。ポールとわたしは三十二センチメートル離れて座り、お茶にも手をつけなかった。「雨はやむかしら?」廊下の向こうでママが聞き耳を立てているのを意識して、わたしは言った。

「雲は晴れてきた」

　彼は明日ブルターニュに発つ予定で、それなのにわたしたちはこんな調子で、バス停にいる他人同士のように空模様の話をしている。

「散歩に行こう」ポールは言った。「パリでいちばん好きな場所に案内したい」

「それはどうかしら」ママが廊下で言った。

「お願い、ママ」あまりにも必死になって、声が割れた。「八月のほとんど、彼はパリにいないのよ」

「じゃあ、今回だけね。でもあまり長くならないでね」

腰に添えられた彼の手が温かかった。彼はクラクションの鳴り響くなか、ドアの前で煙草を吸っている店主の横を通り過ぎ、北駅へとわたしを導いた。大きなガラス製の屋根の下で、青いつなぎを着たポーターたちが荷物を運んでいた。旅行客が叫んだりひとを押しのけたりしながら、電車のほうへ歩いていく。

ポールはプラットフォームを指さした。眼鏡をかけた若者が、客車から降りてきた女性にキスをした。「ぼくはここに、愛の存在を確かめたくて来る。おかしいと思うだろう、ひとの様子を盗み見るなんて……」

わたしはかぶりを振った。それこそ、わたしが本を読む理由だ——他者の人生を垣間見ること。トランペットのケースを持った音楽家が速足で通り過ぎた。ボーイスカウトの一団が機関車に見とれている。母親がよちよち歩きの幼児たちの手を放し、幼児たちはトレンチコートを着た男性に駆け寄っていった。男性は幼児たちを抱き上げて振り回した。

「すてきね」わたしは言った。

ポールはその帰還の風景に心を奪われていた。

「どうしたの？」わたしはたずねた。

「なんでもない」

「なんでもないの？」

彼はさっきの家族が駅を出ていくのを見送った。「ぼくは両親と一緒に、ここから一区画ばかりのところに住んでいたんだ」

「そうだったの？」

「父がいなくなるまでね……ぼくは七歳だった。母は、お父さんは電車で長い旅に出かけたのよと言った。父が帰ってくるものと信じて、ぼくはここに来た」ポールはわたしを見た。「まだ、こうして来る」

わたしは彼を抱き寄せた。彼はわたしの髪に顔をうずめた。彼の震える鼓動を感じた。もしかしたら、信頼するのは危険なことではないかもしれない。

「誰にも話したことはない」彼は言った。

帰路、お互い何も言わなかった。わたしたちは踊り場までの階段をゆっくりのぼった。

「夕食を食べていかない？」わたしはたずねた。

彼はわたしのこめかみ、頰、そして唇にキスをした。「翌朝遠くへ行くのが辛くないふりをするのかい？　できないよ」

彼が階段を下りて姿を消すのを見送っていると、背後でドアが開いた。

「誰かの声が聞こえたよ」レミーは言った。「オディールの独り言だったのかな？」

「ポールと話していたの」わたしはレミーに、ホタルのように楽しくて明るい気分のときがあっても、今のようにポールと別れたあとはとても悲しい気持ちになると話したかった。「彼のことを考えずにはいられないの」頭の中で、ポールを余白の部分においておこうとしても、彼はページの中央に出てきて、物語の中心になってしまう。

「恋してるんだね」レミーは言った。「よかったじゃないか」

「レミーも同じように幸せだといいんだけど」

「それを言いにきたんだ。ぼくはビッツィに恋してる」

二人はとてもお似合いで、わたしは二人を引き合わせる小さな役を演じられたのを誇りに思った。

「ムッシュー・ド・ネルシアとミスター・プライス＝ジョンズを紹介するつもりだったんだけど、たぶんビッツィのほうがよかったんでしょうね」

「たぶん？」

「もう彼女に言ったの？」

「まずオディールに言いたかった」

　わたしたちは多くのことを共有していた。レミーはわたしの会報の最初の読者で、彼が法学雑誌に書く記事に手を入れられるのはわたしだけだ。キッチンでお茶を飲みながら、わたしたちは深更《しんこう》まで話し合った。お互いの秘密を知っていた。レミーはわたしの避難所だった。

　でもいろいろなことが変化しつつあった。わたしにはポールがいて、レミーにはビッツィがいる。わたしは仕事を持ち、レミーはもうすぐ卒業する。同じ屋根の下に住んでいるのは、今年が最後かもしれない。わたしたちはこの世に生まれ出る前から一緒にいたけれど、やがて別々の人生を歩むことになる。一緒の時間は、今後どれほどあるのだろう。


　その日の仕事が終わったとき、わたしは前日のフランス語のレッスンについてマーガレットに質問をした。「動詞は三つのファミリーに分けられる。愛する、話す、食べるはどこに入るでしょう？」

「エメ、パルレ、マンジェは〝-er〟のファミリーよ」マーガレットは言った。「家族《ファミリー》——単語を分けるのに、すてきな言葉を使うのね」

「ロンドンでも、フランス語を忘れないでね」

「二週間行ってるだけよ」

　わたしたちは中庭まで歩いていった。そこにはレミーの自転車が壁に立てかけてあった。

「ボランティアで働くように誘ってくれてありがとう《メルシー》」彼女は言った。「ようやく、どこかに属している気持ちになれた」

「こちらこそ、ありがとう《メルシー・ア・トワ》！　あなたがいなかったら、まだ木箱に本を詰めてたわ。警察署の前に、ぼんやり立っていたかもしれない」

「ばかね！」マーガレットの頬が赤くなった。嬉しそうだった。

「あなたがいなかったら、どうしていたかわからない」もっと彼女に話してもいいことがあったが、うちの家族はあまり自分たちの感情について話し合わなかった。〝あなたがいなかったら、ポールに近づく勇気を出せなかった。あなたにフランス語を教えることで、当たり前に思っていたフランス語の美しさを思い出せた。退屈な仕事——本の発送、雑誌の破れたページの修繕、古い新聞を保管室に移すこと——も、あなたと一緒だと早くできた〟

マーガレットが、「オディール、あなたがいなかったら、わたしだってどうしていたかわからないわ」と言ったとき、わたしは彼女の両頬にキスすればよかったと思う。でもそうはせず、夕食のことを考えながら、レミーの自転車のサドルに腰かけた。

「乗れるの？」マーガレットは訊いた。

「あなたは？」わたしはペダルから足をはずした。「教えてあげる！」

「だめよ、転んだら恥ずかしいし」

「膝をすりむくところを何人かのパリの住人に見られたからって、それがなんだっていうの？ それこそ、外国に住む醍醐味《だいごみ》じゃない？ したいことをして、自国の誰にも知られない」

わたしは自転車をしっかり持った。マーガレットは片脚をバーの向こうにおいた。自転車はふらふら揺れながら進み、マーガレットは片手でハンドルを、もう一方でわたしの腕をつかんだ。

「できないわ」

「できてるわよ。ハンドルをしっかり握って」

「こんなことをしてよかったのかしら」

「あなたはフランス語を勉強して、外国に住んでる——それに比べたら、自転車に乗るのなんかなんでもないわ」わたしは言って、彼女を軽く押した。「ボン・ヴァン！」

マーガレットは速度を増して進み、スカートの裾が膝の上にひらめいた。「転んだら、また乗ればいいのね」

「その調子！」

マーガレットはゆっくりペダルを漕いだ。「怖い」

「信じて！」わたしは彼女と並んで走った。「わたしが支えてあげる」

「信じるわ」マーガレットは叫んだ。その声には、不安に勝る興奮が聞き取れた。

もし転んだらマーガレットを抱きとめるつもりで、わたしは両腕を伸ばした。


八月のパリは暑くて湿度も高い。多くの登録者はニースやビアリッツに日光浴に行ったり、ニューヨークやシンシナティの家に帰ったり親戚を訪ねたりする。わたしの机で、ミス・リーダーとわたしはめったにない静かな時間を楽しんでいた。ミス・リーダーは水玉模様のワンピースを着て陽気な様子だった。髪をシニョンにまとめ、銀色のペンを手にして、スピーチだか礼状だかを書こうとしている。

わたしの人生の多くのひと――父や教師から、職員やウェイターまで――は、〝だめ〟と言った。バレエを習いたい。「だめだ、それに適した体つきじゃない」絵画を習いたい。「だめ、必要な経験がないでしょう」赤ワインが飲みたい。「だめです、ご注文の料理には白のほうが合います」ミス・リーダーはちがった。定期刊行物の部屋でいくつか改変をしたいと申し出たとき、ミス・リーダーに〝いいわ〟と言われて驚いたものだった。

彼女に訊きたくてしかたない事柄がたくさんあった。あなたがここに住んでいることを、ご両親はどう思っているんですか？　どうして外国に引っ越す勇気があったんですか？　わたしにもそんな勇気があるでしょうか？　「穿鑿するものじゃありません、自分のことだけ考えていなさい！」というママの声が聞こえたが、それでも頭の中に質問が渦巻《うずま》いて、とうとう声に出してしまった。

「どうしてフランスに来たんですか？」

「恋のためよ」ミス・リーダーのハシバミ色の目が輝いた。

わたしは身を乗り出した。「本当ですか？」

「スタール夫人に、恋をしたの」

「作家の？」

「彼女の時代、ヨーロッパには三つの大きな勢力があると言われた。グレート・ブリテンとロシアと、スタール夫人よ。彼女はナポレオンを、〝演説は彼の得意な表現方法ではない〟と言って侮辱《ぶじょく》した。それに応えて、ナポレオンは彼女の本を発禁処分にし、彼女を追放したの」

「誰のことも恐れなかったんですね」

「彼女が住んでいたお屋敷に忍びこんだことがあるのよ、信じられる？　中庭に入るだけのつもりだったのに、使用人に〝こんにちは《ボンジュール》〟と、まるでそこに住んでいるみたいに声をかけられたものだから、中に入って彼女の使った階段をのぼり、彼女の握った手すりに手を滑らせて、彼女の家族の肖像画が飾られていた壁を眺めたわ。空想のことみたいでしょう」

「確かに恋に聞こえます。本当に、一人の作家のために来たんですか？」

「イベリアン・フェアの米国議会図書館のスタンドを運営するのに、スペインに来ていたの。ここに空いている職があると聞いて、飛びついたわ。あなたはどうなの？　旅行をしたいと思う？　ずっと司書になりたかったの？」

「ずっと、ここで働きたかったんです。手紙の中で、おばと来た思い出があるので、この図書館で働きたいと書きました。じつはあなたを見ているとおばを思い出します——似ているのは上品なシニョンの髪型ばかりじゃない、ほかのひとを優しく扱う態度とか、本に対する愛情も同じです」

伯爵夫人が、両腕にファイルを抱えて近づいてきた。彼女の髪を見ると、曇った日の海を思い出す。灰色の流れの上に白い巻き毛が、波のようにのっている。読書用眼鏡を鼻眼鏡にしている様子は、これから講義をするようだった。

「お話があるの」彼女はミス・リーダーに言った。

「この続きは、またあとでしましょう」ミス・リーダーはわたしに言って、理事のあとについて彼女の執務室へ行った。

新聞を整理しているあいだに、ボリスが〈ル・フィガロ〉の記事を読んでくれた。「ムッシュー・ネヴィル・チェンバレンは国会を、八月四日から十月三日に延期するよう申し立てた。異例の事態で召集せざるをえないかぎりな」

「休暇に出かけたいわ」わたしは言った。ポールと一緒にいたかった。

「国会議員になるんだね」ボリスは冗談を言った。

少なくとも、今度の日曜日の昼食は楽しみだった。レミーがビッツィを招待したのだ。つまり、婚約するのと同じことだ。パパがレミーに恥をかかせて、何もかも台無しにするのではないかということだけが心配だった。

先週の新聞を集め、上階の保管室へ持っていくさい、ミス・リーダーの部屋の前を通った。ドアが開いていて、わたしは中を覗きこんだ。

女性館長は沈んだ顔をしていた。「ストラスブールの大学図書館から手紙が来たの。ムッシュー・ウィッカーシャムは、マダム・クルマンとともに二百五十箱もの本を荷造りして疎開したそうよ」

「戦争が近づいているわ」伯爵夫人は喉が詰まったような口調で言った。

「本はピュイ・ド・ドーム地方へ送られた」ミス・リーダーは言った。「わたしたちも、前もって準備が必要ね」

南西部はストラスブールよりも安全なのだろうか？　パリよりも安全だろうか？

「貴重なものは別荘へ持っていきましょう。ヤング・シーガー（アメリカの詩人アラン・シーガーのこと。父親のチャールズ・シーガーがパリのアメリカ図書館の創設に尽力した）の資料とか、初版本などね。危険が及ばないように」

「缶詰や瓶詰の水、石炭も備えておきましょう。消火用の砂もね」

伯爵夫人はため息をついた。「前回のような戦争が起きるなら、ガスマスクもだわ。一千万人もが死んで、多くが負傷し、手足を失った。あれがまた起きるなんて、信じられない」

死ぬ……負傷し……手足を失い……わたしは戦争の話を避けてきた。レミーが持ち出すと話題を変え、ミスター・プライス＝ジョンズが話すときは児童室に逃げこんだ。でも今、図書館の収蔵品に危険が及ぶかもしれないという。わたしたちは危険にさらされる。戦争が近づいているという事実に、嫌でも向き合わなければならなかった。

第十一章

オディール

レミーとビッツィの婚約の昼食会がある日、十一時五十五分――婚約式のために、両親とわたしは長椅子に座った。わたしはマーガレットがこの嬉しい催《もよお》しのために貸してくれたピンクのシルクのブラウスを着ていた。ママは頬紅を塗って、美味しそうなプラムのような頬をしていて、特別なときに持ち出してくるカメオのブローチをつけている。パパはきつそうなスーツを着て、ネクタイを力いっぱい締めた。呼び鈴が鳴り、レミーはブレザーを着て、あわててビッツィを迎え入れにいった。ビッツィはいつものように編んだ髪を高い位置にまとめていたが、毎日着ている茶色い服ではなく、ライムグリーンのワンピースを着ていた。彼女とレミーは見詰めあった。わたしは何か痛みに近いものを感じて息をのみ、ポールにここにいてほしいと思った。

ようやくビッツィはわたしたちがその場にいるのに気づいたけれど、わたしと目を合わせようとしなかった。恥ずかしいのだろうか、それとも何か怒っているとか？　わたしはときどき、流しにティーカップをおきっぱなしにしてしまう。ビッツィには何度か、誰もわたしのあとの掃除をしたくはないと言われた。

ママはビッツィに笑いかけた。「オディールとレミーから、良いお嬢さんだと聞いているわ」

パパは立ち上がった。「仕事をしていると聞いたが」

「家計を助けているんです」ビッツィは父をまっすぐに見返した。

「いいことだ」パパは言った。

ママは震える息を吐いた。おそらくパパは、わきまえた態度でいるだろう。

「子どもを相手にしているそうだね」と、パパ。「さぞかし子どもが好きということかな」

ビッツィは頰を赤くした。レミーが彼女を守るように腕を回した。

「警察署長《コミッセール》のことは気にしなくていい」彼は言った。

わたしはパパをにらんだ。パパの持ち味が薄まることはない、いつでも頭の中にあることをそのまま口にする。

「編み物はする?」ママはビッツィに訊いて、会話を穏便な話題に戻した。

「読書の次に好きな趣味です。釣りも好きだわ」

パパは食前酒のデカンタを用意してある居間へ行こうとしたが、ママはダイニング・ルームのほうを指さした。ママはパパがビッツィに新人に対するような質問を浴びせるのを阻止できなかったけれど、尋問を短めに切り上げることはできた。

パパはテーブルの上席についた。わたしはママとならんで座り、わたしたちの正面に幸せな二人で、パパに近いほうにビッツィが座った。家政婦がローストポークとジャガイモを運んできた。パパはビッツィ、ママ、わたし、そしてレミー、パパ自身の順番で料理を取り分けた。食べているあいだ、ビッツィはずっとわたしの視線を避けていた。ママが心の中で宝石箱を思い出し、祖母のオパールの指輪をレミーからビッツィにプレゼントさせようとしているのを感じた。結婚式があり、新婚旅行に行くのだろう。新婚夫婦は、少なくとも最初はここに住むのだろうか。

レミーはビッツィを見て、ビッツィは彼の手を握った。ビッツィが横にいると、レミーはいつも以上に自信にみなぎっていた。

「発表があるんだ」彼は言った。

さあ、来た。二人は婚約する。ビッツィは秘密があったから、わたしと目を合わせられなかったのだ。まあ、秘密とは言えないものだったけれど！　わたしは二人をお祝いするためにワイングラスを持ち上げた。

「なんだね？」パパはビッツィに笑いかけた。

「軍隊に入った」レミーが言った。

ママは手で口を押さえた。パパは大きく口を開けた。わたしは腕を中途半端に上げたまま動けなかった。冷たく言い放つような、レミーの断固たる口調に傷ついた。銃弾を箱からテーブルに、水の入っているグラスに、皿に残っているグレービーソースにぶちまけたような印象だった。グラスの中のワインが揺れているのに気づくまで、自分が震えているのがわからなかった。ビッツィだけが落ち着いていた。レミーは彼の計画を彼女と話し合っていたのだ。どうやら彼女は賛成したらしい。もしかしたら、けしかけたのかもしれない。

「なんですって？」ママが言った。「でも、どうして？」

〝家にじっと座ってなんかいられない〟と、いつかレミーは言った。〝誰かが何かをする必要がある〟

「何か影響力のあることがしたいんだ」

「ここで何かをしなさい」ママはパパのほうに手を振った。「警察に入るとか」

わたしにはレミーの考えが読めた。〝パパのようになるなんて、もってのほかだ〟

パパはテーブルから立った。パパの椅子が床をこすって、後ろに倒れた。

わたしはパパが、自分の得意な方法で攻撃するものと予想した。嘲笑――どうしておまえなんかが兵士になれるんだ？　まっすぐに立ってもいられないくせに。侮蔑《ぶべつ》――クリスマス・ツリーを切り倒す手伝いも嫌がったというのに、人間を倒せるとは思えない。罪悪感――かわいそうなママをどうするつもりだ？　男らしさ――軍隊がおまえのような弱虫を取ると思うのか？　わたしのような、本物の男だけが入隊できるんだ。怒り――この家の主《あるじ》はわたしだ。わたしに無断で入隊するとは何事だ！

パパは一言も発さずに部屋を出た。すぐに、玄関のドアが音を立てて閉まった。ママとわたしは困惑して見交わした。ビッツィがレミーに何か囁《ささや》いた。彼はわたしを見た。

「どう？」と、レミーが言うのが聞こえた。

彼はわたしの賛同を期待していたが、わたしが口にできたのは、「だめよ……」だけだった。

レミーは目に傷ついた表情を浮かべた。彼はわたしが支持すると信じていたのだ。

レミーとのあいだに距離を感じたくなかった。特に今は。「どれほどあなたを恋しく思うと思う？」わたしは無理やり明るい声で言った。「入隊する前に、できるだけ時間を有効活用しましょうね」

「三日後に行く」レミーは言った。

「え？」わたしは訊いた。

「パパはあらゆるところに伝《つて》がある。基地に着く前に、ぼくを軍隊から追い出すように誰かに連絡するような時間を与えたくなかった」

ママは立ち上がって、パパの椅子を直した。

第十二章

リリー
モンタナ州フロイド、一九八四年三月

　母の葬儀は春の初日だった。教会の前方で、棺《ひつぎ》は赤いバラで埋め尽くされていた。ママが家で窓辺の椅子に座っているのではなく、その中にいるとは信じられなかった。パパとわたしは信徒席の最前列に背を丸めて座り、オディールとメアリー・ルイーズが隣にいた。わたしは下唇の震えを止められず、ずっと手で口を覆っていた。オディールが、もう一方の手を握っていた。それを離さないでいてほしかった。

　パパは棺以外のあちこちを見ていた――色褪《いろあ》せたイエスの絵、外を見せてくれないステンドグラスの窓。パパは、まちがった電車に乗って予想外の場所に着いてしまったひとのようだった。わたしたちのうしろにはドクター・スタンチフィールドがいて、往診用の鞄《かばん》が誠実な妻のように横に寄り添っている。ロビーが両親にはさまれて座っていた。メアリー・ルイーズの父親は口の中にヒメコウジの噛み煙草を入れている。スー・ボブは小声で悪態をついている。エンジェルでさえ、来ていた。わたしが習ったことのある教師の全員がいた。

　女性たちが震える声で聖書を読んだ。それから一人ずつ、ママの友人たちが話をした。スー・ボブは、ママが最高のユーモア・センスの持ち主だったと言った。ケイはママが、いつでも優しく愚《ぐ》痴《ち》を聞いてくれたと言った。わたしは鼻水が垂れ、口に唾がたまって、悲しみが胃のあたりに渦《うず》巻《ま》

いた。それを堪《こら》えようとしてむせ、咳《せ》きこんだ。メアリー・ルイーズが背中を叩いてくれた。力をこめて。その痛みが気持ちよかった。

耳障りなオルガンが、式の終わりを告げた。哀調を帯びた音色とともにわたしたちは外に出た。集まったひとたちは通りを渡ってホールへ行った。普段なら男たちが税金について不満を言い、女性たちはお互いに愚痴を言い合い、子どもたちは堅苦しいミサから解き放たれて大声で騒ぐ。今日は、わたしたちは静かに歩いた。エンジェルがミックステープをわたしのポケットに滑《すべ》りこませた。パパの上司は、まるで自分の妻もいなくなると心配しているかのように、恰幅のいい妻に腕を回していた。ロビーが近づいてきた。ブルー・ジーンズではなく、黒いラングラーのジーンズをはいている。彼はハンカチーフを差し出した。わたしはそれを受け取った。彼は両手を拳に握ってポケットにつっこみ、両親のほうへ戻っていった。両親は是認するかのようにうなずいた。息子に、男になる術《すべ》を教えようとしていたのだろう。

長いテーブルいっぱいに、料理がならんでいた。一人の女性がパパとわたしを座らせた。別の女性が料理を取り分けてくれた。ローストポーク、マッシュポテト、グレービーソース。女性たちはひとの死には慣れていて、するべきことを落ち着いて手際よくこなした。料理をし、給仕し、掃除をした。テーブルの向こうやキッチンで、わたしたちの人生で最悪の日が円滑に進むように手を尽くしてくれた。

わたしたちの周囲で、みんながお喋《しゃべ》りをし、人生は続いていくようなふりをしようと努めていた。

「いい式だった」

「こんなに若くて……」

「リリーのことはどうするんだろう?」

その後、マロニー神父とパパとわたしは棺を追いかけて墓地に行った。墓地で神父が祈っているあいだ、わたしはパパと二人だけでママとの静かな時間を持てたことが嬉しかった。数メートル離れたところで、コマドリ《ロビン》が草をつついていた。パパがそれに気づいて、手をわたしの肩においた。涙がこぼれた。

わたしたちは暗闇で目覚めた。カーテンを開けるのはいつもママで、わたしは額《ひたい》にキスをされて目覚め、そのときには陽光が部屋に差しこんでいた。葬儀以来、薄暗い中で、パパはコーヒーを飲み、わたしはシリアルを食べた。単純に、光を入れることを思いつかなかったのだ。

かつて、うちはひとがいっぱいいて賑やかだった。しょっちゅう夕食会を開いた。土曜日の午後には、ママは友人たちと談笑していた。学校から帰ると、必ずママがいた。今では、静かな家に帰る。ベッドに入るつもりで廊下を歩くときも、誰も「いい夢を見てね」と声をかけてはくれない。学校で、ロッカーの前などでわたしを見ると、ほかの子たちはわたしに起きたことが自分にも起きては困るというように、一歩遠のく。教師たちは宿題について訊かない。日曜日、パパとわたしが通路を歩いて信徒席に向かうさい、神さまは何もおっしゃらない。

毎日、わたしはママに話したいことをたくさん抱えて家に帰った。その日あったことを訊くママの質問が恋しかった。ママが恋しかった。わたしはキッチンの棚にあるママのカップの縁《ふち》を指先でなぞった。ママのお気に入りを壊すのが怖くて、けっして使わなかった。あの最後の瞬間に戻りたかった。そうしたら言うだろう、ママは世界一のママだったと。ママが必要なの。わたしたち、ママが必要なのよ。一緒にコマドリを見たり、ハチドリを待ったりするのが大好きだった。もう一度あんな朝を過ごしたい。もう一度抱いてほしい。もう一度、愛してると言わせてほしい。

週末は、メアリー・ルイーズの家のビーンバッグ・チェアでぶらぶら過ごした。いつものように、わたしたちは自分たちの知っている唯一のこと、学校と家族について不満を言い合った。「パパはキャンベルのスープ缶も開けられないのよ」わたしは言って、呆れた顔をしてみせた。

「あんたたちだって開けられないんじゃないの？」エンジェルが、サテン地の上着を羽織りながら言った。

「あんたがそんな天才なら、どうして数学で落第点取ってるの？」メアリー・ルイーズは言い返した。

「少なくとも、わたしは人生を楽しんでるわ、あんたたちとちがってね」エンジェルは足を踏み鳴らして出ていった。

二人の口喧嘩は、家での静けさよりもましだった。メアリー・ルイーズの母親だけが、以前と同じようにわたしを扱ってくれた。「そんな口を利くもんじゃないわよ」と言われて、奇妙に心が癒《い》やされた。

町じゅうが、パパとわたしの食事を持ってきてくれた。パパはキャセロール鍋を入れるために冷凍庫を買った。夕食のとき、わたしたちはほとんど喋らない――うちの常駐の話し手であるニュース番組司会者が、お喋りを担当した。わたしたちの会話はぎこちなく、コマーシャルのあいだは小休止だった。

学校が夏休みになると、エンジェルがメアリー・ルイーズとわたしに、〈デイズ・オブ・アワ・ライブス〉のボーとホープを紹介してくれた。わたしはこのソープオペラの恋愛物語で一時間だけ喪失感を忘れ、教訓を得た。愛は憧れであり、愛は苦悩であり、愛はセックスだ。わたしはロビーと自分が、身も心も絡《から》まりあうところを想像した。

ソープオペラへの熱は一ヵ月続いた。温度計が摂氏三十七度を超えたとき、パパが仕事から早めに帰り、メアリー・ルイーズの家にわたしを迎えにきた。パパはわたしたちの肩越しにテレビを目にして、そこでは恋人たちがお決まりの濃密な抱擁《ほうよう》を交わしていた。

パパは眉毛をぴくりと上げ、しかめ面をした。「アイスクリームを食べに連れていってやろうと思ってきた」と、パパは言った。もともとはメアリー・ルイーズも一緒に連れていくつもりだったのだろうが、もうパパは怒っていて、わたしがこんなことをしていたのは彼女のせいだと責めていた。メアリー・ルイーズはそれを察して、一緒に来なかった。わたしはわざと大股でゆっくりステーション・ワゴンまで歩き、〈テイスティ・フリーズ〉に着くまで口をとがらせていた。ストロベリー・ミルクシェイクを飲んでも、苛立《いらだ》ちはおさまらなかった。

「好きなものを見ていいでしょう」

「お母さんは感心しなかっただろうな」と、パパは言った。わたしを黙らせるのにいちばん効果のある言葉だった。

家に着くと、パパはオディールの家に行った。うちの車の後ろに寄りかかって、わたしはパパが、日中の危険なテレビ番組や厳しさに欠けるメアリー・ルイーズの両親について不満を述べるのを聞いた。ポーチでオディールを見下ろすように立って、パパは財布を開いて何枚か紙幣を出した。パパは、誰もが自分と同じぐらい金に興味があると思っている。オディールはパパの手を押しのけた。「誰かにあの子のことを見てもらいたい」パパは言い、条件をつけた。「ソープオペラはだめだ」

「子守は要らないわ！」わたしは叫んだ。

翌朝、わたしは自分がずっと希望していた場所、オディールの家にいたけれど、そこにいる理由に憤慨《ふんがい》していた。オディールはそれを理解し、もっぱら庭で仕事をしていた。昼食の席でもわたしは不機嫌にしていたが、オディールの出してくれたハムとチーズのサンドイッチに負けた。上にふつふつと溶けたスイスのチーズが載っているため、わたしたちはその〝クロック・ムッシュー〟を、フォークとナイフで食べた。サンドイッチの食べ方に至るまで、オディールにまつわることは何もかもが優雅だった。フロイドでは、オディールは怪我をした親指のように目立つ存在だが、おそらくパリでは普通の一本の指に過ぎないのだろう。彼女の世界を見てみたい。オディールはいつか帰るのだろうか？　わたしも一緒に連れていってくれないだろうか？

皿を洗いながら、オディールに、わたしのお気に入りのデザートの作り方を教えてほしいと頼まれた――チョコレート・チップ・クッキーだ。驚いたことに、オディールは基本的な事柄を知らなかった。たとえば、ミキサーの刃はきれいに舐《な》める、というようなことだ。それがクッキーを焼くのに重要なポイントなのに。

ママは好きなだけクッキーを食べさせてくれたけど、オディールは二枚だけだった。もっと食べようとしたら、オディールは言った。「二枚でお腹はいっぱいになる、それ以上は心が欲しがっているんでしょう。心を癒やすのには、別の方法があるわ」オディールは一冊の本を差し出した。

「お菓子ではなく、文学よ」

わたしは呻《うめ》いて、ブロケード織の寝椅子に座りこんだ。オディールは、彼女が〝ルイ十五世〟と呼ぶ椅子に座った。木製の脚が曲線を描いていて、高価そうに見えた。もしかしたらオディールは裕福で、わたしぐらいの歳のときには、女性家庭教師にかび臭い先祖伝来の聖書を頭に載せて城の中を歩き回らされていたのかもしれない。わたしは生まれてこのかたずっとオディールの隣に住んでいるのに、彼女の人生についてほとんど何も知らなかった。わたしはカウンターの引き出しを見て、中には何が入っているのだろうと考えた。いつか覗き見を……。

「お読みなさい」オディールが言った。

『星の王子さま』は、男の子が簡単な絵を描くところから始まる。男の子が絵を大人たちに見せても、理解されない。わたしにはその気持ちがわかった。わたしがどれほどママが恋しいか、誰もわかっていない。「イエスさまが彼女を天国でご入用だったのよ」まるでわたしがここでママを必要としていないかのように、ある女性からこんなことを言われた。〝とても謎めいた場所、涙の国だ〟――死んだ飛行士の言葉は、知人に言われる陳腐な言葉よりも、わたしを癒やしてくれた。〝物事を正しく見ることができるのは、心を通してだけだ。重要なのは、目に見えないものだ〟この本はわたしを別世界、わたしに忘れることを許してくれる場所へ連れていってくれた。

オディールによると、『星の王子さま』はフランス語で書かれたもので、わたしが読んでいるのはそれを翻訳したものだった。わたしは原書を読みたい、それがわたしを理解したのと同じようにこちらからもそれを理解したいと思った。王子さまのように雄弁で、オディールのように優雅になりたかった。オディールに、フランス語を習いたいと言った。「喜んで教えてあげるわ！」彼女は言って、ノートに書いた。〝ル・マリアージュ、ラ・ローズ、ラ・ビブル、ラ・ターブル〟なぜ〝ル〟と〝ラ〟があるのかと訊いたら、フランス語の名詞には男性と女性があるという答えだった。

「へえ？」

「別の言い方をしましょうか。名詞は……男の子か女の子なのよ」

「フランスでは、テーブルは女の子なの？」

オディールは笑った。きれいに響く笑い声だった。「そのようね」

ラ・ターブル？　ワンピースを着たテーブルを思い描いた。デニムのミニスカートや、裾《すそ》が床につくくらいの花柄《はながら》のガウンを着ているところだ。ばかばかしかったが、そこでママが化粧テーブルに向かって座って髪を梳《と》かしていたのを思い出した。テーブルにかかっていたギンガムチェックの布地に、ママの膝《ひざ》がこすれていた。テーブルが女性だということを納得できた。

ママが亡くなって四ヵ月だったが、わたしはこのとき初めて、ママを思い出しても悲嘆に暮れずに済んだ。

夜、わたしは一人だった。パパは書斎に閉じこもりがちだった。わたしは机に向かって、その日習ったフランス語の復習をし、もはや外国語だと思わなくなるまで単語を繰り返した。オディールはわたし専用の仏英辞典を手に入れてくれた——オレンジはユノランジュ、でもレモンはアン・シトロン。ジュ・ヴォワヤージュ・アン・フランス（わたしはフランスに旅する）。ジュ・プレフェール・ロビー（わたしはロビーが好き）。オディール・エ・ベル（オディールはきれいだ）。パリ・エ・マニフィック（パリはすばらしい）。基本的な文章、単純な喜び、一度に一単語、どの文章も現在形で、過去の悲しさはない、未来《ル・フュチュール》への不安はない。わたしはフランス語《ル・フランセ》が大好き、フランス《ラ・フランス》への架け橋、オディールとわたししか知らない世界、おいしいデザートと秘密の庭のある場所、身を隠すことのできる場所だ。心痛を抑えこむことはできなかった——それはあまりにも濃密で圧倒的だった——でも、動詞の活用はできた。わたしは始める——ジュ・コマンス、あなたは終える——チュ・フィニ。この秘密の喪失の言語で、わたしは母のことを話した。〝ママを愛してる《ジェーム・ママン》〟

新学年の初日、メアリー・ルイーズとわたしは、からし色のユニット式キッチンに囲まれて欠伸《あくび》をした。ホームルームの時間は、八学年の生徒全員が出なければならない家庭科の授業だった。わたしはロビーが同じクラスになるように祈っていて、彼が教室に入ってきたときは安堵《あんど》のため息をついた。

クリップボードを見ながら、ミセス・アダムズは生徒を二人組にしていった。「リリーとロビー」わたしは自分の幸運が信じられなくて、メアリー・ルイーズを肘《ひじ》でつついた。彼に近寄ったけれど、なんと言えばいいのかわからなかった。まさか、「収穫はどうだった？」とは言えない。「ハイ」という挨拶さえ言えなかった。ロビーは微笑《ほほえ》みらしきものを見せた。それで充分だった。

ミセス・アダムズがレシピのカードを差し出したとき、ロビーもわたしもそれを受け取ろうとせず、それでミセス・アダムズはカードをカウンターの上の小麦粉や砂糖や塩の容器の横においた。横に並んで、ロビーとわたしは指示を読んだ。わたしは彼から感じられる熱を意識していた。わたしが材料を測り、彼がそれを使い古しのスパチュラで混ぜた。ケーキ種を型に入れ、それから一人前の親たちのように、オーヴンの中でカップケーキが膨らむのを覗きこんだ。

金色の焼き色がついたので、わたしはケーキを取り出した。まだ熱かったけれど、ロビーはさっそくかぶりついた。二度嚙んでから言った。「まずい！」

「ふざけないで」わたしは一つ取って、口に入れた。塩漬けにしたスポンジのような味だった。わたしはそれを、ごみ箱に吐き出した。「塩と砂糖をまちがえたみたい」

「たいしたことじゃない」

「冗談でしょう？」わたしは本当に涙ぐんでいた。塩味の刺激のせいでもあったけれど、二人で落第点をつけられるのも嫌だった。

「成績が心配なんだろう」

ロビーはカップケーキを、ほとんど嚙まずに飲み下した。目に涙を浮かべたが、もう一つつかんだ。わたしも一つほおばって、黄色い塊《かたまり》に喉を詰まらせた。

ミセス・アダムズはティファニーとメアリー・ルイーズのケーキの出来を誉めたあと、わたしたちのほうへ来た。空っぽの金属皿を持ち上げて言った。「どうやって採点したらいいのかしら？」きつい塩味に顔をしかめながら、ロビーとわたしは肩をすくめた。

「まあいいわ、ぼんやり立っていないで！」ミセス・アダムズは言った。「片づけを始めなさい」流しで、わたしたちは両手を洗剤の溶けた湯に入れて、金属皿や容器を洗った。小さな泡が空中に散って、わたしたちはそれが漂うのを見守った。最高に幸せな気分だった。

社会科の時間、ミス・デイヴィスはロサンゼルスのオリンピックをソビエトがボイコットしたことについて怒って話した。「おそらく選手が亡命するのを恐れているんです！　相手が闘いにこなければ、どうして冷戦に勝てるでしょう？」教師の苦々しい独白にはほとんど耳を貸さず、メアリー・ルイーズとわたしはメモを交わした。〝お腹ぺこぺこ〟彼女は書いてきた。〝お昼はチーズフライにしない？〟

ロッカーで、メアリー・ルイーズの口紅を借りて塗ってから、通りを渡って〈ハスキー・ハウス〉へ行った。汚れたガラス製のドアを押し開けたら、店の真ん中にロビーが座っていて、その膝にティファニー・アイヴァースが乗っていた。彼女の青緑色のカウボーイ・ブーツが、床から数センチ上でぶらぶら揺れていた。わたしはその場に立ち止まり、目を大きく見開いた。

メアリー・ルイーズが、わたしの背中にぶつかった。「ちょっと！」そこで彼女も、わたしが見たものを見た。ロビーが気まずそうに身じろぎした。ティファニー・アイヴァースは得意げに笑っていた。

「どうして彼なの？」わたしは訊いた。「彼女なら、誰だって相手にできるのに」

「誰を好きになるかなんて、選べないものでしょう」メアリー・ルイーズは言った。

「どうしていつも、彼女の肩をもつの？」

「どうして彼女のすることを、そんなに気にするの？」

塩のせいで胸やけがした。あるいはロビーの膝の上に座っているティファニー・アイヴァースを見たせいかもしれない。「帰るわ」

「彼女に勝たせちゃだめよ」

わたしはオディールの家まで走っていって、中に入った。「学校はどうしたの？」オディールは訊いた。「何かあったの？」

わたしは汗まみれだった。「あるものを見ちゃって……気分が悪いの」

オディールが水を汲んできてくれるあいだに、わたしは彼女の仏英辞典をめくった。水を一口飲んでから訊いた。「誰かを表現するのに、最悪のフランス語は何?」

「オディユー、クリュエル。忌まわしい、残酷なという意味よ」

わたしが欲しかったのは〝ふしだら女〟とか〝メス犬〟みたいな言葉だったけれど、これでもよさそうだった。

「どうして否定的な言葉ばかり考えているの、お嬢さん《マ・グランド》? 教会のあとでうっとり考えていた男の子に、関係のあることかしら?」

驚いた、教会に集まったひと全員に知られているのだろうか?

「それで?」オディールは言った。

事情を話すと、オディールは言った。「わたしたちはサインを読みまちがえることがある。わたしは最初の……恋人、ポールのことをよくわかっているつもりでいたけれど、まちがっていた。もしかしたらロビーは、その女の子のことが不愉快で、身じろぎしたのかもしれない」

「どうでもいいの」わたしは腕を組んだ。「彼のことは、もう終わったわ」

「心を閉じないで」

わたしは彼女が失った愛する者たちのことを考えて、泣き言をいっているのがばかばかしくなった。「あなたは戦争を経験した。わたしはまだ中学校も卒業してない」

「あなたとわたしは、思っている以上に共通のものがあるのよ。あなたを表現する単語を言ってみましょうか。ベル、アンテリジャント、ペティヤント」

わたしは少し気持ちが上向いた。「最後のはどういう意味?」

「キラキラしてるという意味よ」

「わたしがキラキラしてると思うの?」

オディールはゆがんだ笑みを浮かべた。「あなたはわたしの人生に、夜の星のように現われた」

ロビーがティファニーと一緒にいたいというのなら、それでいい。教室で、わたしはずっと教師を見ていた。彼のことは見なかった。見られなかった。メアリー・ルイーズがメモをよこして、囁いた。「ロビーからよ」結婚式への招待だろうか。わたしはそれをごみ入れ《ラ・プベル》に投げこんだ。ジュ・デテスト・ラムール（愛なんて嫌い）。ジュ・デテスト・ティファニー・アイヴァース。みんなのことが大嫌い《ジュ・デテスト》。

ロビーとティファニーがデートしているところ——聖歌隊のコンサートで彼が彼女の腰に手を回していたり、礼拝のあとドーナッツを分け合っていたりするのを見るのが怖かった。でもそんな日は来なかった。ハロウィンのころ、わたしはサインを読みまちがえることについて、オディールが正しかったと気づいた。わたしは彼と目を合わせようとしたけれど、もう彼はわたしのほうを見なかった。

でも別の誰かさんはデートしていた。フロイドの女性たちは、独身女性を一人残らずパパに紹介しようとした。教会のホールで、最近銀行に入ったばかりのよく笑う金髪の金銭出納係をパパに会わせた。

「骨と皮ばかりになっちゃって」年配のミセス・マードックは言った。

「食欲がなかったのね」ミセス・アイヴァースが言った。「でも貯蓄預金はたっぷりあるはずよ」

秋の楽団のコンサートでは、パパは脂《あぶら》じみた髪をした女性園芸家の隣に座らされた。「彼はよく稼ぐわよ」ミセス・アイヴァースは、〈死の舞踏〉のあいだに囁いた。消防士の資金調達のためのスパゲッティ・パーティーでは、パパをわたしの学校の英語の教師とくっつけようとした。教師がマクベスについて長々と喋るのを聞きながら、パパはまったく楽しそうではなかったけれど、急いで食事を終わらせようともしなかった。誰よりも先に席を立ったのは、メアリー・ルイーズとわたしだった。

「最悪！」わたしは歩道の枯葉を蹴《け》りながら言った。

「うんざりね」メアリー・ルイーズも同感だった。

「お父さんのほうがたくさんデートしてるわね」ティファニーが通り過ぎざまに言った。

メアリー・ルイーズの部屋で、わたしたちはエンジェルのアクアネットのヘアスプレーをマイク代わりに持って、〈ユー・メイ・ビー・ライト〉を声を限りに歌った。どこか怒りを感じさせるビリー・ジョエルの声が胸に響いた。真夜中、スー・ボブがドアを叩いて、静かになさいと叫んだ。

朝になってメアリー・ルイーズとわたしは路地を小走りで進んだ――わたしの家へのいちばん早い近道だ。うちから二軒手前で、わたしたちは裏口の前にパパが金髪の銀行の出納係の女性と一緒にいるのに気づいて、その場に凍りついた。出納係は恥ずかしそうに、パパのシャツの袖をなでた。

パパは指を彼女の指に絡めた。

「ちょっと」メアリー・ルイーズは小声で言った。「手でセックスしてるわよ」

「あのひと、うちに泊まったんだ」

「お父さんはあのひとと結婚するのかな？」

ママが死んでから、まだ八ヵ月だった。

悲しみは自分自身の涙でできた海だ。塩からい大波が渦巻《うずま》いている暗い深みを、自分のペースで泳いでいかなければならない。元気を出すには時間がかかる。両腕で水をかいていくと、物事が大丈夫なように感じられて、海岸は遠くないように思える日もある。そこでふと何かの思い出が蘇《よみがえ》り、一瞬にして溺《おぼ》れそうになり、また振り出しに戻って、疲れ果てて、自分自身の悲しみに沈みこみながら、波間に顔をあげていようとあがくことになる。

一週間後、礼拝のあと、パパとメアリー・ルイーズとわたしがホールでペストリーを食べていたとき、金髪の女性が近づいてきて、期待するようにパパを見た。パパはわたしと女性を見比べていた。「いいかな」ようやくパパは言った。「エレナーを紹介するよ。彼女は……これがリリーと、その共謀者のメアリー・ルイーズだ」

「初めまして。いろいろ話は聞いているわ」女性は調子はずれのインコのような甲高《かんだか》い声で言った。

「リリー？」パパの声がした。「大丈夫か？」わたしはかぶりを振った。パパは先に進んでもいい。わたしはママと居残る。小麦粉にまみれ、クッキー種のついたミキサーの刃を渡してよこしたママの手を覚えている。わたしができるだけきれいに舐めようとして舌を伸ばす様子を見ていた、ママの笑い声。ハロウィンのためにママが作ってくれた道化師のコスチュームを覚えている。熱中して身をかがめ、ミシンのペダルを足で踏んでいた。覚えているはずのないものまで覚えている。寝ているわたしを見ていたママ。わたしがお腹の中にいたとき、大きなお腹をさすっていたママの優しい表情。ママがかぎ針編みで作ってくれたベストを、ティファニー・アイヴァースみたいに店で買ったものではないからといって着なかったことも覚えている。ママは傷ついた心を隠して微笑んだ。あれを今みつけられたら、毎日でも着るだろう。

わたしの十四歳の誕生日、パパに連れられて〈ジーンズ・アンド・シングズ〉に行った。礼拝でわたしたちの三列前に座る、逆毛を立てて茶色い髪をふくらませているミセス・テイラーのやっている店だ。エンジェルとその仲間たちは、背中に自分の名前のついたオリジナルのデザインのTシャツをここで作った。パパは、そんなTシャツを買ってくれることにしたのだ。わたしはパパがそれを思いついたことに感心した。

Tシャツには五色あったけれど、わたしのサイズはオレンジしかなかった。次にプリントの図案だ。バニー・ガール、鳥、ロックバンド。以前だったら、パパは職場から抜け出してきた時間を気にして二十回は腕時計を見ただろうが、今は図案を一緒に見てくれた。

「ママだったら鷲《わし》を選んだかな」パパは、わたしに聞こえるか聞こえないかくらいの小声で言った。

わたしはそれを選んだ。ミセス・テイラーがビロード地の文字を持ってきた――大きいもの、中くらいのもの、小さいもの、赤、黒、青。パパとわたしは、全部を触ってみた。

「これまでプレゼントはママが考えてくれていた。ママのしていたことに気づかなかった」

「ありがとう、パパ」わたしは言って、きつくパパを抱きしめた。最後の日にママを抱きしめたかったように。

わたしはそのTシャツを着て帰った。

オディールがケーキ――チョコレート！――を持ってきてくれて、わたしはメアリー・ルイーズと何人かの学校の友だちの前でろうそくを吹き消した。まだ煙が残っているとき、エレナー・カールソンがノックをせずに入ってきた。

顔をしかめて、メアリー・ルイーズが言った。「彼女、何しにきたの？」

「驚いたな、嬉しいよ」パパはエレナー・カールソンの頬にキスをした。

「お誕生日おめでとう」彼女は甲高い声で言った。

「お会いできて嬉しいわ」オディールはわたしを肘でつついた。

「すてき」わたしは小声で言った。

メアリー・ルイーズは腕を組んで、何も言わなかった。

パパとエレナー・カールソンは触れ合わないように、注意深く微妙に離れていた。でもパパは、わたしよりもエレナーに微笑んだ。これはわたしのパーティーなのに。早くその日を終わらせたくて、わたしはケーキを口の中にかきこみ、プレゼントを次々に開けた。

そののち、メアリー・ルイーズとわたしが紙皿をごみ袋に入れているとき、パパはコーヒーを淹れた。パパの恋人は、迷わずにカップの棚を開けた。数あるカップの中から、彼女はママのお気に入りだった、華奢《きゃしゃ》な青い花柄のカップを選んだ。そうして当然だった。パパは驚いた様子も見せなかった。

メアリー・ルイーズはすべてを察知し、わたしの心の痛みをそのそばかす顔に映した。彼女は、わたしがそのカップを使わないことを知っていた。低い荒《すさ》んだ口調で、わたしの怒り、痛み、わたしの心中を語った。「あの女、勝手に入ってきて、なんでも好きなようにできると思ってんの?」

エレナーはそのカップと皿をカウンターの上におき、コーヒーポットに手を伸ばした。メアリー・ルイーズが磁器を床に払い落とした。あっというまにそれが割れ、その音は寂しく、でも心を満たして響いた。白と青の破片がリノリウムの床じゅうに散らばった。誰も動かなかった。わたしたちは、最後の欠片《かけら》が冷蔵庫の下まで転がっていくのを見守った。

「わざとやっただろう」パパはメアリー・ルイーズに向かって叫んだ。「どうしてそんなひどいことをするんだ?」

パパは延々と怒り続けたけれど、メアリー・ルイーズは怒鳴られるのに慣れていた。パパの唾をよけるために目を半分閉じて、平然と聞いていた。

パパの恋人はそれを見て、なぜパパはこれほど興奮しているのか不思議に思っていただろう。

「いいじゃない、ただのカップよ!」エレナーは言った。ドアの裏から箒《ほうき》と塵取《ちりと》りを取って、エレナーはママの残骸を掃き集めた。

第十三章

オディール
パリ、一九三九年八月

レミーは、学校へ行く支度をするのと同じように、入隊の支度をした。冷たい水で顔を洗い、本を何冊かメッセンジャー・バッグに入れた。わたしはふさぎこんで、彼のベッドに腰かけていた。わたしたちのあいだには憤慨が漂っていた。わたしは彼に見捨てられたような気分で、彼があえて危険に飛びこんでいくように感じていた。彼のほうは、わたしが彼の計画に賛成しなかったので落胆していた。わたしはレミーが行くべきではないと思い、レミーは早く行きたくてたまらなかった。

「セーターを持っていきなさいよ」わたしは言った。「風邪を引くといけないわ」

「必要なものはなんでも支給される」

少し前に、わたしは銀行に行って、わたしにとっての〝安全の種〟を引き出してきた。「これを」わたしは言って、フランをレミーの手に押しつけた。

「オディールのお金は要らない」

「持っていって」

「遅くなる」レミーは紙幣をベッドの上においた。

わたしはレミーのあとから廊下に出た。そこで両親が待っていた。ママはそわそわして、レミーの襟《えり》を直しながら訊いた。「きれいなハンカチーフは持った?」

パパはレミーに真鍮《しんちゅう》製のコンパスを渡した。「わたしが軍隊時代に使っていたものだ」パパは言った。その声はしゃがれていた。

「ありがとう、パパ」レミーはそれを投げて空中でつかみ、それからポケットに入れた。「ドイツ兵に見せてやるよ」

「必ず手紙を書いてね」わたしは言った。

レミーはわたしの両頬にキスをした。「きっと書く」

鞄を背負い、レミーはまるでバゲットを買いにいくような様子で、階段を駆け下りていった。

空襲に備えて、光の都は夜のあいだ真っ暗になった——街灯も、キャバレーのネオンサインも消え、閲覧室にランプは灯されなかった。パリ市民はガスマスクを携帯するよう勧告された。わたしのいとこたちもそうだったが、多くが持ち物を車に積んで立ち去った。ミス・リーダーは混乱した同国人たちがアメリカへ帰る手配を手伝った。教師たちは生徒を田舎に避難させるのを助けるため、夏の休暇を短縮した。児童室の静けさは、寒々しいものだった。

家も静かだった。四日以上レミーと離れていたのは初めてだった。夜が明けるように、テーブルにパンがあるように、レミーはいつもそこにいて、カフェオレを飲み、歯を磨《みが》いてうがいをし、ハミングしながら一緒に本を読んだものだった。レミーはわたしの暮らしに音楽的要素を与えてくれていた。今、人生は静まり返っていた。

レミーは穏やかな気持ちで入隊の道を選んだ、それは一種の慰《なぐさ》めであるべきだった。でもわたしは、ママとパパから慰めを得た。以前はレミーとわたしが味方同士で、夕食の席で座る位置のように、両親と向き合っていた。今は両親とわたしの三人は不安によって繋がり、空いている椅子に心配そうに視線を投げる。レミーから手紙は来なかった。

「ポールは、いつブルターニュから戻るの？」ママが訊いた。ママなりに、気まずい静寂を和《やわ》らげようと尽力していた。

わたしはポケットに手を入れて、いちばん最近のポールからの手紙を触った。彼は毎日手紙をよこし、どれほどわたしに会いたいか、あと何ヘクタール耕さなければならないかを書いてきた。

わたしはため息をついた。「すぐにではないわ」


職員控室では、茶色い革製のガスマスク——てっぺんに〝パリ、アメリカ図書館〟と書いてある——が、いくつも壁に掛けてあった。わたしが自分のマスクを床に落としたとき、ビッツィが入ってきて、親しげにおはよう《ボンジュール》と言った。わたしは答えなかった。

「最近は何を読んでいるの？」ビッツィはたずねた。「わたしは『エマ』を読み終わったところよ」

「レミーがいなくなって、本を読むような気分じゃないわ！」

「誰がいちばん彼を恋しく思っているか、競争じゃないでしょう」ビッツィは言いながら、ドアの外へ出ていった。

わたしは何を言えばいいのかわからなかった。あるいは、言いたいことがたくさんありすぎた。どうしてレミーに入隊を勧めたりしたの？　彼の身に危険が及んだらどうするの？

マーガレットが入ってきて、麦わら帽子を帽子掛けに掛けた。「どうしたの？」彼女は訊いた。

「ビッツィがどうかしてるのよ」

マーガレットはお茶を用意して、わたしの机に持ってきた。「それで、なんの話？」彼女はダージリンを注ぎながらたずねた。

「レミーは弱い子だった——誰よりも先に風邪を引き、体育のクラスでは最後まで選ばれない。でもビッツィがそそのかして、危険な道に進ませた。レミーは入隊することを、わたしにも話してくれなかったのよ」

「あなたに打ち明けなかった理由があったのかしら？」

マーガレットはとても誠実な目をしていて、わたしはつい、今理解した事実を話していた。「レミーは話そうとしていたんだわ」手にしているカップが震えた。「聞いてあげればよかった。レミーはいつもわたしの味方でいてくれたのに、たった一度、彼がわたしを必要としていたときに……」

「そんなに自分を責めないで」

「入隊しないように説得できたかもしれないのに」

「もしかしたら、彼はそれが自分がするべきことだと思ったのかもしれないでしょう」

「もしかしたらね……」

マーガレットはわたしたちの前で繰り広げられている光景のほうに手を振った。棚係のピーターが、新入りの職員であるヘレンに仕事の説明をしている。縮《ちぢ》れ毛を短く揃え、夢見るような目をした、ロードアイランドから来たレファレンス専門の司書だ。書架のあいだを歩きながら、二人はニューイングランド、九一七・四について、地球上でもっとも魅力的な場所だといって思い出を語り合っていた。それを見て、ラブ・ストーリーの始まりを予感する程度に、わたしも恋愛小説を読んでいた。

ボリスが筒状に巻いた紙を抱えて近づいてきて、爆撃された場合にガラスの破片が飛び散るのを防ぐため、窓ガラスを保護しておく必要があると言った。

「レミーはどうしている？」ボリスはテーブルの上に紙を広げながら訊いた。

わたしは紙を大きく切り分けた。「まだ手紙は来ないの」

「どれぐらい経ったかな？」

「二週間」

「わたしが軍隊に入ったとき」ボリスは古い絵筆で紙に糊《のり》を塗りながら言った。「わたしたち見習いの訓練はすごく厳しくて、夜になると疲れ果てて寝台に倒れこんでしまったものだ。手紙を書く余裕はなかったよ。それが軍曹の狙いだった。以前の暮らしを忘れさせたかったんだ」

「その通りなのかもしれない……」

「でもあとに残されたほうは辛いね」

ボリスは理解してくれた。わたしたちはほとんど喋らず、でも多くを語りながら、図書館を暗闇に包みこんでいった。窓はたくさんあったので、二日かかった。

九月一日、軍隊は十八歳から三十五歳までの男性を召集した。ボリス、一緒に育った近隣の男の子たち、レファレンス室に住んでいるようなものだった青白い顔をして博士論文を書いていた生徒たち、バゲットを焼くパン屋——みんな、動員された。パパは配下の警察官たちをパリにおいておくよう申請した。ポールはおばの農場で働き続けるという条件で免除された——当面はだ。

いたるところに、戦争が迫っている証拠があった。兵士を増員している軍隊。不吉な見出しの並ぶ〈ヘラルド〉。そして図書館の掲示板には、ベストセラーの一覧と並んで、合衆国大使館の印章の押された書面があらたに貼り出されていた。〝ヨーロッパの情勢に鑑《かんが》みて、アメリカ国民は合衆国への帰還が望ましい〟

ミス・リーダーは大使館の指示に従うだろうか？　英国大使館も同じ声明文を出して、マーガレットがいなくなったらどうしよう？

わたしはカロおばさんがデューイ分類法やその他の配列を教えてくれた目録カードの棚の前を、ポールと初めてキスした書架を、そしてマーガレットと友だちになった奥の部屋を通り過ぎて、ミス・リーダーの部屋へ走っていった。

女性館長は座っていた椅子を少し回した。ペンを手にし、机の上に広げてある書類を見ていた。

あたりにはコーヒーの香りが漂っていた。室内に箱はなく、荷造りしている様子ではない。ミス・リーダーはここにいる。彼女がここにいる限り、何もかも大丈夫のはずだ。動揺が鎮《しず》まり、わたしはゆっくりと深呼吸をした。

「家に帰らないんですね?」わたしは訊いた。

「家って?」

「どこかに行ったりしないんですね?」

ミス・リーダーは眉を寄せ、そんなことは思いもしなかったかのように、訝《いぶか》しそうにわたしを見た。「ここがわたしの家よ」

一九三九年九月一日

親愛なるポール

すごく会いたいわ。腰を抱いてもらいたい、こめかみに唇をつけて大丈夫だと囁いてもらいたい。レミーが入隊してから、ずっと胸が痛いの。レミーとのことを、あんな状態のままにしたのは嫌だった。あなたが戻ったら、物事はよくなるはず。

地元の男性が動員されてしまって、おばさんはこれまで以上にあなたが必要でしょう。でもわたしもあなたが必要で、戻ってくるまで日にちを数えています。

愛をこめて

あなたの厄介な司書より

レミーに新しい親友ができたという事実からは逃げられなかったが、できるだけ定期刊行物室にいて、彼女を避けることはできた。今日もいつものように、常連の登録者を見ながらその場にいた。

紫色のショールを羽織ったコーエン教授は、『暗闇の中の航海』（ジーン・リース著）の一節を読んでため息をついた。その横で、マダム・シモンは〈ハーパーズ バザー〉のファッションをうっとり眺めて、義歯の音を立てた。その向かいで、ムッシュー・ド・ネルシアとミスター・プライス＝ジョンズが悪気のない冗談を言い合っていた。

「最高のウィスキーはスコットランドで作られる」英国人は言った。「わたしは、半分はスコットランド人なんだ」

「ああ、そうだったな」フランス人はつぶやいた。「あとの半分はソーダ水だろう」

「グレンドロナッハが最高だ！」

グレートブリテンで何か価値あるものが生産されるのを認めたくなくて、フランス人は言い返した。「テネシーのジョージ・ディッケルが最高だ」

「どちらが正しいか確かめるには、味見をすることね」わたしは二人に声をかけた。

「オディール、頭がいいね！」

ビッツィがそっと近づいてきた。「弟が召集されたの」彼女は言った。「昨日、行ったわ」

「わたしの兄弟は何週間も前に行った」と、わたし。「でもこれで、どんなものかあなたにもわかったでしょう？」

「いずれにしても、レミーは召集されたわ」

「だからって、わたしの気持ちが楽になるとでも？」わたしはきつい口調で言い返した。

登録者たちが驚いて息をのんだ。「みんな、辛いのよ」コーエン教授がなだめるように言った。

ビッツィから顔をそむけて、わたしは〈ヘラルド〉を開き、社説を読んだ。「今現在は懸念されているが、大戦は起きないかもしれない。ヘル・ヒトラーも含めて誰も、それが起きるとは言い切れない」マダム・シモンが顔をしかめるのを見るまで、わたしは自分が声に出して読んでいることに気づかなかった。

「戦争って?」彼女は低く笑った。「ヨーロッパは疲れているの、誰も闘いたいと思ってないわ」

「それはちがうわ」コーエン教授は言った。「子どもは玩具《おもちゃ》を、男たちは領土を巡って闘う」

「今、それを考えるのはやめないか」ムッシュー・ド・ネルシアは、心配そうにわたしを見ながら言った。彼は〈ヘラルド〉をつかんで、社交欄を開いた。そこには二段にわたって、パリのアメリカ人社会でのニュースを告げる記事があった。「〝ニューヨークのミスター・エリ・グロムベッカーはクリッパーでヨーロッパに飛んだ。シカゴのE・ブロムンド夫妻は最近ベルリンを訪れて、ル・ブリストルに滞在中。マイアミのミセス・ミニー・K・オッペンハイマーとミス・ルース・オッペンハイマーはコンティネンタルに滞在中〟」

「戦争があっても、社交界の連中は買い物をやめない」ミスター・プライス＝ジョンズが言った。

「イギリス植民地からのニュースもある」ムッシュー・ド・ネルシアは続けて読んだ。「〝トリプラのマハラジャとバリアのユヴァラニーはジョルジュVに滞在中。アビンドンの伯爵夫人が伯爵とプランス・ド・ガルで合流した〟」

常連たちもわたしも笑った。社交界の人々は自分たちのことを大げさに考えすぎるけれど、つかのま緊迫した政治情勢を忘れさせてくれた。

仕事のあと、レミーからの手紙を期待しながら帰宅したが、廊下のテーブルの上のトレーは空っぽだった。居間から人声がしたので覗きこむと——ポールがいた！　わたしを見て、彼は飛び上がった。両親がいるのを意識して、わたしは彼の二の腕に軽く触れるだけにした。彼はわたしの頬に軽くキスをした。

二十センチメートル離れて寝椅子に座って、わたしは囁いた。「会いたかったわ」

「ぼくはそれ以上に会いたかった。きみは常連の登録者たちと会うだろう。ぼくは、おばのほかには牛と鶏《にわとり》と山羊《やぎ》ばかりだ」

「ミスター・プライス＝ジョンズのことを頑固な山羊だと言う人もいるわよ」

「ああ、でも彼は嚙んだりしないだろう！」

パパはわたしたちのことを、悦に入った様子で見ていた。「おまえにはポールがぴったりだと思ったんだ」

「そうね、パパ、パパ、パパが連れてきた十四人目の候補が、ようやくすてきなひとだったわ」

「もうすぐ、もっと一緒にいられるようになる」パパは言った。「戦争の噂を考えると、おまえの同僚たちはパリを離れ、図書館は閉まるだろうからな」

「ミス・リーダーは、図書館は続けるとおっしゃってる」わたしは言った。「誰も、どこにも行かないわ」

「おまえも少し休めるだろう」からかうようにウィンクをして、パパは言い足した。「夕食の時間に間に合うように帰れるかもしれないな」

　パパが仕事について話すとき、それは責務だった。パパは、わたしが図書館を愛しているのを理解できなかった。仕事時間を延長して、レファレンス室のヘレンとともに登録者の要望に答える方法を模索する数時間は、面倒な労働ではなく、楽しい宝探しだったのに。「助けを求めるのがいかに大変かを忘れないことが重要よ」彼女は言った。「けっして苛々《いらいら》しないこと。どんな質問にも価値があるの」ヘレンとわたしは、キューバの人口から中国の花瓶の鑑定額まで、あらゆることを調べるために、専門的な文献や百科事典を読み漁った。毎日、答えを求めて質問が持ちこまれた。学術的な論文を何十も書いたあとで、コーエン教授は小説を手掛けることにして、十六世紀のイタリアについて調査していた。「ヴェネツィアのひとたちは何を着ていたの？　何を飲んでいた？　ポケットには何が入っていたのかしら？」彼女は訊いた。

「そもそもポケットがあったのかしら？」ヘレンはたずねた。

「それはわからないわね！」教授は答えて、わたしたち三人は書架のあいだを動き回りながらヴェネツィアへ向けて出港した。

わたしは図書館で必要とされていた。そこで幸せを感じていた。

「休むわけにはいかない」わたしは父に言った。「ミス・リーダーは、本は理解を促進するものだとおっしゃってる。それは今、これまで以上に必要とされていることよ」

パパが言い返そうとして口を開いたとき、ママが彼を部屋から連れ出し、ドアを閉めた。

わたしはポールに近づいた。「パパには困ったわ」

「きみのことが心配なんだよ」

「そうね……」

ポールはわたしの手に、頬に、唇にキスをした。わたしはもっと欲しかった。肌を合わせ、体を絡みつかせたかった。キスは最後まで読み通したいと思うようなすばらしい本の序章に過ぎなかった。

ドアの取っ手が音を立て、わたしたちは慌てて離れた。ママは植木箱に駆け寄り、シダに水をやった。

小さいころ、わたしはベッドで本を読むのが好きだった。毎晩、ママが「消灯よ」と言ったあと、わたしは章の切れ目まで読ませてほしいと頼んだが、絶対にだめだった。あのときと同じく今も、いつ止めるべきかを決めるのはママだった。

新聞の夕刊を並べていたとき、ミス・リーダー――ゲイローの接着剤のように真っ白な顔をしている――が、閲覧室によろめくように入ってきた。すぐに、何かあったとみんなが察知した。ミスター・プライス＝ジョンズとムッシュー・ド・ネルシアは口論をやめた。コーエン教授は本から顔を上げた。紙の貼られた窓の前に立って、女性館長は言った。「大使館から電話があったわ」彼女の声は震えていた。「イギリスとフランスが、ドイツに宣戦布告したそうよ」

パパが塹壕《ざんごう》で過ごした何年かの話をするとき、わたしは闘いを、色褪せた遠景の写真としてしか想像できなかった。今では、戦車や負傷兵の写真がカラーで鮮明に見えた。レミーは戦闘に出ているのだろうか？　傷ついているだろうか？

「どこで戦闘をしているか言っていましたか？」わたしより先に、ビッツィが訊いた。

「もっとわかればいいんだけど」ミス・リーダーは言った。「ブリット大使から連絡があるはずです」

登録者たちを落ち着かせたあとで、ミス・リーダーは職員を彼女の部屋に集めた。「みんな、ここを離れて――家に帰るなり、田舎に行くなり、安全な場所に行くべきよ」彼女はわたしたちに言った。その口調はとても権威があって、わたしは心の中ですぐさま黄色いワンピースと青いスカーフをスーツケースに入れた。

「あなたはどうするの？」厳格なミセス・ターンブルがたずねた。

「わたしは残るわ」ミス・リーダーは迷いなく答えた。

「貸出デスクはわたしが受け持ちます」ビッツィが言った。

「わたしも残りたい」帳簿係のミス・ウェッドが言った。

「わたしも」わたしは心の中で、衣類を戸棚に戻した。わたしの居場所はここだ。わたしたちの図書館が開き続けているために、できるかぎりのことをしたかった。

「こんなにすぐにロードアイランドには戻れないわ」レファレンス室のヘレンは言った。

棚係のピーターは彼女を見詰めた。「ぼくもここを離れたくない」

ミス・リーダーはありがたそうに、わたしたちを見た。「それでも、登録者たちの安全のために、できることはしなくてはね」

棚係のピーターは、空襲のせいで火災が起きたときのために、最上階に砂の入ったバケツをいくつも運び上げた。ミス・ウェッドは最寄りの避難所——地下鉄の駅——までの道案内を壁に貼った。避難訓練のさい、ミス・リーダーは両腕で怖がる学生たちを抱いて、閲覧室を空にした。わたしは定期刊行物の部屋から常連の登録者たちを外へ導いた。コーエン教授は、燃え盛る建物から親友を助けるかのように棚から『おはよう、真夜中よ』をつかみとり、「ジーン・リースをおいていくわけにはいかないわ」と言った。戸口で、ビッツィが手提げランプを振った。愛書家たちは安全な駅までの二区画を苦労して歩いた。暗い地下鉄のトンネルの中で、いつ、何が起きるのだろうと考えた。

第十四章

オディール

ボリスは閲覧室に、六日間軍隊にいたのではなく、ゆっくり昼食を摂りにいっていたような様子で入ってきた。登録者たちが駆け寄って、彼の帰還を喜んだ。ムッシュー・ド・ネルシアとミスター・プライス＝ジョンズが、誰よりも先にボリスの手を握って熱烈な握手をした。次がコーエン教授だった。「無事に帰ってきてよかった。奥さんと娘さんもほっとしたでしょう」わたしは彼に近づこうとしたけれど、本の虫たちが彼を取り囲んでいた。わたしは手押し車のほうへ戻り、棚に入れ直す本を一冊取った。背に書かれている請求番号は二二三だった。宗教だったか、それとも哲学？　しっかり覚えていたはずの事柄が混乱していた。レミーが行ってしまってから、わたしは頻《ひん》繁《ぱん》に自分がどこに属しているのかわからなくなり、気がつくと部屋の中央に立ち尽くしていた。

二〇〇に夢中になっているとき、ボリスが近くに来た。「どうしてる？」彼は訊いた。

「レミーのことが心配でたまらないの」

ボリスはわたしの本を棚においた。「その気持ちはわかる。わたしの弟のオレグは外国人部隊に入った」

「無事を祈るわ。少なくともあなたは、戻ってこられた」

「ミス・リーダーが、軍に手紙を書いてくれたおかげだ。どうやら、わたしは必要不可欠な存在らしい」

「必要不可欠。いい響きね」

彼女は管理人も留め置くことができた。幸いパパは、配下の警察官をパリにおいておく許可を得た。パパは自分の息子を守ることはできなかったが、部下たちのことは保護した。わたしは体を壊すくらいレミーが心配だったけれど、本当にありがたいことに、ポールを失わずに済みそうだった。

ボリスはまた別の本を棚においた。「フランス軍での任務は、もう果たしてる。もうすでに、一度闘っているんだよ」

「そうなの?」

「ロシア革命が起きたとき、わたしは学生で、訓練中だった。仲間の中には十五歳になるかならないかの者もいたが、みんなでこっそり逃げ出して軍隊に入った」

「十五歳……」

ボリスの説明によると、彼や仲間たちは、十歩数えて振り向いて、イチゴの実を粉みじんに撃ち抜くことができれば男になれると思っていた。最大の気がかりは、どの制服がいちばん格好よく見えるかだったという。「徒歩で行こうか、馬で行こうか迷った。腹が減ったら、食料貯蔵室に押し入って、不愛想な料理人を起こしてもいい。入隊するのは簡単だった」彼は話を結んだ。「たいていの子どもがそうだが、わたしたちは一週間より先を想像できなかったんだ」

レミーが家を出たのも、そういうことだった。冒険を求め、パパに一人前の男であることを証明したい一心で。

「上官はわたしより大して年上じゃなかった。わたしたちはひとを撃ち殺せと命じられたが、同国人を殺すのは難しいことだ」ボリスは息をのんだ。「誰のことだって、殺すのは難しい」

書架は背が高く、告解場のように神聖だった。彼は兵士のように並んでいる何列もの本を見詰めた。「川の向こうに、見張りの一人がいた」彼は続けて話した。「仲間のロシア人、敵兵だ。わたしは彼の耳たぶをかすめるように撃った」

「耳たぶを?」

ボリスは肩をすくめた。「わたしは射撃の腕がけっこうよかったんだ。そいつを殺したくなかった。ただ、警告して追い払おうとした」

「正しいことをしたわ」

ボリスはまた一冊本を手にし、暗い顔でその表紙をなでた。「その後、わたしの連隊がそいつの連隊と出くわして、その兵士がわたしの親友を殺した」

「残念なことね」

「わたしは二度撃たれた」彼は頬の傷を指先でなでた。傷跡はとても薄くて、わたしはそれを笑い皺《じわ》だと思っていた。「でも死にそうになったのは、チフスでだった。診療所は前線よりひどかった。わたしは賑やかな家庭で育ち、陸軍士官学校から軍隊に進んだ。孤独というものを知らず、自分の考えと向き合ったことがなかった。一人きりで病院にいた期間は、人生で最悪の日々だった。あることを考えて乗り切れた――いっしょにいるはずの姉妹たちのことだ」

ボリスは、ビッツィが歩き回っている児童室のほうに、手を振ってみせた。

「彼女とわたしは姉妹じゃないわ」わたしは言った。

ボリスは悲しそうにわたしを見た。「貸出デスクに戻るよ」彼は諦めたような声で言い、後悔と憤《いきどお》りとともにわたしを残していった。

第十五章

オディール

宣戦布告の三日後、ミス・リーダーは兵士向けのサービスを始めた。フランスとイギリスの軍隊を慰安し、気晴らしを提供し、図書館の仲間たちが心配していることを伝えるために、酒保と野戦病院に宛てて本を用意したのだ。ポールと二人で、木箱を郵便局に運んだ。パリは、ほとんど利用客のいない大きなホテルのように、奇妙なほど静かだった。それでも図書館は、開いているのが当然と思っている登録者たちで賑わっていた。登録者たちは相変わらず、新聞でニュースを見たり、本を借りにきたりした。

「ひとは読むものよ」女性館長は言った。「戦争であろうとなかろうとね」

彼女は寄付を募り始め、クララ・ド・シャンブラン伯爵夫人のような熱心な支援者に手紙を書いた。わたしを部屋に呼んで、ジャーナリストたちを図書館に招いたので、この活動について説明をしてほしいと言った。彼らは閲覧室で待っていた。

「わたしがですか?」わたしは言った。「新聞記者は……厄介ですよね」初めて図書館のニュースのコラムを〈ヘラルド〉に持っていったとき、記者の一人が誤植に気づいた――広報活動《パブリック・リレーション》を、陰部の関係《ピュビック・リレーション》と書いてしまっていたのだ。その後新しいコラムを届けるたびに、〝特別な関係〟はどうしたと訊かれる。

「確かに無茶な連中よ」ミス・リーダーは認めた。「戦時体制について報道しようと、フランスじゅうを駆け回ってる。もし失礼なひとがいたら、頭を殴ってやりなさい」就職するさいの館長との話で、まさにそうしかねないと話したのを思い出し、わたしは頬が熱くなった。「いいえ、わたしは……」

「わかってるわ。あなたはもうあのときのあなたじゃない。成長して、すばらしい仕事をしてる。みんな、〈ヘラルド〉のあなたのコラムが大好きだし、会報も楽しい。特に〝あなたはどんな読者ですか?〟のインタビューがいいわ。誰かのことを愛読書によって知るのは、すばらしいことだわ」

閲覧室に行くさい、わたしはミス・リーダーの誉め言葉を嚙みしめた。暖炉の前で、足を反対の足にこすりつけ、皺の寄ったトレンチ・コートを着こんだ世慣れた新聞屋たちと話をする勇気をかきあつめた。でもわたしが話し出す前に、彼らのほうが話し始めた。

「フランス人がアメリカの本にそんなに興味を持ちますかね?」白髪が薄くなりかけているジャーナリストが訊いた。疲れた様子、いや、疲れ果てた様子だ。「それに、兵士に本を読むような時間があるのかな?」

「ある将軍は、読み物を運ぶためのトラックをマジノ線からよこしました」わたしは勢いよく答えた。「兵士たちには時間があります。わたしたちの目的は、病気や負傷した者、あるいは寂しい者たちを支援することです。士気を高めるように努めなければなりません」

「士気? それで、どうして本なんだ? ワインじゃないのか?」赤毛の男が皮肉っぽく言った。

「わたしだったら、ワインがいいな」

「どちらか一つだと、誰が言いましたか?」わたしは訊いた。

記者たちは笑った。

「でも真面目な話、なぜ本なんでしょう。それは、他者の立場から物事を見せるような不思議なことのできるものは、ほかにないからです。図書館は本によって、ちがった文化どうしをつなぎます」

わたしがいかに寄付を募るかを説明するうちに、一人、また一人と、記者がコートを脱ぎ、椅子に腰を下ろした。メモを書き留める記者もいたし、昔読んだ本について思い出しているような記者もいた。疲れ果てた様子の記者は書架のほうを見ていた。苦しかった時代に心を慰められた小説を思い出しているのかもしれない。

「誰にでも、決定的に自分を変えた本というのがあります」わたしは言った。「自分が独りぼっちじゃないと教えてくれる本です。あなたの場合はなんですか?」

「『西部戦線異状なし』だ」彼は言った。

八三三。「それを広めてください。あなたがいいと思った本を兵士に届けるのに、力を貸してください」

情報が広まり、寄付がどんどん集まった。職員は連隊ごとに、五十冊の雑誌と百冊の本を集めた。午後九時、マーガレットとミス・リーダーとわたしは、その日の仕事を終えた。女性館長は宛名ラベルを書き、マーガレットはそれぞれの目録をタイプし、わたしは本を木箱に入れた。

ビッツィが、手紙を振りながら部屋に飛びこんできた。「家に帰ったら、届いていたの」

レミーは、まず彼女に手紙を書いたのか?

「あら、彼から連絡が来てよかったわね」マーガレットは言った。

「それに、わざわざ知らせに来てくれるなんて、ビッツィは優しいわ」ミス・リーダーはわたしを見て、当てつけるように言った。

その通りだった。誰にいちばんに手紙が来るか、競争ではない。それでも……。

「リールの近くにいるそうよ」ビッツィは言った。「危険な場所ではないわ」

「今のところはね」わたしはきつい口調で言った。

「彼は入隊したかったのよ」

「あなたがそそのかしたんでしょう」

「彼の信念を通すためよ」

「殺されでもしたらどうするの？」わたしは簡約版ではないヴィクトル・ユーゴーの分厚い本を木箱の中に勢いよく入れ、それは怒ったような音を立てた。

「お願いよ」彼女の華奢な白い両手が、青いインクで汚れたわたしの手をつかんだ。「彼を愛している誰かと、一緒にいたいの」

「両親に話さなくちゃ」わたしは彼女の手から、指を引き抜いた。「二人ともほっとするわ」

「オディール、あなた……」ミス・リーダーは、気の毒そうな様子で小首を傾げた。

優しくされると泣きそうだったので、わたしはあわてて「また明日」とだけ言い、階段を駆け下りた。両親に手紙のことを話したとき、わたしの口調は苦々しかったにちがいない。ママは、レミーが入隊したのはビッツィのせいではないと言った。レミーが書いていた政治的な記事を考えれば、彼の選択は驚くにはあたらなかった。パパは、レミーのためにも、ビッツィに感じよく接したほうがいいと言った。

二日後、手紙が来た。〝ぼくの分隊は農場に駐留しています。農場の猫が、野外演習のあいだでさえも、犬のようにまとわりついてきます。食器洗いを誰がするかで揉める以外、どんな闘いも見ていません〟

いくぶん呼吸が楽になった。

フランスじゅう、さらにはアルジェリアやシリア、ロンドンのイギリス軍本部からも、リクエストが殺到した。赤十字、ＹＭＣＡやクエーカーの職員やボランティアが、兵士たちに本を届ける手伝いをしに、図書館の奥の部屋にあふれかえった。本の好み（ノンフィクションかフィクションか、ミステリか回顧録か）と言語（英語、フランス語、あるいは両方）を注意深く確認しながら、本をリクエストしてきた軍人それぞれが、一ヵ月に二度、援助物資袋を受け取れるように手配した。

ミス・リーダーは本を荷造りするボランティアたちの写真をとり、ビッツィは兵士たちに励ましの手紙を書き、マーガレットとわたしはリクエストのメモを開いた。わたしは今はフランス軍下士官となっている英語の教師からの、分隊に英語を教えるための教材のリクエストを読み上げた。

「どれを送ったらいいと思う？」ビッツィがわたしに訊いた。

わたしは聞こえなかったふりをした。

ビッツィとわたしを心配そうに見ながら、マーガレットが大きな声で読んだ。「〝フランス東部にいて、仲間の中には英語が読める者がいます。本と雑誌を何冊か送ってほしい、それから、文通をしてくれる女性（あまり年配でない）を紹介してくれませんか〟」

受け取ったリクエストにすっかり魅了され、わたしはまた別のものを読んだ。「〝ザール川とモーゼル川のあいだの、フランスの田舎に、仲間たちと一緒にいます。予想はつくでしょうが、お楽しみは限られている。できたら、古い〈ナショナル・ジオグラフィック〉を送ってもらえませんか？この雑誌はとてもきれいで、楽しめると思います〟」

「兵士たちは、家から遠く離れているのが辛いでしょうね」マーガレットは言った。「彼らのために何かできるのが、せめてもの救いだわ」

「お手伝い、本当にありがとう」ミス・リーダーは言った。彼女の声は、一杯のココアのように心を癒やした。「あなたがいてくれて、わたしたちは幸運だわ」

「わたしこそ、あなたたちがいなかったらどうしていたか」マーガレットは涙ぐんだ。「あら、いやだ、また水の漏れるティーポットになっちゃった」

「最近は、みんな感情的になってるわ」ミス・リーダーは、わたしを見ながら答えた。

軍司令官たちが敵軍の攻撃があると確信しているマジノ線に沿って、状況はあいかわらず緊迫していたが、フランスではほとんど銃撃戦はなかった。わたしたちは何百冊もの本を、そこにいる兵士たちに向けて発送した。何人かが返事をよこし、親切にもお礼の品を送ってきた。戦地のキッチンの水彩画、撃ち落とした敵機のスケッチ、煙草。マーガレットとわたしは、イギリス軍の大尉からの手紙を読んだ。

すばらしい本を送ってくれて、ありがとう。みなさんがわたしたちのためにしていることに感謝します。男たちにできるかぎりの娯楽を与えるのが、とても重要だと考えます。

みなさんが兵士たちのためにしている立派な仕事のすべてに謝意を表したい。前回の戦争中、そして今してくれていることに、とても感謝します。

わたしたちの兵士向けのサービスはとても大規模になり――何千冊もの本の寄付、何十人ものボランティア――近隣の建物の実業家たちが、フロア全体を使わせてくれることになった。小説や雑誌が天井まで届くほど高く積まれ、文学的なピサの斜塔ができた。ミス・ウェッドはみんなのためにスコーンを焼き、わたしたちの送る本について統計を記録した。この秋、わたしたちは二千冊をフランス、イギリス、そしてチェコスロヴァキアの軍隊に、そして外国人部隊にも送った。ミス・リーダー同様、わたしは特に、兵士に個人的に送る仕事に誇りを感じた。ビッツィとほとんど話さないという事実については、さほど自慢できる気分ではなかった。

ママはわたしがめったに家にいないと不平を言い、パパはわたしと一緒にいたかったらボランテイアに志願するしかないと冗談を言った。でもわたしはレミー同様、〝何かをせずにはいられない〟気分だった。レミーがいなくて寂しかったけれど、故郷を離れた兵士たちはもっと辛いはずだ。わたしは本のあいだに、励ましのカードをはさむようにした。

将来に不安を感じて、わたしはたびたび、幸せな結末を期待して小説の最後のページを見た。『ヴィレット』（シャーロット・ブロンテ著）、八二三。〝これでいったん休止だ。充分に語った。静かで優しい心を悩ませることなかれ。明るい想像力に希望を持たせておけ。大いなる恐怖からふたたび生まれた喜びを、危機から救われた喜び、恐怖からの猶予、帰還の歓《よろこ》びを抱かせておけ〟自分の人生の物語も、先をめくってみて、安心できればいいのに。戦争は終わる。レミーは帰ってくる。ポールとわたしは結婚しているだろう。

今夜も疲れ果てて、わたしは本を持ってベッドに倒れこんだ。

彼は部屋を横切ってきてわたしの腕を握り、腰をつかんだ。燃えるような目で、わたしを見詰めた。

「あれほど」彼は食いしばった歯のあいだから絞り出すように言った。「あれほどか弱く、それでいて不屈なものはない。彼女はわたしの手の中で葦《あし》のようだった！（彼はわたしを、つかんでいる力そのまま揺さぶった）わたしは彼女をたわめる……残忍で美しい生き物よ！

みずから進んで、ふわりと飛んできて、わたしの心に寄り添うこともできた。意に反してつかまっても、香水のように逃げていくだろう――香りを吸いこむ前に消えてしまうだろう。ああ！　おいで、オディール、おいで！」

「オディール！」ママがドアを叩いた。「もう真夜中過ぎよ！」

ペンと紙を手にして、わたしは書いた。

親愛なるレミー

一晩じゅうでも読んでいられるけど、ママが、電気を消すまでうるさく言ってくるの。今日も忙しい一日だった。図書館は相変わらず賑わってるわ――八月の末にいなくなった登録者たちが戻ってきて、わたしたちは皆に本を届けられるように最善を尽くしています。ポールが、木箱を駅まで運びにきてくれる。マーガレットは、彼はわたしがいるから来るのだと言うけれど、どうかしら。彼の気持ちはわからない。お互い、「愛してる」と言ったことはない。二人きりになることはない。たぶんわたしのほうが、彼を一定の距離以上近づけないようにしてるんだわ。希望を持つのは辛い。わたしへの彼の気持ちが消えるんじゃないかと思う。

パパやリオネルおじさんは、二人ともほかの女性を見つけた。〝つまり、火花は消えるものでは？〟

「明かりを消しなさい、オディール！」

一九三九年十二月一日

親愛なるオディール

本をありがとう！　ジェーン・エアはオディールと同じように威勢がいいね。余白に感想を書きこむなんて、頭がいいな！　ページをめくるたびに、一緒に読んでいるような気分になる。いったいどうして、ミスター・ロチェスターに共感できるんだ？　あいつはクズだ！　オディールの男の趣味を疑い始めてるよ。

マーガレットの言うとおり――ポールはオディールに近づくためにボランティアに来てるんだ。希望を持つのは辛いことじゃない。わくわくするだろう。目の前にはたくさんの星が、可能性を持って輝いているはずだ。

クリスマスの休暇は希望しなかった。分隊には子どものいる兵士がたくさんいて、彼らに家族と一緒に休暇を過ごしてもらいたい。ぼくは春にパリに帰るつもりだ。

ビッツィのことが書いてなかったね。彼女からの手紙はなんだか暗かった。あまり友人と過ごしていないのか、笑っていないような印象を受けた。仕事に行って、家に帰る。弟が召集されて、彼女は二重に悲しいはずだ。彼女が不幸だと思うとたまらない。独りぼっちでいてほしくない。ぼくの代わりに、彼女のことをよろしく頼むよ。

愛をこめて
レミー

第十六章

オディール

初めて、うちの家族はわたしたち双子が揃わずに新年を迎えた。三人で、黙って鴨《かも》のコンフィを食べた。最近、わたしの胸の中のメトロノームは大きく揺れている――涙ぐんだり、穏やかになったり、混乱したかと思うと、元気になったり。図書館では、兵士に荷物を送り続けている。忙しくしていると――本を梱包し、登録者に手を貸す――恐怖を封じこめておけた。

ポールは木箱を駅に運ぶのを手伝ってくれて、そこから木箱は電車で運ばれていく。今日、わたしを見たとき、彼は顔全体を輝かせた。わたしは息ができなかった。穿鑿《せんさく》好きなマダム・シモンが見ているのを意識しながら（彼女はいつも見ている）、ポールとわたしは、初めて会ったときのように頰に軽いキスをして挨拶をした。

児童室の戸口で、ビッツィが、わたしたちがドアのほうへカートを押していくのを見ていた。わたしは彼女を見ないふりをした。いちばん最近レミーから手紙が来たのは二週間前だったけれど、まだレミーに言われたようにしていなかった。

図書館の玄関で、ミス・リーダーがその光景を見ていた。「ビッツィに挨拶しなかったわね」彼女は言った。

「今朝、おはようと言いました」

「あなたたちは友だちどうしだったのに」

「電車がもうすぐ出ます」ポールが口をはさんだ。「駅に本を運んだほうがいい」

「戻ってきたら、話しましょう」ミス・リーダーは厳しい口調で言った。

わたしは平気だった。ミス・リーダーは部屋に戻った瞬間に登録者や理事たちに意見を求められ、わたしのことなど忘れるだろう。

ポールは歩道の上を、カートを押していった。「ボリスがガスマスクをランチボックスとして使っているのに気づいたかい？　戦争ではあるけれど、生活が普通に戻った印かもしれないな」

「本当の印は、彼が〝ボリスの情熱〟の執筆を再開したことよ」

「それはなんだい？」

「図書館の歴史。おかしな話や統計。一章丸々全部を費やして、『怒りの葡萄《ぶどう》』を求めるひとの、さまざまな言い間違いを書くことができる。『怒りの強奪』はいうまでもなく、スタインバウムの『ネズミの葡萄』、『重力の葡萄』、『怒りの葡萄のつる』、『葡萄のつる』、『ゲイブの怒り』」

ポールはくすくす笑った。「彼はよく真面目な顔をしてられるな」

駅の前で、わたしは路肩につまずいた。ポールが両手でわたしの腰を支えてくれて、わたしは本のことを忘れた。彼しか見えなかった。彼だけが欲しかった。愛してると言いたかったけれど、怖かった。彼が同じ気持ちでないのが、怖かった。

彼はわたしの背中をなぜた。「大丈夫《サ・ヴァ》？」

「ええ《ウィ》」

「愛してる《ジュ・テーム》」彼は小声で言った。

「わたしも愛してるわ」

この瞬間を記録するように、雷が鳴るか日食が起こるか、何か不思議な出来事があるのではないかと思った。でも実際は、老人がわたしたちにぶつかって怒鳴った。「どこ見て歩いてるんだ！」

ポールとわたしは笑った――この状況がおかしかったし、ようやく気持ちを伝えて安堵《あんど》もしていた。「さて」わたしは言った。

「さて」彼が言った。

二人で駅に入っていった。

本を届けてから、図書館へ戻った。パンを焼くにおいのように、愛があたりに漂っていた。バルコニーのハート形の鉄製の装飾が目についた。遠くから聞こえるラジオで、バラードがかかっていた。二人掛けの席のあるカフェ。ポール――わたしの恋人――は中庭に入る前にキスをした。夢見るような気分で、わたしは丸石の敷かれた小道を歩いていった。

貸出デスクに、ミス・リーダーが一人で座っていた。口元に寂しそうな表情を浮かべている。

「いろいろ、大丈夫ですか?」わたしはたずねた。「ボリスはどこに?」

「あなたと話をしたいから、ちょっとはずしてもらったの」

「わたしと?」

「小さな諍《いさか》いでも、職員の士気がさがります。それに登録者たちにとってもよくないわ」

ビッツィのせいで、わたしがお小言を?「彼女が始めたんです!」

「アメリカ病院でボランティアを探してるの」彼女は言った。「あなたに行ってもらいたいわ」

〝あなたに行ってもらいたい〟

「でも、ここでも仕事がたくさんあります」わたしは抗弁した。

「そうね」

「ビッツィには何も言っていません!」

「それが問題なのよ。あなたは何も言わなかった」ミス・リーダーはわたしの目をじっと見た。そこに、まだ分別は見て取れなかったはずだ。「あなたは成長する必要がある。一週間病院で働けば、物事を客観的にとらえられるようになるわ」

「いつからですか？」

「今すぐよ。お給料はいつも通りに出ます。病院に着いたら、レットソン看護師のところに行きなさい。あなたを待っています」

わたしはミス・リーダーが棚から払った埃《ほこり》のように、小さくなった気分だった。愕然として声も出せず、ミス・リーダーに会釈して、うなだれたフランスとアメリカの国旗の下を通り、中庭に出て、しおれたパンジーに沿って通りに出た。モンソー駅で不揃いな階段を下りていくさい、マーガレットと出くわした。追放されたと話すと、彼女は同情するように小首を傾げた。「あなたはミス・リーダーをとても尊敬してる」彼女は言った。「彼女の言うことに一理ある可能性はないかしら？」

「どうしてみんな、ミス・リーダーが全ての答えを持っていると思うの？」

「ビッツィと話ができたらいいのにね」マーガレットはさらに言った。「それがレミーの望むことなんじゃない？」

わたしの望みはどうなのか？　なぜミス・リーダーは、不当だとわかってくれないのだろう？　気に入らない本で洟《はな》をかんだジャンヌ・モローのように、わたしが図書館から締め出されるなんて、おかしい。わたしは何も悪いことをしていないのに。

「行かなくちゃ」

ヌイイというシックな郊外の、ヴィクトル・ユーゴー大通りに立ち並ぶすっかり葉が落ちた栗の木の下、わたしは病院の鉄製のゲートを開き、小道を急いだ。白い帽子とエプロンを身につけた看護師が、わたしたちボランティアに応急手当を教えてから、病院を案内してくれた。「わたしたちがフランス人のようだったら」看護師は言った。「あちこちに看板を立てるにちがいないわ。〝まさにこの場所でジョセフィン・ベイカーが歌った〟〝ヘミングウェイはここで虫垂《ちゅうすい》を取ったあと、『日はまた昇る』を書き始めた〟」

彼女はジャクソン医師を紹介した。医師は言った。「戦闘地域は静かですが、準備はしておかなければならない」

窓には紙が貼られていたが、医師は光を遮《さえぎ》るのに充分ではないと判断した。わたしは四階の担当になり、青いペンキを窓ガラスに塗りつけた。ガラスよりもワンピースのほうに、たくさんペンキがついた。常連の登録者に会いたかったし、本に囲まれた環境も恋しかったけれど、自分で開けた心の中の空洞を忘れようとして、仕事に打ちこんだ。

その病棟には百五十床のベッドがあって、マジノ線での戦闘で負傷した十数人の兵士を収容していた。彼らは痛がっている。彼らにプライバシーはない。家族も友人も見舞いに来られない。みんな、気力が衰えている。わたしは兵士たちのベッド脇のテーブルに、必ず本や雑誌をおくようにした。読書によって逃避でき、ほかに考えることが生まれ、心のプライバシーが守られる。

ブルターニュ出身のくせっ毛の兵士は、レミーのように生意気で、すぐにわたしのお気に入りになった。昼食のトレーを片づけているとき、彼に訊かれた。「本を読んでもらえるかな、マドモアゼル?」

「誰か、好きな作家はいる?」

「ゼーン・グレイかな。カウボーイものが好きなんだ」

部屋の隅の書棚から、ページの隅が折ってある『ネヴァダ』を取ってきて、わたしは兵士の横に座って読み始めた。最初の章を読み終わったとき、彼にたずねた。「どうだった?」

彼はにやりと笑った。「自分でも読めたんだ――怪我してるのは脚で、頭じゃないからね。でもきみの声がすてきだし、きみはすごくすてきだから……」

「何言ってるの！」わたしはレミーにしたように、髪の毛をくしゃくしゃにしようとして手を伸ばした。でも手を途中で止めて、動けなくなった。レミーに何かあって、病院に収容されたらどうしよう？　傷ついたり、もっと悪いことになったりしたら？　レミーは一つのことを頼んできた。わたしはビッツィとの仲を正さなければならない。

ビッツィに対する邪険な態度を戦争のせいにしたいところだったけれど、本当はわたしが未熟だったのだ。レミーやビッツィとの関係を改善したかったら、わたしが変わる必要がある。そうしたい。でも、できるだろうか？

「大丈夫かい、マドモアゼル？」

「あなたよりね」わたしはからかうように言った。「わたしの脚は怪我してないもの」

仕事時間が終わってから、わたしは図書館に急いで行って、大好きな本のにおいを吸いこんだ。ビッツィが児童書を棚に入れているところを見つけた。

「お茶でもどう」

ビッツィの紫色の目に希望が宿った。「仕事は？」

「ミス・リーダーは怒らないわ」

「彼が恋しい」ビッツィは小声で言った。

わたしはレミーにしたみたいに、足を彼女の足にのせた。

第十七章

オディール
パリ、一九四〇年五月

中庭でバラが咲き誇り、図書館の中にまで甘い香りが漂ってきた。気持ちのいい季節なのに、誰もが苛立《いらだ》っていた――家から離れている愛する者を心配し、フィンランドでの激戦を伝える公式発表があり、フランスが次の戦場になるのではないかという懸念に苛《さいな》まれた。ミスター・プライス＝ジョンズはムッシュー・ド・ネルシアに「失せろ」と言った。ボリスはコーエン教授の新しい書類鞄《かばん》を誉めたけれど、マダム・シモンは、「うちの息子のような善きフランス人がわずかな収入で働いているいっぽうで、あなたがたが手にしているものを見ると……」と、小声で言った。少なくとも、ビッツィとわたしはうまくいっていた。

物思いにふけっていて、わたしは彼女がすぐ横に来るまで、バレエ・シューズの足音に気づかなかった。「ミス・リーダーがお話があるそうよ。職員の会合よ」

ビッツィと管理人が、最後に部屋に入った。ビッツィはわたしの横に来た。ミス・リーダーは机についていて、咳《せき》ばらいをした。「お知らせがあります。ドイツ軍がベルギー、ルクセンブルク、そしてオランダに侵攻しました。フランスの北部と東部を爆撃しました」

北部。レミーは北部にいる。レミーが無事でありますように。わたしはビッツィの手を探し、握りしめた。

ミス・リーダーは、わたしたちは爆撃に、戦闘にさえ備えておかなければならないと言った。とにかく予想がつかない。地元の職員は街を離れたほうがいい。外国人職員は、国を離れたほうがいい。

「故郷に帰るということですか?」レファレンス室のヘレンがたずねた。

「そういうことね」ミス・リーダーは答えた。

「あなたはどうするんですか?」ボリスは訊いた。

「行かないで」ビッツィが、独り言のように言った。

「ええ」女性館長は言った。「図書館はずっと開いています」

ありがたい。ビッツィはわたしの手を握り返した。わたしたちは怖かったけれど、少なくとも、まだ図書館はある。

「それだけよ」この言葉が会合の終わりの合図となって、わたしたちはビリヤードの球のように散った——知らせを分かち合い、職員控室で泣いた。わたしは呆然として定期刊行物の部屋へ行った。ポールが雑誌の棚の近くにいた。

「今聞いた」彼は言った。「レミーのことが心配だろう」

ポールは両腕を広げ、わたしは彼の抱擁《ほうよう》に身を任せた。

一週間後、ミス・リーダーが心配そうに眉をひそめて近づいてきた。「アメリカ病院は患者であふれかえっているそうよ」彼女は言った。「数日ほど、手を貸してあげたらどう? 難しいかもしれないけれど、レミーや彼のいる分隊のことを知っているひとと会えるかもしれない」

「図書館はどうなんですか?」

「本はわたしたちよりも長く生きる。あなたには何ができるか、行ってみてごらんなさい」

看護師たちが手術室から手術室へと走り回っていた。糊《のり》のきいた帽子が傾き、エプロンは血で濡れている。汚れた包帯を巻いた兵士たちが、廊下の椅子にへたりこんでいる。ボランティアが男たちの顔や足を洗っていた。わたしはたらいに湯を入れて、次々と兵士の前に膝《ひざ》をついた。暗い色の髪の兵士の顔から血を落とすとき、レミーの知的な目を発見できるのではないかと期待した。数えきれないほどの顔を拭いたあと、わたしは立ち上がって体を伸ばした。負傷兵が狭いベッドに横たわっている病棟で、何かできることがあるだろうかと様子を見た。レミーが負傷者の中にいないことに安堵していいのか、彼が戦闘の場にいることを恐れるべきなのか、わからなかった。

夜明けに職員室の簡易寝台に横になったが、二時間後には朝食を配るために起きた。仏軍兵も英軍兵も、制服を脱ぎ、階級や国籍を手放して、パジャマ姿だった。上下関係は傷のひどさに基づいて決まった。傷の具合は次のように判断した。もしその兵士が色目を使ってきたら、具合がよくなっている。兵士が黙っていたら、傷が痛んでいる。

ストレッチャーに乗って手術室から出てきた兵士が呻《うめ》いた。わたしは近づいて、ひそめた眉のあたりをハンカチーフで拭いた。ハンカチーフには、ママがラベンダー水をつけてくれていた。

「きみか」兵士は言った。

「わたしよ」わたしは答えた。

「顔を洗ってくれたね。きみの手は優しかった……」彼は意識を失いかけ、はっと目を開いた。「愛してる」

「あらゆる薬を入れられてるから」と、わたし。「あなたは山羊《やぎ》にも愛の告白をするわよ」

翌朝病棟で、わたしは彼がアメリカの故郷に手紙を書くのを手伝った。彼は国境を越えてカナダへ行き、イギリス空軍に入隊した。「黙って座っているのは嫌だったんだ」彼はわたしの両手を指さした。負傷者を洗うので、すりむけている。「きみもそうだね」

「わたしは人間じゃなく、本を扱うのに慣れているの」

「本？」

「図書館の司書なのよ」

「シィッと言ってみんなを黙らせるのか？」

わたしはふざけて彼をつついた。「失礼な兵士だけよ」

「今、ここが図書館だったらいいのにな」

「あなたはどんな読者ですか？」この質問をするのは、何週間かぶりのことだった。

「聖書を読む。ぼくの故郷では、みんな聖書が大好きなんだ」

「一冊持ってきましょうか？」

「とんでもない！　いやつまり、せっかくだけど、もう読んだから」

「明日、何か読むものを持ってきましょうか？」

「お願いしようかな」

彼は欠伸《あくび》をして、その後まもなく眠りに落ちた。もう午後九時近くて、ママが心配のあまりシダを引きちぎってしまう前に家に帰らなければならない。ドアに向かう途中で、トマスという名前の兵士が手を伸ばしてきて、わたしの血のついているワンピースに指先が触れた。彼は十九歳だった。以前は理容師だった。昨日、ラナ・ターナーが表紙の〈ライフ〉を見せようとしたら、彼は雑誌を開くのを嫌がった。「もう見る必要ないよ」彼は言った。

「行かないで、本の虫のマドモアゼル」彼は服の裾《すそ》をつかんだ。

わたしは彼の髪——レミーのような茶色——を、額《ひたい》からどけた。

「行かないで」彼はまた小声で言った。

ママには待っていてもらおう。わたしは毛布を彼の顎の下に入れた。

「話をして」彼は言った。

「なんの話？」

「なんでもいい」

「図書館の常連さんたちに会わせてあげたい。イギリス人が一人いる――ペーズリー柄《がら》の蝶ネクタイをした鶴《つる》みたいなひとよ。そのひとのフランス人の友だちは――もじゃもじゃの口髭《くちひげ》を生やしたセイウチ。毎日、二人はくさい葉巻に火をつけて、言い合いをするの。今日のトピックは、プルーストの回想の糸口《マドレーヌ》、あれはクロワッサンであるべきではなかったか？　昨日は、名前にJのつく最大のアスリートは誰か？　ジョニー・ワイズミューラーか、ジェシー・オーウェンズか？」

　嬉しいことに、彼はかすかな笑みを浮かべた。「両方ちがう――ボート選手のジャック・ベレスフォードだよ。もっと聞きたいな」

「マダム・シモンという女性は、大きな口にまるで合っていない安物の入れ歯をしているの。そりゃあもう、ゴシップが好きなのよ」

「教会の女性たちみたいだな。もっと話して」

「最近の噂話はわたしの好きな登録者、謎めいた過去を持つ教授のことだった。〝あのひとは自分の半分ぐらいの歳の男性と結婚してた〟と、マダム・シモンは始めたわ。そうしたら目録係の厳しいミセス・ターンブルが遮って、〝いいえ、その男性は彼女の二倍の歳だったわ〟と言ったの。まあ、二人とも正しかったのよ――教授の最初の夫は彼女の二倍の歳で、二番目は半分の歳だった。それから二人は、三番目について推測を始めた」

「三番目？」彼は言った。「すごい人生だな」

　わたしは時計をちらりと見た。十一時近かった。

「行かないで」彼は言った。

その声がかすれてきたので、わたしは彼の頭を持ち上げ、水を飲ませた。「一人にはしないわ」わたしは約束した。「もっと話しましょうか？　その教授は遠くからでもわかるのよ、いつも紫色の服を着てるから。彼女は本について、親友であるかのように話して……」

「会ってみたいな」

夜通しわたしはそこにいて、話をし、熱に浮かされた夢を鎮《しず》め、彼が息を引き取るまで頭を抱いていた。

第十八章

オディール
パリ、一九四〇年六月三日

病院にいる兵士たちに本を届けにいって、図書館から何区画も離れたところにいたとき、街が静かになった。鳩《はと》は一羽も鳴かず、住人は誰一人お喋《しゃべ》りしない。ただ、ヒューンという音だけが大きく聞こえた。空を見上げると、何十機もの飛行機が見えた。心臓が胸の奥で鳴り響いた。爆弾が爆発して、遠くでガラスの割れる音がした。警報が通りじゅうに甲高《かんだか》く鳴った。周囲で人々が走り回り、ぶつかってきた。煙を味わい、隠れ場所に逃げなくちゃいけないと考えた。歩道で凍りつき、晴れ渡った青空の侵入機を、呆然と見詰めた。レミーのことしか考えられなかった。彼はどこにいるのだろう？　彼が向き合っているのは、こんなにおいと音なのか？

爆撃が終わって——一時間だっただろうか？　二時間か？　それとも二十分だけだった？——わたしはずっと建物にへばりつくようにして、図書館まで歩いていった。正面デスクで、職員たちが駆け寄ってきた。ビッツィが、「ああ、よかった！」と言った。眉間に細い皺《しわ》を寄せている女性館長が見えた。真珠のネックレスを握りしめているマーガレット。そしてボリスが、「彼女、倒れるぞ！」と言った。

ミス・リーダーが、わたしを座らせてくれた。ボリスが、気持ちが鎮まるからといってウィスキーをティーカップに注いでくれた。

「もう安全だ」彼は言った。「当面はね」

「ドイツ軍がマジノ線を越えることはないわ」マーガレットは言った。

「希望的観測はそれくらいにしましょう」ミス・リーダーは言った。「計画を立てなくては」

「ここを離れるべきだということですか？」ビッツィは言った。「母と二人、どこに行けばいいのかしら」

耳の中にいまだにサイレンが響いていて、わたしにはみんなの会話が聞こえなかった。とにかく病院に戻らなければならなかった。兵士たちにはわたしが必要だ。わたしは椅子から立ち上がった。

「動かないほうがいいわ」ビッツィが言った。

いいえ、負傷兵たちのもとに戻らなければならない。

病院は無傷で持ちこたえていたが、中ではみんな動揺していた。震える手で読み物を持って、心配そうな顔を見ながら、ベッドのあいだを縫うようにして病棟を歩いた。夕食時、誰も食欲がなかった。看護師とわたしはスープを入れたボウルを配り、兵士たちに食べるように促した。

家ではママが小言を言った。「毎晩、帰宅が遅くなるわね。ポールが来ていて、ローストポークが一時間前にできていたのに」

「レミーから手紙は？」

「まだ来ない」と、パパ。

「ひどい一日だった」料理をつつきながら、ポールは言った。彼との触れ合いで安心したくて、わたしは脚を伸ばして彼の脚のあいだに入れた。

「ダンケルクで朗報があった。〝激しい戦闘が続き……〟」パパは戦争の公式発表を読んだ。「〝連合国軍のすばらしい抵抗〟」

「戦争が終わって、早くあの子が帰ってこられるといいのに」ママは片手で痛むこめかみを揉み、もう一方の手をレミーの椅子の背において言った。

翌朝、図書館に行くと、ミス・リーダーが一人で閲覧室のテーブルにつき、夢中で新聞を読んでいた。青いジャージー地のワンピース、まつげにはマスカラ、唇には口紅を塗って非の打ちどころのない姿で、彼女は恐怖に打ち克《か》って仕事に来ていた。

わたしの視線を感じたのか、ミス・リーダーは顔を上げた。その表情に、わたしは多くを見て取った――心配、好奇心、勇気、愛情。「爆撃で、ご家族が怪我をしたりしなかった？」彼女は訊いた。

「はい」

「よかった」彼女は電報を持ち上げてみせた。「わたしの家族は、帰ってきてほしがってるみたい」

それも無理はない。ときどき、わたしでさえここを離れたいと思う。「どうして留まっているんですか？」

ミス・リーダーはそっとわたしの頰に手を当てた。「本の力を信じているからよ――わたしたちは大事な仕事をしている。知識が手の届くところにあるようにして、共同体を作って。それに、信じているからよ」

「神さまをですか？」

「あなたやビッツィやマーガレットのような若い女性をよ――あなたたちが、世界を正してくれるはずなの」

常連の登録者たちが、ニュースを読みに集まってきた。〈ル・フィガロ〉では、パリの住人の冷静な態度が称賛されていた。千八十四発の爆弾が落とされ、民間人の四十五人が死に、百五十五人が負傷した。爆撃を受けて、ドールハウスのように部屋が丸見えになっている建物の写真があった。

「どの闘いも、〝堂々たる戦闘〟か〝立派な闘い〟なんだそうだ」ムッシュー・ド・ネルシアは言った。

「毎日、ますます多くのニュース記事が黒塗りにされているわ」コーエン教授は言った。「検閲官は何を隠しているのかしら？」

ミスター・プライス＝ジョンズに、二人だけで話そうと声をかけられた。その穏やかな青い目は、心配で曇っていた。「わたしに兄弟がいたら、知りたいと思う」

控室で、壊れた傘やぐらつく椅子にかこまれて、引退した外交官は、公式発表のニュースは本当の話だとはかぎらないと打ち明けた。

「でも……新聞には、わたしたちは勝っていると書いてあるわ」

ちがうと、彼は言った。大使館の情報源によると、何万人ものフランス兵やイギリス兵が捕虜になっているという。ダンケルクで、ドイツ軍は海峡を背にした連合国軍を包囲した。敵の攻撃をものともせずに、イギリス軍艦隊は兵士を迎えにいった。まもなく大陸には、イギリス軍はほとんどいなくなるはずだ。

わたしは椅子に沈みこんだ。読んだ事柄と彼から聞いた事柄の差を調整できなかった。イギリス軍は、実際の戦闘が始まってたった数週間で引き上げようとしているという。フランス軍はどうなるのだろう？　レミーの身に何が起きるのだろう？

「悪いね、お嬢さん《マ・グランド》」

「教えてくれてありがとう。どうしてイギリス軍は、フランスの兵士を助けてくれないのかしら？」

「情報源によると、できる限りは助けたらしい。いいかい、軍艦だけじゃなく、釣り船やディンギーも使って三十万人を避難させようとしたという話だ」

マジノ線があればわれわれは安全だ、フランスには最高の軍隊がある――すべて嘘だった。ああ、レミー、どこにいるの？　もし彼に何かあったら、きっと察知できるはずだと思う。でも今は何も感じなかった。

数日後、帰宅途中に緑の多い大通りに入ったとき、キスレーヴの手袋（シルクか綿か、革、それともレース）やニナリッチのアンサンブル（もちろん、リスの尻尾で装飾されている）のウィンドーディスプレーに歓声を上げるお嬢さんたちを避けて歩くことを予想していた。だがそうではなく、歩道も丸石を敷いた部分にも何千人というひとがあふれていて、通りの反対側が見えないほどだった。その全員が呆然とし、やつれた表情をしていた。これらの人々がどんな体験をしてきたのか、どんな戦争の恐怖から逃げてきたのか、想像もできなかった。

牛に引かせた荷馬車にマットレスを山のように積んで乗っている家族がいた。荷物を引きずったり、食器類をのせた手押し車を押したりして、徒歩で歩いている家族もいた。作業靴を履いた田舎のひとたち、ウィングチップやパンプスを履いた街の住人。汗染みのついたワンピースを着た老女が鋳鉄《ちゅうてつ》製のフライパンを持っていて、その夫は麻袋を抱えている。子どもでも、何かを運んでいた——聖書、服がはみ出している袋、鳥籠《とりかご》。多くが何人かのグループで歩いていたが、一人の者もいた。腕に汚れた包帯を巻いた兵士が、わたしにぶつかりそうになった。わたしぐらいの年齢の女性が、どうやって抱いたらいいのかわからない様子で赤ん坊を抱いて、重い足取りで進んでいく。夫が入隊して、赤ん坊と二人で取り残されたのだろうか。赤ん坊を起こそうとするかのように、揺らした。赤ん坊の頬は病的に青く、手足は動かない。事実と向き合うことができず、わたしは顔をそむけた。

すぐ横で、農民が雄牛《おうし》に動いてくれと嘆願していた。母親がよちよち歩きの子どもに囁《ささや》きかけていた。だが大半は、言葉にできないものを見てきたかのように、無言だった。その苦しげな顔を見て、わたしは今後の生活が今まで通りではなくなると察知した。わたしは葬儀の行列に対してするように、いったん歩道で足を止めて彼らに敬意を表してから、家に帰った。

夕食の席で、パパは部下たちと一緒に、突然現われた避難者たちにコーヒーを持っていったと話した。その大半はフランス北東部から来た。多くが、村を離れるのが初めての者たちだった。「ドイツ兵から逃げてきたんだ。わたしが話した男たち――ありふれた農民や商人――には、なんの援助も指示もなかった。村長が真っ先に逃げだしたそうだ」

「世の中はどうなってしまうの？」ママは言った。「気の毒なひとたち。あのひとたちは、どこへ行くの？」

ママの手をさすりながら、パパは言った。「南部だ、おまえとオディールもそうしたほうがいい。わたしはここで仕事があるが、おまえたちには安全な場所に行ってほしい」

パパの言うことは筋が通っていた。ママは言われたとおりにするだろうと思ったけれど、実際は、ママは離婚すると言われたかのように激しい反応をした。

「いやよ！」

「なあ、オルタンス――」

ママはパパの手の下から、手を引き抜いた。「レミーはここに帰ってくるの。わたしはどこにも行きません」

これで決まりだった。

わたしたちパリ市民はめったに動じない。速足で歩くが、慌てて走ったりはしない。公園で恋人たちを見かけても、瞬《まばた》きしたりはしない。ごみを出しにいくときでさえ優雅で、誰かを侮辱《ぶじょく》するときは雄弁だ。でも六月の初め、ドイツの戦車が街まであと数日のところまで迫っているというニュースに、わたしたちは自制心を失った。たくさん言うべきことがあって――荷造りしなさい、ドアに鍵をかけて、急いで――口ごもるほどだった。愛する者が無事に電車に乗れたかどうか確かめるために駅に走る者がいた。荷車や手押し車、車や自転車の寂しい行列に加わる者もいた。靴屋や肉屋、手袋製造職人たちが窓に板を打ちつけて去っていった。アパルトマンにはシャッターが下り、閉められたドアの一つ一つが、何か悪いことが起きるという証拠だった。

英国大使館は職員にパリを離れるよう勧告したため、ローレンスとマーガレットは娘を連れて、車でブルターニュへ行く計画を立てた。「事態が鎮まるまでよ」マーガレットは、数週間だけのことだと言い張った。自国内で避難者となったフランス人たちの怯えた顔を思い出すと、わたしにはそうは思えなかった。

街がゴーストタウンになっても、常連の登録者たちは定期刊行物の区画をおとずれた。テーブルの周りに集まって、わたしたちは新聞をくまなく読んだ。パリはまた爆撃を受けるだろうか？　ドイツ軍はそこまでやるか？　司令官たちにもわからなかった。それがいちばん怖いことだったかもしれない――何があるか、わからないのだ。

「イギリスへ行くの？」コーエン教授はミスター・プライス＝ジョンズに訊いた。

彼ははっと顔を上げた。「とんでもない！　パリ以外、どこにいろと言うんだ」

ムッシュー・ド・ネルシアにレミーのことを訊かれたけれど、わたしは口を開くと泣いてしまいそうで、かぶりを振っただけだった。

「政治家は逃げた」ミスター・プライス＝ジョンズが、気を遣って話題を変えてくれた。

「外交官もね」

英国人がわざとらしく咳払いした。ムッシューはつけくわえた。「この場にいる者は省いての話だ」

「政治家のいないパリは、娼婦のいない娼館のようなものだ」ミスター・プライス＝ジョンズが言った。

「パリを、いかがわしい店に例えるというの？」わたしは言い返した。

「もっと悪い！」と、ムッシュー。「彼は、政治家を娼婦に例えた」

「代わりになれるとでもいうのかしら？」わたしが言うと、男性たちは笑った。

「ビル・ブリットはまだいる」〈ル・フィガロ〉の写真を指さして、ミスター・プライス＝ジョンズは言った。「アメリカの大使に逃げた者はいない——フランス革命中も、一九一四年にドイツ兵が来たときも——自分がその最初になるつもりはないってね」

「掲示板に、パリは無防備都市になるって書いてあったわ」わたしは言った。「どういう意味かしら？」

「パリは自己防衛しないいし、敵は攻撃しない。住人たちの安全を確保する手段だよ」

「じゃあ、もう爆弾は落とされないの？」わたしは慎重に言った。戦争についての声明は常に信じられるものではなかったが、ミスター・プライス＝ジョンズのことは全面的に信頼していた。

「爆撃はない」彼は答えた。「ドイツ兵は来るがね」

マーガレットが図書館に駆けこんできた。真珠のように白い顔をして、部屋の中を見回し、わたしに駆け寄ってきた。「最後にもう一度訊かせて」彼女は言った。「本当に、一緒に来ない？」

「レミーが帰ってきたら……」

「わかるわ」彼女はわたしの両手を握った。「これきり会えなかったらどうしましょう？」

答えのない質問だった。わたしは自分に言える精いっぱいの言葉を口にした。「あなたは最高の友だちよ」

「あなたがいなかったら、どうしたらいいのかわからない。図書館が好きだけど、あなたのことはもっと好き」

　クラクションが鳴り響いた。

「ローレンスよ。クリスティーナが泣いてるんだわ」彼女は震える声で言った。「行かなくちゃ。がんばってね《ボン・クラージュ》」

〝図書館が好きだけど、あなたのことはもっと好き〟まさに、わたしが感じていたことだった。わたしたちは、大好きな本の中のジェイニーとフィービー（『彼らの目は神を見ていた』の登場人物）のようだった。お互いに、なんでも言い合えた。

　親友が立ち去るのを見ていて、わたしは水の漏れるティーポットになった。取り乱すところを常連の登録者に見られたくなくて、わたしは慌てて瞬きをし、目録カードのほうへ行った。カードをめくりながら、涙が収蔵書のカードに染みこむまま、苦悩を注意深くOの引き出しに隠した。

「マーガレットは賢いことをしたわ」コーエン教授は彼女のショールをわたしの肩にかけてくれながら言った。

「あなたもどこかへ行くんですか？」

　彼女は皮肉っぽく微笑《ほほえ》んだ。「お嬢さん《マ・グランド》、わたしは賢いことをしたってひとに言われたことがないの」

　図書館は事実の聖地だが、今や噂話が定期刊行物の部屋にも入りこんできた。コーエン教授とマダム・シモンが、テーブルでお喋りをしていた。「これからは学校でドイツ語しか教えないと聞いたわ」マダムが、雑誌の束を整理しているわたしに向かって言った。「わたしたちは歩道を歩いてはいけなくて、歩道はドイツ人だけですって。聞いてるの、オディール？」彼女はわたしの胸を叩いた。「ドイツ人は脚のあるものならなんでも襲うそうよ。とくに、あなたのような可愛い子は狙われる」彼女の言葉を無視しようとしたが、胸に恐怖が渦巻《うずま》いた。「近づけないように、体にからしを塗っておきなさい」

「もうたくさん！」コーエン教授が言った。


女性館長は同僚たちをアングレームへ運ぶ車の手配をした。そこで、アメリカの診療所を手伝うことになっていた。わたしは見送りに行きたかったのに、パパが家にいろと言った。

「さようならを言いたいわ！」

「絶対にだめだ」

「わたしが行かなかったら、ミス・リーダーが一人きりになる」わたしは登録者が彼女の腕にすがりついて泣いていたのを思い出した。女性館長は居残るが、戦争状態にあるのは彼女の国でさえない。

「館長のことが心配なのではない。おまえが心配なんだ」

「ミス・リーダーが言うには――」

「ミス・リーダーが言うには、だって！　わたしの言うことはどうなんだ？」

「図書館はどうなの？」わたしは訊いた。

「図書館はどうかだと？」パパは激高した。「危険なのがわからないのか？」

翌朝、拡声器の爆音で目が覚めた。「ドイツ軍に対する抵抗や敵対行為は、死刑になりかねない！」

第十九章

ミス・リーダー
パリ、一九四〇年六月十六日

これが本当にパリだろうか？　ミス・リーダーはちがうと思った。通りに人影はなく、市場は空っぽだ。スズメさえいなくなった。バスの停留所に向かってぎこちなく歩きながら、花屋の前を通りかかって枯れたアジサイの網目状になった残骸《ざんがい》を眺め、それから板張りされたパン屋の前を通り過ぎた。いつもの魅力的なクロワッサンのにおいが懐かしかった。普通なら二十八番に乗って図書館に行くのだが、公共交通機関は運行停止になっていた。書類鞄とガスマスクを供にして徒歩で歩き続け、巡回中の三人組のドイツ兵を見かけて身を縮《ちぢ》めた。あのような男たちを、ほかのどこかでも見かけるだろうかと不安に思いながら、ミス・リーダーはたった一つのことを頭に思い浮かべて、先を急いだ。図書館だ。

ミス・リーダーはセーヌ川を渡った。広々としたコンコルド広場にはほかに誰もおらず、フランスで最も交通事故が多いとされるシャンゼリゼ通りを、一台の車も走ってこない。世界一華やかな街にいるのに、今はヘアピン一本落ちてもその音が聞こえただろう。静かなのは奇妙だった。これほど孤独を感じたことはなかった。それでも、大使と会うことで安心する。図書館はずっと開いていると、ブリット大使に伝えたかった。結局のところ、彼が名誉館長なのだから。フランス政府が旅に出る前、フランスの首相がアメリカ大使に、やってくるはずのドイツの将官たちに対処し、秩序を守ってくれと頼んだのを、彼女は知っていた。大使館の真向かいで、壮麗なクリヨン・ホテルの上に鉤十字が翻《ひるがえ》っているのが、大使にやるべき仕事があることを示していた。

女性館長は図書館の中庭に入った。管理人が鎧戸《よろいど》を開けた。外の世界が眠たそうな目を開くのを、ちょうど目撃することができた。

「部屋にいます。九時までは、誰も通さないで」ミス・リーダーはいつものように管理人に言い、コーヒーを淹れた。机について、何通かの電報をもう一度読んだ。ほかのあらゆることと同じように、一夜でそれらが変化していることを願いながら。〝資金要請は保留になっている〟第三副理事長が、ニューヨークから書いてよこした。〝図書館の存続について、友人たちのあいだに不安が生じるかもしれない〟別の者からは、〝図書館は閉まるものと思っている。今後の状況では、存続できるとは思えない〟とあった。

「わたしはこの職を退《しりぞ》いていない！」ミス・リーダーは叫びたかった。「わたしたちは、ここにいる！」パリのアメリカ図書館《ALP》は開館し続けていなければならないと、彼らを説得する必要がある。

〝図書館は肺のようなもの〟ミス・リーダーは書いた。ペンの運びが気持ちに追いつかなかった。〝本という新鮮な空気を吸ってこそ、心臓が脈打ち、頭が想像力を発揮し、希望を持ち続けられる。登録者たちはわたしたちにニュースを、そして共同体としてのつながりを求めている。兵士は本を必要とし、彼らの友人たちのことを図書館が心配していると知る必要がある。わたしたちの仕事はとても重要で、今やめるわけにはいきません〟ミス・リーダーは文章を読みなおした。まぎれもない真実であり、過度なほど感傷的だった。彼女は気持ちを落ち着けて、さらなる手紙を書いた。アメリカ図書館協会のミスター・ミラムに一通、ニューヨークの理事会に一通。〝わたしたちは学生に必要なものを、公衆に彼らの望む本を、兵士にはできる限りのものを提供しています。それが結局は、なんとか持ちこたえ、より大きな人間社会への貢献を希望するためにできる何かなのです〟

ミス・リーダーはコーヒーを注いだ。

「まだあるかな？」ビル・ブリットが、禿《は》げた頭を部屋に突っこんでたずねた。

「大使」

「館長」と、彼は言った。「わたしがどうして来たか、お察しですね」

「国へ帰れと言いにきたんですね」ミス・リーダーは無表情に言った。

「わたしはルーズベルト大統領にパリを離れろと命じられましたが、まだここにいる。自分が拒否したことを、他人に勧めるわけにはいかない」

「良識はどこへ行ったのかしら？」彼女はうっすらと笑みを浮かべて言った。

「合衆国においてきてしまったにちがいない」

ミス・リーダーは、大使が自分でコーヒーを注ぐのを見守った。

彼は腰を下ろした。「ル・ブリストルに避難してください。ほかのアメリカ人はそうしています」

「そんなお金はないわ」

彼はコーヒーを一口飲んだ。「それはわたしがなんとかします」

「自分の家で大丈夫よ」

「あなたのいる建物には、毒ガスから身を守るための地下避難所はありますか？」

ミス・リーダーは本棚の前においてあるガスマスクのほうへ、手を振ってみせた。

「交通手段は、当面のあいだ使えない」と、彼は言った。「ル・ブリストルは、ここから四区画しか離れていない」

近くなるのは好都合だろう。

話し合いは膠着《こうちゃく》状態となって、部屋は静まり返った。

「何か言ってくれませんか？」ようやくミス・リーダーが言った。

大使の口調から、確信の響きが消えていた。「わたしたちはさんざんドイツ人を相手にしてきました。気をつけると約束してください。そして、ホテルに移ってください」

「今夜、行くわ」ミス・リーダーは手紙を、外交用郵袋《ゆうたい》で送ってもらうように彼に預けた。

「見送りにはおよびません」彼は一人で出ていった。

ミス・リーダーは心の片隅で、船に乗ってくれと両親に懇願されたとき、その通りにしていればよかったと思っていた。両親の写真は、ハンドバッグの中に入れてある。バゲットを買うとき、ハンカチーフを探すとき、ママとパパの目が家に帰っておいでと訴えてきた。二人に、パリが家なのだと理解してもらいたかった。彼女はここで一生をかける仕事をし、人生を築いてきた。

居残るのは正しい選択だった。両親から教わったことが一つあるとしたら、それは自分の主張を守るということだった。相手が意地悪な級友であろうと、議会図書館の偉そうなカタログ編者であろうとだ。主義がなければ、意味がない。理想がなければ、どうにもならない。勇気がなければ、何者でもない。帰ってくるように懇願しながらも、両親は居残っている彼女を誇りに思っていた。

〝愛するお母さんとお父さん〟彼女は書いた。〝お二人に言いたいことがたくさん、書き送りたいことがたくさんありますが、わたしの心の中にあることはすべて、お二人の心に伝わっているものと思って……〟

ル・ブリストル。同国人と同じホテルに滞在していれば、両親は安心するだろう。このホテルには、著名な人々が宿泊してきた。映画スター、遺産相続人、貴人、貴婦人、そして今度は図書館司書だ。仕事のあと、ミス・リーダーは身の回りのものを取りに、シェーズ街一番地の家に歩いていった。ドアの鍵を開けているとき、マダム・パレウスキーが駆け寄ってきた。管理人《コンシェルジュ》のオリーブ色の肌は、いつもより白かった。

「どうしたの？」ミス・リーダーはたずねた。

「夫はポーランド図書館にいたの。そこへ、彼らが来たのよ」マダムはすすり泣き始めた。「ずかずか入ってきたそうよ。鍵を要求した。建物中を荒らし回った。歴史的な文書、稀少な手書き文書。館長はやめさせようとした。兵士たちは、館長を連れていくと脅《おど》した」

「ご主人は無事なの？」

「ええ。でも彼らは何もかもを盗み出して……」

ナチスがパリに来て三日になるが、これは手始めに過ぎなかった。ミス・リーダーは教会や図書館——静かで敬虔な場所——が乱されないことを祈った。

彼女はまもなく、自分が敵と対面することになると悟った。

第二十章

オディール

一九四〇年七月二日

親愛なるレミー

どこにいるの？　あなたに会いたい、連絡が欲しい。わたしたちは、みんな大丈夫です。十日間家にいさせられて、ようやくパパはわたしが仕事に出るのを許してくれた。図書館に一人でいる女性館長のことが心配で仕方なかったけれど、彼女はたった一人の守護者であることに〝わくわく〟したと言っているわ。ほかの職員がいないととても寂しいけれど、何人かは戻ってきた。ビッツィの姿を見たとき、わたしは嬉しくて叫んでしまった。ムッシュー・ド・ネルシアはシィッと言って司書たちを黙らせるのがすごく嬉しそうだった。でもいい知らせのあとで、悪い知らせもあった――ボリスによると、ナチスはアングレームにも来たそうよ。厳格なミセス・ターンブルは、そこからまっすぐにウィニペグに戻ることになった。カナダ人ということは、英連邦の一部だから、敵性外国人だとみなされたのね。

ここでは、ナチスは石鹸《せっけん》から縫い針まであらゆるものを買い占めています。わたしたちは彼らを〝観光客〟と呼んでいるの。休暇で来ているみたいに、記念碑の前で写真を撮るからよ。場所を訊かれると――凱旋門はどこ？　ムーランルージュはどこ？――わたしたちは知らないと答える。夜九時以降外出禁止令が出ているので、夜の街は静かです。彼らの時間帯に合わせて、わたしたちは一時間時計を早くさせられました。腕時計を見るたびに、彼らの時間、彼らの都合で生きていることを思い出すわ。

フランスが負けたなんて、誰も信じられません。それもこんなに早く。講壇で、司祭は聖書を振ってみせ、敗北はわたしたちの道徳的価値観の欠如に対する神の罰だと大声で言いました。

パパは落書きをしたりドイツ兵に石を投げたりしたことで何人かが逮捕されたと言っていたけれど、それ以外は、状況は静かです。ポールは殺人もしかねないほど怒っているみたい。彼の仕事はナチスのために交通整理をすることだそうです。白い手袋をするように命じられて、〝クソ執事〟のような気分になったとか。彼はもうすぐおばさんの農場の収穫を手伝いにいく予定です。環境の変化が、彼にはいいと思うわ。

ビッツィを抱きしめられないのは辛いでしょうね。彼女は本当にあなたに会いたがっているわよ。レミーの留守中、わたしが彼女のことを大切に気遣うようにします。

マーガレットからは何も連絡がなくて、無事を祈っています。残っている何人かの登録者は以前よりもたくさん小説を借りるようになったわ。たぶん、この不安な変身から逃避するためでしょう――ボリスはこれを〝フランス・カフカ〟と呼んでいるわ。

愛をこめて
オディール

〝英艦隊は二隻の仏戦闘艦を撃沈――千人以上の仏水兵が死ぬ〟と、見出しにあった。〈ヘラルド〉によると、地中海の向こうのオランで、イギリス軍はフランス海軍がナチスに彼らの船を引き渡すのではないかと恐れた。イギリス軍の大将はフランス海軍に最後通告を出して――船を明け渡せ、さもないと撃沈するぞ――六時間の猶予を与えた。大将は応じず、イギリス軍は攻撃した。わたしはその記事を二度読んだが、理解できなかった。連合国どうしが闘っている？

「裏切り者！」ムッシュー・ド・ネルシアはミスター・プライス゠ジョンズに叫んだ。フランスがイギリスと外交的関係を断ったのは、新聞を読むまでもなくわかった。わたしは何日ものあいだ、ムッシューが図書館じゅうを歩き回りながら、裏切りによって汚されていない席を探すとつぶやいているのを見ていた。

横にボリスが来たのを感じた。「電話だよ」その緑色の目は悲しそうだ。「お父さんからだ」わたしは貸出デスクに走っていって、受話器をつかんだ。「パパ？　レミーのこと？」

「帰ってきなさい、オディール」パパは言った。

わたしはビッツィを呼びにいった、彼女は何人かの子どもたちに本を読んで聞かせていた。わたしを見たとたんに本を落とした。急いで図書館を出て、わたしは彼女の手を握り、引っ張るようにして進んだ。通りを走り、家に向かって……ふと足を止めた。「どうしたの？」彼女は訊いた。わたしはかぶりを振った。急に、なるべく時間をかけて帰りたくなった。まさかレミーが……そんなことは言えない、考えたりもできない。今、レミーは生きている。わたしたちが家に着いたとき、そうじゃなくなるかもしれない。

二人一緒に過ごしてきた日々が、目の前に蘇《よみがえ》った。ママが端の焦げたチョコレートケーキを焼いてくれた、五歳の誕生日。パパがブーローニュの森に、ポニーに乗りに連れていってくれた日。レミーとわたしとで砂糖入れの中身を塩にして、ママと友だちがお茶を吹き出したこと。ママがパパに怒ってもらおうとして言いつけて、パパは聞いたこともないほど大きな声で笑ったこと。ママも負けてなくて、それ以来角砂糖しか使わなくなった。レミーの目くばせでどうにか正気を保っていられた、果てしなく続く日曜日の昼食。わたしの人生でいちばん重要な、ポールと出会った日の食事。どの思い出にもレミーがいた。

入隊するまで、彼はわたしが朝いちばんに言葉を交わし、夜最後に挨拶をする相手だった。親友であり、自分自身の分身だった。それをレミーに言ったことはない。もうすでに、彼との最後の言葉を交わしていたとしたらどうしよう？　レミーが家を出た日のことを思い出した。わたしはなんと言ったっけ？　セーターを持っていきなさい、風邪を引くわよ？　急ぎなさい、電車に乗り遅れるわよ？

「やめなさいよ」ビッツィが言った。

「え？」

「何をしているにしてもね」

家で、パパはビッツィとわたしを、アスピリンの錠剤のような顔色をしているママの隣に座らせた。パパは暖炉に寄りかかった。

「レミーの知らせを受け取った」パパは言った。

第二十一章

リリー
モンタナ州フロイド、一九八五年四月

パパとわたしは三時半に教会に着いた。嫌なにおいのする聖水に指を浸しながら、会衆席にピンクのバラがたくさんあるのを見た。ママの葬儀と同じくらい多くの花が、結婚式のために飾られていた。わたしは頭が痛かった。ベッドにもぐりこんで、ママの思い出を上掛けふとんのようにかぶっていたかった。

エレナーの母親が駆け寄ってきた。「大事な日よ、用意はいい？」彼女はパパに訊いた。それからわたしを抱きしめた。鼻が彼女のカーネーションのコサージュに押しつけられて、わたしはくしゃみをした。彼女は「グランマ・パールと呼んでね」と言い、わたしを奥の部屋へ連れていった。そこでわたしは三人のくすくす笑う新婦付添人に紹介されて、その三人は〝グランマ・パール〟と同じく、ルイスタウンから来た。わたしのワンピースは三人と同じ、消化薬のペスト・ビスモルみたいなピンクだった。エレナーは全身が映る鏡の前で身づくろいしていた。レースのベールで、顔とシニョンが隠れている。

「ダイアナ妃みたいにきれい」と、わたしは言った。正真正銘の真実だった――どちらも、あどけない目をしていた。

わたしはエレナーを好きになりたかった。彼女に好かれたかった。でもスパンコールで飾られた

胸に引き寄せられて、ぎゅっと抱きしめられたとき、わたしは抱き返す心の準備ができていなくて、両腕をばたつかせてしまった。

「リリー」彼女は言った。「自分の娘みたいに、あなたを大事にすると約束するわ」

約束はけっこうなことだったし、答え方もわかっていた。形容詞の勉強をしたあと、オディールは、〝英語で教えてあげたい言いまわしがあるの。あなたが口にすると期待されている言葉よ〟と言った。「あなたとパパが幸せになりますように」わたしはエレナーに言った。練習したのに、ぎこちない口調になった。

フランス語には、相手を指す単語に二種類、親密なものとそうでないものがある。チュは友だちや好きなひとたち、ヴは知り合いや、距離をおいておきたいひとたちだ。わたしはパパにはチュを使うけれど、エレナーにはヴを使う。

オルガンがパッヘルベルを奏でて、わたしたちはあわてて教会の後部に行った。ミセス・オルソン――町でただ一人のオルガン奏者――は花嫁を待ったりしない。結婚式のほうが、彼女の都合に合わせて始まった。祭壇に向かって歩きながら、わたしは後ろから四列目にロビーがいるのに気づいた。彼はわたしを見ていた。わたしだけを。わたしは手のひらの汗をワンピースで拭いて、最前列のオディールとメアリー・ルイーズのあいだに座った。それぞれ二人組になって、花嫁の付添人と花婿の付添人が続いた。花嫁の入場曲の圧倒的な音が、教会に満ちた。パパは、ちょうどママの柩《ひつぎ》がおかれていた場所に立った。ママの象牙色の柩は、今エレナーとその父親が歩いてくる通路を、祭壇に向かって運ばれた。

「親愛なる皆さん」鉄の襟《アイアン・カラー》・マロニーが言い始めて、わたしは涙ぐんだ。パパが気づいたら困るだろうと思い、わたしは顔を伏せて膝《ひざ》のせ台を見詰めた。オディールがわたしの足を踏んだ。その圧力で、気持ちを鎮《しず》めていられた。

「ブレンダが亡くなって間がないのに、再婚するのね」スー・ボブが言った。

「ジェイムズが、こんなに若い子とつきあうなんて」ミセス・アイヴァースが言った。二人を引き合わせたのは彼女だったのに。

「リリーのための再婚でしょう」年配のミセス・マードックが言った。「あの子には母親が必要よ」

囁《ささや》き声、囁き声、囁き声。わたしは聞こえないふりをした。

「花嫁にキスを」ここはロマンティックで、もうすぐ式が終わるという意味でも最高の場面だったけれど、パパが別の女性にキスするのを見るのは変な感じだった。メアリー・ルイーズも信じられないというように、わたしを肘《ひじ》でつついた。

ホールでは、蛍光灯のあいだに淡い色の紙テープがかけられていた。「このピンク、吐き気がするわ」メアリー・ルイーズは言った。金属製の折り畳み椅子に座って、わたしたちは花嫁と花婿が客たちに挨拶してまわるのを見ていた。二人に子どもができるのは時間の問題で、そうしたらママが取り換えられたように、わたしも取り換えられるのだろう。

エレナーと同じくらいの高さのケーキは、彼女のホイップクリームのようなドレスをそのまま映したようだった。エレナーとパパがケーキを切った。銀色のナイフを持つ彼女の手の上に、パパの手が添えられていた。二人はケーキを互いの口に入れあった。フラッシュが光った。パパはわたしに、ケーキを取りにくるよう合図した。もちろん、誰よりも先にティファニー・アイヴァースが行った。

「少なくとも、ケーキはおいしいわ」彼女は言った。

「うるさい」わたしは二皿つかんだ。一皿はメアリー・ルイーズの分、もう一皿は自分用だ。

「せっかくお世辞を言ったのに」ティファニーはパパのほうを向いた。「おめでとうございます、ジェイコブセンご夫妻」

パパはわたしとティファニーのやりとりを聞いていて、どうして自分の娘はティファニーのように愛想よくできないのだろうと思っただろう。わたしの持っている皿が震えた。パパが小言を言う前に、わたしは客たちのあいだを縫ってその場を離れた。

ロビーが目の前に現われた。「むかつくよな？」

その言葉に、たくさんの意味が聞き取れた。〝お母さんが亡くなって、気の毒だったね〟〝今日は辛いだろう〟

「そうね」

彼はわたしが持っていた二枚の皿をメアリー・ルイーズのところへ持っていき、少しのあいだ近くにいてから、両親のもとへ戻っていった。メアリー・ルイーズはわたしの分もケーキを食べた。DJがゆったりした曲をかけたとき、わたしはドアの上に明滅している出口のサインのほうを見た。ミスター・ジェイコブセンとミセス・ジェイコブセンが寄り添う姿を見たくはなかった。パパが、わたしの腕を叩いた。「父親と娘のダンスだよ、リリー」パパはわたしをダンスフロアに連れ出した。そこではミスター・カールソンがエレナーを優しくエスコートしていた。パパとわたしはダンスをするはずだったのに、ただそこで立っていた。「教会で」と、パパは言った。「うなだれていたな」

わたしは体をこわばらせた。

「パパも少し寂しいよ」パパは認めた。

パパはわたしの手を握った。パパとわたしは一緒にゆっくりと体を揺らし、パーティーが終わるまで、パパの告白は耳の中に残っていた。

パパとエレナーは、〝結婚しました！〟という札をつけたうちのステーション・ワゴンで出かけた。苦しい一日が終わってほっとして、わたしはメアリー・ルイーズと一緒に足を引きずるようにして家に帰った。自分の部屋で、わたしは鷲《わし》のTシャツに着替えた。メアリー・ルイーズはピンクのワンピースをベッドの下に蹴《け》り入れた。

オディールの家《シェ・オディール》で、わたしはバターたっぷりのクロワッサンの香りで目覚めた。混乱していて、あまり食べられなかった。パパとエレナーが新婚旅行《リュヌ・ド・ミエル》から戻ってきたらどんな生活になるのだろうかと、考えずにはいられなかった。物事は変わるだろう、そこにわたしがいる余地はあるのだろうか？

「何か考えこんでいるわね」オディールはわたしに『部外者』（S・E・ヒントン著）を手渡した。「家族についての本よ。生まれついた家族、気の合うひとと作った家族。この世界で、どうやって自分の居場所を作るかについての本よ」

「あなたの本は幸運だわ」わたしはオディールの本棚を見ながら言った。「あるべき場所がちゃんとある。自分がなんの隣であるかを知っている。わたしもデューイ分類法の番号が欲しいわ」

「わたしも自分に番号があったら何番だろうと考えたものよ。自分の番号を作ってもいいわね」

　これで会話が弾んだ。わたしたちは文学か、ノンフィクションになるだろうか？　オディールの番号はフランス人かアメリカ人か、フランス系アメリカ人の番号はあるのだろうか？　二人で同じ番号にすれば、いつも一緒にいられるのでは？　わたしたちは八一三（アメリカ人）、八四〇（フランス人）そして三〇二・三四（友情）を足して、わたしたちの大切な本の棚、一九五五・三四を作った。お気に入りは『星の王子さま』、『若草物語』、『秘密の花園』、『カンディード』（ヴォルテール著）、『長い冬』（ローラ・インガルス・ワイルダー著）、『ブルックリン横町』（ベティ・スミス著）、『彼らの目は神を見ていた』などだ。この作業が終わったとき、わたしは何があろうとオディールのもとには自分の居場所があると感じていた。

翌朝、オディールが庭で草むしりをしているあいだ、メアリー・ルイーズとわたしはオディールの寝椅子でくつろぎ、牛乳たっぷりのカフェオレを飲んでいた。飲み終わってから、わたしは彼女の棚の引き出しを覗いた。

「まだ彼女がスパイだと思ってるの?」メアリー・ルイーズは訊いた。

わたしは肩をすくめた。請求書から、彼女は衣類をシカゴの店で買っているとわかった。たいした発見ではない――ジーンズ・アンド・シングスで買ったのではないことはわかっていた。色褪《いろあ》せたクリスマス・カードに、リュシエンヌという名前の誰かがオディールに、〝まだまにあううちに〟両親に連絡をしたほうがいいと助言していた。

「彼女、すぐそこにいるのよ」メアリー・ルイーズは囁いた。「見つかるわ」

「パリで何かがあった。彼女がここに来た理由があるはず」

引き戸が開いたとき、わたしは引き出しを閉めた。


ちょうどわたしとオディールが動詞についての試験を終えたとき、パパが新婚旅行から戻って、オディールの家にわたしを迎えにきた。オディールは中に入るように勧めたけれど、パパは断わった。わたしたちはポーチに立っていた。春の陽光が暖かかった。パパが何を言うか、心配だった。パパにとっては数字のほうが扱いやすい。数字は常に辻褄《つじつま》が合う。言葉のほうが要注意なのだ。パパはその重みを理解していなかった。

「リリーの世話を、ありがとうございました」

「どういたしまして」オディールは笑顔でわたしを見た。

「もうエリーが家にいるので、あなたは手を引いてください」

「手を引く?」オディールは繰り返した。

「リリーは、もっと自宅にいるべきだ」

わたしがオディールのことを諦めるはずがない。彼女は何があろうと、わたしの味方だ。彼女になら、なんでも話せた。パパは偉そうに仕切ろうとするけれど、オディールはそういうことはしない。彼女は、わたしが正しい選択をすると信じてくれる。

わたしは彼女の車を洗い、芝を刈り、シダに水をやる――彼女のレッスンを続けるためなら、なんでもしただろう。そのように言う前に、オディールがフランス語で言った。「明日、同じ時間にね」

「ええ《ウィ》、ありがとう《メルシー》」わたしはあふれ出る感謝の念とともに言った。

エレナーは仕事を辞め、パパの生活は普通に戻った。長い一日を銀行で過ごし、妻と娘と温かい食事が待っている家に帰る。土曜日の朝、エレナーはわたしに掃除機をかけさせ、レモンの香りの洗剤をつけたぼろきれであらゆるものの表面を拭かせた。「若い子はこういうことを身につけておくべきなの。いつか、わたしに感謝するわよ」わたしが不満をもらすと、パパはエレナーの言うことを〝聞いておけ〟と言った。つまりは〝彼女に従え〟ということだ。

学校が夏休みに入っても、彼女は早起きして、ムースで髪の毛を整えた。パパが仕事に出かけるまでに、十回はパパのネクタイを直した。ママはわたしのシャツにアイロンをかけたことがなかったのに、エレナーはかけた。「誰にも、あなたの世話を怠《おこた》っているとは言わせないわ」夕食の席で、わたしがテーブルクロスにコーンのクリーム煮をこぼしたとき、彼女は流しに走っていって、染みを拭く布切れを持ってきた。

エレナーから離れたくて、学校が始まるのが待ち遠しかった。ついにロビーがわたしのことを好きになっていて、ティファニーはどこかに引っ越してるといい（もっと言えば、コレラにでもなっちゃっていればいい）。夜、自分の部屋でその日のフランス語の〝授業《ルソン》〟を復習し、恥ずかしくて英語では言えないことを言ってみた。「愛してる《ジュ・テーム》、ロビー、大好きよ《ジュ・タドール》」

授業が始まった日、わたしは鷲のTシャツを着た。二サイズも小さくて、プリントがほとんど全部はがれてるけれど、それを着るとママを思い出した。

キッチンで、パパが鍵をじゃらじゃらさせながら言った。「出かけるぞ」

「新しい服を買ったじゃない」エレナーが怒って言った。「あれを着ていってくれない？」

わたしは腕を組んだ。「いや」

わたしたちは、不本意ながらレフェリーとなったパパを見た。

「みんなに言われるわよ。〝みっともないわ、リリー〟」エレナーがばかにしたような口調で言った。「〝丈《たけ》の足りないズボンにしみったれたTシャツ。お母さんはなんて言うかしら？〟」

「他人の言うことに、いちいち耳を貸してはいられない」パパは腕時計を指さした。「今出なければ、遅刻するぞ」

「いいわ」彼女は言った。

これは本当の勝利ではなかった。

ホームルームの時間、わたしは最前列に座って、後ろにメアリー・ルイーズが座った。ロビーが、通路を挟んだ隣の席に座った。「ボンジュール」とわたしが言うと、彼は、わたしがほかの誰に挨拶したかのように、周囲を見回した。

「英語で話したほうがよさそうよ」メアリー・ルイーズに助言された。

「静かに《ブレフ》」ミス・ボイドは言った。「そうでないと、全員に宿題を追加しますよ！」

要するに、ル・リセはちょっと大きくなった建物で新しい教師たちとともに繰り広げられる相変わらずの退屈な日々だった。そして家では、エレナーはわたしのために新しい割り当て仕事を用意していた。「わたしは愛とユーモアと服従を約束した者じゃないわ」わたしはリノリウムの床にいい加減にモップをかけながらつぶやいた。

　ときどきママの夢を見た。鳫《がん》が飛ぶのを見たときのこと。声を限りに〈ジングルベル〉を歌ったときのこと。クッキーを焼いたときのこと。目覚まし時計が鳴ったとき、ママは消えてしまう。あまりにも悲しくて、わたしは体を小さく丸める。

「起きなさい、怠け者さん！」エレナーがドアを叩く。「学校に遅刻するわよ」

「気分が悪い」わたしは小声で言う。

「わたしには元気そうに聞こえるけど」

　それでも感謝祭には、エレナーの発案でオディールを招待した。おかげでぱさぱさの七面鳥が飲みこみやすくなった。オディールが夫が亡くなって以来ずっと祝日を一人で過ごしてきたと打ち明けたとき、パパはエレナーの手を軽く叩いた。彼女を誇らしく思っているのがわかった。わたしが粉っぽいパンプキン・パイを皿の上でつついていたとき、エレナーがオディールに、クリスマス・カード用の写真を撮ってくれと頼んだ。わたしのフォークが止まった。パパとエレナーは立ち上がり、写真を写す準備をした。わたしはママが家族という地図から消されていくような気がして、胸が痛かった。


　クリスマス休暇。宿題は終わった。ティファニー・アイヴァースは親戚を訪ねて東部へ行った。わたしの空には雲一つない。メアリー・ルイーズとわたしは雪だるまを作った（ビー玉で両目と口と、イヤリングをつけた）。グランマ・パールを驚かせるためだ。グランマ・パールはエレナーに電話をよこすたびに、わたしとも話をしたがる。結婚式以来、毎月何かを送ってくれる——おもしろいカード、〈セブンティーン〉の定期購読、紫色の防寒ブーツ。エレナーのことはわからないけれど、グランマ・パールのことは好きだった。

「どう?」郵便物を取りに出てきたオディールに、わたしは訊いた。

「もう少し彩りが欲しいわね」

メアリー・ルイーズは姉から〝借りた〟という赤紫色のスカーフをほどいて、雪だるまの凍りついた首に巻いた。不運にもエンジェルが車で通りかかって、わたしたちが彼女の持ち物を使ったことに気づいた。彼女はショベルでわたしたちの創造物を叩き潰し、でこぼこの雪山にした。その後、ビー玉は見つからなかった。

エレナーの両親がやってきて、わたしはグランマ・パールを、彼女が車から降りる前に抱きしめた。パパとミスター・カールソンは荷物を持って居間に消え、わたしたち女性軍はジンジャー・クッキー作りに取りかかった。キッチンのカウンターで、オディールは麺棒《めんぼう》で生地を伸ばしながら〈きよしこの夜〉をハミングした。わたしはサンタクロースの金型を、べたべたする甘い塊《かたまり》に押しこんだ。グランマ・パールはホット・サイダーをかき回した。エレナーは、トイレを我慢しているような様子で飛び跳ねた。

「エレナー、どうしたの?」エレナーの母親がたずねた。

「もう秘密にしておけない!」エレナーは金切り声で言った。「わたし、妊娠したの!」

「わたしのベビーがベビーを生むというの!」と、グランマ・パール。

なんだって?

「予定日はいつ?」グランマ・パールはたずねた。

「四月二十八日」

パパは知っているのだろうか? どうしてパパはわたしに言ってくれなかったのだろう?

「あなたの洗礼のときのガウンは、〝ホープチェスト〟にちゃんと入ってるわよ」グランマ・パールは言った。「送るわね」

「赤ちゃん用の毛布にちょうどいい編み糸を持っているわ」オディールが言った。

うちには予備の寝室はない。赤ん坊はどこで寝るのだろう？　スズメはツバメから巣を盗み、雛《ひな》たちを追い出してしまう。ムクドリはスズメから盗む。卑劣なことだけれど、ママは、それが自然の成り行きだと言った。


金属製の机と古いファイリング・キャビネットが処分された。銀行からの通知と電話料金の請求書が処分された。バンドのコンサートのプログラムや鳥の写真が処分された――全部、ママとの暮らしの名残だった。エレナーにとってはただの古い紙切れに見えたかもしれないけれど、わたしにとっては思い出だった。幸運にも、わたしはごみの中にそれらを見つけたので、自室に隠した。

パパの書斎が育児室になった。エレナーは、色を塗ったばかりのイースターの卵のような淡い色のカーテンを吊り下げた。最後にわたしたちはその部屋を、明るい黄色で塗った。ママがいたら、木製の赤ん坊用寝台が巣のようだと言っただろうけれど、それをエレナーには言わなかった。もうママのことを彼女には話さない。何か言うと、彼女はわたしの言ったことが臭いみたいに鼻に皺《しわ》を寄せるから。


五月祭の日、エレナー――すごく太った――は大きなお腹の上で手をひらひらさせながら、わたしが学校に行くのを見送った。その夜、彼女は病院のベッドに横たわり、疲れているけれど幸せそうで、長いレースを走って勝ったような様子だった。男性たちはパパに葉巻を勧め、背中を叩いた。パパは白雪姫の小人のドーピーのようににやにやしていた。ミセス・アイヴァースは赤ん坊に貯蓄債券を贈った。気まぐれなミセス・マードックはかぎ針編みの赤ん坊用の靴を作ってきた。町じゅうの人間が、短い面会時間に殺到した。メアリー・ルイーズが近くに来て、二人で呆れた顔をしあい、耳にしたことをふざけて言った。

「男の子よ！　すばらしいわ！」

「これで家の名前が続く！」

のちに赤ん坊を抱いたとき、わたしは母親のことを思い、物悲しい気持ちになった。そこでジョーがわたしの腕のほうへ身を摺《す》り寄せてきた。わたしは身をかがめて彼のにおいを吸いこんだ。甘いクッキーのようなにおいだった。もしかしたら、物事はうまく進むかもしれないと思った。

家に帰ってから、エレナーはほとんど眠らなかった。ジョーの世話のために、一晩じゅう起きていられるものならそうしただろう。ママの言ったとおりだった。赤ん坊はどれほど自分が幸運だったかを知らない——愛を注がれているあいだ、ほとんど眠っている。休みなしの三ヵ月が経ち、エレナーはしじゅう欠伸《あくび》をし、もう元気のいいインコではなく、ベビーベッドからロッキングチェアへとよたよた歩く、太った鳩《はと》だった。肌にはできものができ、髪の毛は絡《から》んで固まっていた。

「あなたは母親だけど、女性でもあるのよ」オディールは彼女に言った。「自分のことも考えなさい。少しは休んで、運動でもしたら」エレナーがジェーン・フォンダのエアロビクスのテープに合わせてダンスできるように、オディールとわたしが順番でジョーを抱いていることにした。居間を覗きこんで、ピンクのレオタードを着たエレナーが両脚をできるだけ高くあげようと奮闘している様子を見た。オディールが小声で言った。「パリのカンカン踊りみたい」

パパが仕事から戻るのを待っていたとき、エレナーに訊かれた。「あなたのお母さんは体重何キロだった？」

「知らないわ」

翌日、エレナーはカウンターでわたしを捕まえた。「お母さんは、どのおむつを使ってた？　母乳だったのかしら？」

次に彼女は、ミルクがどんな味だったかと訊いた。エレナーが来るまで、うちには体重計がなかった。エレナーは、以前は週に一回体重を測った。それが今、彼女は太っていて、〝赤ちゃん分の重さ〟を落とそうとしていて、一日に十回も体重計に乗った。

「お母さんは母乳をあげていたの？」エレナーはまた訊いた。「布のおむつを使っていた？」

「ママはシルクのおむつを使ってたわ。そうね、わたしに一晩に五回も母乳をくれた。グランマ・ジョーが来ても、手伝いを断わった。そんなのは必要ないと言ってね」

わたしはこれで会話が終わると思っていたのに、エレナーはまた始めた。「お母さん、体重は何キロだった？」

「パパに訊いてよ」

「何キロだったのかしら？」

エレナーのくだらない質問に、頭がおかしくなりそうだった。エレナーがママと自分を比較しているのだと気づくのに、少し時間がかかった。まあ、エレナーはママのフライパンを使って料理し、ママの皿から食べることができる。ママのいた家に住み、好きなだけわたしの世話を焼ける。でもエレナーはわたしの母親にはなれない。わたしはありえない答えを口にした。「四十五キロぐらいかな」

「四十五キロ？」エレナーの口元が震えた。

学校のあと、わたしはエレナーとオディールがテーブルでお茶を飲んでいるところに帰るのが好きだった。同席者がいれば、わたしはエレナーに困らせられずに済むからだ。今日は、むずむずしているジョーを乗せた赤ん坊用の寝台を横においで、二人は遠い事柄を話し合っていた。いつの日か、エレナーはもう一度大学に行くつもりだとか、いつの日か、オディールはシカゴにいる戦争花嫁友だちのリュシエンヌを訪問したいだとか。オディールがブドウの皿を差し出すと、エレナーはお腹を叩いて、「痩せようとしているの」と言った。

わたしは秘かに笑った。ブドウで太るはずはない。

「あと数ヵ月は体重は減らないはずよ」オディールは言った。

エレナーは眉をひそめた。「どうしてそんなことを言うの？」

「あなた、妊娠しているから」

また赤ん坊が？　わたしは笑うのをやめた。

「でも、ジョーが生まれたのは五ヵ月前よ」エレナーは抗議した。

「たくさん女性を見てきたから、兆候がわかるの」

「ジェイムズは、大丈夫だと言ったわ」

「あなた、いくつなの？　男性の言うことを鵜呑《うの》みにするなんて」

エレナーは笑い声のようなものを立てた。冗談？　オディールの声には……何かが感じられた。何か、辛辣《しんらつ》なもの。オディールはどんなことを男性に言われたのだろうと、好奇心をかきたてられた。

エレナーはものすごく太って、顔が小さく見えるほどお腹が大きくなった。妊婦服を着ている様子はおかしかった。胸と尻の部分で、木綿地がきつそうに引きつっている。彼女は髪を染めるのをやめて、黒い根元が目立つようになった。そんなのは、よほど不精な女性にしかないことだ。

「ジョーのときはこんなじゃなかった」エレナーは呆然として言った。

お腹だけじゃなく全身で妊娠しているかのように、全体的にゆるく膨れ上がって、立ち上がると眩暈《めまい》がするという。エレナーがママのように一日じゅうベッドに寝ているとき、わたしはそのそばにいた。『テラビシアにかける橋』（キャサリン・パターソン著）の一節を思い出した。〝人生はタンポポのように繊細だ。どこかからちょっと風が吹くだけで、それは千々に飛んでいってしまう〟子どものころ、わたしは老人だけが死ぬと思っていた。今は、そうではないと知っている。なぜもっと、エレナーに優しくしなかったのだろう？　彼女を傷つけることで意地悪な満足感を得ていたなんて、ひどいことだった。彼女はそうそう悪いひとじゃない。「銀行家の娘なら、お金の使い方を知ってるべきでしょう」といって、わたしに小遣いをくれるように、パパを説得してくれさえした。お願いだから死なないでと、わたしは祈った。

オディールがやってきた。家族みたいに、ノックをしないでいきなり入ってきたのが嬉しかった。

「聖母マリアみたいにすてきよ」彼女はエレナーに言った。

「本当？」

真面目に言ってるの？　〈スター・ウォーズ〉シリーズのジャバ・ザ・ハットのほうが近い。でも真実を言ってもしかたないので、わたしはうなずいておいた。

「でも念のため、ドクター・スタンチフィールドを呼びましょう」オディールは言った。

医師はエレナーの血圧を二度測り、検査入院するべきだと言った。ママに言ったのと同じことだった。

「大丈夫ですか？」わたしは訊いた。

「お義母さんは高血圧で、それは母体にも胎児にも健康的じゃない」

ジョーとエレナーが眠っているあいだ、オディールはわたしの不安を紛《まぎ》らわせようとして、赤《べ》ん坊《べ》についての単語を教えてくれた——揺り籠《かご》はクファン、おむつはクシュ——でもエレナーがベッドから起きられないような状態では、そんなこともクソ同然《カカ》だった。

「高血圧はなんていうの?」

「ラ・タンシオンよ」

緊張《テンション》。この単語がすべてを言い表わしている。

「散歩に行きましょうか?」オディールが言った。

彼女は新鮮な空気の信奉者だった。意地悪な北風に吹かれながら、わたしたちは大通りを進み、教会を通り過ぎ、ピグミー・パインを通り過ぎ、墓地に行きついた。たいていの女性がそうだが、オディールは墓地が好きだった。わたしはちがう。〝ブレンダ・ジェイコブセン、最愛の妻であり母〟と御影石に刻まれているのを見ると、胸が痛んだ。ママが亡くなって二年以上だ。墓石の足元に菊が飾られていて、オディールの息子と夫の墓も同様だった。わたしはうなだれて祈るべきだとわかっていたが、オディールのほうをうかがった。オディールは頭を下げ、厳しい表情をしていた。家族を、バックとマークを、そして両親と双子の片割れを恋しく思っているのだろう。オディールの家族たちがどうなったのか、ぜひとも知りたかった。

第二十二章

オディール
パリ、一九四〇年八月

「家に呼び戻すべきではなかったかもしれない」パパは言った。「だが、なるべく早く知りたいだろうと……」

「ムッシュー?」ビッツィが口をはさんだ。

「レミーは生きてる」パパは言った。

わたしは勢いよく息を吐きだした。

「どこにいるんですか?」ビッツィは訊いた。「帰ってくる途中とか?」

「彼は捕虜になっている」パパは答えた。

「捕虜?」ビッツィは繰り返した。

「捕虜収容所と呼ばれるところにいる」と、パパ。「戦地の収容所の捕虜だ」

ママは泣いて、わたしはママに腕を回した。

「でも生きているのよ」わたしはママに言った。

「居場所もわかっている」パパは言った。「それがせめてもの救いだ」

パパの言うとおりだ。可愛そうに、ビッツィはもう何ヵ月も弟から手紙が来ない。

「ジュリアンから連絡が来るといいね」パパは優しい声で、ビッツィに言った。

ビッツィは唇を嚙んだ。泣き出しそうなのを堪《こら》えているのがわかった。

パパはブレザーから、葉書を出した。わたしはそれをパパの手からもぎ取って、薄いタイプ文字を見た。〝ぼくは捕虜になった〟その下に、二行書かれていた。

一　ぼくは完璧に健康だ。
二　ぼくは怪我をしている。

二番目に丸がつけてあった。レミーは一人きりでいて、傷ついている。

葉書を見てビッツィは青ざめ、母親に知らせなければと言った。パパとわたしが、彼女を玄関で見送った。ビッツィはパパの頰にキスをし、それでパパはうっすらと笑みを浮かべた。

わたしたちはママのところに戻った。パパはママの横に膝をつき、その涙をそっとぬぐった。パパとわたしはママの腰に腕を回し、ベッドへ導いた。両親の寝室で、パパはじっとしていられずに行ったり来たりして、ママは泣き続けた。

「ドクター・トマを呼んだほうがいい？」わたしは訊いた。

「世界じゅうのどんな薬を持ってきても効かないだろう」パパは言った。「わたしがママのそばにいる。おまえは休みなさい」

このときだけは、わたしは言い争わなかった。ママが悲しんでいるのに離れるのは悪いと思ったけれど、自分の悲しみに対処できるのはありがたかった。捕虜収容所。喪失感に関する語彙《ごい》に、単語が増えた。今日まで、レミーは家に帰る途上にいると自分に言い聞かせていた。これから、どう考えればいいのだろう？

机に向かって、彼の万年筆を使って書いた。

親愛なるレミー
あなたが捕虜になっているのが残念です。怪我をして、家から遠いところにいるのが残念です。みんな、とても心配しています。

感情を表現することで救われたけれど、この手紙はレミーの慰《なぐさ》めにはならないだろう。わたしは万年筆を開けて、インクの滴《しずく》を紙の上に落とした。もう一度、書き始めた。

親愛なるレミー

〝親愛なるレミー〟までしか、書けなかった。

朝、わたしは着替えをして両親の部屋に行った。ママは上掛けにくるまれていた。目を閉じて、悪夢から目覚められないかのように泣いていた。たんすの前で、パパはシャツのボタンを留めた。「ママのそばにいるわ」わたしは言った。

「ママは、こんな様子をおまえに見せたくないはずだ」パパはわたしを玄関に連れていった。「ママのことを頼める女性に、心当たりがある」

外は、歩道にほとんど人影はなく、丸石の敷かれた道路に車も走っていなかった。図書館も、奇妙なほど静かだった。マーガレットに会いたかった。ポールに会いたかった。厳格なミセス・ターンブルが学生を黙らせるシィッという声さえ、今は聞きたかった。

「レミーのこと、聞いたわ。たいへんね」コーエン教授は『長い冬』というローラ・インガルス・ワイルダーによる小説を差し出した。「特別に忘れられない箇所に印をつけてあるわ。吹雪《ふぶき》のあいだ、ある開拓者の家族は寒くてしかたなくて、小屋の中で身を寄せ合っていた。パパがフィドルを弾き始めて、三人の娘たちに踊りなさいと言う。娘たちは笑いながら踊って、それでみんな、凍死せずに済んだの。その後、パパは家畜の世話をしにいかなくてはならず、そうしなければ動物たちは死んでしまう。外に出ると、六センチ先も見えないの。パパは物干し綱をつかんで納屋に行こうとする。家の中で、ママは息を詰めて待っている」わたしがその小説を手に取ると、コーエン教授はわたしの両手を自分の手で包みこんだ。「この先、何があるかわからない。わたしたちにできるのは、綱を頼りにして進むことだけよ」

夕食前、わたしは両親の部屋を覗いてみた。ママは眠っていた。ベッドの近くに看護師が座っていた。薄くなりかけた茶色い髪が、血色のいい顔を取り巻いている。見覚えがあった。登録者だろうか？　病院のボランティアだろうか？

「オディールです」

「ウジェニーよ」女性は言った。

「母の具合はどうですか？」

「お母さんはずっと寝ていたわ。ショック状態なんじゃないかしら」

何日か経った。仕事のあと、ビッツィとわたしはチュイルリー公園のあたりを歩いた。

「お母さんはどんな様子？」わたしは訊いた。

「いつ息子が帰ってきてもおかしくないみたいに、ドアの前で待っているわ」

パリ市民は占領者に慣れた。カメラのフィルムや渇きを癒《い》やすビールを売って、占領者を相手に商売をする者が出てきた。占領者などいないふりをして、存在を認めるのを拒否する者もいた。誉め言葉に浮かれて食事の誘いに乗る女性がいた。さも嫌そうに口元をこわばらせる女性もいた。地下鉄で、わたしは痩せたドイツ兵のことを、あちらが顔を伏せるまでじっとにらみつけた。

ウジェニーが家にいて、編み物をしながら母のことを見てくれているのは、安心なことだった。それでも、どうして彼女に見覚えがあるのか不思議だった。兵士のための仕事を手伝ってくれたひとだろうか？　学友の母親？

ある晩、パパとわたしが彼女を見送るとき、パパは彼女に上着を着せて、家まで送ろうと言った。掃除を頼んでいる家政婦には、そんな申し出はけっしてしない。ウジェニーは兎《うさぎ》のような怒った顔をしてみせて、階段を駆け下りていった。突然わたしは気づいた――この〝看護師〟は、ホテルの前でパパと一緒にいた売春婦だった。

「よくも彼女をここに来させられたわね」わたしは金切り声で言った。

一瞬、パパは面食らった顔をした。それから計算高い目つきになって、わたしがどの程度知っているのか推し量り、自分の罪を差し引き、愛人とわたしの母親に対してどのような割合で配慮しようか推し量った。この複雑な均衡状態を考えたうえで、パパはレミーが弁護士養成学校の討論でしたように、自分の主張を論じ立てた。

「ほかに選択肢があるか？　ジャニーヌおばさんに、安全地区から帰ってきてくれと頼むか？　まったく見知らぬ他人を家に入れるのか？」

「カロおばさんを探したらどうかしら。おばさんは知りたいはずよ。助けてくれるはず」

「無断でカロリーヌに連絡したら、おまえの母親は癇癪《かんしゃく》を起こすだろう」

「でも、パパ――」

「おまえがママの世話をするか？」

わたしは母親の底なしの悲しみに溺《おぼ》れるのが怖かった。「看護師を雇えないの?」

「逃げるという良識を持たなかった者は、病院で十時間勤務をしてる。ウジェニーはよくやってくれてるじゃないか」

わたしは鼻を鳴らした。「パパは、彼女のベッドでの振舞いが気に入ってるんでしょうよ」

「知ったような口を利くんじゃない！　それに、ウジェニーは看護師も同然なんだ」

「図書館で働いていれば、実際に本になれるわけじゃない。ママに必要なのは本当の看護師よ」

わたしは乱暴な足取りで、自分の寝室へ行った。愛人を自宅に入れるだなんて。ポールがここにいたら、パパを諫めてくれただろう。わたしは両腕を自分の胸に回し、ポールに抱いてもらいたいと願った。父親に落胆させられたとき、横柄な登録者に手を焼くとき、胸が痛いほどレミーに会いたいとき、ポールは傷ついた心にすりこむ軟膏《なんこう》だった。

午後八時、父親がドアをノックした。「夕食だ」

「食欲なんかないわ！」

一晩じゅう、わたしは目が覚めたまま横になっていて、売春婦を追い詰めるところを想像していた。彼女は恥ずかしさのあまり顔を赤くして、わたしの母親と同じ部屋の空気を吸うなどという大それたことをしたのを謝るだろう。二度と、うちの戸口を汚すことはないと約束するだろう。二度とパパと会うことはない。

仕事に出る前に、わたしはママの様子を見にいった。恋人のように優しく、ウジェニーはママの髪をなでた。母親のように優しく、彼女はママの洟《はな》を拭いた。わたしは一度もママのナイトガウンを替えず、便器を洗っていなかった。この女性がやってきて、わたしのできなかったことを全部してくれた。ゆっくりと、わたしの怒りは消えていった。

わたしはママの頬にキスした。ママは身動きしなかった。

「相変わらず?」それでも、ウジェニーと目を合わせるのは難しかった。「昨日はハンカチーフを八枚。その前の日は十二枚使ったので、少しいいですね」

「ああ、ママ……」

「どんな気持ちか、わかります」

「あなたの息子さんも?」

「この前の大戦で。村が爆撃されたとき、よちよち歩きの子どもだった。お母さんが、わたしの気持ちを理解することがないようにお祈りします」ウジェニーはママの腕をさすった。「辛い、とても辛いことね、オルタンス。でもお子さんたちには、あなたが必要よ。息子さんには手紙を書ける。娘さんはここにいるわ、顔を見たくない?」

ママは顔を上げて、力ない目でわたしを見詰めた。

一九四〇年八月二十五日

親愛なるレミー

あなたに会いたい、あなたが早く家に帰ってこられますように。手紙を書いてくれたのかもしれないけれど、まだ届いていません。ママとパパは元気です。ポールは収穫の手伝いで遠くに行っています。彼に会いたい。あなたがどれほどビッツィに会いたいか、想像もできないわ。図書館に来るひとは増えています。仲間を求めて、休息を求めて。多くの登録者が逃げたけれど(本を持って!)、図書館は通常通りです。ミス・リーダーは誰のことも拒絶しません。マーガレットからは連絡がないけれど、ビッツィはようやく弟さんから葉書を受け取りました。彼女は元気にしているわ、あなたが恋しくてたまらないんでしょうけどね。

この手紙はあなたに届くのかしら? 話したいことがありすぎるわ。

愛をこめて
オディール

一九四〇年八月二十五日
親愛なるポール
おばさまに、呼んでくださったお礼を伝えてください。おばさまに会いたいし、あなたにも会いたい、でもレミーから連絡があるかもしれないのでパリにいなければなりません。
昨日、ビッツィが弟さんから手紙を受け取りました。彼もまた、戦地で捕虜になっているそうです。それを聞いたときは泣きたかった。図書館を愛しているけれど、ときどき仕事が耐えられなくなる。
ビッツィと向き合うと、鏡を見ているような気がするわ——眉を寄せた様子に自分自身の不安が、青白い顔色に自分自身の惨《みじ》めな様子が見て取れる。ビッツィは恋人と弟が拘束されているのだから、二倍たいへんね。彼女の机に、花を生けたティーカップをおいてあげた。もっと、何かしてあげたいわ。もっといい知らせを、感傷的にならずに書ければいいのだけれど。いつ戻ってくるの？

愛をこめて
あなたの厄介な司書より

一九四〇年八月二十五日
親愛なるマーガレット
何度も手紙を書いたけれど、そちらからの手紙は受け取っていません。元気だといいのですが。こちらは大変でした。レミーは捕虜収容所にいます。ママは寝こんでしまって、パパはその世話をさせるために愛人を連れてきたの。でもママは、彼女に便器を洗ってもらうというのが、どんな意味のある恩恵なのかわかっていない！　まあ、どんな立場にも難点はあるわね。ママはだいぶ回復したけれど、まだまだです。誰かにお世話されるのが好きなのね。あるいは〝看護師〟が何者なのか知っていて、わざと苦労させたいのかもしれない。ママを知ってたら、両方だと思う。

ナチスはパリに、国立図書館にさえもたくさんいます。ALPでは、戦地の捕虜からリクエストが来るけれど、ナチス当局がドイツで捕虜になっている連合国軍の兵士に本を送ることを認めないの。ひどいことだわ。

わたしったら、マダム・シモンみたいに気難しいでしょう。楽しい知らせもいくつか。棚係のピーターとレファレンス室のヘレンはしょっちゅう一緒にいるのよ――昼食の時間に中庭でピクニックしたり、誰も見ていないと思うところでは手をつないだりしてる――〝ヘレンとピーター〟。恋している二人、見ていて楽しいわ。

帰ってきてちょうだい！　図書館は、あなたがいないと何か変だわ。

愛とともに
オディール

九月が来て、ミス・リーダーは窓を覆っていた茶色い紙をはがした。外を見たとき、もう丸石を敷いた小道やツタでいっぱいの壺は見えなかった。見えたのは失われた手紙と遠くの友だちばかりだった。わたしは小道を歩いてくるマーガレットの姿を見た！

「レミーは？」というのが彼女の口から出た最初の言葉で、それでわたしは余計に彼女を好きになった。「彼からまた知らせが来た？」

「葉書が一枚来たきりよ」

「オディール」彼女はわたしを抱いた。「あなたとレミーのことが心配だった、それに図書館も……」

「話して《ラコント》！」わたしたちは同時に言った。話して！　何もかも教えてほしい。

マーガレットはパリから逃げ出したときの詳細を話した。「道路は車であふれかえっていたわ。ドイツの操縦士は市民にも発砲するから、飛行機が頭上に飛んでくると、車はタイヤを軋《きし》ませて止まって、みんな、排水溝に飛びこむの。わたしたちはガソリンの配給分がなくなってしまって、カンペールまでの最後の十五キロぐらいを歩かなければならなかった。クリスティーナはずっと泣いていたわ。子どもに戦争をどうやって説明すればいいの？」

ローレンスはマーガレットとクリスティーナをロンドンへ送り返したかったが、マーガレットは拒んだ。「生まれて初めて、自分が重要だと思えた。わたしの仕事、ボランティアだけどその仕事に、意味があると思えたの」

「あなたは重要よ」わたしは言い張った。「ここで必要とされている」

「本当に《サンセルマン》、わくわくしながら本の修繕をしに帰ってきたのよ」

「ローレンスは、帰ってきて喜んでいるの？」

マーガレットは真珠をつかんだ。「彼は自由地区にいるわ」

フランスはドイツ管理下の北部と、大戦争の英雄であるフィリップ・ペタン元帥による南部の二つに分断された。

「かわいそうに、ローレンスはそんなに遠くにいるの」わたしは言った。「そこで働いているの？」

「彼は……友だちと一緒にいるわ」

「どれくらい行っている予定？」

マーガレットは、フランス語と英語のあいだで苦労する長い一日を終えたあとのわたしのように、言葉を探しあぐねた。「もう、彼のことはどうでもいいわ！」とうとう、彼女は言った。「戻ってくるときのことを話すわね。ガソリンが足りなくならないように、古いティーポットにまで入れたのよ」

「漏れないのを使ったんでしょうね！」


一週間後、ポールがうちに来たとき――髪は日焼けして干し草のようで、頬は赤らんでいて、わたしはただただ彼を見詰めた。夜ベッドの中で、さんざん再会のときのことを想像したものだ。胸に飛びこんでキスを浴びせようか。彼の両手がお尻に当てられるのを感じて、きっと体じゅうが震えるだろう。でも実際に彼の両腕に抱かれたとき、わたしは身をこわばらせていた。何ヵ月も気を張ってきて、すぐには緊張をほぐせなかった。「愛してる《ジュ・テーム》」彼は言った。こめかみに彼の唇が触れるのを感じて、ようやく体から力が抜けて、わたしは泣いた。彼はわたしを揺すりながら、踊り場に連れ出した。わたしが両親を心配させたくないと思っているのを知っているのだ。わたしは両親やビッツィ、登録者たちの前では平静を装っていたけれど、ポールと一緒のときは無理しなくてよかった。

「一緒に乗り越えていこう」彼は言った。

すすり泣きが少しおさまってから、わたしは彼にすり寄った。ポールの抱擁《ほうよう》に、永遠にでも身をゆだねていられた。いや、ママが現われるまでだった。彼がジャガイモとバターと塩漬けのハムの入った籠《かご》を持ってきたのを見て、ママは言った。「オディールの心をつかむのに、胃袋から攻めたのね」

「甲斐性のある男だ」パパは言った。

居間のテーブルで、両親はいつまでもそばにいた。ママの心配そうな皺のいくらかが消え、パパはその月に入ってから初めて笑った。

「会いたかった」ポールはわたしに囁いた。「五分だけでも、二人きりになりたい」

「明日、あなたの部屋に行くわ」

「同じフロアに四人の同僚が部屋を持ってる。もし見られたら、きみの評判に傷がつく」

〈戦争捕虜郵便〉
一九四〇年八月十五日
愛するママとパパ
すべて良好です。体調も良くなってきました。兵舎で、ボルドー出身の医師が近くの寝棚にいます。いびきをかきますが、彼がいるのは安心です。葉書をありがとう。いくつかのものを、送ってもらえますか？　暖かいシャツ、下着、ハンカチーフ、それからタオル。縫い糸。髭剃《ひげそ》り用の石鹼《せっけん》と剃刀《かみそり》。あまり無理でなければ、日持ちのする食料。たとえばパテとか。
心配しないでください。ぼくたちは公正な扱いを受けていて、この状況下では文句はありません。

愛する息子
レミー

〈戦争捕虜郵便〉

一九四〇年八月十五日

親愛なるオディール
どうしてる？　ビッツィとママとパパとポールの様子は？　肩は治ってきた。ダンケルクの近くで、敵の銃撃を受けた。とんでもなく痛かった！　もちろん、テーブルの下でよくオディールに蹴《け》られて、そういうときもとんでもなく痛いと言ったけどね。部隊の何人かが捕虜になった。殺された人数を聞くまでは、自分の運命を恨んだものだったよ。
ぼくたち――仏兵と、英兵もいる――はドイツ全土と思われるほどの距離を、食料も休憩もほとんどなしで歩かされた。知ってるだろうけど、ぼくは運動が好きだったためしはない。ぼくたちの多くは、何週間も歩いたあとでここに着いて、冷たい濡れた地面の上じゃなくベッドで眠れるので――たとえそれが、ただの板ベッドでも――ほっとしたものだ。
手紙をありがとう。今までこちらから書けなくて悪かった。

愛をこめて
レミー

一九四〇年九月三十日
親愛なるレミー
必要なものを教えてくれてありがとう――ママは、あなたやお仲間が〝正式にお祈りできる〟ように、ロザリオを送りたがっていたのよ。今日、本当に久しぶりに、ママはミサに出ました。ママは体調を崩していて、パパがママのために看護師を頼んだの。
最初、まったくの他人にママの世話を頼むのはどうかと思ったけれど、二人はとてもうまくやっているわ。ウジェニーは白いブラウスにカーディガンを着て、丸みを帯びた肩と悲しそうな目をした、普通の女性です。ときどき切なそうな微笑《ほほえ》みを浮かべます。ママと似たようなね。

夜、パパが帰宅する前、わたしたちは三人でお茶を飲むのよ。

パパの帰宅はますます遅くなりました。車を徴発されてしまったので、パパはバスに乗る。残念ながら、燃料がほとんど手に入らないので、バスはほんの少ししか走っていないのよ。

あなたがいないので、パパはわたしに二倍も口うるさくなりました。過保護になって——外出を、マチネーに行くのさえも嫌がります。ナチスには専門の映画館や娼館があるから、ビッツィもマーガレットもわたしも安全なのに。薄暗い照明の中で、わたしたちは本音を表現する——ニュース映画にヒトラーが映ると、みんな非難をこめてシーと言うのよ。

〝ゾルダーテン（兵士たち）〟が何が〝フェルボーテン（禁止されている）〟かを言うので、ドイツ語がだんだん頭の中に入ってきます。あちらの兵士たちはフランス語を勉強しています。酔っぱらった司令官がうちの帳簿係と会話しようとした——覚えているでしょう、もういないギリシャの数学者を愛している、勇敢な、スコーン作りの名手よ。「ボンジュール、マドモアゼル。きれいですね《ヴ・ゼット・ベル》」司令官が言って、それに対してミス・ウェッドは、「お断わりよ！」と答えた。司令官は意味がわからなかった。そうしたら彼女は、「さようなら《アウフ・ヴィーダゼーエン》！」とつけたしたわ。

愛をこめて
オディール

手紙を明るい調子にするのは容易なことではなかった。ナチスがパリじゅうにいるのであればなおさらだ。職員の会合でボリスから、ノートルダム寺院近くのロシア図書館から十万冊以上の本が没収されたと発表があった。

「十万冊以上の本」マーガレットは、力なく繰り返して言った。

一度、小さいとき、カロおばさんとそこに行ったことがあった。セーヌ川に浮かぶ島にあるカジモド（『ノートル＝ダム・ド・パリ』の登場人物）の大聖堂でのミサに出たあと、わたしたちは左岸に渡り、ビュシュリ通りをぶらぶら歩いていると、ある邸宅に着いた。ドアが開いていたので、中を覗きこんだ。「ようこそ、ようこそ」と、声をかけられた。読書用眼鏡を銀色の鎖で首から下げている司書が、わたしに絵本を手渡した。カロおばさんとわたしは中を見て驚いた。見知らぬ言語であるばかりでなく、見知らぬアルファベットが使われていたからだ。

　壁は床から天井まで本棚で埋め尽くされていた――あまりにも背が高くて、最上段の棚に手が届くには梯子《はしご》が必要だった。カロおばさんはわたしに、いちばん上までのぼらせてくれた。あの日は、おばさんと一緒ならいつもそうだったけれど、とにかく楽しかった。

　今、あの棚が空っぽになっているのを想像した。目に涙をためている司書を想像した。本を返しにきた登録者が、自分の返す本が図書館に残された唯一の本だと知るところを想像した。

「なぜ図書館を略奪するのかしら？」ビッツィは訊いた。

　ボリスの説明によると、ナチスは科学や文学や哲学の作品を組織的に没収して、いくつかの国の文化を根絶したいのだという。ナチスはまた、著名なユダヤ人の家の個人的なコレクションも略奪したそうだ。

「ユダヤ人の登録者たち」わたしは言った。「コーエン教授もその一人よ」

　昨日閲覧室の隅のほうのテーブルで、本が山積みになっているのを見た。その向こうに、白髪頭とクジャクの羽根が見えた。教授は図書館の本でバリケードを作ったかのようだった――たとえばチョーサーやミルトン、オースティンなどでだ。

　わたしが近づいていっても、教授は気づかないようだった。

「古典を読み直しているんですか？」わたしは訊いた。

「ナチスに本を没収されたわ。突然押し入ってきて、うちの本を全部――初版本や、まだタイプライターにあった書きかけの記事まで――木箱に放りこんだ」

「そんな……」わたしは彼女の肩に腕を回した。「ひどいわ……」

「そうでしょう」彼女は力なく、本の山を指し示した。「もう一度、好きな本と一緒に座りたかったの」

職員の会合で、マーガレットは言った。「四十年分の調査がふいになったのね」

「彼女のお気に入りはわかっているわ」ビッツィは言った。「書店を回って、いくつか集めましょう」

「ほかの登録者はどうしたかしら?」ミス・リーダーは訊いた。

「それに、ロシア図書館は?」ボリスが言い足した。

「この図書館はどうなんですか?」わたしは言った。

「そうね」ミス・リーダーは言った。「まもなく、ナチスがここにも来るでしょう」


十月になって学校が始まった。何があっても、人生は続くということの証拠だった。母親たちはシャツにアイロンをかけ、子どもたちのためにノートと鉛筆を用意した。食料はなかなか手に入らなくなり、主婦たちは肉屋に長い列を作った。ファッション誌には女性の帽子の被り方についての記事がたくさん載った(後ろに傾けるのがおしゃれ)。マーガレットとわたしは、フランスの田舎の収容所に送るための本を箱詰めした。共産主義者、ジプシー、敵性外国人――ドイツと戦争状態にある国の市民たち――が収容されているところだ。

ドイツの宣伝活動部隊がしじゅう動いていて、恨みをかきたてようとしていた。建物や地下鉄の駅、劇場のロビーなどに貼られたポスターには、赤い血の海でもがくフランス人水兵が描かれていた。ぼろぼろの三色旗をつかんで、水兵は懇願する。「オランを忘れるな！」イギリス海軍がわたしたちの船を沈めた都市だ。どうして忘れることができようか？　千人以上ものフランス軍水兵が死んだ。ムッシュー・ド・ネルシアはいまだにミスター・プライス＝ジョンズと口を利かない。

ナチスによる宣伝活動に惑わされるのを避けるため、パリ市民はポスターに細工をした。〝オラン〟が隠れてしまうように、〝水着を忘れるな！〟という文章を書き足したのだ。

今日の昼食時に、ポールとわたしはモンソー公園に行った。ポールは怒りに身をこわばらせて、大股《おおまた》で砂地の小道を歩き、わたしは彼についていくのに苦労した。

「ポスターを直せと命じられた」彼は言った。「白い手袋をして交通整理をするよりも悪い。落書きを消しているところを見られたら、ひとに笑われるよ」

「そんなことはないわ」わたしは彼の腕に腕を絡ませたが、彼の態度は変わらなかった。

「屈辱的だ。警察官は武器を持っているものだった。今ではスポンジを持ってる。人々を守るのが仕事のはずだった。今では落書き消しだ」

「少なくとも、あなたはここにいる」

「レミーと一緒にいたいよ」

「そんなこと言わないで」わたしは言った。

「少なくとも彼は闘っている。少なくとも、まだ彼は男だ」

「あなたはあなたの役割を果たしてる」

「彼らの宣伝活動を元通りにするのが？」彼は足元の小枝を蹴った。「屈辱的だよ」


〈戦争捕虜郵便〉

一九四〇年十月二十日

親愛なるオディール

パテをありがとう。みんな、喜んでいた。家から食料を送ってもらったら、たいてい分け合うけれど、独り占めして溜めこむやつもいる。こんな状況でも協力しあえないのは残念だ。

ポールが新聞の切り抜きと、お話の時間に描いたスケッチを送ってくれた。ビッツィが、屋根のように開いた本を頭の上に掲げている。本が避難所だと子どもたちに話している彼女の声が、実際に聞こえるような気がするよ。パリのニュースを知らせてもらって嬉しかった。何がどうなっているのか、遠慮せずに教えてほしい。そこで起きていることを知りたい。ここで起きていることから、気持ちをそらしておける。いったいいつまで捕虜でいなければならないのか、みんな頭がおかしくなりそうだ。仲間の一人に、ブリッジを教わった。ここで誰もが持っているのは時間のようだ。

愛をこめて
レミー

一九四〇年十一月十二日
親愛なるレミー

スケッチを気に入ってくれてよかった。ポールは画才があるわよね？　ママは彼とビッツィを頻繁《ひんぱん》に招待します。先週、夕食のとき、パパがビッツィにあなたの赤ん坊のときの写真を見せたの。ビッツィがいると、パパは不愛想じゃなくなる。彼女がすっかりパパを味方にしちゃった様子を、あなたに見せたいわ。あなたに帰ってきてほしい、それだけよ。昨日、二千人近いリセや大学の学生たちが占領者に対する抗議行動をしたのよ。ペタン元帥のようなお年寄りが国を運営するのかもしれないけど、先導するのは若い人たちね。

愛をこめて
オディール

レミーに送ったパテはその週の一家の肉の配給全部だったことを、レミーには伝えなかった。デモは当局に追い散らされてたいして長く続かなかったことを、彼には伝えなかった。ナチスがチェコスロヴァキア図書館を差し押さえたことを、彼には伝えなかった。司令部《コマンダントゥール》から、一週間以内に図書館の保護者《ビブリオテクシュッツ》がわたしたちの図書館を〝視察〟に来るという連絡があったことを伝えなかった。

ミス・リーダー、ボリス、ビッツィとわたしは、その通知書を見詰めた。

「ビブリオテクシュッツって、何かしら?」ビッツィは訊いた。

「文字通りに訳すと、〝図書館の保護者〟という意味よ」女性館長は言った。

「じゃあ、いいことなんですね?」わたしは言った。

ミス・リーダーは悲しそうにかぶりを振った。「すごく皮肉な言葉ね。きっとうちの収蔵品を没収していくわ」

「本のゲシュタポだ」ボリスが説明してくれた。

〝視察〟の日、ボリスは昼前にジタンを一箱吸った。ミス・リーダーは図書館を閉める建前上の理由とされかねないものが絶対にないように、書類仕事に熱を入れた。わたしは棚に入れ直す本を集めた。『偉大なるギャツビー』、『緑の土手』(ドロシー・ウィップル著)、『彼らの目は神を見ていた』、これらの小説は親友だった。マーガレットを見ると、彼女も同じことを考えているのがわかった。〝図書館がなくなったら、どうしたらいいの?〟

「ミス・リーダーにお茶を持っていきましょう」マーガレットは言った。「何かしていないと、頭が変になる！」

　わたしは手が震えてしまうので、マーガレットがトレーを運んだ。彼女がミス・リーダーの机にトレーをおいたとき、わたしは訊いた。「気分はどうですか？」

「胃がむかむかする、すごく困惑してるわ」女性館長は答えた。「ビブリオテクシュッツとやらを待っているんですもの。なんとか、ここを開けていられますようにって祈りながらね」

　マーガレットはカモミール・ティーを注いだ。磁器のカップで、じっとりとしたわたしの手のひらが温まった。一口飲もうとしたとき、堅い木の床を蹴る重い足音が、書架の向こうから響いてきた。

　椅子に座ったまま、女性館長は肩をそびやかした。ナチスの制服を着た三人の男たちが入ってきた。誰も何も言わなかった。こんにちはも、ボンジュールも、グーテンタークも、逮捕するとか、ハイル・ヒトラーとかも言わなかった。二人は――わたしより若そうだ――茶色っぽい制服姿の兵士だった。三人目は金縁《きんぶち》の眼鏡をかけた、細身の士官だった。彼は革製の書類鞄《かばん》を持っていた。

　三人組は室内にあるものを値踏みするように見た。机の上の書類。この瞬間を予期して避難させた、稀少な書類や初版本などが入っていた、今は空っぽの棚。女性館長、彼女の青白い肌、シニョンにまとめたつややかな髪、きつく結んだ口元。

　ミス・リーダーが怯えていたとしても、部屋の誰にもわからなかった。これほど背筋を伸ばして椅子に座っている彼女を見たことはなかったし、温かみのない表情をしているのを見たこともなかった。ミス・リーダーは、彼女のほうは座ったまま握手のために手を差し出すだけでいいという性別に基づく儀礼にはとらわれず、いつも立ち上がって来客を迎えた。でもこの招かれざる客たちは、彼女のいつもの気遣いには値しなかった。

　〝図書館の保護者〟は、女性館長ではなく男性館長を予想していたにちがいない。彼女を見詰めながらドイツ語で何か言った。低い声で、素早く命令をした。若いほうの二人が部屋を出て、使用人のように静かにドアを閉めていった。女性館長が黙ったままでいると、彼は流暢《りゅうちょう》なフランス語で言った。「すてきな図書館ですね。感服しました、マドモアゼル・リーダー。ヨーロッパに、ここに匹敵するものはない」

名前を呼ばれて、ミス・リーダーは男性の顔を見た。「ドクター・フックス？　あなた、パリにいたの？　思いも寄らなかったわ」彼女は旧友に会って喜ぶように、両手を叩いた。「白状するわ、制服ばかり見ていて、人そのものを見ていなかった」

「先週この部署に就いたばかりで、今ではオランダとベルギーとフランスの占領地で、知的活動の管理をしています」彼は自慢げに言った。彼女の称賛を求めているような、子どもっぽい印象だった。つややかな頰と砂色の髪で、日曜学校の教師のような外見だった。

「ご自分の図書館が恋しいでしょう」ミス・リーダーは同情するように小首を傾げた。

「確かに。州立図書館はわたしがいなくてもまったく大丈夫です。わたしがあの図書館なしで大丈夫かどうかは、また別の問題だ」

わたしはナチスは無学な人でなしだと決めこんでいた。だが彼はそうではなくて、ベルリンの名門図書館で働いていた。マーガレットとわたしは女性館長の指示を待っていたが、館長と図書館の保護者はお互いのことしか見ていなかった。

「今はここの館長ですか？」彼は続けた。「心からお祝いを言わせてもらう」

「熱心な職員とボランティアに恵まれているの」館長は眉をひそめた。「それでも……物事は変わったわ。同僚たちはこの場を離れなければならなかった」

「一人では大変でしょう」彼は紙切れに電話番号を書いて、館長の机においた。「もしものときのために」

「ずいぶん久しぶりね」館長ははぐらかすように言った。

「国際知的協力委員会以来だ」彼はつぶやいた。「物事がもっと簡単な時代だった」

「図書館の保護者の名前を聞いていたら、一週間も心配して過ごさなくてよかったのに。〝視察〟があると知ってから、長広舌《ちょうこうぜつ》を練ってきたのよ」

「どんなことを言うつもりだったのかな？」彼はまだ、気をつけの姿勢で立っていた。

「まあ、お茶をどうぞ」館長は椅子を指さした。

マーガレットが、お茶を取りにいった。わたしも席を外すべきだとわかっていたが、あまりにも意外な成り行きに魅了されていた。

「図書館の保護者に、利用者のいない図書館は本の墓地だと言ってやるつもりだった」ミス・リーダーは言った。「本はひとと同じ。連絡が途絶えると存在しなくなるの」

「まさにそのとおりです」彼は答えた。

「図書館を開けておかせてくれと、心からお願いするつもりだった。あなたが来るなんて、思うはずないでしょう？」

「図書館を閉めるだなんて、わたしが許さない。それでも……」

「何かしら？」館長は促した。

「国立図書館に課せられた規則に、ここも従ってもらう。何冊かの本が、閲覧できないことになる」彼は書類鞄から一覧を取り出した。

「それらを処分しなければならないのかしら？」ミス・リーダーは訊いた。

彼は館長を、驚いた顔で見返した。「何を言うんですか、閲覧してはいけないと言っただけです。プロの司書のあいだで、そんな質問をするなんて！　わたしたちのような人間は、本を処分したりはしない」

マーガレットがアールグレイのカップを持って戻ってきた。ベルガモットの柑橘《かんきつ》系の香りが、希望とともに部屋に広がった。わたしたちのような人間。司書どうし、価値観の同じ者。最悪の事態は免《まぬが》れたと感じたのだろう、ミス・リーダーは震えるため息をついた。館長と図書館の保護者は二人が参加した会議や共通の知り合いについて思い出話をした――ああ、シカゴのアメリカ《A》図書館《L》協会《A》の催《もよお》しはおもしろかった。あの女性はもう引退したはず。あの男性は別の分館に移動して、前と同じではない。

ドクター・フックスは驚いて腕時計を見て、次の約束に遅れると言った。「会えてよかった」立ち上がりながら、彼は女性館長に言った。戸口で、会合が首尾よく終わって微笑みながら、彼はわたしたちを見た。わたしは何か、収蔵書についてのコメントか、愛想のいい挨拶が聞けるものと思った。「当然ながら」彼は言った。「あるひとたちは、もう入館できない」

第二十三章

オディール

こめかみを揉みながら、ミス・リーダーはつぶやいた。「考えなくちゃ。何か方法があるはず……どうにかして本を配達するとか……」

職員が一人、また一人と入ってきた。ビッツィは唇を噛んでいる。ボリスは眉をひそめている。ミス・ウェッドは十二本の鉛筆をおだんごに挿していた。わたしは『夢みる者たち』をミス・リーダーの棚から引き出した。何か、頼りにするものが必要だった。ページを開くまでもなく、書かれているものはわかっていた。〝この本は地図、各章は旅だ。ときに道は暗く、ときに光へと導いてくれる。わたしたちはどこへ向かっているのだろう〟

「どうでした?」ビッツィは言った。「〝図書館の保護者〟はなんて?」

「棚から四十の作品を取り除けなければならないの」マーガレットが答えた。

その一覧には、会報に寄稿してくれたアーネスト・ヘミングウェイや、この図書館の閲覧室で記事の調査をしたウィリアム・シャイラーが含まれていた。

「彼らの禁止本の一覧には何百もの作品があることを考えれば」ボリスは言った。「少ない代償だろう」

そうだろうか。これらの本がなければ、パリは魂の一部を失うことになる。

「よく知っている登録者に貸し出したらどうだろう」棚係のピーターは言った。

よく知っている登録者……コーエン教授、ソルボンヌ大学の学生たち、お話の時間に来る子どもたちのことが思い浮かんだ。わたしは本を胸元に抱きしめて、どのようにしてコーエン教授に、もう歓迎できないと伝えればいいのかと考えた。ほかのユダヤ人の登録者に、どう向き合えばいいのだろう。子どもたちに本を与えないのだろうか。もちろん、占領軍の命令は本よりも優先される。図書館の保護者は、登録者をわたしたちの社会組織から切り離せと命じた。

クララ・ド・シャンブラン伯爵夫人がやってきて、さっきまでドクター・フックスが座っていた椅子に座った。彼女は唯一、まだフランスに居残っている図書館の理事だった――ほかは、合衆国という安全な地に船で帰った。彼女はアメリカ、アフリカ、そしてヨーロッパに住んできた。シェイクスピア専門の研究者で、ソルボンヌ大学で学位を取っている。その洞察力のある目には幅広い経験がうかがえた。彼女の助力で、何か前進する方法が見つかるといいのだが。

読書用眼鏡を鼻にひっかけて、彼女は言った。「それで、どんなお話だったの？」

わたしたちは女性館長に顔を向けた。いつもなら、館長は会合に費やす時間は仕事から離れている時間だと考えて、てきぱきと話を始める。「わたしは……つまり……」

「どんどん話して」伯爵夫人は促した。

「ナチスの警察の取り締まりで、ユダヤ人は図書館に入れないことになりました」ミス・リーダーの声は小さかった。彼女はその言葉が自分の口から出たのが信じられないかのように、かぶりを振った。

「冗談でしょう！」ビッツィが言った。顎を突き出した様子は、助けを必要とするひとのために闘おうとするレミーによく似ていた。

「世界イスラエル同盟（パリを本拠地とするユダヤ人協会）の本は没収されて」ボリスは言った。「完全に、すべて消滅させられた。ナチスはウクライナ図書館の収蔵品を没収しただけでなく、司書を逮捕した。司書がどこにいるのか、神のみぞ知る。もし命令に従わなければ、この図書館も閉鎖され、わたしたちは逮捕されるだろう。もっと悪いこともありうる」

わたしたちはミス・リーダーを見た。

「〝あるひとたちは、もう入館できない〟」ミス・リーダーは繰り返した。「その何人かは、最も頻繁に利用する登録者たちよ。連絡を取り続ける方法が、何かあるはずだわ」

「ムハンマドと山の話を考えて！」伯爵夫人は答えた。「わたしには二本の脚がある、ボリスにもピーターにも、オディールにもね。わたしはいつでも喜んで登録者に本を届けるし、ほかの職員もみんな同じ気持ちだと思うわ」

「本を読むひと全員に本を届けましょう」マーガレットは言った。

「危険なことかもしれないのよ」ミス・リーダーは深刻な口調で言った。彼女はわたしたち一人ひとりを見て、理解しているかどうか確認した。「わたしたちが守ってきた規則は、一夜にして変わってしまった。本を届けるのは当局に対する反抗と見なされて、わたしたちは逮捕されるかもしれない」

「わたしは戦争の直前に、本を読者の手に渡すためにパリに来ました」ヘレンは言った。「今、それをやめようとは思いません」

「図書館にあるもの全部だって、登録者のもとに運ぶよ」と、ピーター。

「読者を孤立させたりはしない」ミス・ウェッドは強い口調で言った。「本を届けるわ。充分な小麦粉が集まったら、スコーンもね」

「本を届けるのは、わたしたちの抵抗の形だわ」ビッツィは言った。

「やるべきです」わたしは言った。

「そうするのが正しい」ボリスは言った。

「それじゃあ、始めましょう」ミス・リーダーが言った。

館長と伯爵夫人はユダヤ人の登録者に手紙を書いた。電話がある者には、ビッツィが電話をした。ミス・リーダーの机で、頭ほども大きな受話器を持ち、ビッツィが言い淀むのが聞こえた。「通常の状況に戻るまで……すみません……どの本を持っていきましょうか？」

ボリスはリクエストされた本を用意して、撚《よ》り糸で束ねた。彼はわたしに、コーエン教授のための束を持たせた。わたしはまったくくちがった世界へ踏み出した。

ナチスの検問所を避けようとしたけれど、二区画先に新しい検問所ができていた。狭い道で、兵士《ゾ》たち《ルダーテン》——常に武装し、常に五人編成で——がパリ市民をつついて金属製のバリケード沿いに歩かせ、身分証明書を確かめ、所持品を調べる。列にならんでいるとき、わたしは教授の住所を紙切れに書いて、肩掛け鞄の中に入れてきたことを思い出した。どうして教授の住んでいる場所を記憶するだけにしなかったのだろう？　ナチスを教授のアパルトマンに導くことになったらどうしよう？

兵士に、肩掛け鞄を開けろと言われた。わたしはただその場に立っていた。呼吸が浅くなり、失神するかと思った。兵士はわたしの鞄をつかんで、中の本や書類をかきまわした。

「特別なものはない」兵士はドイツ語で言った。「ハンカチーフと家の鍵と、何冊か本があるだけだ」

いずれにしても、そう言ったのだと思う。わたしに理解できたのは否定を示すニヒトと特別な《インテレサント》、そして本《ブーフ》だけだった。兵士はわたしの書類を手にして、身分証明書《カルト・デイダンテイテ》をじろじろ見ていたが、やがて書類をわたしの胸に押しつけるように返してよこし、低い声で言った。「行け！」

角を曲がってから、わたしは肩掛け鞄から住所の書いてある紙切れを探し出した。もっと注意深くしようと誓いながら、それを千切った。読者を危険にさらしたくない。呼吸が普通に戻ってから、わたしはまた歩き始めた。

常日頃、わたしは教授がどこに住んでいるのだろうと考え、バラ園の見える広々とした書斎にいるところを想像していた。中に入ることはないだろう。遊びにいくわけではないし、状況を考えたら、なんと言えばいいのかわからない。ひどいことですね？　図書館は残念に思っています？　奇妙なことになりました？

それとも何も言わない？

コーエン教授のところまで、徒歩で二十分だった。薄茶色のオスマニアン様式の建物の中、階段がカタツムリの殻《から》のような螺旋を描いている。三階までのぼっていくと、タタタというタイプライターの音が聞こえた。邪魔をするのが心配で、束をドアの外において帰ろうかと考えたが、ボリスは本を置き去りにするのを気に入らないだろう。わたしは思い切ってノックした。教授はショールを翻《ひるがえ》して、わたしを招き入れた。彼女のあとについて居間へ行くと、わたしの視線は彼女の髪のクジャクの羽根から、壁一面の、かつては千冊もの本が詰まっていた空っぽの棚に動いた。ナチスは教授の調査活動そのものに、銃剣を突き刺した。

「日記まで持っていったのよ――愛する者との幸せな時間や、絶望の瞬間」

彼らは教授の個人的な思いを没収していった。ハリケーン、五五一・五五二。検閲された本、三六三・三一。危険な動物、五九一・六五。

教授は椅子の上に積んである本を指さした。「友だちが持ち寄ってくれたの。みんな、わたしの好みを知っているのよ、少しずつ増やしていくわ、自分で書いた小説も加わるかもしれない。編集者に、書いている作品について話してみたの。とても乗り気のようだったわ」

希望、一五二・四。わたしは彼女のタイプライターをちらりと見た。「何について書いているんですか？」

「わたしたちについてよ。そう、わたしたちパリ市民について。みんなそうだけど、わたしはひとを観察するのが大好き。でもときどき、わたしたちはお互いに意識しすぎていると感じることがある。それは皮肉な嫉妬心を生むわ」

わたしが答える前に、教授は部屋を出て、お茶とクッキーのトレーを持って戻ってきた。わたしは腕時計を見た――四時。ほかにも登録者が配達を待っていて、ボリスを不機嫌にさせたくなかった。それでも、いろいろ大変なことのあった教授を一人残して立ち去る気にもなれなかった。

オレンジペコーが入るまで、わたしは〝ロシアの煙草〟を食べていた。めったに手に入らないものを、口全体で思い切り味わった――バターだ。いったいどこで、教授はバターを見つけたのだろう？

「姪《めい》の親友が乳製品の製造所をやっているの」教授は言った。

わたしは顔をしかめた。「キッチンの必需品を持っていることに、言い訳しなければならないなんて」

「もっと悪くなるわ」

これ以上、どう悪くなりようがあるのか、わたしには想像できなかった。「ミス・リーダーは、明日お邪魔すると言っていました」訪問の知らせで元気になってもらえたらいいと願いながら、わたしは言った。

「図書館はどんな様子なの？」

わたしには、教授が口にしなかった質問が聞こえた。友人たちはわたしがいなくなったことに気づいてる？　みんな、わたしに会いたがっているかしら？

教授の表情は無防備で、深い悲しみに満ちていた。こんな内なる風景を見るのは奇妙なことだった――アパルトマンの中、人生の内側。登録者の家に入って、他人には見せないはずのものを目にする。なんと言えばいいのかわからなかった。教授もそうだった。けっきょく、言葉を見つけたのは作家のほうだった。「本を持ってきてくれて、ありがとう。小説を書くのに戻るわ」

外の世界からのニュースは、占領地区にはほとんど届かなかった。ミス・リーダーの母親は一九二九年以来毎週手紙を書いてきたのに、この六ヵ月、女性館長は手紙を受け取っていなかった。外国の本や定期刊行物はいっさい届かなかった。わたしはそれらがニューヨークの倉庫に積まれているのを想像した。

配給でさえ、食料を手に入れるのは難しくなった。食料品店で、ママは貧弱なポロネギを三本買うのに一時間並んだ。ミス・リーダーの水玉模様のワンピースはかつては体にぴったりだったのに、今では痩せた体にぶらさがっている。レファレンス室のヘレンは相変わらず縮《ちぢ》れ毛で夢見るような目をしているけれど、体重は五キロも減った。彼女たちのように、わたしも痩せぎすになった。ドクター・トマに、何ヵ月も生理が来ないと話した。わたしだけではないと言われた。

わたしは空腹を抱えて、半分の速度で、モンソー公園に面した豪華なアパルトマンからモンマルトルの質素な部屋まで、パリじゅうに読み物を届けた。今日検問所で、兵士の一人――責任者の将校――が、わたしの肩掛け鞄の中身をしつこく見た。「『野性の呼び声』（ジャック・ロンドン著）？『モヒカン族の最後』（ジェイムズ・フェニモア・クーパー著）？ フランス人の娘が、英語の小説で何をしてるんだ？ 身分証明書を見せろ！」

大尉はわたしの身分証明書《カルト・ディダンティテ》が偽造だと思ったのだろう、貼ってある写真を指先でこすった。彼はほかの兵士たちにドイツ語で質問をした。本を見ながら、兵士《ソルダーテン》たちは早口で喋《しゃべ》った。単語がいくつか聞き取れただけだった。大きい《グロース》。小説《ロマン》。良い《グート》。何を言っているのだろう？ わたしが何か情報を配達しようとしていると考えたのか？ 逮捕されるだろうか？ どんな言い訳をしようか？ A

LPの司書だと言う？　だめだ、兵士たちが図書館に来るかもしれない。イギリス人の友人がいると言おうか？　いや、マーガレットを留置するかもしれない。

「〝フランス人の娘〟が他国の文化に興味を持つこともあるでしょう」わたしは彼らに言った。「わたしたち双子はゲーテがすごいと思っています」

大尉は満足そうにうなずいた。「われわれドイツ人には、優れた作家がいる」

彼はわたしの所持品を返してよこした。彼の気が変わらないうちに、わたしは急いでその場を離れた。

ナチスは手当たり次第に往来にバリケードを作ったので、こうした検問所を避けるのは難しかった。配達を終えてから、わたしは図書館に帰って、マーガレットに敵性外国人として逮捕される危険があると話した。

「わかってる。昨日も帰る途中、検問所を見つけたから婦人帽の店に飛びこんだの。三時間かけて四つの帽子を試したあとで、ようやくナチスはいなくなった」マーガレットは真珠のネックレスを指に巻きつけた。「首に縄をかけられているみたいな気分よ」

帳簿係が欠勤したとき、わたしたちは最悪の事態を恐れた。ミス・ウェッドの住んでいた建物や病院、警察署を調べてまわって、ようやくボリスが彼女に何があったのかを突き止めた――ナチスが彼女を逮捕して、フランス東部の収容所へ送ったのだ。イギリス人だから拘束された。

ミス・リーダーは外国人の職員はフランスを離れるべきだと判断した。「いちばん辛かったのは、ヘレンとピーターにこの場を離れろと言うことだったわ」彼女は送別会の席で登録者や職員に話した。「正しい決断だとわかっています。みんなが安全であるとわかっていれば、わたしの頭は――そして心も――ずっとうまく働くというものです」

ヘレンは顔色が悪かったが、その目は明るく輝いていた。ピーターが彼女にプロポーズしたのだ。

二人の図書館でのラブ・ストーリーが困難に打ち克《か》つとわかり、別れの乾杯をするときの悲しい気分が多少は和《やわ》らいだ。

「ミス・リーダーが居残るのはありがたいわ」わたしはビッツィに言った。

「当面はね」彼女は答えた。


二月、三月、四月。冬はなかなか去らなかった。灰色の雲が空を覆い、昼も夜も物悲しい霧雨が降った。巡回のさいに、ポールがライラックの花束を持ってきてくれた。「すごくふさぎこんでいたね」彼は言った。「最近レミーから連絡は?」

わたしはポケットから封筒を出して、高価なリネンのように、いちばん最近の手紙を広げた。

親愛なるオディール
ハッピー・イースター! オディールのことを考えている。『ヴィレット』をありがとう。ブロンテが親友のように思えてきたよ。
ぼくたちは農場で働かされている。先方の男たちは東部前線で闘っているから、ここにいるのは大半が女性と老人だ。ぼくたち捕虜は町まで走っていって、地主がぼくたちのことを見て、丈夫そうな働き手を選ぶんだ。
仲間たちは、できるかぎり妨害活動をしてる——なんといっても、農場主は敵なんだからね。オディールにマルセルを会わせたいよ。おばあさんが彼を納屋に連れていって、乳しぼりをさせるつもりでバケツを押しつけた。彼は井戸で水を汲むときみたいに、尻尾を引っ張った。雌《め》牛《うし》は驚いて彼を蹴った。今、彼は兵舎でぼくと一緒に寝てる。おばあさんのげんなりした顔を見られたから、あばら骨の二、三本を折る甲斐はあったと言ってるよ。

愛をこめて
レミー

彼は、わたしがするのと同じように、わたしにはいい顔を見せていた。

「どうしたの？」ポールは訊いた。

「何から話そうかしら？　ビッツィのアパルトマンに、ドイツ兵が一人宿泊しているの。弟さんの部屋で寝ているんですって。とても耐えられないことだわ。昨日、仕事のあとで、ビッツィは児童室で泣いてた。慰めるべきか、見なかったふりをするべきか、わからなかったわ。ビッツィにもプライドがあるでしょう。ムッシュー・ド・ネルシアとミスター・プライス＝ジョンズはまだ口を利かない――戦争で二人の友情が壊れたのは悲しいことだわ。ミス・リーダーのことも心配よ、日ごとに痩せて――」

「少なくとも、きみには尊敬できる上司がいる」

彼は悩んでいるようだった。わたしは彼を両腕で抱きしめて、五分間でも戦争を忘れさせてあげたかった。でもマダム・シモンの穿鑿《せんさく》好きな目が気になった。ポールとわたしは、いつかは二人きりになれるのだろうか？


カタツムリの階段から、コーエン教授がキーを打つ音が聞こえた。今回もいつもと同じように、踊り場にタイプライターのインクリボンのにおいが漂っていた。憂鬱《ゆううつ》な気持ちだったのに、教授が戸口に現われたら笑ってしまった――タキシードの上着を着ている。

「どうしたんですか？」わたしは訊いた。

「登場人物の気持ちになろうとしているの。だから夫の服を着てみたの」

「効果はありますか？」

「わからないけど、面白いわ」

教授の向こうに見える本棚は、半分ほどが埋まっていた。ビッツィ、マーガレット、ミス・リーダー、ボリス、そしてわたしが自分の持っていた本を持ちこんだし、教授の友人たちもそうした。タイプライターの横の原稿の山も大きくなっていた。

「何かニュースは？」教授は訊いた。

わたしはため息をついた。「わたしはレファレンス専門の司書になりました」

「それはいいことじゃないの？」

「前任者が合衆国に帰ったんです。こんなふうに昇進したいとは思っていませんでした。ずっと定期刊行物の部屋にいても、同僚がいるほうがよかったわ」

「人間が勝手に予定を立てても、神さまは笑っているだけよ」教授は言った。「お茶でもどう？　それにふさわしい盛装をして？」

わたしたちは寝椅子に座って、膝にカップをおいてお喋りをした。教授はタキシード、わたしは首に蝶ネクタイをして。シルクの布地に触れた。それだけで気分がよくなった。

毎週コーエン教授を訪問するのは、わたしの仕事、わたしの生活の大きな歓《よろこ》びの一つになった。教授は執筆中の作品を読ませてくれさえした。図書館が舞台になっている場面もあった。どの章もウィットに富み、洞察に満ち、教授らしかった。教授はすべての分類を合わせた中で、わたしのいちばん好きな作家になった。

パリ

一九四一年五月十二日

警部どの

なぜ隠れ住んでいる無申告のユダヤ人たちを捜さないんですか？　コーエン教授の住所はブランシュ街三十五番地です。彼女はソルボンヌ大学で文学とやらを教えていました。今では学生たちを自宅に招いて講義をし、同輩や学生、特に男性とはしゃいでいる様子――あの歳でね！

外出するとき、ひらひらした紫色のケープを着て頭にクジャクの羽根を挿しているので、一キロ先からでもその姿がわかります。あのユダヤ女に洗礼証明書を、パスポートを見せろと言えば、彼女の宗教が書いてあるでしょう。善良なフランス人男女が働いているあいだ、あの女性教授はぶらぶらして、本を読んでいるのです。

わたしの指摘したのは事実です。あとはそちらにお任せします。

知っている者より

第二十四章

オディール

わたしたちが住んでいる建物の貧弱な中庭で、ママは顔をしかめながら、植木箱からお気に入りのシダを引き抜いた。その横で、ウジェニーとわたしは土にニンジンの種をまいた。ママの手伝いをすると、自分が必要とされているような気持ちになる。太陽の光が気持ちよかった。

「去年、野菜を植えればよかったわね」ママは丸石の上にどうすることもできずに広げられたシダを撫でながら言った。「でも、きれいなものがあるのが好きなのよ」

「占領が続くだなんて、誰が思いました?」ウジェニーは訊いた。

「いつまでも終わらなかったらどうしましょう?」

「大戦争のときもそう言い合った。いいことには必ず終わりが来る、悪いことも同じです」

ママは田舎のいとこたちから来た、食料を送るという手紙を読んだ。手紙を読み終わって、ママは言った。「生まれてこのかた、田舎の出身を恥ずかしいと思ってた。パパの上司やその奥さんたちが夕食に来ると、いつも……パリ出身のご婦人に引け目を感じた。スモークサーモンの横に太った羊がいるみたいだってね」

「あら、オルタンスったら」ウジェニーはママの土がついた手を握った。

「でも今では、わたしの出身が役に立つかもしれない」

「ニンジンという形でね」わたしは冗談を言った。

た。

ママが、クエスチョン・マークのように丸まっている小さなシダをつかめるだけつかんでついてきた。

くすくす笑いながら、ウジェニーとわたしは植木箱を持って階段を上がり、窓辺の棚においた。

「どうして羊だなんて言ったの？」ウジェニーは悲しそうに言った。「お腹が空いちゃったわ」

「夕食のことを考えましょう」ウジェニーは言った。「ポールを呼んだら？」

「食事じゃなく、話し相手のつもりで来てもらわないと」ママは言って、少し水を入れたグラスにシダを差した。「またルタバガでしょう」

「今回は焼いたのよ」ウジェニーが明るく言った。

食事のあと、ママがライティング・デスクを整理するふりをしている傍《かたわ》らで、ポールとわたしは寝椅子に座っていた。自由に話せないので、わたしは彼に『無垢の時代』（イーディス・ウォートン著）の一ページを見せた。体が触れ合うくらいに近づいて読んだ。〝別れていたあいだ、わたしはあなたと会うのを楽しみにしていた、想いは激しい炎のように燃え上がった。でもそこへあなたが来た。あなたは覚えていた以上にすてきで、熱望しながら待つ時間をはさんでときどき一、二時間会うぐらいではとても足りないほどあなたを求めている〟

ウジェニーが来て、ママの手を引っ張った。「さあ、少しは二人を楽しませてあげなさい」

「結婚したら、好きなだけ〝お楽しみ〟ができるわ」ママは答えた。

「お父さんはどこに？」ポールはわたしとの会話を公開できるものに戻した。

「まだ仕事よ。夜ファイルを抱えて帰ってくるけど、わたしたちには何も言わない。目の下の隈《くま》を見ると……」

「きみはみんなの心配をするけど、ぼくはきみのことが心配だ」と、ポールは言った。彼は一年間も、特別な贈り物を温めていたと説明した。

「なんなの？」

「明日、キャバレーに行こう」

「キャバレーですって！」ママは息をのんだ。

「ほかに何十人もお客さんのいるところよ」ママは息をのんだ。

わたしはポールの首に抱きついた。音楽！　シャンパン！　見張りはなしで！　わたしたちは徹夜で踊ることだろう。パーティー好きは夜間外出禁止令を言い訳にしてキャバレーに一晩じゅういて、夜明けとともに帰るのだ。

「心配事がなくなるわけじゃない」ポールは言った。「でも数時間は楽しめるはずだ」

ウジェニーがなだめるように言った。

翌日の夜、ママは瑞々《みずみず》しいシダをわたしの髪に差し、ポールはコーデュロイのスーツを着てそわそわしていた。キャバレーで、ポールとわたしはシャンパンを飲んだ。ブラジャーとブルマー姿の豊満な踊り子《ダンスーズ》が舞台で体をゆすって、時おり胸の谷間を見せている。わたしは皿の上の鶏の胸肉のほうに興味があった。手にしたナイフとフォークが震えた。どんな種類であれ、肉というものをしばらく食べていなかった。それを持ち上げて、しっとりした肉にかぶりつき、骨に沿って舌を走らせた。ソースを一滴でもナプキンに吸わせるのがもったいなくて、指を舐《な》めた。夕食後、ダンスフロアでカップルたちに囲まれて、ポールとわたしは身を寄せ合った。

夜明けとともに、道楽者たち——満腹で眠い——がキャバレーをあとにした。ポールとわたしは人気《ひとけ》のない通りを歩いていき、結婚予告が貼り出してある市役所の前を通り過ぎた。〝パリのマドモアゼル・アンヌ・ジュスランはショレのムッシュー・ヴァンサン・ド・サン＝フェルジューと結婚する〟

「ひとが結婚するのを見るのは奇妙な気分だわ」わたしは言い、とても遠くにいるレミー、そして一人で夜を過ごしているビッツィのことを思った。

「人生は続くんだ」ポールはわたしを見詰めた。

もし彼の一存で決まるのだったら、わたしたちはすでに結婚していたかもしれない。わたしはポールを引っ張って、モンマルトルの曲がりくねった道を進んだ。太陽が昇るころ、わたしたちはサクレクール寺院の階段に腰を下ろした。彼の両腕に抱かれて、わたしはオレンジとピンクの雲が花開くのを見詰めた。

「最初から、あなたがほかとはちがうとわかったわ」わたしは満足して言った。

「レミーのことを弁護したでしょう、わたしが仕事に就くのにも賛成だった」

「どうして?」

彼はわたしをさらに抱き寄せた。「きみが独立心旺盛なのが嬉しいんだ。救いだよ」

「救い?」

「ぼくは父が出ていってから、ずっと母の世話をしてきた」

「あなたはまだ小さかったでしょう!」

「子どものころ、帰宅したときに母がどんな状態かわからなかった——酔ってるか、泣いてるか、半裸でどこかの男といるか。その後、ぼくは学校を辞めて、就職しなければならなかった。稼いだ大半は母に送った。正直いって、父が出ていった理由がわかったよ」

「ああ、ポール」

彼は体を離した。

「もっと話しましょう」

「ご両親を心配させたくない」

家までの道々、彼はよそよそしい様子だった。わたしは二人のあいだにできた距離を埋めたかった。暗い踊り場で、わたしは彼を抱きしめた。彼の心臓の鼓動が聞こえ、重ねられた唇の感触、口の中に広がる彼のシャンパンの味に酔った。わたしは両手で彼の体をまさぐり、彼はわたしの頬、首筋、胸元にキスをした。二人で演じる優しくも荒々しい魔法に我を忘れ、わたしは全身で、そしてみずからの中に彼を感じたかった。二人の関係に、新しい章を書くときが来た。

わたしは彼のネクタイを緩めた。「お願い」

「本当に？」彼は訊いたが、もうすでにベルトのバックルを外していた。

手の下で彼が震え、彼の低い呻《うめ》き声を聞き、彼がわたしに対してするのと同じ影響をわたしも彼に及ぼしていると知るのは、とてもいい感じだった。足を彼のふくらはぎから膝へと動かした。彼はわたしの太腿《ふともも》をつかみ、体ごとわたしを引き寄せた。二人の舌が合わさり、こすれあった。彼はわたしの両脚を腰に回させた。全身に血が駆け巡った。

「オディール、あなたなの？」ドアの向こうで、ママの声がくぐもって聞こえた。

ポールはわたしをゆっくりと下ろした。欲望がおさまらず、ハイヒールの足元が揺らいだ。彼は片手でわたしを支え、もう一方の手でワンピースの裾《すそ》を下げた。わたしは体が痛かった。これで終えたくなかった。情熱がわたしを向こう見ずにし、わたしはその感覚が気に入った。

玄関のドアが大きく開いた。「鍵を忘れたの？」ママは訊いた。

「二人だけになる方法を見つけて」わたしはポールに囁いた。腫れた唇をこすった。わたしたちが冒したリスクは……。


図書館で、わたしはバンドが演奏していたバラードをいいかげんにハミングしながら、上着を掛けた。お腹はいっぱいで、体はまだ歌っていた。ビッツィが——物悲しい雰囲気を身にまとって——入ってきたとき、わたしはすぐに真顔になった。

ビッツィはわたしの苦悩を察知した。「どうしたの？」

「なんでもないわ」わたしはビッツィと目を合わせられなかった。

「何かあるでしょう」

「レミーがいないのに、わたしが人生を先に進めるのは公平じゃない」

「人生が公平なものだなんて、誰が言ったの?」ビッツィは穏やかに言った。

「レミーが不幸でいて、あなたも不幸なのに、どうしてわたしだけ幸せになれるの?」

「あなたとポールが結婚を見合わせてないといいんだけど」

わたしは彼女を見た。「ポールはそれとなく言っていたわ……」

「あなたの幸せは、レミーを犠牲にしたものじゃない。あなたとポールはお似合いのカップルよ」

「本当にそう思う?」

「ええ」

ビッツィが身を翻して児童室へ向かったとき、彼女の頭に巻かれた三つ編みが、光輪のように見えた。

彼女を追いかけていこうとしたけれど、その前にボリスが配達するべき本の束を持ってきた。コーエン教授の家に行く途中、街角で花売りの少女の前を通った。お喋りをしているとき、教授がときどき、空のクリスタルの花瓶を寂しそうに見るのに気づいていた。教授を元気づけたくて、わたしは花束を買った。

紫色のグラジオラスを渡すと、教授は顔を輝かせた。食器棚から水差しを一つ取って、花を飾った。

わたしは花瓶を指さした。「どうしてあれを使わないんですか?」

「あれには何も差したことがないの」

「どうしてですか?」

「三番目の夫の両親の家に初めて連れていかれたとき、日曜日の昼食が延々と続いた。わたしはちょっと休憩したくて、部屋から出た」

「わかるような気がします」

「部屋に戻ったとき、彼のお母さんがわたしを批判していたのよ。〝冷たい感じだわ。知的過ぎる。歳を取っていて、子どもを生めないでしょう〟彼がそれに答える前に、わたしはみんなに、もう失礼すると言った。翌日、彼はこの花瓶を持ってわたしの仕事場に来たの。それを見てわたしを思い出したと言ったから、わたしは答えた。〝冷たくて堅くて、空っぽってこと？〟」

「彼はなんて？」

「これは美しい作品だって。命にあふれ、なおまだ多くを受け入れる。それだけで完璧だって」

教授がその男性と結婚した理由がわかった。

「図書館はどんな様子？」教授は訊いた。

教授が口にしなかった質問が聞こえた。〝ユダヤ人はもう教鞭をとれない、だからわたしは失業したのを知ってるかしら？　みんな、気にしているかしら？〟

「ムッシュー・ド・ネルシアとミスター・プライス＝ジョンズが、今日の午後に来るそうです」わたしは言った。

教授ははっと首を立てた。「一緒に？　仲直りしたの？」

そうなのだ。先週、よそよそしくしていることにうんざりして、フランス人のほうからミス・リーダーに仲裁を頼んだ。

「〝女性館長は素晴らしかった〟」ミスター・プライス＝ジョンズはわたしに言った。「〝わたしたちは、誰も彼女にはかなわない〟」

「彼女がこうと決めたら」ムッシュー・ド・ネルシアがつけ足して言った。「図書館全体が、それに従う」

　ふたたび、閲覧室に二人の口論が響きわたるようになった。

「合衆国が参戦するだろう！」

「アメリカ人は孤立主義だ。きっと関わり合わない」

　二人の言い争いを、いかに恋しく思っていたことか！

「仲直りして嬉しいわ」わたしの机に挨拶しにきたムッシュー・ド・ネルシアに、わたしは言った。

「まあ、あいつの〝靴〟を履いてみたというわけだ」

　わたしは諺《ことわざ》を聞いて微笑んだ。フランス語では、靴ではなく〝肌〟という単語を使って表わす。

「先に一歩を踏み出すのは辛かった？」わたしは訊いた。

「友人を失うほうが辛かっただろうさ」


　レファレンス室で、登録者たちが列をなし、わたしは〝ホミニーはどうやって作るの？〟から〝あそこの女性に、大声で喋るのをやめろと注意してくれますか？〟まで、さまざまな質問に答えていた。自分の番になって、近づいてきたとき、ポールもまた質問を用意していた。「昼食に出られるかな？」

　わたしの視線は児童室のほうへ動いた。ポールとわたしは一緒になっていいのかもしれない。ビッツィがそう言った。彼女の祝福は、どの司祭の祝福にも優った。

　モンソー公園の近くの、大使館が多いことで知られる高級な地区で、ポールはわたしを堂々たる石灰岩の建物に連れていった。

「どこへ行くの？」わたしは大理石の階段をのぼりながらたずねた。

　彼はにやりと笑った。「まあ見てろよ」

三階で、彼はマーガレットの家よりも広いアパルトマンのドアの錠を開けた。帯でまとめられたビロードのカーテンが背の高い窓を引き立てている。陽光の中、シャンデリアのプリズムが輝いた。

「誰が住んでいるの？」わたしは気圧《けお》されて、小声で訊いた。

「多分、自由地区に逃げた裕福な実業家だ」

「どうやって鍵を手に入れたの？」

「ぼくたちと同じ状況の仲間がいる。彼は恋人とここで会ってるんだ」

ロマンティックな密会のためのアパルトマン！

ポールはわたしの首に鼻を押しつけた。「愛してる」彼は言った。「きみのためならなんでもする、なんでもだよ」

わたしはこれを何よりも望んでいたけれど、怖くもあった。これで何もかも変わるのではないか、痛いのではないか。愛を交わすことで二人が永遠に結ばれること、結ばれないことが怖かった。

「ぼくも初めてなんだ」彼は言った。

わたしの目を覗きこんで、彼は答えを待った。

わたしは彼の頬を愛撫した。「あなたが欲しい」

わたしのワンピースのボタンをはずす、彼の指が震えていた。体をあらわにして見せるのはすばらしいことだった。ママが入ってくるのを心配せずに彼と会うのはすばらしいことだった。彼はわたしの、くたびれたシルクのストッキングを愛撫した。「なんてきれいなんだ《ク・チュ・エ・ベル》」彼は言って、わたしを寝椅子に横たえた。

わたしは両脚を上げ、彼はゆっくりと滑《すべ》りこんできた。最初は痛かったけれど、ポールを見詰めながら、相手が彼でよかったと思った。中で彼が動いたとき、それに合わせてわたしの腰が上がった。このときばかりは、頭で小さなことを分析するのをやめた。

のちに、彼の体にもたれて横たわり、なぜ書物の中ではこの部分を飛ばしているのだろうと考えた。完璧だと感じた、いやそれ以上に――正しいことだと感じた。ポールと一緒にいるのが、夢のようで、大切で、正しいと思った。

ポールが身動きした。わたしは頭を上げ、周囲を見回した。廊下の先には何があるのだろう。裸のまま、わたしは寄木の床を温める陽光をまたいで先へ進んだ。ポールがついてきた。最初のドアの向こうは、立派な机のある書斎だった。いちばん上の引き出しにあった凝《こ》った万年筆のコレクションは、いかにもレミーが好きそうだった。

「どうして宝物を持っていかなかったのかしら?」わたしは訊いた。

「戦争が起きたとき、みんな大慌てで街を出ていった」

あの恐ろしい日々を思い出したくなかった。わたしはすべての疑問をそこに残し、ポールを引っ張ってその部屋を出た。左側のドアはピンクの内装の私室で、そこの四柱式寝台に二人で乗った。恐る恐る、片方の脚から反対側へ体重を移してみたあと、跳ね始めた。上下に飛び跳ねながら、わたしたちは子どものように笑った。先にポールが、急に真顔になって飛ぶのをやめた。彼のまなざしはわたしを称賛するようで、そんなふうに見られるのが嬉しかった。

息を切らしてわたしはベッドの上で倒れ、上掛けの下にもぐりこんだ。彼もこの心地よい天国についてくるとわかっていた。ポールは脚を絡ませて、わたしの髪の毛に顔を押しつけて囁いた。

「ここはぼくたちの家だ」

暖かいベッドから出て、わたしたちはつるつるした寄木の床を滑るように居間に行き、もどかしく脱いだまま山積みになっていた服を着た。ポールが懐中時計を見せた。「大きすぎる入れ歯をした口やかましい女史が遅すぎると文句を言い始める前に、戻ったほうがいい」

「必ずまた来させてね」ドアを閉めながら、わたしは言った。

わたしの後《おく》れ毛を耳の後ろにかけながら、ポールは言った。「きみが望むなら、毎日でも」わたしたちは図書館の前で、しばらく立っていた。「中に入るわね」わたしは震える声で言った。今まで眠っていた体が、はっきり目覚めたような気分だった。瞬《まばた》き、呼吸、鼓動の一つ一つを意識した。わたしの中の変化を、誰かに気づかれるだろうか。

第二十五章

オディール

貸出デスクには誰もいなかった。おかしなことだ。ボリスが持ち場を放棄したわけではあるまい。閲覧室に行ってみると、常連の登録者たちがじっと座っていた。誰も話さず、読んでもいない。マダム・シモンに、ボリスを見かけなかったかと訊いた。彼女はかぶりを振り、わたしが昼休みから五分遅れて戻ったのを叱責《しっせき》しもしなかった。

何かが恐ろしくまちがっている。わたしは図書館の中を走り回った。レファレンス室には誰もおらず、児童室も同様だった。ミス・リーダーの部屋には鍵がかかっていた。〝晩年〟の部屋は空っぽだった。ようやく、控室にビッツィがいた。部屋の隅で、膝をかかえてうずくまっていた。

わたしは彼女の前に膝をついた。「レミーに何かあったの？」

「いいえ」彼女は寄木の床を見詰めている。

「弟さんのこと？」

彼女はわたしを見返した。紫色の目は、悲しみに濡れていた。「ミス・リーダーが国を離れると発表があったの」

本当ではあるまい。

「彼女、ボリスと一緒に旅行許可証を取りにいったわ」ビッツィはさらに言った。

「ずっと留まっていたのに、どうして今になって？」わたしは訊いた。

「ニューヨークの理事たちから、すぐにフランスを離れろと命じる電報が送られてきたの。彼らの考えでは、アメリカが参戦するのは時間の問題で、そうしたらミス・リーダーは敵性外国人として逮捕されるんじゃないかと心配だって」

わたしはビッツィの横に座りこんだ。ちょっと覗いて助言を求められるような隣室に女性館長がいない日々など、想像もできなかった。ミス・リーダーはわたしに成長するチャンスを与えてくれた。お説教を聞かされたわけではない。彼女はわたしが自分で学ぶはずだと信じてくれた。彼女なしで、どうしたらいいのだろう？


二日後、わたしはミス・リーダーが所持品を荷造りするのを手伝った。彼女の身の安全が何よりも大切で、こうするのが最善のことだとわかっていたけれど、わたしはできるだけ長く彼女と一緒にいたくて、ゆっくり動くようにした。引き出しの中に、スウェーデン大使やウィンザー公爵夫人などの名刺がたくさん挟まっている赤い住所録があった。わたしはそれを、彼女の書類鞄に入れた。

「合衆国では何をするんですか？」わたしはたずねた。

「家族を抱きしめて、留守にしていたあいだの出来事を聞く。その先のことはあまり考えていないわ。おそらくまた議会図書館で働くか、赤十字に問い合わせて……」

「わたしは、できれば……」

「わたしだってよ。ここを離れるのは辛いわ。この図書館を、そしてここがずっと開いていたことを誇りに思っています。でも外の世界のニュースが何も入ってこなくて——自分の家族からでさえ何もないと……」涙が光り、彼女は個人的なコレクションの荷造りに戻った——家から持ってきたお気に入りの本、崇拝者から贈られたサイン入り初版本、そしてフランス語の本も何冊か。

リルケが去り、コレットが去り、本が箱詰めされたら、今度はミス・リーダーが去ることになる。

空になったミス・リーダーの棚を見ているのは辛かったので、わたしは机に注意を向けた。いちばん下の引き出しには手紙類が入っていた。ミス・リーダーがすぐそばに立っているのに盗み読むべきではないとわかっていたが、彼女のしっかりした、美しい曲線を描く文字を見て、どうしても我慢できなくなった。それは〝ママとパパ〟への手紙だった。

一日より先の予定が立てられず、未来に何が待っているのかわかりません。それでも、わたしたちの図書館はずっと続いていくような気がしています。様々な障害を考えると、わたしたちはよく仕事しているほうだと思います。仕事に出る前に、食料を手に入れるための列に並ばなければならないのは容易なことではありません。服や靴、医療品に至るまで、どんなものも手に入れるのがとても大変です。暖房も、温水も使えません。そして何もかもが高価です。行列を見たら、心が沈みます。石鹼もない――お茶もない――とにかく何もありません。厳しい締めつけは功を奏しています――確かに、とても穏やかな形でですが――でも大変――ああ、とても大変です……。

でも心の問題に比べたら、物質的な苦難は小さく見えます。図書館でもそれなりに他と同じ苦難がありますが、自分自身の建物で自分自身の職員のあいだで起きると、ずっと心に重く感じますね。いつか、お話ししたいと思います。

愛をこめて
ドロシー

この手紙は自分がレミーに書いたものを思い出させた。占領下の厳しい真実に満ちていて、わたしはそのような手紙を、自分の棚のかび臭い古典のあいだにしまいこんだ。ミス・リーダーが両親に対してしたように、わたしは彼を保護したかった。わたしたちが口にしないことがたくさんあった。

「あなたと一緒に働けてよかったわ」ミス・リーダーは言った。

「そうですか?」

「言葉を口に出す前に考えるようにすると、約束してちょうだい。あなたはデューイ分類法を記憶したかもしれない、でも言葉を慎むことができないと、知識が無駄になる。あなたの言葉には力があるわ。特に、今のような危険な時代にはね」

「約束します」

荷造りが済んだとき、ドクター・フックスの電話番号の書いてある紙だけが残った。「彼は昼でも夜でも電話していいと言っていた。あなたにこれが必要にならないことを願っているわ」

送別会で、伯爵夫人は自分の使用人にワインを供させたけれど、常連の登録者たちは進んで飲む気になれないようだった。

「女性館長の後任は誰なんだろう?」ミスター・プライス゠ジョンズが訊いた。

「オディールだ」ムッシュー・ド・ネルシアが言った。

「彼女では若すぎるわ」マダム・シモンが、入れ歯を鳴らしながら言った。「理事会が許さないでしょう」

「もしかしたら、その仕事をボリスに任せようとするかもしれない」ミスター・プライス゠ジョンズは言った。

「ロシア人がアメリカ図書館の舵《かじ》取りを?」マダム・シモンは言った。「事実を見て。図書館は閉まるんだわ」

「乾杯しましょう」伯爵夫人は、陰鬱《いんうつ》な雰囲気になるのを止めようとして言った。

わたしたちはグラスを上げた。

ミス・リーダーはやつれていたけれど、微笑みは明るかった。「皆さんに乾杯、とても名誉なことだったわ。わたしが献身的に尽くし、深い愛情と敬意を持っていたことは、言う必要もないわね」

「いちばん楽しかった日々だけ覚えていてください」ボリスは言って、わたしたちからのプレゼントを手渡した。中にエッフェル塔のあるスノーボールだ。ミス・リーダーがそれを振ると、金色のフォイルの欠片《かけら》が踊った。

マーガレットとビッツィとわたしは脇に立って、登録者たちが女性館長に挨拶するのを見守った。マーガレットは真珠のネックレスを引っ張った。彼女はロンドンの家族と連絡が取れず、ドイツ軍によるロンドン大空襲で家族がどうなったかわからなかった。ビッツィはエミリー・ディキンソンを胸にしっかりと抱えていた。ドイツ兵が彼女のアパルトマンに滞在していて、彼女は家でも戦争から逃れられない。

明日、ミス・リーダーは占領地区を出て、自由地区を経てスペインへ、そしてポルトガルへ行き、そこから遠洋定期船でアメリカへ行く。わたしはレミーを、ビッツィの弟のジュリアンを、その他の戦争の捕虜たちのことを想った。イギリス人に生まれたことが罪である、陽気なミス・ウェッド。カナダ人の目録係、厳しいミセス・ターンブル。ヘレンとピーター。そして今、ミス・リーダーが、世界の果てへ。八二三。『そして誰もいなくなった』。

第二十六章

リリー
モンタナ州フロイド、一九八六年八月

オディールの棚を見るたびに、ちがった本が話しかけてくる。明るい色の文字で書かれた題名が魅力的に見える日もある。分厚い本が、読んでくれと迫ってくることもある。今日の午後は、エミリー・ディキンソンに名前を呼ばれた。ママは、その詩の一つが好きだった。わたしが覚えている一節は、〝希望とは、魂にとまった、羽根のあるもの〟薄い本の中に、〝パリのアメリカ図書館INC、一九二〇年〟という蔵書票があり、とても広い水平線よろしく開かれた本の上に太陽が昇る絵が描かれていた。本はライフル銃の上に、それを隠すようにしておかれている——知識が暴力を抑えこんでいるのだ。ページをめくると、あいだに挟まれていた白黒写真が床に落ちた。

郵便物を取りにいって戻ってきたオディールが、それを拾った。「これはママ、パパ、レミーとわたしよ」

オディールの父親は立派な口髭《くちひげ》をたくわえていて、厳格そうに見えた。母親はその真後ろに立っていて、恥ずかしがり屋のようだった。オディールと母親はワンピースを、男性たちはスーツを着ていた。

「お父さんは実業家だったの？」

「いいえ、警察署の署長だった」

わたしはにやりとした。「あなたが図書館の本を盗んだのを知ってた？」

オディールは笑わなかった。「父はわたしが泥棒だと知っていたわ」

それはどういう意味か知りたくてたまらなかったけれど、訊こうとしたときに電話が鳴った。甲《かん》高《だか》い切羽詰まった声を聞く前から、エレナーからだとわかった。「リリーはお邪魔してるかしら？ ちょっと手が必要で……」

「今日のフランス語のレッスンはここまでね」わたしは言った。本に写真を戻しながら、ほかにも何枚かあるのに気づき、わたしはこのままここにいたいと思った。

「赤ん坊はまだ疝痛《せんつう》なの？」

「そうよ《メ・ウィ》」

もう二ヵ月になるだろうか、誰も睡眠を取れていなかった。悪いことに、赤ん坊は乳を吸わなかった。看護師は、エレナーが緊張すればするほど、ベンジーが〝飲む〟のにも時間がかかると言った。パパは仕事に出ているから、わたしがエレナーの世話をして、ジョーにげっぷを出させたときのように彼女の背中を叩いた。

一年も歳が離れていない男の子たちは、二人ともゴム製のパンツの下に布のおむつをしていた。エレナーはわたしに、おむつを替え、ウンチで汚れたものは下洗いしてから洗濯機に入れるという手順を教えた。みんなが使い捨てのおむつを使うのに、なぜ彼女が布にこだわるのか、わたしには理解できなかった。苦労をするほど愛が深まるとでも思っているのだろうか。

エレナーはキッチンにいた。室内の温度は三十二度もあった。彼女の顔から汗が流れ落ち、ベンジーは彼女に抱かれて泣き叫んでいた。

「どうして泣き止まないの？ わたしのせい？」エレナーは泣きながら言った。彼女は赤ん坊と同じくらい泣いた。

「今日は、何か食べた？」わたしはにおいを嗅いで、ベンジーのおむつを替える必要があるかどうか調べた。大丈夫そうだった。エレナーは大丈夫ではなかった。「シャワーは浴びた？」

エレナーは、わたしがペルシャ語でも喋《しゃべ》ったかのように、ぽかんとした顔をした。わたしは片手で三つの卵を炒《い》り、空いているほうの手でベンジーを抱いて揺すった。エレナーがオムレツを食べているあいだに、わたしはよだれ掛けでベンジーの洟《はな》を拭いた。

仕事から帰ってきたとき、パパはパパにできる唯一のことをした。扇風機をつけて、エレナーに向けたのだ。彼女の愚痴《ぐち》を聞いたあとで、グランマ・パールに電話をし、翌日グランマ・パールがやってきた。「ここはひどくにおうわね」グランマ・パールは言って、赤ん坊用の哺乳瓶とゴム製乳首の入っている段ボール箱をカウンターにおいた。

「粉ミルクをあげるの？」エレナーは抗議した。「ひとにどう思われるかしら？」

グランマ・パールはエレナーに休んでいろと言った。わたしは本の陰でひそかに笑った。グランマ・パールが休めと言ったら、それは彼女が、言った相手から休みたいと思っているという意味だ。エレナーは着古したピンクのバスローブのベルトを締めなおし、居間に移動した。グランマ・パールは調合乳を用意し、乳首をつけた。居間に行き、それをエレナーに突き出した。「さあ、赤ん坊に飲ませなさい」

「だけどブレンダは母乳をあげていたのよ」

「自分を幽霊と比べるのはおやめなさい！」

「お母さん！」エレナーはわたしのほうを、手で指し示した。

ディスパレートルは、もはや目に見えない、存在しなくなるという意味のフランス語だ。わたしはこのフランス語をショールのように身にまとい、庭で土を掘り起こしているオディールに会いにいった。オディールは背を伸ばし、上っ張りで両手を拭いた。「こんにちは《ボンジュール》、リリー。元気かし《コマン・サ・》ら《ヴァ》？」

　オディールは、わたしが元気かどうか訊く、唯一の大人だった。他はみんな、弟たちのことを訊く。

「〝幽霊〟って、なんて言うの？」

「ル・ファントムよ」

「〝寂しい〟は？」少し前に習った単語だったけれど、今また必要になった。

「トリストよ」オディールはわたしを抱きしめた。「学校は明日から？」

「うん。メアリー・ルイーズと同じクラスを履修してるの」

「親友と一緒の時間を過ごすのはすてきなことね。わたしも、どれほどそんな時間が懐かしいか」

オディールは土から掘り出したリーキを籠《かご》の中に入れた。彼女の表情は〝トリスト〟だった。

「フランス語のレッスンをする時間はある？」わたしたちは同時に言った。

　空港、アナエロポール。飛行機、アナヴィオン。舷窓《げんそう》、アン・ユブロ。フライト・アテンダント、ユノテス・ド・レール。つまりは空の女主人。わたしたちの机であるオディールのキッチンのテーブルで隣り合わせに座り、わたしは単語を書いた。いつもは、〝歩道〟〝建物〟〝椅子〟のような日常的な単語を習う。

「どうして旅行についての語彙《ごい》を教えてくれるの？」

「それは、リリー、あなたに飛んでもらいたいからよ」

　夕食の時間、エレナーがテーブルにミートローフを出すとき、グランマ・パールはまるで餌をつつく鶏《にわとり》のように、エレナーのあとをついてまわって彼女をつっついた。「あなたがちょっと昼寝をしたからといって、全世界が止まるわけじゃない。シャツは一枚しか持っていないの？　最後に髪の毛を洗ったのはいつ？　プライドはどこへやったの？」

エレナーはコーンのクリーム煮を、音を立ててテーブルにおいた。「お母さん！」

こんなとき、わたしはエレナーが自分より十歳しか年長でないことを思い出す。

「それに、あなたのお友だちはどこにいるの？」グランマ・パールは続けた。「どうして手伝ってくれないの？」

「リリーが、ブレンダは何もかも自分一人でやっていたと言うの」

「どうしてリリーがそんなことを覚えてるの？」

エレナーは母親のほうを向いた。「リリーは嘘をつきません！」

わたしは顔が赤らむのを感じた。「じつをいうと――」

「嘘をついてるとは言ってないわ」グランマ・パールは慌てて言った。「でも言わせてちょうだい、子どもが三人いる母親には手助けが必要よ」

「わたしは一人でできるわ」エレナーはメアリー・ルイーズの姉のエンジェルのような、すねた口調で言った。

いつものように、パパは夕食の二分前に仕事から帰ってきた。わたしたちは黙って食べ、ベンジーの泣き声だけが部屋に響いた。エレナーは食前のお祈りさえ言わなかった。

エレナーとグランマ・パールが男の子たちを風呂に入れているあいだ、わたしは皿を洗い、玩具《おもちゃ》を片づけ、洗濯ものをたたみ、学校が始まるまでの時間を数えた。

一週間、グランマ・パールは料理をして、エレナーに、既製の離乳食を使っても誰も死んだりしないと説いた。ビュイックに乗りこむ前、彼女はエレナーに、「あなたはリリーにずいぶん負担をかけてる。ほかに誰か手伝ってくれるひとはいないの？　あの親切なオディールは？」と言った。

エレナーは腕を組んだ。「なんでもわたし一人でできるわ。それに、リリーは家族ですもの」

彼女はわたしを家族だと思っているのか？　急に、手伝いがさほど重荷ではなくなった。それでも、メアリー・ルイーズの声が、まるで彼女がすぐ横に立っているかのように聞こえた。「エレナーはあなたのことを奴隷か何かみたいに使ってる。本当の娘を、そんなふうに扱う？」

地理の時間、わたしたちは、政府が夫婦は子どもを一人しかもうけてはいけないとした中国について習った。どれほどエレナーが疲れているかを見ていると、悪い政策だとは思えなかった。「中国では女の子は重要視されません。両親は、畑で働ける男の子を欲しがります」ミズ・ホワイトはだらだらと話した。なぜか、地元の農場の地域社会でも同様であることに気づいていない。

「共産主義国について教えてくれるのは、それがひどいってことだけだって、気づいてた？」メアリー・ルイーズは囁《ささや》いた。

「うん、フロイドはすばらしいみたいにね」

中国でなら、わたしだけで充分なのだった。そのうえわたしが男の子だったら、パパは運転の教習を受けさせてくれただろう。わたしはすでに車を運転していたはずだ。すでにここを去っていた。教師はだらだら喋り続け、わたしは一瞬のつもりで頭を伏せた。頬が冷たい机にくっついた。うちは中国だ。風呂に入っているところを想像した。父とエレナーに肩を押さえつけられて、水中に沈められて、命が染み出ていくところを想像した。

「リリー？」メアリー・ルイーズが背中を叩いた。

わたしは目が覚めた。ほかのみんなは教室から出ていこうとしている。

「ベルが聞こえなかった？」

欠伸《あくび》をして口を手で押さえると、顎がよだれで汚れているのがわかった。

「ロビーのことでも考えて、よだれを垂らしてたんでしょう」ティファニー・アイヴァースが、出ていきながら言った。

わたしは祈るような気持ちになった。お願い神さま、彼に見られていませんように！

「彼女のことは無視しなよ」メアリー・ルイーズは言った。「うちに来る？」

「エレナーの手伝いで、子守をしなくちゃならないの」

「金曜日は？　前みたいに、泊まりにこない？」

ぜひそうしたかった。本当に。「無理よ」

重い足取りで家に帰った。おむつを替えなければならないし、起き上がりこぼしの人形がリノリウムの床じゅうに地雷のように散らばっている。もちろん《ビアン・シュール》、ベンジーは泣きわめく。キッチンのテーブルで、ずっと着っぱなしの汚いシャツを着たエレナーがベンジーをあやしていて、その足元でジョーがぐずっている。わたしはジョーを抱いてやってから、カウンターの上にたまっている汚れた皿に取り掛かった。

「しなくていいのよ」エレナーは力なく抗議する。〝リリーは家族ですもの〟わたしは滅菌する必要のあるものを滅菌した。ベンジーがうとうとするまで揺すっていた。眠ってからも、この子は洟をすすっている。ベンジーをエレナーに渡し、短時間でもレッスンを受けにオディールのところへ走っていった。

　ああ、ここの静けさが好きだった。泣き叫ぶ赤ん坊はいない。散らかっているものはない。新聞はきちんと畳まれて、椅子の横の籠に入っている。本はオディール＝リリー十進分類法に従って並んでいる。そしてオディールの夫と息子の写真の入った額。

「ミスター・グスタフソンのことを教えて」

「バックのこと？」オディールは目を細くした。長いあいだ彼のことを考えていなくて、わたしが誰のことを言ったのかわからなかったみたいに。「男らしいひとだった。無骨だけどハンサムで、赤らんだ頬に不精髭が生えていた。狩りが好きで、それが呼び名になったのよ。十歳のとき、最初の鹿、角が三つに枝分かれした雄鹿《バック》を獲った。汚いその死体が、わたしたちの最初の喧嘩だった。バックは哀れなその動物の頭を炉棚の上に飾っておきたがったのよ。わたしは、自分の近くのどこにおいておくのも嫌だった」

「どっちが勝ったの？」

「あのね、リリー、それこそ若い妻としてわたしが学んだ、最初の教訓だった」彼女はテーブルから離れて、流しのほうへ行った。「ときに、自分が勝ったつもりでいて、負けていることがあるのよ。わたしはその剝製の頭を処分した――バックが仕事に出ているあいだにごみ収集人に持っていってもらったの。でもバックは、かなり長いあいだ怒っていたわ」

「あら」

「本当に、あら、よ」わたしに背を向けて、オディールは皿掛けにある皿を棚に入れた。

「どんなことを、バックと一緒にしたの？」

「息子を育てたわ」

「息子さんが大人になってからは？」

オディールはわたしのほうを向いた。「バックとわたしは、あまり共通のものがなかったの。彼はフットボールの試合に参加するのが好きで、わたしは読書のほうがよかった。でも二人とも、何気ない散歩は好きだった。ロマンティックなひとだったわ。必ずわたしのためにドアを押さえていてくれたし、手をつないだ。真夜中に、ときどき公園に行って、子どもみたいにブランコで遊んだわ」

これほどオディールが彼女の人生について話すことはなかったので、わたしは続けてほしくて、黙って聞いていた。

「彼が死んだあと、彼のものは大半を寄付したわ――道具やトラックなどをね。でも、彼のライフル銃は取っておいた。彼にとって大切な何かを残しておきたかったの」

電話が鳴った。またエレナーだった。わたしは家に帰った。夕食を作り、片づけをしたあと、わたしは勉強をするには疲れすぎていて、ジーンズをはいたままベッドに倒れこんだ。いずれにしても、オディールの教訓の前に微積分法は色褪《いろあ》せた。愛とは誰かを、そのひとを好きでもなく理解もしていなくても、そのすべてを受け入れること。


エレナーは秋の保護者と教師の面談から戻ったとき、裏のドアを乱暴に閉めた。「リリー?」彼女は大声で言った。「どこにいるの?」

居間で男の子たちの世話をしている、ほかにどこにいるというのだろう? 膝《ひざ》の上でジョーがわたしの髪を引っ張り、わたしが編んだブランケットに寝ているベンジーは、初めて自分のつま先に気づいたようだ。

エレナーが大股《おおまた》で入ってきた。「授業中に居眠りをしたって、ミズ・ホワイトから聞いたわよ。それがなぜか、わたしのせいみたいな言い方をされた。わたしは悪い母親じゃないのに! ベンジーにお乳をやるから、夕食の準備をしてくれない?」

エレナーはシャツを引き上げて、蜘蛛《くも》の巣のような妊娠線のあるたるんだお腹をあらわにした。わたしは彼女がブラジャーをはずしてひびのできた乳首を出す前に、キッチンに逃げた。あれは、一度見たらもうたくさんだ。エレナーに、こんなに信用されたくなかった。彼女にエアロビクスのテープとオディールとのお喋りに戻ってもらいたかったけれど、彼女はたいていの時間ベビー・フードを手作りするか、流しで泣いていた。「あなたは母親だけど、女性でもあるのよ」オディールは彼女に言った。わたしには、エレナーはかつての女性としての一面を捨てたように見えた。しだいに、わたしは宿題をするのもメアリー・ルイーズと出歩くのもやめた。フランス語もお終《フィ》い[二]だった。エレナーにはわたしが必要だ。ときどき、彼女は座って壁を見詰めている。「ベンジーを抱いたら?」と、わたしは言う。それとも、「見て、エレナー、ジョーの歯が生えてきた」とか。彼女はろくにうなずきもしない。

　成績表をもらったとき、わたしはどれほど事態が悪化しているかに気づいた。数学、C。英語、B。科学、C。歴史、C。〝どうしたのかな?〟ミスター・モリアーティーが赤いインクで書いていた。わたしは足を引きずるようにして帰宅した。エレナーのように、わたしもまたかつての女の子を捨てたのだろうか。

「リリー?」オディールがポーチで言った。

　わたしは歩き続けた。

「リリー、どうしたの?」オディールはわたしを彼女の家に連れこみ、成績表を手にした。

「あらあら」彼女は言った。

「行かなくちゃ、エレナーの手伝いをするのよ」

　あたりにチョコレートの香りが漂っていた。オディールはクッキーののったトレーを差し出した。寝椅子に座り、くずを服にこぼしながら、わたしは味わいもしないでそれを飲みこんだ。

　オディールは悲しそうにそれを見ていた。「家で、何がどうなっているの?」

「リヤン。何もないわ」わたしは不平を言いたくなかった。

「自分で主張しなければだめよ」

「あなたから言ってくれない?」わたしは頼んだ。

「長い目で見たら、それではだめよ。あなたは交渉術を覚えたほうがいい」

　わたしは鼻を鳴らした。「わたしの言うことなんか聞いてくれないわ」

「話してごらんなさい」

「エレナーは手一杯なのよ」

「お父さんに気持ちを話してみたら」

「パパは気にしてない」

「気にするようにさせるのよ」

「どうやって？」

「お父さんは何を望んでいる？」オディールは訊いた。

わたしはこの質問を考えてみた。「平穏無事でいることかな」

「あなたには何を望んでいるのかしら？」

ママはわたしに、大学に行ってほしがっていた。ママは行こうとしていたけれど、それをやめて結婚した。パパがわたしに何かを希望していたとしても、わたしはそれについて何も知らなかった。家ではエレナーや男の子たちが彼の注意を独占しているから、そんなことを訊いたりできない。

「もしかしたら……仕事場に行けばいいかもしれない。でも、怒られるかもね」

「怒られないかもしれないでしょう。やってみるべきよ」


翌朝、わたしは教会に行くのと同じように念入りに服装を整えた。パパになんて言おう？ 銀行までは八区画あり、誰にも学校を欠席してると見咎《みとが》められないようにと願いながら、わたしはそのほとんどを走っていった。ミスター・アイヴァースは、わたしがパパの部屋の外で行ったり来たりしているのを見て笑い、自分の父親に会う予約を取らなければならないとは、よほどの急用だろうと言った。

パパが困惑した様子で出てきた。「どうして授業に出ていないんだ？」それから震えあがって、「男の子たちに何かあったのか？」

もちろんだ。男の子たち。

「父親と娘だけのお喋りがあるんだろう」上司はくすくす笑ったけれど、パパは笑わなかった。困った様子で、自分の部屋の椅子にわたしを座らせた。

「大事な話なんだろうな」大きな机の上で、彼は両手を握り合わせた。

「わたし――あの……」

「え？　なんだ？」

相手の怒りを見て、言いやすくなった。「フランス語のレッスンやメアリー・ルイーズと遊ぶのや、宿題や読書ができなくなって残念だわ。汚れたおむつは、もうたくさん」

「エリーにはおまえの助けが必要だ」

「わたし一人で、彼女が泣いてばかりいるのを見てろというの？　彼女には、わたしができる以上のものが必要よ」

「彼女は大丈夫だ」

「心理学者のカウンセリングが必要かもしれない」

「それは頭がおかしくなったひとのためのものだ」

「鬱《うつ》のひとのものよ」

「おまえがもっと力になってやれ」

「パパは？　パパの子どもでしょう」

「わたしはここで仕事がある」

「家でも仕事をしてよ」わたしは成績表を机の上に叩きつけた。「ママが死んだときだって、優等生になったのに。わたしが子守係になって、パパはいいかもしれないけど、ママが望んでいた状態じゃないわ」

わたしが口にした真実にショックを受けたように、パパはびくりと首をそらした。

「手伝うのは嫌じゃない。本当よ。でもフランス語の勉強をしたい。大学に行きたいの」

パパは、わたしが融資を受ける資格のない人間だとでもいうように、ドアのほうに手を振った。

「学校まで送っていこう」

道中は話さなかった。わたしは窓の外を見て、これが飛行機の窓だといいと思った。オディールの言うとおり、いつの日かどこかへ飛んでいきたいと。

パパはいつも、夕食の直前、六時十分前に帰宅した。初めて、パパはそれに遅れた。エレナーはわたしに先に食べたいかと訊いた。でもエレナーは待っているというので、わたしも同じにした。ロースト肉をオーヴンに入れてあった。ダイニング・ルームのテーブルで、ジョーはわたしの膝の上で跳ね、エレナーは、不思議と泣き止んだベンジーを抱いていた。いつもだったら七時に男の子たちを風呂に入れるけれど、今夜はまだパパを待っていた。この短い平和な時間に、エレナーはいつもならパパに訊く質問をわたしにした。「今日はどんな一日だった?」

「銀行に行ったわ」

「銀行に?」エレナーは、フロイドに銀行が一つあるのを忘れていたかのように、驚いて言った。

「わたしは……」何をしたかったのだろう? エレナーは今までなかったほど真剣に、わたしを見て、聞いていた。「わたし、パパに話したかったの。大学のことをね」

エレナーは奇妙な笑い声をあげて、それから言った。「少なくとも一人は、自分の希望を言う勇気を持っていたということね」

わたしは鼻をフンフンさせた。「におわない?」

エレナーはベンジーをわたしに押しつけて、キッチンに走っていった。わたしはベンジーを腰に抱き、ジョーを脚で支えるようにして追いかけた。オーヴンから煙が漏れ出していた。

「もうだめ」エレナーは焦げた平鍋を取り出しながら、泣き声をあげた。

パパが書類鞄《かばん》を手にして入ってきた。夜の八時、よその場所では真夜中に等しい。

「遅くなるって電話できなかったの？」エレナーは怒鳴り、焦げたロースト肉をパパに投げつけた。パパは書類鞄で顔を隠すようにして、それを避けた。肉の塊《かたまり》は壁に当たって床に落ち、パパの足元まで滑《すべ》っていった。

わたしはエレナーを誇らしく思った。

「あなたはわたしに全部をやらせる」エレナーはパパに言った。

わたしは弟たちを、彼らの部屋に連れていった。

「あなたは家にいたことがない」エレナーは言った。「ブレンダのところにいるの、それともここでわたしといるの？」

ブレンダ。もう、誰もその名前を口にしない。「ああ、ママ」わたしは小声で言った。「ママに会いたい」

「どうして悲しそうなの？」ジョーが訊いた。わたしはひよこの羽のように柔らかいその髪の毛を愛撫した。

父は何か小声で言ったが、エレナーは聞く耳を持たないようだった。「どういう意味なの、わたしが仕事を抱えこみ過ぎるって？」彼女は怒鳴った。「使い捨てのおむつを買ったとき、あなたは、彼女は布のを使ってたと言ったわね。わたしは絶対に、ご立派なブレンダには追いつかない！」

「あのころは、ほかに手段がなかったんだ」父は怒鳴り返した。「なにも、おまえも布を使えと言ったわけじゃない。物事は変わったんだと思っただけだ。何もかも、おまえ一人でやる必要はない。みんなが手を差し伸べてくれたじゃないか。せっかくの申し出を断わるのはやめなさい」

沈黙。

「わたしが欲しいのは、あなたからの助けよ」

パパは土曜日に仕事を休んで男の子たちの世話をすると決め、エレナーはパンパースを山ほど買ったとオディールに話したら、彼女は言った。「意見を主張するのがどんなものか、わかったでしょう？　いつも必ず解決法が見つかるわけじゃないけど、やってみなければわからないわ」

「パパの仕事場に行ったからじゃないかもしれない」わたしはエレナーが投げたロースト肉のことを話した。

オディールは手を叩いた。「あなたに刺激されて、エレナーも声を上げたのね。すごいわ！」

オディールとわたしに何にも邪魔されない時間ができたので、わたしは写真の挟んである本をまた取り出した。寝椅子に座って、オディールの家族の写真を見た。「懐かしいわ」オディールは言って、次の写真に移った。水玉模様のワンピースを着た暗い色の髪の美しい女性が写っていた。オディールは思いがけなく友だちと出くわしたかのように、笑顔になった。「ミス・リーダーよ。図書館の上司で、わたしがいちばん尊敬しているひと」

次の写真には、ターバンを巻いた女性が、鉤十字の腕章をつけた、金縁《きんぶち》の眼鏡をかけた士官と話している様子が写っていた。

「過去を振り返る必要はないわ」オディールは、顔も声も無表情で言った。写真を本に戻した。

どうして彼女がナチ党員の写真を持っているのだろう？

「ナチスに知り合いがいたの？」

「ドクター・フックスは図書館に来たのよ」

わたしの想像するナチスは、本を調べるのではなく、強制収容所でひとを殺していた。オディールがそのひとの名前まで知っているなんて、意外だった。

「パリは占領された」オディールは説明した。「ドイツ兵を避けることはできなかったし、全員がそれを望むともかぎらなかった。彼はナチスが〝図書館の保護者〟と呼ぶものだったの」

「じゃあ、本を救ってくれたの？」

「そんなに単純じゃなかった」

わたしは学校で習ったことを考えた。「歴史の先生が、ヨーロッパのひとたちは収容所について知っているべきだったって言っていたわ。見てわかったはずだって」

「わたしは戦争のあとで、それについて教わったわ。当時は、家族はただ生き延びるのに必死だった。〝敵性外国人〟として逮捕された英語を話す友だちや同僚たちのことが心配だった。ユダヤ人は図書館の利用を禁止されたけど、彼らもまた逮捕されて、多くが殺されただなんて、思いもよらなかった」

オディールは長いあいだ黙っていた。

「わたしが訊いて、怒ってる？」

「いいえ《メ・ノン》。ごめんなさい、いろいろ思い出してしまったわ。戦争中、わたしたち司書はユダヤ人の友だちに本を配達した。ゲシュタポに撃たれた同僚も一人いたわ」

司書を撃つだなんて。医師を殺すようなものじゃないの？「ミス・リーダーを殺したの？」

「そのころには、もう彼女はいなかった。ナチスは司書を何人か逮捕して、国立図書館の館長もその一人だった。次はミス・リーダーじゃないかと心配したわ。彼女がいなくなったときは悲しかった。でも別れを告げるのは、人生にはつきものよ。喪失は避けられない」

わたしは写真を発見して申し訳ない気持ちになった。オディールを悲しませてしまった。でも彼女はわたしの頬に手を当てて言った。「でも場合によっては、変化から良いことが生まれるわ」

パリ

一九四一年十二月一日

警部どの

　アメリカ図書館には収容所以上にたくさんの敵性外国人がいることを伝えたくて、これを書いています。まず、成り上がりのアメリカ人、クララ・ド・シャンブランです。彼女は良妻が家にいるべき時間よりも長い時間、図書館にいます。日々、気取った社交界の名士たちから図書館を保持するための資金を集めようとしています。この収入を申告しているのかどうか、疑わしいものです。

　彼女はドイツ人（彼女の言う〝ドイツ兵《ハン》〟ですね）を嫌い、彼らの規則を無視しています。伯爵夫人だからといって、規則に従う必要はないということにはなりません。彼女は秘かに本を持ち出してユダヤ人の読者に渡しているようです。ほかに、どんなことをしているかわかりません。彼女は言い抜けが得意です。

　ぜひ足を運んで、ご自分で確かめてください。彼女が自分は法の適用外だと考えているのがわかるはずです。

知っている者より

第二十七章

オディール
パリ、一九四一年十二月

クララ・ド・シャンブラン、新しい女性館長は、一九二〇年にALPの創設に協力した。イーディス・ウォートンとアン・モーガンと並んで、彼女はもともとの理事の一人だった。この伯爵夫人はシェイクスピアに関する数冊の著作があるだけでなく、その戯曲をフランス語に翻訳してもいる。ヘミングウェイと同じ出版社からだ。最近、この何ヵ月間は石炭から給与までの経費をまかなうため、寄付者を探していた。そしてボリスと管理人が更生計画の一環でドイツで働くことを強要されるのを避けるべく、ナチスの権威筋に手紙を書いた。目立った活動をする外国人として彼女が逮捕されるのではないかと、わたしは心配だった。

貸出デスクで、わたしはその懸念をボリスとマーガレットに話した。ボリスはマダム・シモンの〈ハーパーズ バザー〉にスタンプを押した。彼は、クララはフランス軍の将軍のアルドベール・ド・シャンブラン伯爵と一九〇一年に結婚したと言った。彼女は二重国籍を持っていて、敵性外国人とは見られないだろうとのことだった。

ちょうどそのときムッシュー・ド・ネルシアが、続いてミスター・プフイス＝ジョンズが駆けこんできた。

「日本が真珠湾を攻撃した！」ムッシューは叫んだ。

わたしたちは彼の周りに集まった。

「なんですって？」マーガレットが訊いた。「真珠湾ってどこなの？」

「日本軍がアメリカの軍事基地を襲撃したんだ」ミスター・プライス＝ジョンズが翻訳をした。

「合衆国が戦争に参加するという意味？」わたしは、ドイツがもうすぐ負けるという希望の光を感じた。

「そうだと思う」ムッシュー・ド・ネルシアは言った。

「アメリカ軍はナチスを全滅させるわ！」わたしは言った。

「フランス軍ほどひどいことはないでしょうね」マーガレットが言った。

わたしははっとしてマーガレットを見た。誰よりも早くパリから逃げ出しておいて、よくもレミーのような兵士たちを批判できる。「イギリス軍は、ずいぶん素早くあのちっぽけな島に引っこんでいったわね」

わたしたちはにらみ合った。わたしは彼女が何か言い返すのを待った。

「政治の話をするべきじゃないわね？」ようやく、彼女は言った。

彼女は謝罪ではなく、オリーブの枝を差し出した。わたしは怒らないようにしようと思った。彼女はわざと無神経なことを言ったわけではない。後悔するようなことを口にしそうだったので、わたしは慌てて奥の部屋のタイプライターへ向かった。会報の仕事をすれば気が紛《まぎ》れるだろう。占領の前は五百部も謄写版《とうしゃ》で印刷したものだったが、紙不足のせいで、今は掲示板に一枚貼り出すだけだ。

ミスター・プライス＝ジョンズが隣に椅子を滑らせてきた。「閲覧室から、すごい足音を響かせて出ていったね」

わたしはインクリボンを指さした。「すごく古くて、印字が薄くなってしまったの」

苛立《いらだ》ちを紛らわせようとしていたんだろう。マーガレットのフランス軍についての発言はうまくなかった」

「悪気がないとわかってるけど、傷ついたわ」わたしはr、e、m、yというキーを指で押さえた。

「レミーのことが心配なの。彼はよく闘ってる」

「マーガレットもそれはわかってる。彼女はときどき、よく考えずに喋ってしまうんだ」

「みんなそうよ」わたしは今月の会報のためのインタビューが必要だった。「あなたはどんな読者ですか？　あなたの大切な本は？」

「本当のところを答えようか？」

わたしは身を寄せた。何かスキャンダラスな本を読んでいるという告白が聞けるのだろうか？

「ちょうど先週だ、持っていた本を全部手放した」

「ええ？」本を手放すだなんて、空気を捨てるようなものだ。

「ソポクレスやアリストテレス、メルヴィルやホーソーンなど、大学で割り振られたり同僚から提供された本をそれなりに持っていた。もう、過去には充分な時間をかけた。今わたしが欲しいのは、今日《こんにち》だ。F・スコット・フィッツジェラルド、ナンシー・ミットフォード、ラングストン・ヒューズ」

「持っていた本はどうしたんですか？」

「コーエン教授のコレクションが略奪されたと聞いたから、うちの本を箱詰めして彼女のところに持っていった。本を盗むのは墓を汚すようなものだ」

ミスター・プライス＝ジョンズはこれまで築いてきたコレクションを手放して満足だというふりをしていたが、わたしは本当のところを見て取った。彼は、本を手放さざるをえなかった教授のために、自らのコレクションを手放したのだ。もっと大きな問題を抱え、もっと深く傷ついているひとがいることを意識した。
それでもわたしは、マーガレットには腹が立っていた。

〈戦争捕虜郵便〉
一九四一年十二月十二日
親愛なるオディール
ぼくはオディールからの手紙に書いていないことがあるのに気づいてるって、わかってるかな？　長いあいだパパについての不満を書いていないし、ポールについての言及もない。ぼくがビッツィと離れているから、彼のことを書くわけにはいかないと思っているんだろう。それはちがう。パパの小言やママのお喋りを聞きたい。オディールの恋のことを知りたい。ぼくに知らせていいことではなく、オディールの本当の気持ちを書いてほしい——愛と同じくらい、正直さも欲しいんだ。オディールが文章をいちいち検閲して、ほんの一部しか伝えられないのは辛い。ぼくたちは一緒にいないけれど、距離をとる必要はない。ビッツィは手紙を書くとき躊躇《ためら》っている。ぼくもだ。僕はオディールを守りたい。オディールに知らせたくない。オディールに知ってほしい。
ここでは、いろいろ大変だ。ぼくたちは空腹だし、疲れている。いつもうなだれて、みすぼらしい服を着てる。家に帰りたい。みんな、婚約者に忘れられることを恐れている。誰にも聞こえないと思うところで泣く。いちばん気に障るのは、犯罪者を連想させる〝捕虜〟という言葉だ。自分の信念に従って国のために闘っただけなのに。目の隅に常に、有刺鉄線がある。
愛をこめて
レミー

一九四一年十二月二十日
親愛なるレミー
もうなんでも書くようにするわ。ポールとわたしは、ママの監視を逃れました。彼が、午後に逢引きをするための、居住者のいないアパルトマンを見つけてくれたの。わたしの本や彼のブルターニュのスケッチなどで、部屋を飾ったわ。暖房がなくて、一人とも風邪を引いたけど、その甲斐はあった！　読書よりもわくわくすることがあるなんて、思わなかった。
ドイツが合衆国に宣戦布告して、フランスにいるアメリカ人が敵性外国人になった今、ナチスにこの図書館を永久的に閉められるのではないかと心配です。職員たちは平気な顔をしているけれど、みんな疲れて、びくびくしているの。ゼンマイが緩んで動けなくなった玩具みたい。ときどき、訳もなく腹が立つわ。まともに考えられなくなるときもある。何を考えていいのかわからないの。
いずれにしても、クリスマス・パーティーが楽しみです。伯爵夫人は〝すてきなひと〟であれば家族を連れてきてもいいといったので、わたしはママと〝おば〟のウジェニーを招待した。パパは会合があるから参加できないの。パパのことを書かない理由がこれよ――パパは家にいないの。

愛をこめて
オディール

ボリスのスパイス入りのホット・ワインの香りが、図書館内に漂っていた。栗の実が暖炉で音を立てた。ビッツィは子どもたちを手伝って、古いカタログを切ってモミの木のための飾りを作った。

マーガレットとわたしは棚からクリスマスの赤いリボンを取り出して、閲覧室を飾った。

「うちは寒いの」マーガレットは言った。「ここのかび臭い本を何冊か、薪《まき》に使わせてもらおうかしら」

反射的にわたしは一冊の小説をつかみ、胸元に抱えた。一冊でも燃やすくらいなら、低体温症で死ぬ。ここの本の多くは大戦争の兵士たちにアメリカから送られたものだった。塹壕《ざんごう》の中や急造りの病院で読まれ、癒《いや》しと逃避をもたらした。

「冗談を言ったのよ」マーガレットは言った。「わかっているわよね？」

「もちろんよ……」それにしても、ひどいことを言うものだ。『ドリアン・グレイの肖像』八二三を抱えたまま、わたしは部屋の隅に移動した。その本の微《かす》かにかび臭いにおいを吸いこみ、火薬や塹壕の土が混じっているのだと想像した。くたびれた本を開くとき、わたしは必ず兵士の魂を解放すると考えるのが好きだった。「さあどうぞ、古いお友だち」わたしは小声で言った。「もう安全ですよ、家に着きました」

「独り言を言ってるの？」ビッツィがからかうように言った。ママとウジェニーがその後ろにいた。

「ここがあなたの職場なのね」ママは言った。「思っていたほど薄暗くないわ」

ウジェニーは笑いながら言った。「炭鉱で働いているとでも思っていたの？」

ママはおどけた様子で、ウジェニーの腕を叩いた。

参加者のそれぞれが、とても珍しくて高価なご馳走を持ってきた。闇市か、田舎のいとこから手に入れたものだ。滑《なめ》らかなカマンベール・チーズ。籠いっぱいのオレンジ。ウジェニーは、ポールがブルターニュ地方から持ってきたガチョウの肝臓で、ママと一緒に作ったフォアグラの皿を手渡した。

アーミン毛皮の肩掛けを身に着けた伯爵夫人が、夫であるタキシードを着た白髪の紳士のエスコートで入ってくると、部屋は静かになった。胸にメダルがなくても、その立ち居振舞いから——胸を張り、閲兵するように落ち着き払って客たちを見回した——この男性が将軍であったことは明らかだった。

飲み物のテーブルの近くで、マダム・シモンがクララ・ド・シャンブランを捕まえて、バスローブからお粗末なターバンを作った方法を長々と説明していた。伯爵夫人が夫に〝助けて〟という顔をしてみせると、夫のほうは従順な犬のように、彼女を救い出しに駆けつけた。

「彼は二つの大陸で兵士たちを指揮していた」ミスター・プライス＝ジョンズが言った。「でも今は、誰が優位にあるかは見まちがえようがないな」ムッシュー・ド・ネルシアは認めた。

「将軍は大変な試練を背負いこんだものだ」

「試練を背負いこんだ？　彼は彼女と結婚したんだぞ」

ポールはわたしを、わたしの大好きな棚、八二三の前に連れていった。キャシーとヒースクリフ（エミリー・ブロンテ『嵐が丘』の登場人物）、ジェーンとロチェスターのいるところだ。わたしはポールの、ワインでバラ色に染まった唇を見詰めた。彼はゆっくりと、わたしの前に膝をついた。「きみはぼくの、一生愛する女性だ」彼は言った。「朝目覚めて真っ先にその顔を見て、夜にはキスをしたい。きみの言うことのすべてが興味深い——きみの足元で音を立てる秋の落ち葉や、対応した気難しい登録者や、ベッドで読む小説のことを聞くのが大好きだ。ぼくがいちばん望むのは、きみとの会話をずっと続けることだ。結婚してくれないか？」

ポールのプロポーズの言葉は完璧な小説のようだった。必然的な結末でありながら、それでもなお驚きだった。

閲覧室から、ママが「ポールとオディールはどこへ行ったのかしら？」と言うのが聞こえた。ウジェニーの答えも聞こえた。「あら、今ぐらい、放っておいてやりなさいよ」

「あのアパルトマンに行きたいわ」わたしは小声で言った。「あの、バラ色の部屋に」

「きみと二人だけでいるのは好きだ、ただ、ただ……」

「ただ、何？」

彼は落ち着かない様子で、喉仏を上下させた。「あまりこそこそしていたくない、いいことじゃない。あとどれくらい――」

「パパにはばれないわ」

「どうしてなんでも、お父さんを引き合いに出すんだい？」

「そんなことないわ！」

「喧嘩はよそう」ポールは言った。

彼の顔を愛撫しながら、わたしはそこに戦争による影響を見て取った。目の下に黒い隈《くま》ができ、口の周りには苦々しい皺《しわ》がある。大変な変わりようだった。何か、同じであり続けるものが欲しかった――図書館での仕事、午後の逢引き。

「きみがいるから、戦争を耐えていられる」彼は言った。「職務もこなせる。一緒になりたい」

「そうね、愛してる。レミーが解放されたらね」

わたしも膝をついた。ポールが何か言いかけた。愛しているとか、待ちたくないとか。でもわたしがキスをしたので、彼の言葉はわたしの口の中に消えた。彼はわたしを抱き寄せた。わたしは彼の上着、セーター、シャツの下に両手を滑りこませ、肌のぬくもりを感じた。背後で友人たちの歌う〈きよしこの夜〉が聞こえたけれど、ポールとわたしは抱き合ったまま、自分たちの情熱以外のすべてに目をつぶった。


わたしの家族はレミーが捕らわれている日数を数え続け、やがて一九四一年は一九四二年になった。一月十二日。〝親愛なるレミー、あなたにだけ言うわ。ポールにプロポーズされたの！　あなたが戻ったら、結婚式を挙げます〟二月二十日。〝親愛なるオディール、ぼくを待つんじゃない。今幸せになれ〟三月十九日。〝親愛なるレミー、マーガレットもわたしも、もうストッキングがないので、脚にベージュの白粉《おしろい》をはたいているの。ビッツィは、わたしたちの頭がおかしいって思ってるわ〟四月五日。〝親愛なるオディール、ビッツィが正しい！　荷物をありがとう。どうしてぼくがモーパッサンを読みたいって、わかったのかな？〟

誰もが、何かしらに登録しなければならなかった――主婦は配給のため、外国人やユダヤ人は警察に。ミスター・プライス＝ジョンズは毎週警察署に出頭したけれど、マーガレットは一度も行かなかった。建物の壁にVの字が書かれていた――ナチスに対する勝利のVだ。〝ユダヤ人を消せ〟という文字もあった。国家元首に任命された、大戦争の英雄ペタン元帥は、フランスのモットーを〝自由、平等、友愛〟から〝仕事、家族、祖国〟に変えた。まるでパリ市民の精神状態が〝緊張、怒り、憎しみ〟になったようだった。

ポールとわたしはシャンゼリゼ通りの木陰をそぞろ歩き、ナチスとそのけばけばしい恋人でいっぱいのカフェを通り過ぎた。兵士《ゾルダーテン》たちはビールや、ブレスレットや口紅のような小物を買うための、ドイツマルクを持っていた。男たちは東部戦線から離れて、すてきなパリジェンヌと交際して戦争を忘れたがっていた。

わたしはそんな女性たちを責めはしなかった。十八歳で、踊りたくない子がいるだろうか？　三十歳で、母親たちは経費の援助が必要だ。夫は戦闘で殺されたか、捕虜収容所に捕らわれている。女性たちは、できるかぎり生活を続けていくのだ。それでもその女性たちの傍《かたわ》らで、わたしは自分がみすぼらしいと思った。少しでも赤みをつけたくて、頰をつねった。飾り気がないのはシックなのよと、自分に言い聞かせた。

「きみに宝石をプレゼントしたいと思うことしかできない」ポールはカップルたちをにらんだ。「きみにふさわしいすてきな何かをプレゼントできない――本当に悔しいよ！」

「あなたへの気持ちは、そんなものとは関係ないわ」

「ぼくたちには何もないのに、あのふしだらな女たちはすべてを手に入れている。売春婦たちが甘い汁を――」

「乱暴なことを言う必要ないわ！」

「あの女たちは恥を知るべきだ、ドイツ兵にくっついて、敵に媚《こび》を売るなんて。忘れられないような教訓を思い知らせてやりたい」

彼は兵士《ゾルダーテン》たちと女性たちのほうに一歩踏み出した。顎に力が入っている。拳を握っている。ポールではないようだった。初めて、彼を怖いと思った。

「喧嘩なんかしないで。そんな価値はないわ」わたしは彼の腕をつかんで、しっかり握った。

兵士《ゾルダーテン》たちを避けるのは不可能だった。彼らはわたしたちのお気に入りのカフェにたむろし、通りにはさらに多くの検問所が設けられた。どこに彼らが現われるかわからなかった。ドクター・サンガーに科学の本を届けにモンマルトルに行く途中で、その前の日にはなかった金属製のバリケードを通ることになった。兵士の一人がわたしの肩掛け鞄をつかみ、中身を地面にあけた。分厚い本が舗道に落ちて開いたとき、わたしは顔をしかめた。兵士は一冊の本を拾い上げ、ページをめくった。最高機密の暗号かナイフでも隠されていると思ったのだろう。それともただ退屈だっただけか。題名を見て、兵士は鼻を鳴らした。「お嬢《マドモアゼル》さんが物理学の論文を読んでいるのか？」

リセで物理の授業を受けてから、ずいぶん経っていた。何か質問されたら困る。隣人のためのものだと言おうか、それともこちらから質問をしてみようか。

「女性は刺繡《ししゅう》の本だけ見てろと言うんですか？」

兵士はわたしの鞄を返してよこして、本を拾えと言った。

図書館に帰ってから、わたしはマーガレットに警告しようとしたけれど、彼女は自分が陥《おちい》っている危険な状態を認めようとしなかった。わたしたちが、ミス・ウェッドや左岸で書店を営むミス・ビーチのような外国人が入れられている収容所に向けた木箱に本を詰めていたのにだ。

「警察に登録はしたの？」わたしがこれを訊くのは、もう十回目だった。

「わたしはフランス人の気分よ、それで充分なはず」マーガレットは言って、『鳩《はと》のパイ』の上にそっと『クリスマス・プディング』をのせた。

「自由地区のローレンスのところに行くべきじゃないかしら」

「彼の愛人が喜ばないでしょうね」

愛人？　まさか、そんなことはありえない。わたしは彼女との会話を思い出して、見落としていた手がかりを探した。彼女は、彼が〝友だち〟と一緒だと言った、それをわたしは文字通りに受け取っていた。マーガレットは夫から手紙が来たとも、彼に会いたいとも言ったことがなかった。彼女が黙って苦しんでいた傍らで、ポールのことをお喋りしていただなんて、ばかみたいだった。わたしは本は読めても、ひとの心は読めない。

愛人の存在は離婚につながることを知っていたので、わたしはマーガレットがロンドンへ戻るのではないか、もっと悪くしたら、カロおばさんのように消えてしまうのではないかと心配になった。わたしは困惑した顔をしていたにちがいない、マーガレットがわたしの手に手を重ねた。「フランスとイギリスの外交上のつながりは切れた」彼女は言った。「彼は彼女のために居残ったのよ。ローレンスとわたしは別々の生活をしている。それはわたしが望んだものではないわ——とくに、父親と会えないクリスティーナにとってはね——でも、わたしはそれを受け入れたの」

「彼はばかだわ。あなたがどれほど美しくて勇敢かわからないだなんて、ばかに決まってる」

マーガレットは弱々しい笑みを浮かべた。「誰もわたしのことを、あなたみたいには思わないわ」

わたしは彼女の手を握った。「彼は離婚を望むと思う?」

「わたしたちのような夫婦は離婚はしない、それなりにやっていくのよ」

「じゃあ、ここにいるのね?」

「図書館を離れないわ」

「約束?」

「こんなに簡単な約束はないわ」

「あなたがいてくれるのは嬉しいけど、面倒に巻きこまれてほしくない。ミス・ウェッドのように逮捕されたらどうするの? 警察に登録することを考えてちょうだい。法律よ」

「すべての法律に従わなければならないわけではないわ」彼女はわたしの手をほどき、本を入れた木箱の蓋《ふた》をしっかり閉めた。話は終わりだった。

第二十八章

マーガレット

銀色の夜の光の中、マーガレットは地下鉄駅の階段をのぼりながら、娘を寝かしつけるのにどの本を読もうかと考えた。『山羊《やぎ》のベッラ』か、『猫のホーマー』か？　しまった、彼女は新しい検問所の様子をうかがった。ゆっくりあとじさった。

兵士が命じた。「書類を《ヴォ・パピエ》」きついドイツ語風の癖《くせ》のあるフランス語だった。

マーガレットは書類を差し出した。

兵士はそれを受け取り、彼女をにらんだ。「イギリス人か？」

イギリス人？　敵だ。

兵士はマーガレットの腕をつかんだ。その手首が彼女の胸をこすった。彼女は胸を触られまいとして身を引いた。

マーガレットは彼らの発見した唯一の外国人だった。彼女をせっつきながら、彼らは歩道を歩いていった。マーガレットはこれほど怯えたことはなかった。この男たちは人気《ひとけ》のない中庭に彼女を連れこんで好きなようにして、彼女の人生を永遠に変えることもできる。

六区画先で、接収された警察署に入った。その中では、部屋の片側に机が並び、反対側には留置室があって、灰色の髪の女性たちが三人、ベンチに座りこんでいた。マスカラの染みや皺くちゃのワンピースから、女性たちは数日捕らわれているとうかがえた。

「娘が……」マーガレットは留置室に押しこまれながら言った。「電話をさせてもらえる?」

「ここはカントリー・クラブじゃない」兵士は言った。「あんたは客でもない」

女性たちがベンチを詰めて、マーガレットはその端に腰かけた。普通だったら、ミセス・セント・ジェイムズと自己紹介するのだが、留置室でそんな堅苦しい挨拶はばかげていると思った。

「マーガレットよ。犯した罪は、イギリス人であること」

「わたしたちもよ」

「読書クラブから歩いて帰宅する途中で捕まったの」

「いいカモだったんでしょうね」

「あの大柄な兵士たちは、プルーストを読んできた女性を足止めして、さぞかし自慢だったでしょう」

やがて、ほかの兵士たちは引き上げ、机で本を読んでいる若い兵士一人が残った。

「わたしたち《アントル・ヌー》の中では、あの見張りは新入りさんがお気に入りのようよ」

マーガレットは、彼の視線が本から自分たちに動くのを感じた。だがこのひどい警察署の中で、ほかに何を見ろというのだろう?

「ここにはどれくらいいるの?」マーガレットは訊いた。

「一週間。ここで飽きられたら、収容所に送られるのよ。水も食料もない、ノミと退屈した兵士しかいないところにね」

時間が経ち、ふたたび夜を過ごす準備をしながら、女性たちは沈鬱《ちんうつ》になった。「ずっと解放されなかったらどうしよう?」

マーガレットはハンドバッグから『小修道院』を出した。「お話を読んであげる」女性たちは集まった。「〝ほとんど暗くなっていた。二十四キロほど離れた二つの町のあいだの幹線道路をシャトルのように行き来する車は、ライトをつけていた。ときどき、サウンビー小修道院の門が照らし出された〝それは大きな古い家なの。そこならきっと居心地がいいと保証するわ」

その章が終わるころ、女性の一人が欠伸《あくび》をした。三人がうずくまり、ハンドバッグを枕にしてセメントの床に身を横たえて、一夜を過ごす準備をした。マーガレットも同じようにした。

「ベンチを使いなさいよ」

「あなた、わたしたちほど体にクッションがないから。上に寝なさい」

このちょっとした優しさに、マーガレットは心を打たれた。「みんなと一緒のほうがいいわ」

『小修道院』に頭をのせて、マーガレットは真珠を握った。このネックレスは母親のもので、たいした価値はない。パーティーで見せびらかすようにローレンスが期待していた宝石とはちがう。でもマーガレットはその真珠を身に着けると、母親の愛情に包まれるとわかっていた。ママの唇の動きを眉毛の上に感じた、幼少期のように。

わたしみたいに工場で働かなくていいように一生懸命勉強しなさいと、母親のグランは言ったが、マーガレットなら好きな男性を手に入れられる、その美しい外見で低い階級の出身であることを補えるとも言った。グランは男性を捕まえるのを、魚をリールで引き寄せる作業に例えた。たくさんターゲットのいるところへ行き、最高の魅力を振りまき、じっとしていればいいと。マーガレットは友人たちと連れ立って高級レストランの外にいて、入り口付近をそれとなく行ったり来たりした。濃紺のスーツを着た格好いいローレンスを見たとき、ハンドバッグを落とした。彼がそれを拾い上げた。釣り針、釣り糸、そして重り。

結婚式で、マーガレットはジャンヌ・ランバンのシルクのドレスを着た。微笑《ほほえ》んでいたせいで口元が痛くなった。式の先のことは何も考えず、結婚初夜については何一つ知らなかった。その衝撃はあまりにも親密で気まずいものだったので、新婚旅行に行けないことも気にならなかった。ローレンスは若い外交官で、彼とマーガレットは、和平会談につながることが期待される、ある重要な夕食会に招待された。

パトニーで、カクテルが出された。マーガレットの背中に手を添えて、ローレンスは彼女を見せびらかすように――〝これがわたしの妻《ヴォアシ・マ・ファム》です！〟――イタリア大使からドイツの代表団へと挨拶をしてまわった。マーガレットは、誰もがフランス語を話すのに驚いた。ここはイギリスだというのに。「外交上の言葉なんだ」彼は説明した。「きみも、フランス語を勉強したと言っていただろう」

確かにローレンスに訊かれたとき、マーガレットはその通りのことを口にしていた。嘘はつかないように注意していた。真実はと言うと、彼女は四年間フランス語で落第点を取っていた。でも交際しているあいだ、会話のほとんどはローレンスが発言して、マーガレットのほうの空白を埋めていた。マーガレットは、それが問題になるとは思わなかった。

カクテルを飲みながら、マーガレットは他の妻たちが気の利いたことを言って相手に渋々ながらも笑みを浮かべさせ、堅苦しい外交官を笑わせさえする様子を見た。

夕食の席で、マーガレットは右側の席のぶっきらぼうなロシア人とも、左側の席の内気そうなチェコ人とも会話ができなかった。ローレンスが少しでも助けるそぶりを見せてくれるのを期待したが、彼は彼の母親がマーガレットを見たときと同じ、蔑《さげす》むような目つきで彼女を見た。ありがたいことに、男性たちが葉巻を吸うあいだ、女性たちはサロンに移動した。マーガレットはファッションの話をするものと思ったが、女性たちは現在の政治情勢について話した。マーガレットはついていけなかった――イタリアの党首、ドイツの首相、フランスの大統領と首相。混乱するばかりだった。

大失敗の夕食会が終わっても、それでお終いではなかった。ホテルの前でジャガーが出てくるのを待っているあいだに、スパンコールのドレスを着たフランス人女性がローレンスの頬にキスをして（彼の口にとても近い場所にだ）、完璧な英語で言った。「可愛いマーガレットが何か発言できるようになるために、新聞の定期購読でもさせるといいわ」

車の中で、マーガレットは言った。「そんなにひどいわけじゃなかったでしょう。家庭教師を雇って、フランス語に磨《みが》きをかけるわ」

ローレンスは答えなかった。灯火の中で、マーガレットはローレンスの表情を見た。ママが市場から戻って、たくさん買ってきたラズベリーの下のほうがカビているのに気づいたときと、同じ表情だった。それは嫌悪感、自分自身に対する嫌悪感だった。いんちきを見抜けなかったことへの嫌悪感。

「するべきことを教えてくれれば、その通りにするわ」マーガレットは言った。

ローレンスは彼女を見なかった。ふたたび彼女に触れることはなかった。

翌週、マーガレットは友人たちをお茶に招待した。友人たちはマーガレットのことで興奮していた――豪華な家、裕福な夫、ダイヤモンドの指輪。「欲しいものを全部手に入れたのね！」

留置室で、女性の一人が身を寄せてきた。そのぬくもりで、マーガレットは眠気を誘われた。うとうとしながら、マーガレットはその通りだと気づいた。彼女は欲しいものを全部手に入れた。もっと欲しがっておくべきだったと思った。


夜更けに、マーガレットは眠りから覚めた。誰かが肩をつついていた。見張りの兵士が、すぐ横にうずくまってマーガレットを覗きこんでいた。マーガレットは後ろに下がって離れようとしたが、そんな余地はほとんどなかった。

「きみを出してあげる」彼は小声で言った。

留置室のドアが開いていた。マーガレットはほかの女性たちを起こそうとした。

「彼女たちはだめだ、きみだけだ」

「どうしてわたしだけ？」

「きみは美しい。ここにいるべきじゃない」

彼はローレンスのようだった。自分の望むものを見ているだけだ。マーガレットは横になった。

「できることなら、全員を解放する」と、兵士。「でも留置室が空っぽになっては、理由を説明できない」

マーガレットは彼をにらんだ。自由になる可能性を鼻先にぶらさげておいて、すぐに取り消すだなんて、腹が立った。「戦争で嘘のつき方を学ばなかったの？」

「ぼくは困ったことになる」

「司令官に怒鳴られて、あなたは居心地の悪い思いをする。わたしたちは、最悪の場合どうなると思う？　愛する者たちから引き離されて、食料も暖房も本もない収容所に送られるのよ」

「四人とも解放しよう――」

「ありがとう《メルシー》、ありがとう《ダンケ》」

「全員を解放しよう、ただし、小説を読んでくれるならね」

「え？」

「毎日会うんだ。パンテオンの階段か、どこでもいい」

「ばかなことを」

「一日につき、一章ずつだ」

マーガレットは彼の表情が見たかったが、彼は薄暗い明かりからも顔をそむけていた。「どうして？」

「次にどうなるのか知りたいんだ」

パリ

一九四二年五月九日

警部どの

アメリカ図書館についてお知らせしたいことがあって書いています。ロングワース出身の館長クララ・ド・シャンブランは、主任司書と管理人が労働のために祖国《ファザーランド》に送られず、パリに居続けられるように、嘘と言い訳の手紙を書きました。

ボリス・ネチャエフはユダヤ人の読者の家を訪問しています。毎晩、彼は本の束をいくつか持ち出します。彼が猥褻《わいせつ》な本を届けていても、驚くにはあたりません。彼は倫理観を持たず、図書館の収蔵品をきれいにしておくのを拒んでいます。彼はフランス国籍を取ったと言っていますが、疑わしいものです。

仕事をしてください——パリを外国の堕落から救ってください。

知っている者より

第二十九章

オディール

朝食はスプーン三杯分のオートミールと、ママが黄身がちゃんと白身にのるように注意深く三つに分けた卵だった。ママの頬はかつては丸いスモモみたいだったのに、今ではくぼんでプルーンのようだ。パパはすごく体重が減って、ママにズボンを詰めてもらわなければならなかった。箒《ほうき》の形の口髭は、もうその寂しげな口元を隠せない。

「未婚の司書でいないで、結婚したらどうだ」パパは言った。「いったいどうしたんだ?」

わたしはレミーの椅子を見た。彼の支援が欲しかった。

「ポールはいい青年だ」パパは続けた。

「じゃあ、パパが彼と結婚したら?」

「もうたくさん!」ママは言った。

このときばかりは、父が口をつぐんだ。レミーが言うのが、聞こえるようだった。「それだけでよかったの?　たった一言?　それがわかっていればなあ!」

仕事に出ると、中に入ったとたんにボリスから本を渡された。べつにかまわない。わたしたちは誰もが検問所を通らなければならないし、ボリスと伯爵夫人も同じだけ配達をしているのもわかっている。コーエン教授の家に行く途中で、わたしは緑豊かな六月の朝を楽しもうとしたけれど、パパの批判的な声がこだました。〝いったいどうしたんだ?〟〝いったいどうしたんだ?〟

わたしは教授の家の長椅子に座りこんだ。わたしは視線を、ゲップのような音とともに時を刻む振り子時計から、いつも空っぽの花瓶、そして心配そうに曇っている教授の目へと移した。

「いろいろ、大丈夫なの？」

悩みを打ち明けるのはプロのすることではなかったが、教授に訊かれたのだから。「パパはわたしが結婚するべきだと思っているんです」

教授は椅子に座ったまま、身を乗り出した。「ポールとは婚約しているの？」

「ええ！」秘密を教授に打ち明けるのはいい気分だった。「でも、レミーしか知りません。そして、あなたですね」

雲が晴れた。「シャンパンの出番だわ。ああ、チェリー・ワインで代用しなければならない」サイドボードで、教授は瓶を手にして、二つのグラスに最後の一滴までを注いだ。

「あなたと恋人に」

わたしたちは甘いワインを飲んだ。

「どうしてご両親に話さないの？」

「話したとたんに、パパは結婚式の日取りを決めて、孫の名前を考えるでしょう。ママは縫物をして、部屋を嫁入り道具でいっぱいにするわ――ドイリーに埋もれるかもしれない。でも、とにかくレミーを待ちたいんです。それはわたしの決めることで、父の問題じゃない」

「わかるわ、オディール。わかります。でも母はよく言っていたわ。〝ひとを自分が望むようにではなく、そのひとのままに受け入れなさい〟ってね」

「どういう意味ですか？」

「お父さんは歳を取っていて、もう変わらないわ。そして犬から猫は生まれないから、あなたも同じように頑固でしょう。変わる可能性があるのは、あなたのお父さんについての見方よ」

「できるかどうかわからないわ」

「話してごらんなさい」教授は言った。「ポールへの気持ちゃ、レミーがそばにいてほしいということを話すのよ」

「パパはわたしを嫁に出してしまいたいんです」

「お父さんもレミーを心配しているはずよ。きっとわかってくれるわ」

わたしは口をとがらせた。「あなたは父を知りません」

「あなただって歳を取れば……」

わたしは教授に別れを告げ、苛々《いらいら》しながら階段を下りた。〝歳を取れば……〟〝いったいどうしたんだ？〟ブランシュ街を歩きながら、優雅な青い上着を着たブルネットの女性を見た。その襟元《えりもと》に、黄色い星がついていた。わたしは凍りついた。傷ついたプライドなど、頭の中から消し飛んだ。

ユダヤ人はもう教えたり公園に入ったり、シャンゼリゼ通りを横断することさえできない。電話ボックスを使ってはいけない。地下鉄の最後の車両に座らなければならない。わたしのほうへ歩いてきながら、ブルネットの女性は背筋を伸ばしていたが、口元は震えていた。黄色い星のことは聞いていたが、見るのは初めてだった。どう反応したらいいのかわからなかった。優しく微笑んで、この奇妙な識別に誰もが賛同しているわけではないと女性に知らせようか？　いつものようにまっすぐ前を向いて、何も変わっていないと知らせようか？　女性のことを見ないでいれば、彼女を他のひとと同じだと思っている証しになるだろう。すれちがうとき、わたしは視線を逸らした。

ユダヤ人は活動を禁じられるだけでなく、今度は目立つ印をつけることになった。それなのにわたしときたらコーエン教授に、取るに足らない悩みについて愚痴をこぼしてきた。

午前中ずっと、マーガレットとわたしは傷んだ本を直していた。もう新しい本を注文できないので、一冊一冊が貴重だった。疲れてお腹も空いて、わたしは本の表紙に糊《のり》を、ゆっくりと行ったり来たり、行ったり来たりしながら、レコード・プレイヤーが止まるようにさらにゆっくりと塗り伸ばした。マーガレットはしばらく前に、仕事の手を止めていた。口の右端が上がって、笑みの形になっている。わたしが名前を読んでも、返事しなかった。

「マーガレット？」わたしは彼女の膝をつついた。

「ごめんなさい、考えごとをしていたわ」

「仕事に差しつかえるわよ」わたしは言った。

マーガレットは笑った。その目の輝きに、愛が見て取れた。夫と仲直りをしたのだろうか？

「ローレンスが帰ってきたの？」

マーガレットは口をぽかんと開けて、怯えたようにわたしを見た。「やめてよ！　どうしてそんなことを言うの？」

「幸せそうだから」マーガレットはいつも美しかったが、その表情がこの数週間で変わり、とても明るくなった。朝の霧が晴れて午後の日差しが出るように、少しずつ変化したので、今まで気づかなかった。

驚いたように、マーガレットは口ごもりながら言った。「そうかもしれないわね」

「特別な理由があるの？」

「『小修道院』を読み直しているの。今度は声に出してね」

「声に出して？」

「そうしないと読めない誰かさんのために」

もっと聞き出そうとする前に、兵士《ゾルダーテン》たちの足音に注意を奪われた。図書館の保護者と二人の部下が来たのだ。パリ市民は往来で兵士たちに遭うのは慣れていたが、図書館ではちがった。前回ドクター・フックスが来たのは数ヵ月前、それ以来たくさんのことが変わった。ミス・リーダーは去り、ドイツは今やアメリカと交戦中だ。それが、彼が来た理由だろうか？

金縁の眼鏡の位置を直して、ドクター・フックスは女性館長と会いたいと言い、それでわたしは彼らをクララ・ド・シャンブランの部屋に案内した。ビッツィが、そろそろとあとについてきた。

ナチスの正装をした士官には慣れているらしく、伯爵夫人はドクター・フックスの来訪を聞いても平然としていた。図書館の保護者のほうは同様とはいえなかった。彼は、ミス・リーダーの机に見知らぬ人物の姿を見て、目を大きく見開いた。彼は室内を見回し、わたしが女性館長を大きな金庫に閉じこめでもしたかのように、わたしをにらんだ。

「どういうことだ？」彼は訊いた。

「この図書館の館長、クララ・ド・シャンブラン伯爵夫人をご紹介します」わたしは言った。

「ミス・リーダーはどこに？」彼は心配そうに言った。

「家に帰りました」伯爵夫人が答えた。

「ここでならわたしが保護すると保証したのに。どうして帰ったのかな？」

「まちがいなく、あなたの保証よりも帰国命令のほうが強制力があると思ったんですね」

廊下のビッツィの横に立って、わたしは訊いた。「どうして彼は怒っているの？」

「女性館長が挨拶もなしにいなくなってしまったからよ。彼は怒っているんじゃなくて、傷ついているの」

ああ。ミス・リーダーを愛する彼のことを、嫌いにはなれない。

彼は伯爵夫人に、彼女の資格、収蔵品の価値、そして図書館の保険証券について訊いた。これに満足して、彼は職員の昇給はないことから本を売却しないことまで、規則を並べ立てた。「この図書館は保持すると約束しました」彼は言った。「なんらかの形で軍当局が干渉してきた場合、こことベルリンのわたしの電話番号のメモがミス・リーダーの引き出しにあります。困ったときは電話してください」


〈戦争捕虜郵便〉

一九四二年十一月三十日
親愛なるオディール
手紙を書かなくてごめん――紙が手に入らなかったんだ。ぼくたちの多くは、慢性的に体調が悪い。ぼくの傷は、いまだに具合が悪い。監視はぼくたちを殺そうとはしないけど、生かしておこうともしてくれない。ある監視は、自分たちの薬さえないと言っていた。

寝棚の仲間、マルセルはまたやらかした。乳しぼりの大失敗のあと、今度は老女のトラクターを運転して排水溝に突っこんだ。彼自身もトラクターと同じくらいひどい目にあった――ひっくり返ったとき、腕が下敷きになって潰れたんだ。司令官は代わりの者を働きにこさせると言ったけど、老女はもうフランスの助けを望まなかった。

別の仲間は、メイ・ウエストみたいな体と（アーリア人の）天使の顔を持った若い未亡人のところで働いている。二人は親しくなって、彼が戦争のあともここに居残ると話すとき、ぼくたちは彼が気の毒になる。

収穫物のお返しに、彼女は彼にラジオをこっそり渡した。ヒトラーみたいにひどいドイツ人もいるけど、中には反ナチスで、ＢＢＣを聞くドイツ人もいる。オディールから切り離され、全世界から切り離されているのは辛かった。毎日のパンはなくても、毎日のニュースを聞けるのは嬉しい。

オディールからの手紙と、再会への希望が生きる糧《かて》だ。心配してくれる家族がいて、ぼくは幸運だ。家から連絡がない者も多い。マルセル・ダネにお菓子を送ってくれたら、すごく喜ぶと思う。

愛をこめて
レミー

児童室で、ビッツィは手紙を読んで唇を噛んだ。レミーは良かれと思ったのだろうが、家族にさえ足りないというのに、赤の他人に食料など送れるだろうか？

「こんにちは《ボンジュール》、お嬢さんたち《レ・フィーユ》」マーガレットが入ってきて言った。「オディール、どうして貸出デスクにいないの？　登録者が行列を作っているわよ」

「便りがあったのよ」わたしは手紙を翻訳した。

マーガレットは眉を寄せた。「毎月、ちゃんとした荷物を送れるようにするわ、約束する」

翌日、彼女は乾燥ソーセージと煙草とチョコレートの入った小さな木箱を持ってきた。「どうしたの？」わたしは驚いて訊いた。

「心配しないで」

彼女の家の壁にあった金色の額に入った肖像画を思い出して、わたしはレミーの食料のために、マーガレットが先祖を一人ずつ売っているところを想像した。彼女は最高の親友だ。

一九四二年十二月二十日
親愛なるレミー

送った荷物が届いているといいんだけど。カーディガンの大きさはどうですか？　色に気がついた？　わたしたちが子どものころに着ていたセーターをママが取っておいてくれて、それで編んだのよ。袖が同じ長さじゃなくてごめんなさい。わたしの場合、実践を重ねても完璧にはならないみたい。

ゆうべポールと一緒に、オデオン座に伯爵夫人の〈ハムレット〉の上演を見にいったの。戦争前にしていたような普通のことをするのは、いい気持ちのものだった。ビッツィと二人で、配達する本に添えるためのヒイラギを森に拾いにいく予定よ。最近、リクエストが減って、おかしいのよね。

ビッツィが、すごく会いたがっています。わたしたち、みんながそうよ。帰ってきてほしい。

愛をこめて
オディール

〈戦争捕虜郵便〉
一九四三年二月一日
親愛なるオディール

おいしい食料をありがとう！　箱を渡したときの、マルセルの顔を見られたのも最高だった。でもぼくたちのために、無理はしないでください。やっぱり頼むべきじゃなかったな。

ここでは問題ありません。ただ、マルセルはもう少しで殺されそうになったんだ。談話室で、何人かの捕虜たちがラジオの周りに集まって、ものすごく小さい音でBBCを聞いていた。そこへ監視たちが入ってきた。みんなは慌ててその場を離れたけど、マルセルは夢中になっていて気づかなかった。監視はラジオを壊して、ぼくたち百人全員を中庭に立たせて——もちろん、コートも着せずにだ——正直に告白すれば、大目に見ると言った。誰も、何も認めなかった。司令官はマルセルに膝をつかせて、拳銃を彼の頭につけた。「誰と一緒に聞いていたのか言え、言わなければ殺す」あいつがなんて答えたと思う？「じゃあ、一人で死にます」

愛をこめて
レミー

パリ

一九四三年六月一日

司令官《ヘル・コマンダント》どの

フランスの警察に手紙を書いても埒《らち》が明きませんでした。それで、あなたにお願いします。アメリカ図書館にはヒトラーの風刺漫画が収蔵されていて、誰でも見ることができます。それだけではありません。警察にも言いましたが、司書たちはユダヤ人の登録者に本を届けています。誰も読むべきでない禁止されている本も含めてです。

司書のビッツィ・ジュベールはドイツ兵についてひどいことを言いました。彼女のアパルトマンに兵士が一人滞在していますが、どんな扱いをされているかわかったものではありません。ボランティアのマーガレット・セント・ジェイムズは闇市場で食料を買っています。彼女の赤い頬を見たら、多くの人が文字通り飢えているとは思わないでしょう。登録者のジェフリー・ド・ネルシアは抵抗運動家たちに寄付をし、彼らを大きなアパルトマンに泊めています。

図書館の奥の部屋で、登録者のロバート・プライス＝ジョンズは厳しく禁じられているBBCを聞いています。聞こえてくる耳障りな音はそれだけではありません。屋根裏部屋――常に施錠されている――から足音が聞こえてくるのですが、司書たちが何を、誰を隠しているのかと、不思議に思います。

一度訪ねて、ご自分で確かめてください。

知っている者より

第三十章

オディール

郵便物が届いたとき、わたしはファッション誌を棚に並べる。〈モード・デュ・ジュール〉は読者に、〝知性と美的感覚は配給制ではない〟ということ、そして靴は擦《す》り切れても帽子は擦り切れないことを思い出させてくれる。〈タイム〉や〈ライフ〉が恋しい。わたしは気の毒な思いで、横に立っている男性を見た。見たことのない人物だった。以前だったら、彼のきつく結んだ口元と緑色のツイードのスーツを見て、堅苦しい教授だと思っただろう。今は、スパイに見えた。わたしは息をのんだ。考えすぎだ。ナチスの宣伝行動に踊らされている。きっと無害だと思っていたら、その男性は古い新聞を上着の下に隠した。

わたしは彼をにらみつけた。「定期刊行物は持ち出せませんよ」

男性はそれを棚に戻して出ていった。

「いいぞ！」ボリスが拍手した。「国立図書館のマダム・ミムンと同じくらい怖かった。まさにドラゴンだ」

わたしは膝を曲げて挨拶をした。「頑張るわ」

ビッツィが職場に来たが、黙って会釈しただけだった。最近、彼女は怖くなるくらい無口だ。彼女から目を離したくなかったので、コーエン教授に本を届けるのに助けが必要だということにした。二人で三階まで、カタツムリの階段をのぼった。教授はわたしたちの腕から、何冊もの大きな伝記を受け取った。

「小説を書き終えたわ」教授はテーブルの上の紙の束を指さした。

「おめでとうございます！」わたしは言った。

教授の目の中の快活な輝きが消え、落胆が宿っているのを見て驚いた。

教授はため息をついた。「編集者は刊行しないでしょうね」

理由はわかっていたし、教授も承知しているはずだった。フランスの出版社は、ユダヤ人作家による作品を刊行することはできない。

「残念です」わたしは言った。

「わたしもよ」教授は言った。「いずれにしても、あなたがいなければ書き上げられなかった。調査のために本を持ってきてくれただけじゃなく、あなたが話し相手になって、優しくしてくれたからよ。あなたはパリへの窓になってくれた。本やアイディアというのは血液のようなもので、循環させなければならない。それでわたしたちは生きていられるの。あなたは、世界には善というものがあることを思い出させてくれた」

これほど誉められて、心躍らせるべきだった。でもそうではなくて、冷たい恐怖が身に染みて感じられた。「別れの挨拶みたいですね」

「何があるかわからないと言っているのよ」教授はわたしに原稿を差し出した。「保管しておいてちょうだい」

教授からの信頼を誇りに思い、わたしは教授の両頰にキスをした。「同僚のかたに送らなくていいんですか？」

「これは唯一の原稿よ。小説は、あなたの手元にあるほうが安全だわ」

「題名は？」ビッツィが訊いた。

「ラ・ビブリオテク・アメリケーヌ」アメリカ図書館。

「それはもう、すごいドラマでしょうね！」ビッツィは答えた。

「登場人物と会うまで待っててちょうだい。実在の人物が出てくるわよ！」教授はウィンクした。

「きっと、何人か心当たりのあるひとがいるわ」

光、五三五。原稿、〇九一。図書館、〇二七。

わたしたちを送り出すころには、教授は少し元気になっていた。階段で、ビッツィとわたしの耳にタイプライターを打つ音が届いた。教授が続編を書いていることを望んだ。

仕事に戻る途中、ビッツィは言った。「責任重大ね」

わたしは原稿を肩掛け鞄に詰めこんだ。「金庫に入れておきましょう」

図書館のある通りに曲がるとき、くすくす笑う、網目のストッキングを履いた三人の娼婦とすれちがった。黄色い髪の乱れた豊満な三人組は、ツンとする香水の香りを振りまいて歩いていった。

「ふしだら女！」ビッツィはそのにおいを嗅いで、きつい口調で言った。「戦争が続いてるって、知らないのかしら」図書館に入っていきながら、彼女は大声で言い続けた。「昨日の朝、売春婦のグループがふらふらしながら家に帰るのを見たわ。お酒のにおいをプンプンさせてた。趣味の良さなんか、あったものじゃないわ！」

奥の部屋で、わたしは原稿をテーブルにおき、ビッツィを座らせた。「まちがったひとたちが都合のいいものを手に入れている」彼女は苦々しい口調で言った。「わたしはお腹が空いてる。何も考えられない。季節は過ぎていくけど、わたしは日々を取り返したいとは思わない。クリスマスも新年も、過ぎてしまって嬉しい。今はイースターだけど、物価が上がるばかり。レミーに会いたい。彼がいなかったらわたしは――」

「手紙を書きましょう」ビッツィの絶望が怖かった。レミーに助けてもらおう――彼のことを思うと、いつでも気持ちを持ち直すことができた。ハンドバッグから、鉛筆を取り出した。「あなたは小文字で書いて、わたしは大文字を使う」

親愛なる**レミー、二人**があなたを恋しく思っている**図書館**からのご挨拶です。**オディール**が**この奇妙ですばらしい**アイディアを出してくれました。

「身代金要求の手紙みたい」ビッツィは言った。「彼に届くと思う？」

「少なくとも、検閲官を困らせられるわ」

ビッツィはうっすらと笑みを浮かべた。それで充分だった。

「小説をちょっと読んだら、コーエン教授は怒るかしら？」

教授のプライバシーを尊重する気持ちと、ビッツィを慰《なぐさ》めたい気持ちのあいだで揺れながら、わたしは題名の書いてあるページをめくって、声に出して読んだ。「〝晩年の部屋はかびた本の神々しいにおいに満ちている。壁には忘れられた大部な本が詰まった背の高い本棚が並んでいる。この世界の狭間の居心地のいい中二階には、窓も時計もなくて、ときどき子どもたちの笑い声やチョコレート・クロワッサンのにおいが、地上階からただよってくる〟」

「図書館でも、いちばん好きな場所よ」彼女は言った。

「わたしも好き」

次の文章を読もうとしたとき、女性の叫び声がした。「待たされるのはうんざり！　わたしの本をよこして、別の本でもかまわない！」

「あらあら。またあんな騒ぎが」

急いで貸出デスクに行くと、そこでは六人ほどの登録者が、本の貸し出しを待っていた。クララ・ド・シャンブランさえ、部屋から出てきていた。「どうしたんですか?」彼女は訊いた。

「ミセス・スマイスは、待ちくたびれてしまったんだ」ボリスは伯爵夫人に言った。それからその登録者に向かって、「少し落ち着いて、列に戻ってください」

「警察に言うわよ」彼女はがみがみと言った。

「わたしたちが無能だと話すんですか?」ボリスは片方の眉を上げた。「それじゃあ、国じゅうを警察に引き渡すことになるな」

列にいたひとたちが、ボリスの言葉を聞いて笑った。

「ユダヤ人に本を届けているって訴えるわ」

「もうけっこうよ」伯爵夫人はミセス・スマイスの腕をつかんで、ドアのほうへ連れていった。

「二度と来ないでください」

この登録者は泣き始めた。「ここにある本がなければ、やっていけないわ」


図書館が一般利用者向けに開く前、ボリスとわたしは貸出デスクで、返却された本のポケットにカードを戻していた。わたしはポールのことを考えた。わたしたちは正午に、失望が入ってこない場所である、あのアパルトマンで会う。壁に彼のブルターニュ地方の絵がかけてあるバラ色の部屋でのんびり過ごす。わたしは彼の絵が好きだ。ケシの花に縁取られた麦畑、金色の干し草の山、年老いて背の曲がった馬。

何度もガラスを叩く音で、現実に引き戻された。ドクター・フックスが窓から覗いているのが見えた。なぜこんなに朝早く、一人で現われたのだろう? 中に招き入れようとしたけれど、彼は階段から動かなかった。

「気をつけて」彼は小声で言った。「ゲシュタポが罠を仕掛けている。禁止されている作品を彼らに渡さないように。どんなことも、あなたがたを逮捕する口実にされる」彼は肩越しに後ろを見た。「ここにいることを見られてはまずい」

「どんな罠ですか？」わたしは訊いたが、彼はすでに走り去っていた。

「ゲシュタポがパリを管理してると聞いた」ボリスは煙草に火をつけながら言った。「こうなると今まで以上に危険だとね」

フランス軍を打ち負かしたナチスよりも危険だというのか？　日夜巡回している兵士たち《ゾルダーテン》よりも危険なのか？

わたしたちはそれからお昼まで、不安に満ちた静寂の中で仕事をした。

昼食時に図書館を出たとき、中庭にポールを発見して驚いた。「アパルトマンで会うんじゃなかったの？」わたしは訊いた。最近いろいろ混乱することが多かった。

「昨日、仲間が恋人を連れていった。古い家具に交じって新しい家具がおかれていたが、彼はなんとも思わなかった。それで、キスしていたとき、誰かが入ってくる音がした。しばらく隠れていて、使用人用の階段から逃げ出した。あとで戻ってみたら、鍵が替えられていたそうだ」

わたしたちの巣が消えてしまった。彼と抱き合える場所が。なんでも言えて、何も言わずにいられる場所。戦争を忘れられる場所。

「あなたの絵はどうしたの？」わたしはふさぎこんで言った。

「新しいのを描くよ」彼はわたしの腰に腕を回した。「元気を出して。新しい場所を探した」通りで、マダム・シモンと出くわした。「どこへ行くつもり？」彼女は訊いた。

わたしはまだアパルトマンを失ったことに困惑していたけれど、ぐっと苛立ちを抑えた。

「マドモアゼル・スーシェには、昼食を摂る権利がある」ポールは答えた。

「一時には戻るのよ」マダムはわたしに言った。

「マドモアゼルはあなたには答えません」彼は言い、わたしの腰に回した手に力を入れて、歩道の先へと促した。

「乱暴な言い方をしなくてもよかったのに」わたしは彼に言った。「彼女は『若草物語』の偏屈な〝マーチおばさん〟のようなもの。外見《そとみ》はぶっきらぼうだけど、本当は優しいのよ」

「誰にでも本当の顔があるとは限らない」

「誰もが犯罪者でもないわ」わたしは軽い口調で言った。

「世間に見せている顔そのままの人間もいるものだよ」わたしたちは大きなオスマニアン様式の建物の前で止まった。「ここだ」

ロビーに入ると、わたしたちの足音はプラッシュの真っ赤な絨毯《じゆうたん》で消された。金色のシャンデリアを見上げて、わたしは奇妙な既視感に襲われた。もしかしたら、ここに本を持ってきたことがあったかもしれない。

アパルトマンの上階は、ブロケードのカーテンが引かれていた。景色に興味はない、わたしが気になるのはポールだけだった。すべてを忘れられる一時間が欲しかった。彼はわたしの胸に、腹に、お尻にキスをした。全身が目覚めた。

しばらくしてから、わたしたちは裸のままで博物館のようなアパルトマンを探検し、炉棚の上の中国の花瓶や、壁に飾られた古い巨匠の絵を鑑賞した。なかでも最高だったのはキッチンだった。食器棚にはチョコレートがあった。新しい場所も悪くない――探検するのは刺激的だった。

でも遅刻しそうだったので、わたしはワイシャツとズボンをポールに投げた。彼はそれを身に着けたけれど、ボタンを留めなかった。そうする代わりに、彼はわたしのブラウスの背中のボタンを留めてくれた。背後に立ってパール・ボタンを留めながら、彼は恭《うやうや》しくわたしのうなじにキスをした。こんな優しい瞬間、わたしは彼を最高に愛していると思う。

その想いに夢中になって、鍵が動き、蝶番《ちょうつがい》が軋《きし》む音にほとんど気づかなかった。

「何者だ？」がっしりした体格の男が言った。

裸足で、乱れた服装で、わたしたちは飛び上がって離れた。

「ここは今ではわたしの家だ」

わたしはじりじりとドアのほうへ動いた。ポールはわたしの手をつかみ、自分のほうへ引き寄せた。「ぼくたちはてっきり――」

「出ていけ！　二度と来るな」

わたしたちは見咎められたことに困惑し、うなだれて、こそこそと図書館に戻った。今度はどこで会おう？　別の疑問も湧き上がってきた。あれは誰のアパルトマンだったのだろう？　「ぼくたちは何も悪いことはしていない」ポールは言った。彼は頰にキスをして、そのまま警察署へ歩いていった。誰のアパルトマンなのか？　苛々しながら、わたしは定期刊行物の部屋へ歩いていき、そこで今はレファレンス室の担当だったと気づいた。新しい新聞がないので、ここに誰かがいることはほとんどないが、古い雑誌を物色している男性がいたので驚いた。

「お手伝いしましょうか？」

「登録者の中には外国人がいるようだが」男性には見覚えがあった。ああ、新聞を持ち出そうとした、ツイードの男性だ。

「うちの自慢の一つです。みんながここでは家に帰った気分になります」

「そのひとたちに連絡を取りたい」

「記録は破棄しました。不適切なところに伝わると困るので」わたしは辛辣《しんらつ》に言い、貸出デスクへ向かった。そこではボリスとビッツィが、顔を寄せ合って話していた。

「あの男に出身地を訊かれた」ボリスは小声で言った。「パリ生まれだと言ってやったよ」

「彼はすごく頻繁《ひんぱん》に来てる」ビッツィは言った。「後ろに立たれると、酸っぱい息を首筋に感じるの」

わたしは足を、ビッツィの足の上にのせた。

「なんの用だったんだ?」ボリスが言った。

「外国人登録者について訊かれたわ」

「外国人と言えば」ビッツィは言った。「マーガレットはどこ?」

もう、来るころにちがいない。

「電話してごらん」ボリスは言った。

わたしは午後中に彼女に電話をしたが、誰も出なかった。ミス・ウェッドのように、逮捕されていたらどうしよう? いいえ、彼女が来られなかったのにはちゃんと筋の通った理由があるはずだ。わたしは腕時計を見た。それは無表情で、針が動いていなかった。手首を耳に当てて、時計のかすかな鼓動に耳を澄ました。胸に動揺が湧き上がり、息ができなくなった。

「行ってこい」ボリスが勧めてくれた。「ここはわれわれに任せて」

わたしはもう一度電話をしてから、マーガレットの家に急いだ。

第三十一章

オディール

執事が玄関で迎えてくれた。「マーガレットはいますか?」わたしは心配で、彼を避けるようにしてフラットの中を見やった。執事はいつもと変わらず冷静な態度で、わたしをマーガレットの部屋に案内した。彼女はくしゃくしゃになったハンカチーフに囲まれて、ベッドに寝ていた。わたしは彼女を抱きしめた。

「いたのね、よかった。逮捕されたんじゃないかと心配だったのよ」

「病気なの」彼女はガラガラの声で言った。「電話しようとしたんだけど、通じなかった。今週ずっと、電話が止まっているのよ」

わたしはベッドに腰かけた。「行方不明の捜査のために、ポールにまで来てほしいと連絡しちゃったわ」

「心配いらないのよ」彼女はしっかりした口調で言った。

「そりゃあ、心配よ！　街はナチスであふれてるんだから」

「言ったでしょう、心配いらないって」マーガレットは廊下を覗いて、使用人が誰もいないことを確認してから、そっと小声で言った。「あるひとと会ったの」

「わたしたちは、毎日誰かしらに会うでしょう」

「ちがうの、出会ったのよ」

恋人ができたと言っているのだろうか？　「図書館で？」

「ちがうわ。怖がらせたくなかったんだけど……じつはわたし、逮捕されたの」

「逮捕された？」わたしは叫んだ。

「シィ！　だから話さなかったのよ」

青いシルクのベッドカバーをつかんで、わたしは、どうしてそんなことを秘密にしておけたのだろうと考えた。もちろん、自分がポールとの婚約を話していないことなどは、思い浮かばなかった。

「解放されたあと、フェリックスは自由行動を許可する書類をくれたの」

その男性を名前で呼んでいるのか？　彼が恋人だということか？　とても事実を把握しきれない。マーガレットは秘密を隠していた。敵とつきあっていた。わたしは全身が怒りでこわばった。

「ポールが来ると言ったわよね？」マーガレットはキャビネットに歩み寄り、赤くなっている鼻に白粉《おしろい》をはたいた。

今度はわたしが廊下をうかがった。「まだ具合が悪そうね」わたしは硬い口調で言った。「もう帰ったほうがいいわね」

「パリっ子ぶらないで。礼儀正しい堅苦しい様子をつくろって、本当の感情を隠すのね」

「何を言ってるかわからないわ」

「帰りたいなら、帰って。でも、風邪のわたしを気遣うようなふりはしないで」鏡の中で、わたしたちの視線がぶつかった。わたしは困ったような、彼女は決然とした表情だった。「もしフェリックスがわたしと三人の年配の女性たちをじめじめした部屋から解放してくれなかったら、わたしたちは今ごろ強制収容所で腐っていたわ。そうしたら、娘はどうしたかしら？　それを考えて」

マーガレットの言葉がだんだん理解できてきた。彼女はミス・ウェッドのように消えるかもしれなかったのだ。結論に飛びつき、善悪の判断をするのはやめるべきだ。わたしはマダム・シモンと同じようにひどい。

「ごめんなさい」わたしは言った。「何よりも重要なのは、あなたが安全であることね。本当に、誰かがそばにいても大丈夫なの？」

「立つとふらふらするだけよ。アイザに言って、お茶を用意させて。すぐに行くわ」

居間に行くと、金箔《きんぱく》の貼られた額に入った痛風持ちのような男たちは、まだそこにいた。マーガレットがレミーに送る箱を提供してくれるたび、それらの品を買うために絵が壁から下ろされて売られていくのを想像して、後ろめたい気持ちになったものだった。でも肖像画がまだあるなら、マーガレットはどのようにして食料を手に入れたのだろう？

ナチスに頼んだのだ。

マーガレットとナチス。この二つを一緒に考えるのは奇妙なことだった。それらは別々の本、別別の棚に属している。でも戦争が続くにつれて、人々は絡《から》み合った。黒か白かだったはずの物事――ページの上の印刷のように――が、混じり合って不明瞭な灰色になった。

ポールが来たとき、わたしは彼を引き寄せた。

「どうしたんだい？」彼はわたしの頭の上にキスをした。

「なんでもないの。会えて嬉しい、来てくれて嬉しいわ」

「この肖像画、すばらしいね。ここはルーブルみたいだな」

「すべての輝きが誠実ではないわ」わたしは言った。

「え？」

マーガレットが来た。部屋に入ってくるのはさぞかし愉快だっただろう。ポールとわたしはさっと離れた。

「お仕事中に来させてごめんなさい、ポール。来てくれるなんて、優しいのね。オディールはあなたがいて幸せだわ」

ポールの耳が赤くなり、彼は恥ずかしそうに笑った。「会えて嬉しいです」

わたしは彼を肘《ひじ》でつついて、世間話をしにきたのではないことを思い出させた。彼に、危険だと警告してほしかった——恋人がくれた紙切れ一枚で、彼女の身が守られるとは思えなかった。

「ドイツ兵は外国人の女性を二千人も収容したと聞きました」ポールは英語で、はっきりと言った。

「そうですってね」彼女は言った。

「ここにいたら危険です」彼は言った。「この場を去ったほうがいい」

「あなただって南部の自由地区へ逃げられた」マーガレットは言い返した。「でも居残ったでしょう」

「わたしはレミーと会える場所にいなければならない」

「ぼくはオディールと一緒にいたい」ポールは言った。「娘さんのことを考えてください」

「ロンドンだって安全じゃないわ」マーガレットはハンカチーフを口に当てて咳《せき》をした。

「気をつけて」ポールは言った。「ドイツ人が来るのを見たら、通りの反対側へ渡るように」

誰もナチスを避けられない、図書館でさえもだ。それにわたしは、マーガレットが必ずしも避けたいとも思っていないことを知ってしまった。


一週間後、マーガレットは控室で、わたしに銀色のリボンのついた箱をよこした。それを開けると、チョコレートの香りがした——闇市場の金だ。わたしはお腹が鳴った。マーガレットが不正に得た品物は欲しくなかったけれど、どうしても我慢できずに一粒食べた。チョコレートが口の中で甘く溶けたとき、わたしは、これほどの贅沢品を手に入れるためにマーガレットは何をしたのだろう、ほかに何を手に入れたのだろうと考えた。シルク？　ステーキ？　彼らのデューイ分類法の番号はなんだろう？　わたしが思いついたいちばん近いものは蚕《かいこ》の六三八・二と牛の六三六・二だった。ぴったりの番号が思い浮かばなかった。わたしたちが手に入れられず、マーガレットの持っているもの全てが信じられなかった。

「図書館の夏の休館期間に、フェリックスと一緒に休暇に出かけるの。ドーヴィルはきっとすてきだわ。乳母にクリスティーナを預けていく。誰かに訊かれたら、あなたと一緒にいたと言わせてね……」幸せに目がくらんだまま、マーガレットは閲覧室のほうへ漂っていった。

チョコレートはおいしかった。残りはレミーに送ろうと思った。きっとそうする。あと一つだけ食べてから。

その夜、ボリスと伯爵夫人が伯爵夫人の部屋で予算の相談をしているあいだ、わたしは貸出デスクにいた。電話が鳴ったとき、きっと本の配達の依頼だと思った。「クララ・ド・シャンブランと会いたい」電話をかけてきた男性は、かすかにドイツ語風の癖《くせ》のあるフランス語で言った。「明日の九時半でどうだろう。直接入ってくるように言ってくれ。図書館に行けなくて申し訳ないと伝えてほしい」男性はわたしに答える暇も与えずに電話を切った。ドクター・フックスは、伯爵夫人になんの用事があるのだろう？　また一人、わたしたちは友人を失うのだろうか？

上階に行って、わたしは伯爵夫人の部屋を覗きこんだ。ボリスがわたしに気づいて、心配そうに眉を上げた。もちろん、何かあったと察している。彼は司書で——心理学者でありバーテンダーであり、用心棒で探偵でもあった。

「伝言を預かってきました」わたしは言った。

伯爵夫人は読書用眼鏡の上からわたしを見た。「あら、何かしら？」

「ドクター・フックスが、明日、彼の執務室で会いたいそうです」

「あら、そう」

「あなたと将軍は街を離れるべきです」ボリスは言った。

「そうしたら、わたしの代わりにあなたを逮捕できるから?」伯爵夫人は言った。「彼は、正確にはなんと言っていたの?」

わたしはドクター・フックスの言葉を繰り返した。

「わたしが一緒に行きましょう」ボリスは言った。

わたしは彼に行ってほしくなかった――彼には彼を頼りにしている妻と幼い娘がいる。わたしは何か説得力のある言葉を探した。彼は鍵を持っているから、朝ここを開けにこなければならないとか? だめだ、鍵をわたしに預ければいいだけのことだ。

「わたしの見たところ」わたしはゆっくりと言った。「ドクター・フックスは女性に優しいかたです。伯爵夫人と一緒に行くのはわたしのほうがいいでしょう」

「ナチスに会いにいくのに、あなたを連れていくわけにはいかないわ!」伯爵夫人は言った。「ご両親がなんと言うと思う?」

「正直言って、父はわたしがここで資本主義国の外国人たちと一緒に働くのに反対でした。父は警察署長ですから、もうすでにうちの家族はナチスと関わりを持っています」わたしは議論に勝ちたいばかりに、こんなことを口にした。父親が日中どんなふうに過ごしているか、誰と関わっているかなど、考えたこともなかったのに。

「本当に、一緒に行ってくれるの?」伯爵夫人は訊いた。

わたしはナチスの本部に行くのが怖かった。でも伯爵夫人の棚にある革装の本、登録者に届けた小説、金庫の中に隠されたコーエン教授の原稿などを考えて、あれらの言葉は闘う価値のあるもの、危険を冒す価値のあるものだと心を決めた。

「もちろんです」

何が起きるか、何が起きないかを考えている時間はなかった——図書館を運営するのに忙しすぎた。わたしは貸出デスクに戻った。そこでマダム・シモンに訊かれた。「いったいどこに行っていたの？　ここにある本を抱えて出ていけたわよ！」

その日最後の登録者が出ていってから、わたしはコーエン教授の本を肩掛け鞄《かばん》に入れて、大通りを急いだ。七時を回ったところだったけれど、建物の暗い影がぼんやりと見えていた。わたしはこの街で育ち、こうした大通りでも、ママの腕の中にいるように安全な気分でいられた。でも今夜は、後ろをちらりと見るたびに、ツイードのスーツを着た男性がいた。わたしが通りを渡ると、男性も渡った。わたしは振り向いた。彼は立ち止まり、キオスクで雑誌をぱらぱらとめくった。わたしは速足で歩いた。彼は夜の散歩をしているように、陰気な顔をしかめてついてきた。暗闇の中で、彼は片手に書類鞄を持ち、もういっぽうに……銃が光った。銃身がこちらを向いていた。

わたしは急に右折して、汚れた建物に背をつけた。足が引きつり、走り出したくてたまらなかった。角からそっと覗いた。男性が近づいてくると、銃身に見えたのは丸めた雑誌だった。たぶんキオスクで買ったものだ。

わたしは男性をまくために道を逸れて、高級なフォーブール・サントノレ通りを急いで進み、〈エルメス〉を、さらに大統領官邸を通り過ぎ、身を隠せる場所を探した。占領の初期にミス・リーダーが滞在していたル・ブリストルから遠くなかった。そこの不安定な立場の滞在客たちに本を届けたこともある。わたしは駆け出して、ドアマンが持ち場に就く前に、自分でドアを開けてフロントのデスクに飛んでいき、裏口から出させてほしいとコンシェルジュに頼んだ。コンシェルジュはわたしを連れて華やかな楕円形のサロンを横切り、だまし絵のドアから不協和音の響くキッチンへ入り、そこから脇道に出してくれた。

呼吸が戻ったとき、わたしは本を届けるべきか、このまままっすぐ帰宅すべきか迷った。でも誰にでも、会いたい人に会う権利があると決めた。

「来ないかと思っていたわ」コーエン教授は言った。

「長い道のりだったんです」

教授はママがわたしの顔をさするように、愛おしそうに本の表紙をなでた。教授は『おはよう、真夜中よ』を少なくとも十回は借りていた。どうしてそんなに好きなのか訊いたところ、教授は答えた。「ジーン・リースは恐れを知らないから。彼女は真実を伝え、孤独で傷つきやすい者たちのために書いた」

わたしは無作為に本を開いた。どんな本か知るために、いつもする方法だった。〝パリは今夜はとてもすてきに見える……あなたは今夜とてもすてきに見える、美しい、愛すべき街、そしてどれほど嫌な女にあなたはなれることか!〟わたしは当惑した。それはわたしが自分の街に対して感じていることとは、まったくちがっていた。

わたしの反応を見て、教授は言った。「いいかしら、リースはほとんど所持金がなくて、助けてくれるひともいない外国人として、パリを描写しているのよ」

わたしはコーエン教授が大好きで、彼女の愛するものを愛したかった。「あなたが読み終わったら読ませてください。わたしは楽しめるでしょうか?」

教授はショールを巻きなおした。「どうかしらね。幸せな結末ではないから」


翌朝の九時、伯爵夫人とその夫が、車に乗って、わたしの家の前で待っていた。将軍の山高帽が、彼の白髪頭の大半を覆っている。多くのパリ市民がそうであるように、彼も目の下に隈《くま》があった。彼がアクセル・ペダルを踏むと、プジョーは丸石を敷き詰めた道を、ひとを乗せたくない老いぼれ馬のようにのろのろと進んだ。わたしは後部座席にいて、将軍が道路よりも自分の妻のほうばかり見ているのに気づいた。わたしたちはシャンゼリゼ通りに入り、凱旋門を過ぎ、ドクター・フックスの執務室のあるマジェスティック・ホテルに着いた。

「わたしも一緒に行こうか?」将軍は訊いた。

「わたしたちだけで、ちゃんと質問に答えられるわ」

「だったら待っていよう」将軍はハンドルを握りしめて言った。

ロビーは空っぽだった。野暮ったい金髪女性——パリ市民はこうしたドイツ人女性のことを、暗褐色の制服を着ていることから〝灰色のネズミ〟と呼んだ——がわたしたちを、ドクター・フックスの広々とした執務室に案内した。堅苦しい様子で机についている図書館の保護者は、わたしたちと同じくらい落ち着かないようだった。本当なら立ち上がるところなのに、そうはしなかったので、何か本当にまずいことになっているのがわかった。彼はフランス語で警告した。「真実を話すように」

伯爵夫人は背筋を伸ばした。「図書館について、正直にお話しできないことなどありません」

「図書館が反ヒトラーの書物を流布させているという、匿名《とくめい》の手紙が届いた」

誰かがわたしたちを密告したというのか?

「これらの風刺漫画が、おたくの収蔵品から見つかった」彼はファイルを伯爵夫人のほうへ押し出した。

伯爵夫人はページをめくった。「これらの絵の日付は戦争前です。このような定期刊行物が閲覧室の外に持ち出されることはありません」彼女はファイルを彼の机においた。「護衛兵に約束した規則を破るようなことはしないと約束します」

「もしそれが外に出回っていたら」わたしは厳しい口調で言った。「そちらのお仲間が持ち出したからでしょう。新聞を盗み出そうとした人物を見ましたよ」

「シッ」伯爵夫人は囁《ささや》いた。「話す前に考えて」

「禁止されている本を流布させているのもわかっている」彼は言った。

「ミス・リーダーに、本を破棄してはならないと言ったでしょう」わたしは言い返した。

女性館長の名前を出したせいで、彼の態度が和《やわ》らいだ。「その通りだ。だが今後は絶対に外に持ち出されないようにすること」彼はゆっくりと息を吸いこんだ。「どうやら解決に至ったようだ」

おそらく廊下で聞き耳を立てている灰色のネズミには理解できない英語に切り替えて、彼はつけたした。「あなたたちのために、嬉しいですよ。隠さずに言えば、わたし自身もたいへん嬉しい」

彼は立ち上がり、これで話は終わりということだった。ドクター・フックスでさえ灰色のネズミの近くでは慎重にしているのに気づいて、伯爵婦人とわたしは車に戻るまでずっと黙っていた。

図書館に戻る途中で、わたしはドクター・フックスの奇妙な告白を思い返した。たぶん、もしわたしたちが悪事を働いていると確認されたら、占領地区において図書館を管理する者として、彼もまた有罪となったのだろう。

伯爵夫人とわたしが建物内に入ったとたん、ボリスは引き出しから携帯用の酒瓶を出し、三つのティーカップに少量のバーボンを注いだ。伯爵夫人は椅子に座って、酒を口に含んだ。わたしは手早く、密告について説明をした。

「フックスはうちがやっている特別な配達のことを知っているのかな?」ボリスは訊いた。

「知らないでしょう」伯爵夫人は言った。「でも、今日みたいにぎりぎりで言い抜けてくるようなことがあったから、八月の年一度の休館期間を待たずに、明日、図書館の一般開放を止めるのがいいと決めました」

フランス革命記念日だ。お祝いする理由のない休日がまた一つやってくる。

第三十二章

ボリス

ボリスとアンナはいつも、火曜日の夜には近隣住人のところでトランプをした。戦争であろうとなかろうと、占領中であろうとなかろうとだ。二人はイヴァノフ夫妻の家でワインを一杯飲み、週を追って軽くなる軽い夕食を摂った。エレンは寝室でナディアと遊んだ。ドアを閉め、レコードプレーヤーにバッハをかけて、シャッターを下ろし、夫婦たちは薄切りのサーロ（ウクライナ料理。豚の脂身の塩漬け）をつまみながらくつろいだ。このテーブルで、古くからの友人ばかりだからこその信頼ゆえに、ウラディミールは彼とマリナが学校の屋根裏部屋にかくまっている生徒のことを話した。生徒の両親は消え、この生徒は誰にも言えずに三日間家に隠れていた。フランシスはまだ十三歳だが、馬車馬のように食べ、余分な食料を手に入れるのは大変だった。

話は自分自身の子どもたちのことになった。ボリスはアンナがエレンの話をするのを聞くのが好きだった。アンナの口調が穏やかになる。その目も、同様だ。パンやバター、あらゆるものを手に入れるために列を作るのに疲れているはずだったが、アンナは戦争の影響を顔に表わさなかった。眉間の皺《しわ》も、怒りもなかった。ときどきボリスは打ちひしがれて背を丸め、そう、人生に対して苦しい気分になることがある——結局のところ、革命から逃げた先で戦争に直面しているのだから。でもアンナはいつも背筋を伸ばして座っていて、その力が彼のものにもなった。

皿を片づけたあと、ボリスはカードを切って配った。アンナは自分の手札を見て笑顔になった。

それで彼も嬉しかった。

玄関ドアをノックする音がした。驚いて、四人は顔を見合わせた。何かあったのかもしれないし、なんでもないのかもしれない。ノックした人間は去るだろう。四人はそのまま待った。

バン、バン、バンと、ドアが叩かれた。四人の目が合った。誰も何も言わなかった。ウラディミール、マリナ、そしてアンナはカードをおいた。ボリスは持ったままでいた。ウラディミールが玄関へ行き、目を細くしてのぞき窓《ジュダ》から見た。その背中がこわばったことで、ボリスの読みが当たっているのがわかった。ゲシュタポだ。

ああ、捕まった――トランプをしてバッハを聞いて、子どもたちは寝室でごっこ遊びをしているところを。ウラディミールはゆっくりとドアを開いた。四人のナチスが、ドアを押し開けて入ってきた。一人がウラディミールに銃を向けた。二人が棚の本を乱暴に落とした。もう一人が寝椅子のクッションを引き裂いた。忌まわしい検査官たちは、満足を知らなかった。おそらく生徒のことが発覚したのだろう。ウラディミールとマリナは教師で、革命家ではないが、今ここで、子どもを助けたことで危険に見舞われている。ほかに、何が理由でナチスがここに来るだろう？　そもそも、ナチスに理由が必要だというわけではないが。

ボリスはもう、こうした男たちを見ても驚かなかった。パリ市民は最もいい状態のナチスを見ていた。磨《みが》き上げられたブーツを履き、故郷の母親のために小物を買うような。最も悪い一面も見た。酒を飲みすぎて通りをよたよたと歩いている姿。〝パリジェンヌ〟にすげなく拒絶されて顔を赤らめている姿。もちろん、ナチスはパリ市民の最悪の姿を見ていた。空腹で不機嫌で、肉屋で並びながら口論する姿。そう、彼らは親しい敵だった。お互いの上に立ち、隣り合い、すぐ横にいた。

銃を持ったナチスが、ドイツ語で何か怒鳴った。アンナとマリナとボリスは、まだ机の周りに座っていた。これが気に入らなかったようだ。なぜこいつらは落ち着き払って座ってるんだ？

「立て！」彼はフランス語で怒鳴った。

アンナは玉座から女王が立つように、優雅に立ち上がった。怖がっている様子は見せなかった。それをしたら、相手に勝ちを知らせることになる。

「おまえ、ドアの横に」そのナチスはウラディミールに言った。「ほかの者と一緒に立て。手を上げろ！」

四人は手を上げた。ボリスはまだカードを持っているのに気づいた。

銃がボリスに向けられた。彼を逮捕するのだろうか？　ロシアとアメリカは両方ともドイツと交戦状態で、彼はアメリカ図書館で働いているフランス系ロシア人だ。そうだ、今になって彼は銃を持っている男に気づいた。収蔵品を調べて、悪事の証拠を探していたときは、ツイードのスーツを着ていた。この検査官はしょっちゅう閲覧室にいて、オディールは「図書館の登録料を払うのが筋だろうと、あいつに誰か言ってやってほしいわ！」と言っていた。

オディールったら！　彼は笑ったものだ。彼は笑った。

ルガーが発射した。ボリスは痛みに、全身を震わせた。血が白いシャツに染みた。彼はカードを落とした。カードがひらひらと、彼の足元に落ちた。痛みは耐えきれないほどだった。彼の体が揺らいだ。踊るようにくずおれながら、彼は考えた。〝子どもたちに愛してると伝えてくれ。アンナ、ああ、アンナ。きみはぼくの気持ちを全部知っているね〟

彼は自分が倒れるのもわからず、頭が床に当たるのも感じなかった。横にアンナを感じ、赤い血がシャツから彼女の青白い手へ伝《つた》い落ちるのを見た。ナチスが叫ぶのが聞こえた。すべてが耐え難かった。ボリスは螺旋《らせん》階段をのぼり、人目につかない何列もの本に沿って歩き、〝晩年の部屋〟の甘い静けさの中に身を隠してしまいたかった。

第三十三章

リリー
モンタナ州フロイド、一九八七年八月

メアリー・ルイーズの姉のエンジェルは、〈フロイド・プロモーター〉の第一面に君臨していた。学園祭の女王。孤児たちやチアリーダーのキャンプの資金集めのために、ビキニ姿で洗車をする歌姫。彼女に見詰められたら、大人の男もメロメロになる。メアリー・ルイーズとわたしは何時間もかけて、どうしたら彼女のようになれるのか考えた。決定的な回答を求めて、わたしたちはエンジェルの部屋に忍びこんだ。スー・ボブが廊下を歩いてくる気配はないか、何か問題が起きないかと耳を澄ましながら。妬《ねた》ましいほど甘いジョルジオ・アルマーニの香水に、危険なにおいが混じった。

メアリー・ルイーズは鏡台の引き出しをかきまわした。ソフトボールでも入りそうなほど大きなカップの黒いブラジャーを、指で引っ掛けて持ち上げた。素肌より柔らかいアンゴラのセーターをなでて、平らな胸の前に当ててみた。ロビーの手が、わたしを愛撫しようとしてセーターの下に滑《すべ》りこんできたら、どんな気持ちだろう？　どきどきした。ベッドの下に、過去のパーティーで使ったコサージュと、ピンクのプラスティック製の箱の入った靴箱を見つけた。その中に、錠剤がカタツムリの殻《から》のように丸められてあった。手の上の経口避妊薬は、銃のように思えた——両方とも、人間の体の動きを止める力がある。わたしは錠剤を一粒、ホイルから出した。でもメアリー・ルイーズに戻せと言われた。

キャビネットの上に、化粧品が外科医の道具のようにトレーに並んでいた。青いアイライナーをつけると、エンジェルの目は果てしない海のようになる。わたしたちがつけてみたら、ビックのボールペンでいたずら書きしたみたいな変な感じになった。最後にわたしたちは、ガニー・サックスのシルクのワンピースの詰まったクロゼットに夢中になった。それらを触っていると、天国に手が届いたような気がした。

家に帰ったら、オディールとエレナーが寝椅子で待っていた。

「スー・ボブから電話があったわよ」エレナーが立ち上がりながら、冷たい声で言った。

諜報報告がわたしよりも先に家に届いているだなんて、信じられなかった。

「勝手にひとのものを覗き見するのはいけないことだって、わかっているでしょう」エレナーは怒っているわけではなかった。彼女は……心配そうだった。「わたしがあなたのものを内緒で見たら、どんな気持ちがする？」

「見ればいいじゃない！」わたしは苦々しく答えた。「秘密なんかないもの」

「お嬢さん《マ・グランド》」オディールも立ち上がった。「誰にでも秘密があるし、個人的な感情を持っている。あなたのお父さんも、エレナーも、わたしもね。誰かが話す気になって話をしてくれたら、それに感謝しなさい。相手の守備範囲を認めて、それが自分とは何も関係がないことを理解しなさい」

わたしがオディールの助言を理解できていないのを見て取って、エレナーが簡単に言い直してくれた。「覗き見はしないこと。厄介ごとに巻きこまれることになるわよ」

「経口避妊薬を持っていたのはエンジェルなのに、どうしてわたしがお小言をくらうの？」

エレナーは息をのんだ。わたしは満足感を感じた。

オディールはきつくわたしの腕をつかんだ。「よく聞きなさい。誰かの秘密を漏らすほど悪いことはない。どうしてわたしたちに——相手が誰でも——エンジェルの個人的な問題を話したの？

彼女を困らせたいの？　評判を落としたいの？　傷つけたいの？」

「何も考えていなかったんだと思う」

オディールはわたしをにらみつけた。「そう、次は考えなさいね！　そして口を閉じておくこと」

「告げ口するひとは嫌われるわよ」エレナーが言い足した。彼女とオディールは寝椅子に戻り、二人の会話を再開した。

「じゃあ、行くべきだと思う？」オディールは訊いた。珍しく、彼女は確信がないような話しぶりだった。

「どこへ行くの？」わたしは訊いた。

「シカゴよ！」エレナーは甲高《かんだか》い声で言った。

「シカゴか」わたしはため息をついた。わたしだってわたしのやること全てに目を光らせているひとたちから逃れて、超高層ビルやすてきなレストランがいっぱいある街に行きたいものだった。

「ぜひとも行くべきよ！」

「四十年前にここに来たとき以来電車に乗っていない。それに友だちのリュシエンヌとは、どれほど会っていないかしら」

「どうして今まで行かなかったの？」わたしは訊いた。

「招待はしてくれたんだけど、バックが行きたがらなかったの。彼が死んでからも、断わるのが習慣になってしまった」

「どんな店や劇場があるか考えてみて！」エレナーは言った。「ああ、チャンスさえあったらわたしも……それに、お友だちに会うのは楽しみでしょう？」

「一ヵ月も滞在するようにと言ってるのよ」

「リリーとわたしで、駅まで送っていくわ」エレナーは言った。

「考えてみるわね」オディールは言った。わたしの経験では、これは否定的な答えだった。

その夜ベッドに入って、『帰郷』を読みながら眠りかけていたとき、部屋のドアの下の隙間から言い争うような声が聞こえてきた。「スー・ボブは自分の娘たちを管理できないくせに、うちの娘の育て方に口出ししようっていうのか？」パパが言った。「エンジェルは手に負えない子だ、そしてメアリー・ルイーズはそのあとを追いかけてる」

「ばか言わないで」エレナーは言った。「メアリー・ルイーズは元気がいいだけよ」

寝ぼけ眼《まなこ》のわたしの胸に、感謝があふれた。ドアが軋《きし》んで開き、エレナーのアイソトナーの上履きが絨毯《じゅうたん》とこすれて小さな音を立てた。彼女はわたしのランプを消した。

「ありがとう」わたしは囁いた。

「何が？」

覗き見をしたことで怒らなかったこと。オディールに旅行を勧めたこと。メアリー・ルイーズのいい面を見てくれたこと。理解してくれたこと。わたしはこのどれ一つ口にせず、掛け布団にくるまったが、しばらくなかったくらいに幸せな気分だった。


何日かのち、エレナーとわたしは車でオディールを、ウォルフ・ポイントの駅まで送っていった。後部座席に座り、通り過ぎていくやせた土地を眺めながら、わたしは自分が旅立つのであればいいのにと考えた。

プラットフォームで待っているとき、オディールは訊いた。「彼女が変わっていたらどうしよう？　気が合わなくなっていたら？　困ってしまうわ」

「早く帰ってくればいいじゃないですか」エレナーは言った。「フロイドはずっとここにありますから」

「わたしが恋しく思うのはフロイドじゃないのよ」オディールは答えた。

わたしは足を彼女の足にのせた。「わたしもあなたがいないと寂しい」

エンパイア・ビルダーが音を立てて止まり、オディールは乗りこんだ。人気《ひとけ》のないプラットフォームで、エレナーとわたしは小さくなっていくオディールに手を振った。


二週間後、夕食の席で、わたしはジョーの鶏肉を切りながら、運転免許の教習を受けたいと、またパパに頼んだ。「メアリー・ルイーズはもう免許を持ってるのよ」

「どうして他人と比較するんだ？　おまえはきれいで、唯一無二の娘だ」

わたしはジョーの顔じゅうについているケチャップを拭いた。「確かに唯一無二だわ、クラスで仮免を持っていないのはわたしだけだもの」わたしはパパに、わたしのことを永遠にこの家に閉じこめておくことはできないと言いたかった。わたしはすでに、ゴミ捨て場に続く泥道で、メアリー・ルイーズに運転を習っていた。たいして難しくはなかった。

「フリン家の娘さんの事故があっただろう、心配でしかたがない」パパは言った。「おまえには危険を冒してほしくない」

ジェス・フリンは酔っぱらって運転していた青年たちと一緒に、ピックアップ・トラックに乗っていた。そのフォードが道路を外れて、ジェスは即死した。この町は五年間も彼女の死を悼んでいる。

「十代の子たちはお酒を飲んで車で学校へ行き来したりしないわ」エレナーが言った。「若い娘がちょっと自立するのは、何も悪いことじゃない。大学に行く前に、少し経験を積んでおくほうがいいんじゃない？」

パパはエレナーを、わたしに好かれたいから味方をするといって責めた。エレナーはテーブルを片づけ始めて、皿にナイフやフォークを乱暴に投げ入れた。わたしは自分の始めた話し合いのせいで、夫婦喧嘩の板挟みになった。

夕食後、メアリー・ルイーズが来た。床で胡坐《あぐら》をかいて、ベッドに寄りかかり、二人でザ・キュアーを聞いた。

「パパとエレナーはまた喧嘩したの」わたしは言った。「シカゴに逃げたかったなあ」

「お金を貯めるのにけっこうかかるよ。三十歳になったら行けるかもね」

「それじゃあ、歳を取りすぎて楽しめないわ」

「リリー」エレナーが階下から叫んだ。「音楽の音を小さくして。ベンジーが怖がってるの！　二人でオディールの家の植物に水をやりにいったら？　今ごろ半分ひからびてるわ」

オディールの家の居間は変わっていないようだった——椅子の近くにシダの籠《かご》、わたしの作った工芸品、ラベンダーのサシェや革製のしおりなどが並んでいるコーヒー・テーブル——でもバッハはかかっていないし、誰も、どんな一日だったかを訊いてもくれなかった。家の中に焼きたてのクッキーのにおいもなかった。かびっぽいにおいがしていて、その場が空虚に感じられた。カーテンが引かれ、オディールもおらず、部屋は魂の抜けた体のようだった。

家全体が、わたしたちに開放されていた。わたしたちは好きなことをなんでもできた。こんなチャンスは二度とない。わたしは引き出しを開けたが、古い新聞の切り抜きのほかは何もなかった。

「何を探してるの？」メアリー・ルイーズは、カサカサになったシダに水をかけながら訊いた。

「手がかりよ」オディールが話そうとしない事柄を発見したかった。別の写真、ラブレターや日記が見つからないかと、棚から本を取り出した。禁じられたことは刺激的だった。それに、ほかにどうやって物事を知ることができる？　〝覗き見はしないこと。厄介ごとに巻きこまれることになるわよ〟わたしはかすかな罪悪感を覚えたけれど、ページをめくり続けた。

「リリーは自分で思ってるほどオディールを知らないのかもしれない。もし彼女がナチスの恋人だったりしたらどうするの？」

わたしは〝図書館の保護者〟の写真を思い出した。ナチスにしては、悪い外見じゃなかった。わたしはかぶりを振った。「まさか！　オディールは抵抗運動をしていて、本に隠された暗号を解いていたのよ。きっと活動家の一人とつきあっていたか、もしかしたらその恋人は秘密の任務で命を落としたのかもしれない」

「彼女はそれから一年間笑わなかった」メアリー・ルイーズが物語を続けた。「でもそれからミスター・グスタフソンと出会って、彼のおかげでふたたび笑うことができた。ところで二人はどこで出会ったの？」

わたしは想像した。「彼はフランスにパラシュートで降りて、敵に撃ち落とされた。病院に収容されて、彼女はその病院で週に一回ボランティアで働いていた」

「彼と出会ってからは、毎日働くようになったとかね」

わたしたちはオディールの結婚式の写真を見た。オディールは唇をしっかり結んでカメラを見詰めている。バックは彼女を見下ろし、その目には言葉にはならない愛が見て取れる。

「彼が病院のベッドに横たわって、憧れのまなざしで彼女を見上げているところが想像できない？」わたしは訊いた。

「彼女のほうも彼が好きだったけど、口に出せなかった。当時は、女性は内気なふりをしなければならなかったから」

「そうね」わたしはオディールがベレー帽をかぶり、パパに立ち向かったのと同じようにゲシュタポの相手をしているところを想像した。きっと彼女はアパルトマンにユダヤ人をかくまっていた。

「もしオディールがアンネ・フランクをかくまっていたら、彼女は今も生きていたわね」

「きっとね」メアリー・ルイーズは言った。「ほかに何があるか、見てみよう！」

わたしたちは本を山積みにしたまま、寝室へ向かった。メアリー・ルイーズはクロゼットの中に入っていった。「宝石箱よ！　きっと昔の恋人からもらったルビーがたくさんあるわ！」

わたしも彼女を追いかけて中に入った。二人では入りきらない広さだった。わたしの頬が、オディールのブラウスの袖に触れた。掛け釘に掛かった黒いレースのネグリジェ――見るだけで頬が赤らんでしまう、とても官能的なもの――が揺れた。バックの銃が隅にあった。わたしたちはオディールの部屋に、彼女のクロゼットの中に、彼女のものがあるところにいてはいけない。それはわかっていた。でも、まだ店に陳列されているかのように畳まれたカシミアのカーディガンを撫でるのをやめられなかった。

メアリー・ルイーズは上から二番目の棚の白い箱を指さした。わたしはそれをつかみ、彼女が金色の留め金をはずした。

「鍵がかかってないの」わたしは驚いた。

「手を抜いたわね」メアリー・ルイーズは紙の束を持ち上げた。

「ラブレターかもしれない！」

それこそわたしが望んでいたものだ。恋人によって書かれた、オディールの過去の欠片《かけら》。バックか、他の誰か。魅力的な外国の誰か。紙はベーコンのようにぱりぱりしていて、年を経て黄色くなっていた。わたしは最初の紙を手にした。女性らしい流れるような手書きの文字はオディールの字に似ていた。それでは恋人からの手紙ではない。フランス語は難しかった。その手紙には、〝はしゃぐ〟のような、一度は見たことがあるけれどとっくに頭の隅っこに追いやってしまった単語がたくさん使われていた。

パリ

一九四一年五月十二日

警部どの

なぜ隠れ住んでいる無申告のユダヤ人たちを捜さないんですか？　コーエン教授の住所はブランシュ街三十五番地です。彼女はソルボンヌ大学で文学とやらを教えていました。今では学生たちを自宅に招いて講義をし、同輩や学生、特に男性とはしゃいでいる様子——あの歳でね！

外出するとき、ひらひらした紫色のケープを着て頭にクジャクの羽根を挿しているので、一キロ先からでもその姿がわかります。あのユダヤ女に洗礼証明書を、パスポートを見せろと言えば、彼女の宗教が書いてあるでしょう。善良なフランス人男女が働いているあいだ、あの女性教授はぶらぶらして、本を読んでいるのです。

わたしの指摘したことは事実です。あとはそちらにお任せします。

知っている者より

四十五年前の憎悪がページから立ち上がってきた。オディールが過去について話さない理由はこれか？　あまりにも醜い言葉のせいか？

わたしは誰かが振ったスノー・ボールの中にいるような気がした。ただし中のものは糊《のり》づけされておらず、何もかもがふわふわと浮遊している——煉瓦の家、街灯、野良猫、パトカー。わたしたちのすべてが雪とともに揺れ動いた。いや雪ではない、ただの黄ばんだ紙片、わたしが手紙から作った古びた紙吹雪だ。

メアリー・ルイーズはわたしを叩いた。「どうして破いたりしたの?」

「え?」わたしは呆然としたままで言った。

メアリー・ルイーズは足元の紙片を指さした。「彼女に気づかれるわよ。困ったことになる」

もはや何も意味をなさなかった。「かまわないわ」

〝図書館の保護者〟の写真が頭の中に蘇《よみがえ》った。オディールはあの写真を、愛する者たちの写真と一緒に保存していた。たぶん彼女はナチスとデートしていて、その仕事に協力していたのだ。だって彼女は二度とフランスに帰らず、彼女の家族が訪ねてくることもなかったのだから。家族に勘当されたのかもしれない。

「手紙になんて書いてあったの?」

ひとがどれほど残酷になれるか、メアリー・ルイーズに知ってほしくなかった。オディールのしたことについて、わたしの疑惑を教えたくなかった。あの手紙を書いたのが彼女でなかったら、なぜそれを彼女が持っているのだろう?

「なんて書いてあったのよ?」メアリー・ルイーズは繰り返した。

「意味がわからなかった」

「いいわ」メアリー・ルイーズはわたしの背中を叩いた。「自分で思うほど、フランス語を喋《しゃべ》れないのかもね」

わたしたちは望んでいた手がかりを見つけた。そして今は……わたしは寒気を感じた。胃のあたりが落ち着かなかった。

「あれがわからなかったんなら、別のを読んでみたら」メアリー・ルイーズは箱の中にある手紙を指さした。

「理解すべきことなんかないわ。あんなのはごみよ。古いごみ」わたしはそれらを破ろうとしたけれど、メアリー・ルイーズは手紙を奪い取って、見つけたときのように折りたたんだ。

「うちに帰りたい」わたしは言った。

「そのほうがいい。帰るべきだわ」

「ええ、そうでしょうね」オディールが言った。

オディール。

わたしたちが振り返ると、オディールがいた。彼女の眉が上がり、クエスチョン・マークのような曲線を描いた。この部屋で何をしているの？　足元の紙切れは何？

オディールはわたしと会って喜んでいた。唇の両端が上がっている様子や、優しい視線に、それを感じた。

メアリー・ルイーズとわたしは面倒ごとには慣れていたが、現行犯で捕まったことはなかった。心の一部でオディールに、プライバシーを侵害したことを詫びたいと思ったが、彼女に謝ってもらいたいという気持ちのほうが強かった。卑劣な手紙、恐ろしいフランス語をわたしに教えたこと、そして嘘つきでありながら抵抗運動に参加していたと思わせたことについてだ。

「本を棚から出したのはあなた？」オディールの口調は落ち着いていた。

手紙を放り出して、メアリー・ルイーズはわたしを押しのけて走り去った。でも、オディールに一つ教えてもらったことがあったとしたら、それは自分の主張を守ることだった。わたしは彼女の目をまっすぐ見返した。彼女の柔らかな茶色い目を、まっすぐに。「あなたは何者なの？」

第三十四章

オディール
パリ、一九四三年六月十九日

　ビッツィは挨拶をしようともしなかった。いきなりわたしの寝室に飛びこんできた。わたしは机で、レミーに手紙を書いていた。汗にまみれ、息を切らして、彼女は言った。「ボリスはトランプをしてた！」

「トランプ？」

「そして撃たれたの！」

「撃たれた？」わたしは胸を押さえた。「彼は……生きてるの？」

「ピティエ病院に、尋問のために連れていかれたわ」

　ゲシュタポの管理下にある〝同情《ピティエ》〟病院は、文字通り死の宣告だった。だめ、ボリスがそんなことになるなんて。また一人友人を失うなんて耐えられない。

「家にいても、じっとしていられなくて苛々《いらいら》するばかりで」ビッツィは続けた。「それで少し仕事をしようと思って図書館に行ったの。伯爵夫人がドクター・フックスと話して帰ってきたところだった。真夜中にボリスの奥さんから電話があったんですって。朝、伯爵夫人はすぐに図書館の保護者のところへ行った。〝ボリス・ネチャエフは二十年近く図書館で働いていました〟彼女は彼に告げた。〝彼はけっして、図書館の害になるようなことはしません。何かあったら力になると約束してくれましたよね〟

彼は報告書を用意するように言った。ふん！　伯爵夫人は、ナチスとその報告書について、よく承知してた。事件についての全容を記した、タイプされて証人のサインのある報告書を提出したわ。彼は誰かに電話をして、その相手から、ボリスが強制移送される予定だと聞いた」

「強制移送！」

「でもドクター・フックスがあいだに入ると約束してくれたそうよ」

それは意味あることだった。彼は約束を守るとわかっている。図書館の保護者は、ほかの連中ほど悪くはない。「ボリスのために何ができるかしら？」

「アンナを助けるのね」

わたしたちはパリ近郊のサンクルーにあるネチャエフ一家の家に自転車で行った。アンナはいるだろうか？　わたしたちはアパルトマンに招き入れられた。そこには友人や親戚がたくさんいて、抑えた声で話していた。そう、エレンは隣の部屋にいて、すべてを聞いていた。可愛そうに、あの子はまだ六歳なのに。ナチスは何を探していたのだろう？　アンナがボリスに会えますようにと願った。その後ゲシュタポが午前三時に戻ってきただなんて、信じられるだろうか？　テーブルにあったのを見た、煙草が欲しかったそうだ。

その夜遅く、アンナは月のように青白い顔をして戻ってきた。ゲシュタポは彼女を地下のじめじめした部屋に入れて、見知らぬ男たちの写真を次々に見せた――ボリスに見せたのと同じものだ――それから彼女に、彼と会うのを許した。ボリスはまだ血のこびりついたシャツのままで、医師の診察も受けていなかった。

八月に、ボリスはドクター・フックスの介入のおかげでアメリカ病院に移された。彼は肺を撃ち抜かれていて、数日のあいだ傷の手当てを受けられなかったせいで、命にかかわる感染症にかかった。一ヵ月後、ようやく妻以外の見舞いが許された。病院の入り口の大きなホールで、アンナはビッツィとわたしに言った。「彼は具合がずいぶんよくなったの。昨日なんて、ジタンを一箱持ってきてくれなんて冗談を言ってたわ」

わたしは、冗談かどうか確信が持てずに微笑《ほほえ》んだ。

「こんにちは！」マーガレットが言って、駆け寄ってきた。「遅れてごめんなさい」

わたしは何週間も彼女に会っていなかった。日に焼けて呑気な様子で、幸せに満ち溢れている。

「ボリスが大変だったわね！」と、マーガレット。「どうしてもっと早く教えてくれなかったの？」

「電話したわ」わたしはそっけなく言った。「でも返してくれなかった」

「ずっと海岸に――」マーガレットはビッツィとアンナをちらりと見た。「海岸にいたのよ。もっとまめに連絡するべきだったわね」

ボリスに会いにいく途中で、看護師の一人がわたしに親しげに挨拶をしてきた。覚えていてくれて嬉しかった。アンナがボリスの目が覚めているかどうか確認するあいだ、わたしはその看護師と廊下でお喋りをした。

部屋に入ると、まっすぐボリスに近づいた。ママがするように、世話を焼いて彼の胸元の毛布を直した。鎮痛剤のせいで緑色の目は弱々しかったが、口の端は何かふざけたことを言おうとするときにしたように上がっていた。

「われわれの国は本当にフランス・カフカになった」

「〝変身〟だったわね」わたしは軽い口調を心がけた。

「貸出デスクに一人きりにして悪かったな」彼は言った。

「気にしないで――本を読むひとたちの力になれるのが嬉しいの。もちろん、常連さんたちは例年の休館期間があっても、毎日来ることをやめたりしないわよ！　さあ、働き過ぎ《オーヴァードゥ》はだめよ、約束してちょうだい」

「返却期限切れ《オーヴァーデュー》はだめだって？」彼はからかうように言った。

ビッツィは胸がいっぱいで話すことができず、彼の頬にキスをして、部屋の隅に行ってしまった。

「ボリス、タイミングがよくて感服したわ」マーガレットは言った。「夏の休館期間に撃たれて回復するなんて」

「撃たれるのは初めてじゃない」ボリスは気だるそうに言った。「でも、これで最後にしてほしいものだ」

「なんですって？」彼女は叫んだ。

ボリスの瞼《まぶた》が、震えながら閉じた。

「すぐに疲れてしまうの」アンナはわたしたちを出入り口まで送ってきて言った。「でも、もうすぐ仕事に復帰するって言い張っているわ」

「きっとそうだと思う」ビッツィは言った。「今度はいつお見舞いに来られるかしら？　エレンの子守は必要じゃない？」

二人が話している傍《かたわ》らで、マーガレットはわたしを脇に引っ張っていった。「フェリックスを娘に紹介できない、まだ幼くて秘密を守れないから。でも、誰かに彼と会って、どれほど優しいひとかを見てほしいの。あなた、彼に会ってくれない？」

マーガレットは本気で、わたしが彼女の恋人とお茶を飲むと思っているのだろうか？　「そのひととつきあうべきじゃない」わたしはぴしゃりと言った。

「彼はわたしの命を救ってくれた。レミーのことも救っているのよ」

マーガレットは正しい。でも、まちがっている。

「一時間だけ、お願い」マーガレットは言った。

マーガレットはしょっちゅう考えずに話すが、こんなにひどいことを頼むだなんて、考えが足りないだけでなく、頭がおかしくなっている。

「五分だって嫌よ！」

「あなたに何か頼まれたら、わたしは断わったことはなかったわ」彼女は怒って言った。

「あなたたち、喧嘩してるの？」ビッツィが訊いた。

「なんでもないの」わたしは言った。「わたしがときどき怒りっぽくなるの、知ってるでしょう」

「ときどきかしら？」ビッツィは片眉を上げた。

〈戦争捕虜郵便〉

一九四三年九月三日

親愛なるオディール

これがぼくからの最後の手紙になるかもしれない。ずっと具合が悪くて、仲間たちから、うわごとを言っていたと言われた。傷が治らず、薬がないから感染症が悪くなるばかりだ。

この戦争のせいで、あるいはどんなことがあっても、ポールと別れたりしないように。彼と結婚して、毎晩彼に抱かれて寝るんだよ。ぼくたちの両方が惨《みじ》めにならなければいけない理由はない。もしぼくがそっちの立場だったらビッツィと一緒にいる。いつ何時も彼女と過ごしているはずだ。

何があっても、どうぞ悲しまないで。ぼくは神さまを信じてる。信仰に努めよう。

愛をこめて

レミー

わたしはレミーが、愛する者たちから遠く離れたところで、冷たい木の寝台に寝ているところを想像した。ああ、レミー。お願い、帰ってきて。お願い、帰ってきて。胃のあたりが震え、わたしはトイレに行って、うずくまって吐いた。お願いだから死なないで。お願いだから死なないで。胃の中に何もなくなったとき、わたしは廊下に出て、壁に寄りかかった。お腹も頭も心も、全身が痛んだ。わたしは顔をこすり、髪の毛に指を通してから、首筋をなでて痛みを和らげようとした。わたしたちにできることが何かあるはずだ。洗面台の戸棚を開き、軟膏《なんこう》、からし泥《でい》、アスピリンの瓶(錠剤が三つ残っている)、なんでもいいから役に立ちそうなものをつかんだ。それらを両腕で抱えて、箱を探しにキッチンに行った。

「どうしたの?」ママはテーブルの上が散らかっているのを見て言った。「その髪の毛は何? 頭がどうかしちゃったの?」

わたしは手紙を読んで聞かせた。

「ああ、可愛い子……」ママは荷物を作るのを手伝ってくれた。ママもわたしも、その月に送れる量をすでに超えているのに気づいてはいたのだが。「当局が認めてくれないかもしれない」ママは言った。「でも送ってみましょう」

ママのほうが冷静なのに驚いた。この手紙が来るまで、わたしはレミーが帰ってくると信じていた。大戦争を経験しているママは、もっとよく事情を知っていたのかもしれない。だからこそ、レミーが捕虜になったという知らせにあれほど打ちひしがれたのだ。

一週間後、仕事から帰ったとき、アパルトマンが真っ暗で誰もいないようなので驚いた。廊下の明かりをつけて、居間の中を見た。たった一人、ママが黒い服を着て座っていた。「知らせが来たわ」ママは言った。ママの頰、そして唇さえ、幽霊のように白かった。ママの顔から感情が、血液のように排出されてしまっていた。

ママの足元に紙切れが落ちていた。わたしはレミーが死んだのだと知った。

その昔、レミーとわたしが十歳のとき、つかみ合いの喧嘩をしてわたしが勢いよく倒れたことがあった。すごい衝撃で、息ができなくなった。仰向けになったまま身動きできず、頭を上げられず、「レミーのせいじゃない」と言うこともできなかった。何かが切れてしまって、麻痺《まひ》したんだと思った。今、そのときと同じ感覚だった。上着を脱ぐことも、瞬《まばた》きもできず、ママに歩み寄ることもできなかった。胸の中が冷たく凍りつき、その場に立ち尽くすばかりだった。

「長いあいだ、あの子が解放されるのを望んでいた」ママは言った。「あの子がわたしたちのもとに戻ってくることを」

「わたしもよ、ママ」わたしは喉が詰まった。「わたしも」

望みを抱くのは辛いものだったが、望みを諦めるのはもっと辛いことを、今わたしは知った。ママの横にしゃがんだ。ママはわたしの手を握った。ママのロザリオが、手のひらに食いこんだ。

「でもね、最後の手紙が来る前から」ママは言った。「わかっていた。なぜか、わかっていたの」

「知らせが来たとき、一人だったの？」わたしは訊いた。

「ありがたいことに、ウジェニーがいたわ」

わたしはランプをつけた。「彼女はどこに？」

「喪服を着たいと言っていた」

「パパに連絡するべきでしょう」

ママはランプを消した。「あのひとには知らせてやらなくていいわ」

「ああ、ママ……」

「レミーはあの人に男であることを証明するために入隊した」

そうだとしても、非難してもレミーは戻ってこない。もしこだわった気持ちのままでいたら、ママにとってはパパまでが、レミーのように死んだも同然になる。ママを恨みから離れさせなければならない。

「ビッツィに言わなくちゃ」わたしは言った。

「明日でいいわ。心を打ち砕く前に、あと一晩ゆっくりさせましょう」

黙ったまま、ママとわたしは悲しみのショックに浸っていた。どれくらいの時間だったかわからない。〝もちろん彼は死んでいない。彼女自身が感じることや考えることを終えるまで、彼は死なないのだ〟八一三。『彼らの目は神を見ていた』彼のことを考え続けなければならなかった。机で記事を書いているレミー。わたしたちのお気に入りのカフェで、三毛猫を膝《ひざ》に乗せてコーヒーを飲むレミー。ビッツィと笑っているレミー。レミー。ああ、レミー。〝仲間たちから、うわごとを言っていたと言われた〟レミーは逝ってしまった。彼に言いたいことがたくさんあるのに、どうしてこんなことになるのだろう?

第三十五章

ポール

警察署の机で、ポールはたった一つのことを考えていた。オディールだ。彼女に意識を集中していれば、ほかのことを忘れられた。初めて会ったときのオディール——彼女は怒っていて、彼には理由がわからなかった。花束をあげたときのオディール、その視線が和らいだ。彼女の口は、さくらんぼのように甘酸っぱい。腰の揺れ。黒いドレスを着たオディール、それを着ていないオディール。彼女の胸。ポールはそこを愛撫し、味わうのが好きだった。

上司が机を叩いた。「仕事がないのか？」

ポールは椅子に座りなおした。「はい。でも——」

「質問に答えるのが仕事じゃないだろう。黙って命令に従え。一覧だ」

ポールには理解できなかった。戦争が勃発したとき、警察は共産主義者、フランス在住のドイツ人反戦論者、たくさんのイギリス人——女性さえも、そしてユダヤ人を逮捕した。机の横のポスターに、規則が書いてあった。〝フランス人であろうと外国人であろうと、男女両方のユダヤ人は無差別の取り調べの対象となる。拘禁してもいい。警察官は現在の秩序の保持に責任を持つ〟

アパルトマンから住人を追い出すのを楽しんでいる同僚もいた。不愉快な仕事から逃げるために仮病を使う者もいたが、それはポールのやり方ではなかった。彼は自由地区に逃げることも少し考えた。でも父親のように責任を放棄するのは嫌だった。自由フランス軍とともに北アフリカの戦闘に参加したかったが、オディールを捨てることはできなかった。オディールが何よりも優先されると示すため、彼女の父親が提案した昇進を断わった。誰にも告げたことのない事柄を、オディールには話した。彼の選択。オディールか、その他すべてのものや人物か。決めるのは簡単だった。

彼は一覧の、いちばん遠い住所に向かって出発した。仕事については考えたくなかった。それを頭の中から消してくれるのは、オディールだけだった。ベッドの上のオディール。裸のままキッチンで、見知らぬひとの銅鍋で熱いココア《ショコラ・ショー》を泡立てるオディール。最初のうち、逢引きは刺激的だったが、今のポールはこそこそするのに疲れていた。オディールと結婚したかった。レミーが帰ってこなかったらどうしよう？　その可能性を、誰とも話せない。ポールに何ができるだろうか？　特別認可書を取って、オディールがいいと言ったらすぐに……。住所に着いた。これからすることを、考えたくなかった。愛してる《ジュ・テーム》というオディール。ポールの絵を誉めるオディール。エリュアールを朗読するオディール。オディール。オディール。オディール。

ポールは二階分の階段をのぼり、呼び鈴を押した。白髪頭の女性が玄関に現われた。彼は言った。「マダム・イレーヌ・コーエンですか？　警察署までおいでください」

「わたしが何をしたというの？」

「何もないかもしれません。でもあなたは――」年寄りだと言ってもよかったが、女性に年齢のことを指摘するのは失礼だ。「無差別の調査です」

女性がテーブルから本を取ろうとして向こうを向いたとき、ポールはお団子にまとめた髪にクジャクの羽根が挿さっているのに気づいた。「本を持っていくのはいいことです」彼は言った。「手続きは、日を追って時間がかかるようになっていますから」

「あなたのことは知っているわ。オディールの婚約者でしょう」女性は薄い本を彼の胸に押しつけた。「これを彼女に渡して。どうすればいいか、彼女はわかっているから」

ポールは驚いて受け取り損ね、本を落とした。その背が床に当たってページがめくれたとき、アメリカ図書館の蔵書票が見えた――アトルム・ポスト・ベルム、エクス・リブリス・ルクス。オディールが、〝戦争という暗闇のあとに、本という光がある〟という意味だと言っていた。

ポールは本を拾った。「マダム、わたしは警察官で、使い走りではありません。あなたは夕食までに帰れますから、自分で返却できますよ」

「若いかた、ずいぶん世間知らずね」

ポールは立ち上がり、女性を怒鳴ろうとした。世間知らずだって！　自分は充分に世間を知っている！　兵士ではないからといって、何も見ていないわけではない。フランスじゅうを旅行した。自分と母親の生活費を稼いでいる。頭に羽根をつけたおかしな女性に、何が判断できるというのか？　髪に羽根。ようやくポールは、おぼろにだが思い出した。図書館には年寄りがたくさんいて、その全員の名前を知っているわけではなかった。彼はオディールが、大好きな登録者だといって、髪にクジャクの羽根をつけた教授のことを畏怖するように話していたのを思い出した。

コーエン教授はコートを着た。ポールはその襟《えり》に黄色い星を見て、汗が吹き出し、恥とともに体を伝い落ちるのを感じた。彼はオディールに一斉検挙の話をしたかった。七月の恐ろしい朝、彼はオディールの父親も含む警察隊とともに、何千人ものユダヤ人を、家族ごと、子どもたちまで逮捕した。だがそれは彼の仕事であるだけでなく、オディールの父親の仕事でもあった。

ポールは両手で持っていた図書館の本について考えた。オディールを守るべきか、彼女に打ち明けるべきか？　職務を遂行してコーエン教授を逮捕するべきか、それともこのアパートを出て、二度と戻らないことにしようか？

第三十六章

オディール

　知らせが来て以来、ママはわたしをどこにも行かせなかった。十日間、ママはアパルトマンじゅう、わたしのあとをついて歩いた。わたしはレミーのことを想い、彼を悼むために一人になりたかったが、ママがいつも見ていた。わたしは寝椅子に座って『海の沈黙』（ヴェルコール著）、八四三を開き、衝立のように持ち上げた。一瞬でも静かな時間、もっと言えば、仕事に戻れる時間が欲しかった。図書館はわたしを必要としていたけれど、わたしは家から出られなかった。

「不安になるような本じゃないといいけど」ママは言った。

　わたしは本をおろした。「ボリスの仕事復帰の初日に行けなかった。まだ彼は仕事のできる状態じゃないのに」

「あなただってよ！　ひどいショックを受けたんだから」

　ママが受け入れた唯一の来訪者はウジェニーだった。黒い服を着た二人が窓辺の植木箱で育てているニンジンを世話する様子を、わたしは見た。

「あと一日か二日ね」ママは言った。

「もう少し大きくなるわね」ウジェニーも賛成した。

　浴室へ行き、二人は洗濯の準備をした。掃除をしていた家政婦はパリを去ってしまった。誰もそれについて彼女を責めはしない。でも洗濯という仕事が残された。ママとウジェニーは、この仕事をするのに古いペティコートをはいた。浴槽にリネン類を入れて、熱湯を注いだ。こすって、ゆすいで、絞る。この重労働によって、二人の顔は満足感で輝いた。ママに何かするべきこと、泣くよりもましなことができたのだ。

わたしも手伝おうとしたが、ウジェニーにどけられた。

「手ががさがさになるわよ。こんなことをする時間は、今後いやというほどあるんだから」

二人は絞った。わたしは用無しの気分だった。

「この戦争め」ママは言った。

「この戦争め」ウジェニーも言った。

この戦争は奇妙な同志を生み出した。

「やらせて」わたしは濡れたタオルを絞ったけれど、水はほとんど出なかった。

「彼女は農場では役に立ちそうにないわね」ウジェニーはくすくす笑った。

「娘は街育ちだから」ママは自慢げに言った。「筋肉よりも知力が優っているのよ。わたしがこの子ぐらいの歳のころは、何も考えずに鶏《にわとり》の首を落とせたわ」

ポールに会いたくて、図書館に行きたくて、頭がおかしくなると思ったとき、ビッツィが玄関のドアを開けて、ママを押しのけてきた。わたしたち同様、彼女は喪の服装だった。「あなたが必要なの」彼女は非難するようにわたしの胸をつついた。まるでわたしが、自分から望んで家にこもっているかのように。「伯爵夫人は体が弱いのよ。ボリスはベッドから出るべきじゃない。わたしたちみんなが苦しんでるの」

ウジェニーは視線をママに投げた。「オディールは休む必要がある」

「わたしもよ」ビッツィは言った。「あなたもでしょう」

「オディールにここにいてほしい」ママは震えた。「この子に何かあったら……」

突然、家にいさせられた理由を理解して、わたしはママを抱きしめた。

古びたドアの側柱に寄りかかり、わたしは貸出デスクで忙しく働いているボリスを見た。スーツを着ているが、やつれた様子だった。こめかみのあたりに銀色の白髪が見える。伯爵夫人とドクター・フックスがいなかったら……彼はわたしに気づいて、不安定な様子でゆっくり立ち上がった。傷が心配で、わたしはおずおずと彼の頰にキスした。彼はやせ細った腕でわたしを抱きしめた。粗野なジタンのにおいに包まれて、わたしは言った。「煙草を吸ってるってばれたら、アンナに殺されるでしょう」

「まだ無事な肺が一つある」彼は抗議した。

わたしは笑った。彼に触れていたくて、わたしは彼のネクタイから小さなごみを払った。

「レミーのこと、気の毒だったね」彼は言った。

「ええ。残念だったわ」

まもなく、わたしたちは取り囲まれた。伯爵夫人、ミスター・プライス＝ジョンズ、ムッシュー・ド・ネルシア、そしてマダム・シモンが悔やみの言葉を口にした。こんなに若くして。とても寂しい。残念だ。この戦争が……泣き出すと思ったとき、ミスター・プライス＝ジョンズが言った。

「大好きなレフェリーがいなくて困ってたんだぞ」

わたしは微笑《ほほえ》んだ。

「きみがいないと、喧嘩もおもしろくない」ムッシュー・ド・ネルシアが言い足した。

口調は軽かったけれど、彼らの目に浮かんでいる心配そうな表情で、本当の意味が伝わった。

わたしはこのような友人がいて幸運だ、自分の居場所に戻れて幸運だった。レファレンス室に行く途中、わたしはこの世でいちばん好きなにおいを吸いこんだ——本、本、本。

マーガレットが、最初の日と同じ躊躇《ためら》いがちな様子で、書架のあいだから現われた。ドイツ兵と会わせたがっていたのを思い出して、わたしは身をすくませた。

「レミーのこと、聞いたわ」彼女は言った。

もうめったに口にされなくなった名前を聞いて、わたしは胸が張り裂けそうになった。

「前に言ったことだけど」彼女は続けた。「余計なことをお願いしたわ。今になってわかる」

「フェリックスはすてきなひとなんでしょうし、うちの家族は彼が調達してくれた食料に感謝してる……」わたしはレミーの名前を、マーガレットの恋人と同じ文章の中で使いたくなかった。

「あなたとご家族のために一生懸命お祈りしたのよ。お宅まで行かなくてごめんなさい——行っていいものかどうか、わからなかったの」

戦争は多くのものを盗み取った。今、わたしは彼女との友情を認めるかどうか選択を迫られている。「時間の無駄になったわ」わたしは言った。「ママは誰も家に入れなかったの」

「ポールさえ?」

「ビッツィさえもよ」

「とても厳格なひとだと言っていたのは、冗談じゃなかったのね」

「仕事がたくさんあるわ」わたしは机の上のファイルを指さした。「質問に答えるのを、手伝ってもらえる?」

「よろこんで」

図書館のリズムに身をまかせて、わたしたちはその日を難問解決に費やした。(カミーユ・クローデルについての情報はどこで得られますか? クリーヴランドの歴史とは?)わたしは片手をポケットに入れて、常にレミーの最後の手紙に触れていた。全文を記憶していたけれど、その日最後の登録者が帰ったとき、ある一文が頭に思い浮かんだ。〝この戦争のせいで、ポールと別れたりし

ないように〃

わたしは分署に電話した。「自由になったわ！　図書館に来て」

中庭を歩いているとき、伯爵夫人が近づいてきた。「一度、コーエン教授に本を届けようとしたのに、留守だったの。これから行ってもらえる？」

「今夜はあるひとと約束があるんです。明日でもいいですか？」

「そうね」伯爵夫人は鷹揚《おうよう》に言った。「そのあるひとというのは、〃頬がこけて……青い目の〃？」

「ええ」わたしは引用に気づいて、つけ足して言った。「でも〃非の打ちどころのないひと〃ではありません」

伯爵夫人はアカシアの木々の下を歩いていった。がさがさと音を立てる葉が、街灯の鈍《にぶ》い光に照らされていた。わたしは『お気に召すまま』（シェイクスピア著）の別の部分を思い出した。〃これらの木はわたしの本となるだろう／その樹皮に、わたしは思いを刻みこむ〃

ポールが来たとき、わたしは彼の抱擁《ほうよう》に身を任せた。

「レミーのことは本当に残念だった」彼は言った。

わたしはさらに体を寄せた。

「行こうとしたんだ」彼は言った。「きみのお母さんは本当にきついひとだね」

「戦争で変わってしまったのよ」

「みんなが変わったよ」

わたしは戦争のことや失った愛する者のこと、最愛のレミーのことを考えたくなかった。家に帰る途中でたずねた。「仕事はどう？」

「おかしなものだ」

よくある質問だったのに、今では装塡《そうてん》した銃のようだった。そぞろ歩きながら、わたしは彼のおばさんの様子を聞いた（彼の母親のことは持ち出さないほうがいいと心得ていた）。でも彼は答えなかった。病気休暇中だった同僚は復帰したのかと訊いた。やはり答えはない。

「困ったことでもあったの？」

わたしたちは足を止めた。彼に何か言いたいことがあるのがわかった。

「話して」

「数日前……あの……お父さんがぼくたちのしていることについて……」

「父が？」わたしは言った。「父が何に口出ししてくるというの？」

ポールは肩をすくめて歩き始めた。

わたしは彼を追いかけた。「何があったの？」

彼はまっすぐ前を見ていた。「べつに、何もあるはずないだろう？」


翌日、ポールは初めて巡回の途中に図書館に寄らなかった。彼の身に何も起きていないようにと、わたしは願った。仕事で、彼はあらゆる種類の人間を相手にする。酔っ払いの喧嘩を仲裁するのはしょっちゅうだし、闇市場の連中は不正に入手した物品を没収しようとした警察官を棍棒で殴るという。心配に気を取られて、コーエン教授に届けるはずの本のことを忘れて、まっすぐ家に帰った。立て続けに二晩、ポールは来なかった。閉館時間に、わたしはコーエン教授のための小説を肩掛け鞄《かばん》に入れた。カタツムリの階段をのぼりながら、タイプの音が聞こえるものと期待したが、奇妙に静まり返っていた。ノックした。「教授？」

返答はない。

ドアに耳をつけた。静かだった。

さらに大きくノックした。「教授？　オディールです」

夜のこんな時間に、どこへ行ったのだろう？　誰かの家に行っているのか、それとも何かあったのだろうか？　姪《めい》に会いに、田舎に行ったのかもしれない。でも、旅行の計画など話に出なかった。生活が窮乏しても元気だったが、もしかしたらとうとう体調を崩したのかもしれない。わたしはもう一度ノックして、それから二十分待ってみてから、とぼとぼと家に帰った。

翌日仕事場で、わたしはボリスに話した。「初めて、教授は玄関に出てこなかったの。どうしたらいいかわからなかった。誰かに連絡してみるべきかしら？　今日、もう一度行ってみるとか？」

わたしは彼が、心配しすぎだと言うのを期待したが、ボリスは言った。「今から行こう」

歩いていく途中でボリスは、彼が本を届けているユダヤ人登録者のうちの三人が姿を消したと教えてくれた。どう理解すればいいのかわからなかった。ナチスによる陰険な監視下にあるパリから逃げ出したのか、それとも何かあったのだろうか？

家に着いて、ボリスがノックした。わたしは呼びかけた。「教授！　オディールです」でも、誰も応答しなかった。

ポールはさらに一週間姿を見せず、わたしは困惑した。カロリーヌおばさんはリオネルおじさんを失った。マーガレットはローレンスを失った。たぶんポールは、わたしに興味がなくなったのだ。レミーについての知らせがうちに届いて以来、わたしは彼とうまくつきあえなかった。いつも涙ぐみ、他のひとの話に意識を集中できなかった。ポールはほかに恋人ができたのかもしれない。パリには積極的な女性がたくさんいる。兵士《ゾルダーテン》たちと女の子たちでいっぱいのカフェの前を通り過ぎたとき、彼が、胸元の開いたブラウスを着た売春婦を見ていたのを思い出した。

夕暮れになり、図書館を出たとき、ポールが待っていた。わたしは安堵《あんど》して、彼を抱きしめようとしたけれど、彼は腕を伸ばした距離でそれを止めた。

「どうしたの?」わたしは訊いた。

彼はわたしと目を合わせない。「怒らないでくれ」

わかった。彼はわたしの心を打ち砕くつもりだ。

「もっと頻繁《ひんぱん》に来なくてごめん。特に、レミーのことがあったというのに。仕事だったんだ。ひどいものだった」

え? どこかのあばずれ女の話ではなく、仕事だったのか? 彼を疑ったりして悪かった。

「来てくれて嬉しい」わたしは彼の髪を愛撫しようとして手を伸ばしたけれど、彼は首をひっこめた。

「ぼくは、きみも知っているあるひとを逮捕した。コーエン教授だよ」

そんなばかな。「何かのまちがいにちがいないわ」コーエンというのはよくある名前だ。

彼はメッセンジャー・バッグから本を取り出した。『おはよう、真夜中よ』、わたしが最後に届けた本だ。わたしはそれを彼からひったくった。「いつ?」

「数週間前だ。話したかったんだけど――」

「どうして何も言わなかったの?」だから教授は家にいなかったのだ。いいえ、ありえない。わたしは彼女のアパルトマンに向かって歩き始めた。

彼はついてきた。「一緒に行かせてくれ」

「だめ」

「話さなくて悪かった」彼は言って、わたしの腕をつかんだ。

わたしは彼の手を振り払って、走り出した。わたしの靴の木の底が歩道に当たって、大きな音を響かせた。板張りされた肉屋、チョコレート《ショコラ》のないチョコレート店《ショコラトリ》、主婦たちがパンを買いたいと願うばかりのパン屋《ブーランジュリ》、ドイツ兵が〝ビーア〟をがぶ飲みするビヤホール《ブラスリ》を通り過ぎた。

カタツムリの階段を一段ぬかしでのぼり、ドアを叩いた。ドアの向こうで誰かが動く気配がした。きっと教授がお茶の用意をしているのだ。これまでは外出中だった、そうにちがいない。今は家にいる。寄木の床が軋《きし》み、小さな鍵が回る音がした。教授は無事だ。誤解だった。わたしは壁にもたれて、息を整えようとした。

ドアが大きく開いた。高そうな青いワンピースを着た金髪女性が言った。「なんでしょう?」

わたしは背を伸ばして立った。「コーエン教授に会いにきました」

「誰ですか?」

「イレーヌ・コーエンです」女性の向こうを見やると、振り子時計があった。針は三時十七分で止まっている。クリスタルの花瓶いっぱいに、バラが生けてあった。本棚にはビール用のジョッキが並んでいた。

「住所をまちがえてますよ」

「ここが正しい住所です」わたしは言い張った。

「そのひとはもうここに住んでいません。今は、ここはわたしの住まいよ」

「彼女がどこに行ったか知っていますか?」

女性はぴしゃりとドアを閉めた。

あれは誰だったのだろう? なぜ教授の家で、教授の私物に囲まれているのか? なぜこの部屋は自分の住まいだと言ったのだろう? 答えを求めて、わたしは宿舎《ホステル》のポールの部屋をたずねた。

彼は中に入るように身振りしたけれど、わたしは廊下にいた。

「どうしてコーエン教授を逮捕したの?」

「名前がユダヤ人の一覧にあった」

「一覧? 一覧があるの?」

彼はうなずいた。

「ほかにも逮捕したの?」

「そうだ」

ポールと一緒に逢引きした、最初の住人のいないアパルトマンを思い出した。誰のものなのかと訊いたけれど、本当に気にしてはいなかった。今ではあのアパルトマンが誰のものだったか、なぜ宝物がそのまま残されていたのか、理解できた。ポールと一緒にそうした人々の家ではしゃぎまわり、彼らのシーツの中で抱き合ったのを思い出して、わたしは震えあがって口を押さえた。

「もっと早く話さなくて悪かった」彼は言った。「もう二度と隠し事はしない」

わたしは何を見ているのか確信のないまま、彼を見た。「どうしたら教授を見つけられる?」

「ぼくは階級がいちばん下だ。誰に頼むべきか、わかっているだろう」

わたしは何も言わずにその場を離れた。愚《おろ》かなレファレンス室の司書。わたしの仕事は真実を見つけることだ。それなのに、わたしは真実から目をそむけた。見知らぬひとの羽毛の枕に頭をうずめていないで、質問をするべきだった。

家で、ポールの言うとおりだと気づいた——父親こそ、話をするべき相手だった。すべてを父に説明すれば、きっと一時間以内に教授は解放されると保証してくれる。

テーブルの用意はできていた。ママがボウルにスープを注いだ。水の中に灰色のヌードルが泳いでいた。「ポロネギのためなら、なんでも差し出すわ」ママは言った。

パパはスプーンでスープを飲んだ。「物資が乏《とぼ》しいなかで、よくやってくれているよ」

「ありがとう《メルシー》」珍しく、ママは誉め言葉を素直に受け入れた。

「パパ、友人の一人が逮捕されたの」

パパのスプーンが止まった。彼の目が、不安げにママのほうを向いた。

「誰なの、オディール？」ママが訊いた。

「教授よ。話したことがあったでしょう――図書館に就職するとき、力になってくれた。ポールが、そのひとを逮捕したというの」

震えながら、ママはパパを見た。「どうして彼は、哀れな女性を逮捕なんかしたの？　ああ、この戦争は」

「お母さんを動揺させるんじゃない」パパはわたしに言った。

これ以上パパは何も言うつもりがないとわかった。


朝食後、わたしは頭の中で主張を組み立てながらパパの分署に行った。〝今まで何も頼んだことがなかった。助ける努力くらい、してくれない？〟眠そうな警備係の横を通り過ぎ、パパの執務室へと廊下を急いで進んだ。朝早い時間で、彼の秘書はまだ彼の護衛についていなかった。ドアを押し開けた。

パパは机から立ち上がった。「ママに何かあったのか？」

「ママは元気よ」

「じゃあ、何しにきた？」

なんと言えばいいのかわからず、わたしは室内を見回した。何十枚もの封筒が周囲に積まれていた。机の近くの床に、怒って払い落としたかのように、手紙がたまっていた。

わたしは何通かを拾った。


ロジャー＝チャールズ・メイヤーは、正真正銘の純粋なユダヤ人です。彼が連れ去られたら嬉しいという事実を隠すつもりはありません……それがあの人間にはふさわしい。彼の逮捕を容易にしてくれれば、感謝に堪《た》えません。

次の手紙を読んだ。

あれらの汚いユダヤ人を是認するだなんて言うつもりじゃないでしょうね。もうたくさんです。わたしたちの愛する者が殺されたり捕虜になったりしているのに、ユダヤ人は商売をしてる。われわれ貧しく愚鈍なフランス人たちは飢えて死のうとしています。飢えて死ぬだけでは充分じゃない。支給品があったら、それらはユダヤ人のためのものなんです。

次の手紙。

拝啓
デュ・クエディック街四十九番について知らせておくべきことがあって手紙を書きます。そこではモーリス・ライヒマンというユダヤ系の共産主義者が、フランス人女性と一緒に住んでいます。しょっちゅうわたしたちは戸口で、ひどい場面を目撃します。やらなければならないことをしてくださると考えて、前もって、この通りに住む実業家たちからお礼を言います。

最後の手紙には、住所と仕事の肩書とともに名前が一覧になっていた。最後に〝七十四人のグロ・ジュイフ〟とある。七十四人の重要なユダヤ人だち。

「理解できない」わたしはこれらの手紙をゴミ箱に投げ入れた。

「密告だ」パパは渋々言った。「〝カラスの手紙〟と呼んでいる」

「カラスの手紙?」

「隣人や同僚や友人のスパイをするような、腹黒い連中からの手紙だ。家族からのものさえある」

「みんな、こんな調子なの?」わたしは訊いた。

「署名のあるものもあるが、そうだな、たいていは匿名《とくめい》で、闇商人、抵抗活動家、ユダヤ人、英語のラジオを聞く者やドイツについて悪口を言う者などについて情報をよこす」

「いつからこんなことが続いてるの?」

「一九四一年、ペタン元帥がラジオで、情報を隠蔽《いんぺい》するのは罪だと言ったときからだ。これらの〝カラスたち〟は、愛国的義務を果たしていると思いこんでいるんだ。手紙の内容が正しいかどうか確かめるのがわたしの仕事だ」

「でも、パパ……」

「もしその仕事が悪趣味だと思うのなら、わたしの代わりに仕事をするという男たちが何十人も控えているのもわかっている」

「正しいことじゃない」

「おまえたちを飢えさせずに済む」

わたしは父が、人々を助けて日々を過ごしていると信じていた。

「これが……わたしのためだというの?」

「過去二十年間、わたしとママがしてきたことは、すべておまえとレミーのためだった! レミーのラテン語の家庭教師。おまえの英語の授業。そしてあの嫁入り道具。ママは目が悪くなるんじゃないかというほど刺繍《ししゅう》をした。おまえが結婚するころには、デパートもいっぱいになるほどの品物ができているだろう」

「でもわたしは何も頼んでいないわよ」

「頼まれる必要などなかった」

警棒に打たれるようなショックとともに、わたしは理解した。生まれてこのかた、わたしは自尊心を持ってきた。臆せずパパに反抗し、自分の頭で考えた。カロおばさんの身に起きたことを見て、自立のために一生懸命に働いた。今、心を乱すほど明らかに、自分からは何も求めなかったが、求める必要がなかったことを理解した——両親が服やチャンスや、求婚者までも、緋色の絨毯《じゅうたん》のようにわたしの前に用意してくれていたのだ。わたしは愕然とした。ポールはわたしの思っている人間ではなかった。パパはわたしの思っている人間ではなかった。わたしは自分の思っている人間ではなかった。

父はゴミ箱から手紙を拾い上げた。「わたしは職務を果たして、一人ずつ調査する」

「職務？」

「わたしの仕事は法を維持することだ」

「その法がまちがっていたとしたら？　こうした告発で、罪のない男女が傷ついたらどうするの？」父と争うときにいつもするように、わたしの声が割れた。わたしがここにいるのには理由があると、自分に思い出させた。「パパ、お願い、コーエン教授のことを話せる？」

「毎日、何十人ものひとが、家族を探して助けを求めにくる。わたしには彼らを助けられないし、おまえのことも助けられない！」父はわたしの腕をつかんで、ドアから押し出した。「以前にも言っただろう、ここに来てほしくない。きちんとした若い女性の来るところではない」

外は寒くて、わたしはショールにもぐりこんだ。〝どうしたら教授を助けられる？〟レミーに向かって問いかけた。

〝伯爵夫人に連絡するんだ〟彼が言うのが聞こえた。そのとおりだ。彼女には高い階級の知人がいる。確かに、助けになるだろう。わたしは彼女の部屋に急いで行った。

伯爵夫人は机にいて、ティーカップを見詰め、寂しげに口元をゆがめていた。「他のひとたちには話しました。今、あなたに話さなければなりません」彼女は弱々しく言った。「わたしたちの友人のイレーヌ・コーエンは強制移送させられるところでした」

遅すぎなかった。伯爵夫人とドクター・フックスは、ボリスを救ったように教授も救えた。

「彼女はドランシーにいたんです」

パリの北東部にある収容所だ。待って。〝いた〟って？

「そこの状況はひどいものです。夫から聞いて、自分の耳が信じられなかったほど。わたしたちはイレーヌのために何か手を打とうとしたけれど、運悪く……」

いいえ。コーエン教授まで、やめて。足元の床が揺らぎ、わたしは手を伸ばして壁に手のひらをつき、つかまっていないと何もかもが崩壊してしまうような気がした。

「教授はわたしにメッセージを送ろうとしました」わたしは言った。「父が……手紙が……わたしのせいです」

「自分を責めてはいけません」伯爵夫人は言った。「マダム・シモンの息子と義理の娘が教授のアパルトマンに入ったと聞いたわ。何があったか理解するのに、シャーロック・ホームズは要らないでしょう。どうやら、マダムと息子は軍の兵站部や、ゲシュタポとさえ連絡を取り合っていたらしいの」

墓石のような歯の口やかましい女性が、カラスの手紙を書いたのか？　わたしたちはその女性とほぼ毎日会っていて、今になってようやく、その正体がわかったというのか？　「もう来ないでほしいわ！」

「大丈夫、来ませんよ。でもまだ話は終わりじゃない。イレーヌは姿を消した。夫は彼女が収容所から自力で抜け出したのではないかと考えているわ」

教授はプリマ・バレリーナの厳しいトレーニングを、そしてソルボンヌ大学での不可能に近い学習にも耐えた。偏見にもかかわらず教鞭《きようべん》をとり、三人の男性との結婚生活を経験した。もし刑務所から逃げられるひとがいるとしたら、それは彼女だ。自分のアパルトマンには戻れないが、田舎で友人たちと生活するのは可能だろう……彼女が安全なところにいると信じたい、幸せな結末を迎えてほしかった。『おはよう、真夜中よ』の一文を思った。〝わたしは収入の多いひとたちについての、長くて穏やかな本が欲しい――平坦な緑色の草地で、羊たちが草を食《は》んでいるような本……わたしはたいていい本を読んでいて、とても幸せだ〟

第三十七章

オディール

ペンを手に机に座っていても、カラスの手紙のことを考えずにいられなかった。パリ市民が外見を、友人や他人がどんな服を着ているかを気にするのは本当だ。きちんと巻かれたスカーフ、おしゃれに傾いた帽子などをすてきだと誉めるが、今では称賛は批判に変わり、妬《ねた》みにさえなった。あんな毛皮を見せびらかして、彼女、何様のつもり？　どうして彼は新しい靴を持っているの？　あの金のブレスレットのために、マーガレットは何をしたの？

誰があんな手紙を書いたのだろう？　虫食いのあるスーツを着た男性を観察した。あなたが書いたんですか？　青いベレー帽の女性に視線を移す。それともあなたですか？　みんな普通に見えた。あるいは普通になった状態——空腹でやつれていた。

ボリスが、医師の診察の予約があるから早引きすると言いにきた。「落ち着かない様子だね」

「元気が出ない」わたしは言った。

あれらの手紙。ほかの者たちをコーエン教授の運命から救い出す方法があるはずだ。貸出デスクで、マーガレットと一緒に登録者のためにゴム印を押していたとき、カラスの手紙がなければ逮捕など起きないと気づいた。

ブラウスの襟《えり》を引っ張った。十一月だというのに、どうしてこうも暖かいのだろう？

「顔が赤いわよ」マーガレットがからかった。「ポールのことを考えてるの？」

彼女の軽い口調に気づかず、わたしはかぶりを振った。

「そういえば、彼はどこにいるの？　しばらく来ないじゃない」

「ちょっと外に出てくるわ」わたしは言った。「一時間ばかりよ。ここをお願いできる？」

「わたしはボランティアだけど」

「ボリスみたいに威張っていて。あなたなら大丈夫」

「どうして外に？　気分でも悪いの？」

「そうなの」わたしはうわの空で答えた。「むかむかするの」

大通りを急いで進みながら、パパの秘書が見張っている場合の言い訳を考えた。〝たまたま近所に来たの〟パパが仕事中だったら。〝ママが、パパは夕食に帰ってくるのかどうか知りたがってたわ〟誰もいなければいい。マーガレット以外の誰にもわたしが席を外したことを知られないうちに戻れればいいのだが。

分署の前で、わたしは躊躇った。捕まるのが怖かった。パパは怒ると、ものすごい癇癪《かんしゃく》を起こして恐ろしい。それでも、行動しなかったら自分がどんな人間になるかのほうが怖かった。毎日次々と来るという手紙のことを考えて、わたしは中に入った。ぶらぶらしている制服姿の男たちを避けて、わたしは壁沿いに動いた。

パパの秘書はいなかった。ドアには鍵がかかっていなかった。机や戸棚や窓の下枠に積まれている手紙を見て、そのいくつかをつかんで肩掛け鞄に突っこんだ。蓋《ふた》を閉めて、外をうかがった。たくさんの男たちが廊下を行ったり来たりしていた。肩掛け鞄を抱えて、わたしはそっと廊下に出た。

「おい、止まれ！」警備係が叫んだ。

わたしは背筋を伸ばしたまま、歩き続けた。

「止まれ！」

駆け出そうとしたとき、脂《あぶら》じみた指にうなじをつかまれた。

「何を急いでるんだ?」その警察官に訊かれた。片手でわたしをつかみ、もう一方の手はホルスターの銃の上にある。

パパのことに夢中で、ほかの誰かの脅威など考えなかった。わたしはすくみあがって、声も出せなかった。

男たちが部屋から出てきた。いかめしい様子の者もいれば、心配そうな様子の者もいた。白髪頭の警視が言った。「なんの騒ぎだ?」

「この女が不審な動きをしていたんです」

警視は眉をひそめた。「何をしていたのかな、マドモアゼル?」

わたしは答えなかった。答えられなかった。

「身分証明書を見せろ」警備係が命じた。

わたしの身分証明書《カルト・ディダンテイテ》は肩掛け鞄の中だった。鞄を開いたら、手紙が見つかってしまう。

警備係がわたしの鞄をつかんだ。反射的に、地下鉄で不良に絡《から》まれたときのように、わたしは彼の手を振り払った。

ようやく声が出せるようになった。「パパに会いたくてきたのよ、でもいなかったわ」わたしは父の部屋を指さした。

警視の表情がゆるんだ。「オディールだね。お父さんの言うとおりだ、パリでいちばんすてきなお嬢さんだ。乱暴な態度で失礼した。妨害活動家を警戒して、警備を強化したところなんだ」

「妨害活動家?」わたしは弱々しく言った。わたしはそれなのだろうか? 妨害活動家は終身刑を受ける。最近図書館で、ある登録者が抵抗活動の小冊子を印刷して重労働の刑に処せられたと聞いたばかりだった。

「怖がらなくていい」彼は言った。「お父さんの安全は守りますよ」

わたしはありがとうと言おうとしたけれど、口が震えただけだった。

「ずいぶん内気なお嬢さんだね。心配しなくていい。早く家に帰りなさい」

肩掛け鞄を抱きしめて、わたしは急いで図書館に戻った。

「それで？」マーガレットは暖炉までわたしを追いかけてきた。「そんなに大事な用事ってなんだったの？」

わたしは手紙を火に投げ入れて、それらが燃えるのを見た。「ちょっとね」

「どんな危険を冒したのか、わかっているの？」

マーガレットはわたしのしたことを知っているのだろうか？「どういう意味？」

「図書館を放り出していくなんて、まったく無責任だわ！伯爵夫人は疲れてる――彼女はここを守るのに必死で、彼女の部屋に泊まりこんでいるのを知ってる？ビッツィはあなたがいないとほとんど喋《しゃべ》らない。ボリスは仕事するべきじゃない。わたしたちは、あなたが頼りなのよ」


中庭から、ポールは悲しそうな顔で、窓越しにわたしを見詰めた。わたしは首を横に振った。彼は去った。数日に一度、彼はまた試しにくる。書架のあいだを、通りを、灰色の冬の雨の中を、わたしを追いかける。ポールは、そこにいないときでさえわたしのそばにいた。わたしは彼が教授のことをすぐに話さなかったことに怒っている。何も見えていなかった自分に怒っている。そんなことがあってさえ、彼を恋しいと思う自分に怒っている。

朝もやの中、丸石の敷かれた道を歩いて、もう少しで図書館に着くというとき、彼に追いつかれた。「許してくれないか？」彼は訊いた。

「コーエン教授はドランシーに送られたわ、知ってるでしょう」

「知らなかった」

「彼女がどうなったか、誰にもわからないのよ」

ポールはうなだれて歩き去った。わたしは肩を落とした。彼と会うと、自分が喜んで目をつぶり、死者たちの家ではしゃいでいたことが思い出される。


毎日昼食時に、わたしは分署へ走っていき、喧嘩腰の警備係の横をすりぬけ、パパの部屋へ行って、肩掛け鞄に手紙を詰めこんだ。図書館に帰って、それらを焼いた。何週間かが過ぎて、わたしは自信を得た。五通でなく、十通以上も持ち出した。まだ何百通もがあり、さらに毎日届いた。わたしは全部を破棄したかったけれど、かえって怪しまれてもいけない。

それでも、捕まるのが怖かった。仕事に戻る途中、後ろをうかがった。家でもびくびくするようになった。日曜日のミサの前、わたしはロビーでスカーフを結んでいた。パパがネクタイを直すために立ち止まった。鏡の中で目が合った。

「元気か《サ・ヴァ》？」パパは優しい口調で訊いた。

わたしはうなずいた。

「悪いが、できなかった……」

「何ができなかったの？」わたしは辛辣《しんらつ》に訊いた。

パパは目を逸らした。

パパがスーツの上着を取りにいったとき、ママは言った。「この何週間か、あなたはあなたじゃなかった。何があったの？」

「別に何も」

「あなたは……ごまかすのが下手ね。どうしてポールは、もう姿を見せないの？」

「もう出かけないと、遅刻するわよ」

ママはわたしの額《ひたい》に触れた。「何かあったにちがいないわ。それとも、あなた……」ママは怯えたような目で、わたしのお腹のあたりを見た。

戸惑って、わたしは言った。「ママが考えてるようなことじゃないわ」

「家にいなさい。休むのよ」

二人が出かけてから、わたしは日記を書いた。〝親愛なるレミー、わたしは自分勝手で、何も見ていなかった。教授は逮捕されてしまったけれど、事態を正そうと努力している〟

呼び鈴が鳴って、わたしはママがハンドバッグでも忘れたのだろうと思って玄関に出た。

「来てはいけなかった」ポールは言った。「でも、家にいたらあいつらに見つかるかもしれない」

流れ出た血が固まり、鼻孔のあたりにこびりついている。

「いったいどうしたの？」わたしは彼に、中に入るように身振りした。

彼は動かなかった。「ご両親に、こんなところを見られたくない」

「両親は教会よ。ねえ、何があったの？」わたしは彼を座らせて、たずねた。

「ナチスの一人が、泥酔してふらふら通りを歩いてた。ぼくは後ろからそいつをつかまえて殴り始めた。ここに足を踏み入れたことを後悔させてやりたかった。そいつは抵抗したが、ぼくは確実にそいつの鼻を折ってやったと思う。多分あばらの数本にもひびが入ったな。それから逃げた。やったことは後悔してないけど、最近は、誰が見てるかわからない」

「もう安全よ」わたしはハンカチーフで彼の顔を拭いた。彼に触れたいと思ったし、彼に触れられたかった。彼が来てくれて嬉しかった。でも北駅に行った日に戻りたかった。彼に対する感情がたった一つ――純粋な愛だけだったときに。

「以前は、ぼくのする深刻な逮捕といえば風紀紊乱罪《ぶんらん》だった。あのとき――ああ、彼女のような年老いた女性を拘束するとは思わなかった」

「知りようがないわ」わたしは配達するべきだった本を思い出した。「誰にでも後悔がある」

「愛してる」彼は言った。「許すと言ってくれ」

第三十八章

オディール

伯爵夫人の部屋で、彼女が図書館を見守るために毎晩寝ているという、間に合わせのマットレスを見た――彼女は七十歳で、それでもまだナチスの兵士たちに立ち向かうつもりだ。枕元には数冊の本があった。かがみこんで題名を見ようとしたが、ビッツィがわたしの袖を引っ張り、机の周りに集まっているほかの者のほうへ促した。職員が何人も集まった会合は、秘書と管理人、ビッツィ、ボリス、マーガレット、わたしとクララ・ド・シャンブランだけになってしまった。

「ミスター・プライス＝ジョンズが逮捕されたわ」伯爵夫人は話し始めた。「そして収容所に送られました」

やめて。また一人友人が失われ、〝敵性外国人〟だからという理由で閉じこめられるなんて。

「ムッシュー・ド・ネルシアが、彼の解放に向けて動いていました」伯爵夫人は続けた。

「ひどい報告書を読んだことがある」ボリスが言った。「あいつらは逮捕した者たちを、強制収容所じゃなく、死の収容所に送るんだってさ」

「宣伝活動よ」伯爵夫人は軽蔑するように言った。「いろいろな噂を耳にしたでしょう」

「彼は告発されたの？」ビッツィは訊いた。

「そのようだ」ボリスは答えた。

この戦争は、わたしが大切に思う者のすべてを連れ去る。何もかも――わたしの国、街、友人たち――が略奪され、裏切られ、わたしはそれを、自分にできる唯一の方法で止めるしかない。あの手紙を破棄する必要がある。もう、自分が面倒なことになるなどと、気にしてはいられない。一つ、確かなことがある。何かを燃やせる。わたしは図書館から走り出た。ボリスとビッツィが背後で叫んだ。

「戻れ！」

「ショックだったんでしょう」

分署で、わたしは父の執務室に駆けこみ、ドアを閉めた。手紙をつかんで二つに破り、次も、また次も同じようにした。紙を引き裂く音は、あまり満足できるものではなかった。いつパパが入ってくるかもしれないと思い、手紙を思い切りつかんで、不格好な塊《かたまり》にして肩掛け鞄につっこんだ。ドアノブが音を立て、ドアが開いた。わたしは慌てて鞄の蓋をしながら、机から離れた。

「従順な娘よ」パパは冷たい声で言った。「パパに会いにきたのかな？」

わたしはどう反応したらいいのかわからなかった。

怒ろうか？　自分の娘を疑うの？

呑気なふりをする？　来ちゃった、すごいでしょ。

正直に言う？　そう、わたしは泥棒よ。

「なぜ警察は以前に出した〝通信〟の情報を追いかけなかったのかと問い合わせる手紙を受け取った。われわれは情報の一つ一つを捜査しているので、おかしいと思っていた。理解できなかった」

パパはわたしが破いた手紙を、険しい顔で見た。「これでわかった」

わたしは肩掛け鞄を握りしめた。

「何か言いたいことはないのか？」パパは言った。

わたしはかぶりを振った。

「わたしは逮捕されてもおかしくなかった」パパは言った。「裏切者は死刑だ」

「パパが責められることはないでしょう」

「まったく、どうしてまだ、そんなに世間知らずなことが言えるんだ?」パパは手のひらを机につけ、敗北したかのように頭を垂れた。

「でも、パパ——」

「他の誰かだったら逮捕していた。帰れ。二度と来るな」

わたしは一握りの手紙だけ持って、そこを出た。わたしにできる最も重要なこと、それに失敗した。

第三十九章

リリー
モンタナ州フロイド、一九八七年八月

クロゼットの中で逃げ道を失い、セーターと秘密に囲まれて、わたしは彼女の化粧道具入れを持ったまま、オディールを見詰めた。手紙が、彼女とわたしのあいだの床に落ちていた。〝なぜ隠れ住んでいる無申告のユダヤ人たちを捜さないんですか？　わたしの指摘したのは事実です。あとはそちらにお任せします〟

「あなたは何者なの？」わたしは訊いた。

オディールの口が開き、それから閉じて、きゅっと一本線になった。顎を上げ、わたしが彼女をそれまでとはちがって見ているように、彼女のほうもわたしをちがったふうに見た。警戒し、とても悲しそうだった。オディールは何も言わなかったので、わたしは手紙をつかんで彼女の顔に投げつけた。彼女は動かなかった。

「どうしてこんなものを持っているの？」わたしは訊いた。

「ほかのように焼かなかった……焼くつもりだったのに」

「あなたはユダヤ人をかくまったヒロインだと思っていたのに」

オディールはため息をついた。「ああ、ちがうわ。手紙を隠しただけよ」

「誰から？」

「父から」

「おかしいわ。お父さんは警察官だったんでしょう?」

オディールは、幽霊を見たような、苦しげな目つきになった。クロゼットに、寝室に、わたしたちの友情に静寂が落ちた。聞こえるのは迷ったカモメの鳴き声、ゴミ収集車が路地を走る音、そしてわたしの哀れな心臓の鼓動だけだった。

「戦争が始まったときは」彼女は言った。「警察は共産主義者を逮捕した。占領時代は、ユダヤ人を検挙した。人々は、近所のひとを密告する手紙を書いたの。その一部は父に送られてきたわ。わたしは罪のないひとが狩られないように、その手紙を盗んだのよ」

「あなたが書いたのではないの?」その質問を口にしながら、わたしには彼女が書いたのではないとわかっていた。

オディールはわたしの手元で震えている手紙を見詰めた。「わたしのものを勝手にかき回して見たことは責めないわ、退屈で、興味があったんでしょう」彼女の目はとても細く、冷たくなって、わたしのことをなんの意味もない者だというように見た。「でも、その手紙をわたしが書いたと思いこむなんて! そんなひどいことができると思われるなんて、わたしが何をしたというの?」

彼女は窓の外を見た。わたしのことを見るに耐えないからだとわかった。彼女のクロゼットをかき回して、彼女の過去を穿鑿《せんさく》する権利など、わたしにはなかった。理由があって彼女が葬《ほうむ》ったものを、掘り起こす権利などない。戦争、彼女の父親の演じた役割、そして彼女がフランスを去った理由でさえ。

「あなたに会いたくなって、予定より早く帰ってきただなんてね」オディールはベッドに座りこんだ。教会でするように背筋を伸ばしてではなく、悲しげに背を丸めている。

「帰って」彼女はわたしに言った。「もう来ないで」

「ねえ、お願い」わたしは頭を振りながら、オディールに近づいた。どうしてあのようなことをしたと、彼女を責めたのだろう？　償《つぐな》いをしたかった。庭仕事をし、芝を刈り、冬じゅう雪かきをしよう。わたしのばかげた衝動的な質問を忘れてもらいたい。「ごめんなさい」

オディールは立ち上がって部屋を出ていった。玄関のドアが開く音がした。彼女は外へ行った。

居間で、わたしはドアを閉め、正しい配列になっているように願いながら、本を元に戻した。彼女を待って、わたしは寝椅子に、日曜日のように背筋を伸ばして座った。動くこともできず、わたしは一時間待ち、二時間待った。オディールは戻らなかった。

断固とした口調だった。わたしはエレナーにそう言った。エレナーがわめくのを期待していたのに、そうではなかった。「オディールが怒って当然よ。これで、パパとわたしが、ひとのものを盗み見するのはやめなさいと言った意味がわかったでしょう」

わたしのしたことは、盗み見よりも悪いことだった。でもわたしはあまりにも恥ずかしくて、本当の罪を認められなかった。

翌日、オディールの家のドアをノックしたけれど、応えはなかった。その夜、わたしは謝罪の手紙を書いて、彼女の郵便受けに入れた。朝になって学校へ行くとき、その手紙は未開封のまま、うちのドアマットの上にあった。ミサで、自分たちがやられる前にソビエトをやっつけられますようにと祈っているひとがいるそばで、わたしは膝《ひざ》をついてオディールに許してもらえるように嘆願した。礼拝のあと、オディールはマロニー神父と話していた。シカゴの話をするとき、彼女の顔は輝いていた。わたしが近づいていくと、オディールはその場を離れて、ホールにも行かずに帰っていった。翌週、わたしは彼女が座るはずの列に座った。主の祈りのあと、教会区民が握手をして〝ご無事を祈ります〟と言い合うときなら、さすがにわたしのことを見るのではないかと、子どもじみた期待をしてのことだった。でもオディールはミサに出るのをやめてしまった。ホールで、女性たちがジュースやドーナッツを出すテーブルの向こうに集まった。オディールは一ヵ月間、日曜日に姿を見せなかった。

「誰か、ミセス・グスタフソンを見た？」ミセス・アイヴァースがつぶやいた。

「様子を見にいったのよ」年配のミセス・マードックが答えた。「歩いているような音は聞こえたけど、玄関に出てこなかったわ」

「以前みたいにね」

「あの頃、もっと優しくしておけばよかった」

「わたしもよ」

「よほどひどいことがあったにちがいないわ。息子さんが亡くなったときでさえ、ミサを休むことはなかったもの」

エレナーは無視の期間が充分に過ぎたと考えて、オディールの家に行った。「リリーは悪いことをしたとわかっています」彼女はポーチで、わたしの罪を認めた。「あの子は過《あやま》ちを犯した若い娘です。あなたを愛し、あなたに会いたがっています」

オディールはエレナーに言いたいことを言わせ、それからそっとドアを閉めた。

神の仲裁を求めて、わたしはジョーを教会に連れていき、ありったけの蠟燭《ろうそく》に火を灯した。「お祈りする」ジョーは言った。

わたしは神に二日の猶予を与えた。神が応えてくれなかったとき、わたしはもっと直接的な手段に出た。司祭館で、神父はわたしをキッチンに招き入れてくれた。ローブを着ていないと、神父は誰かのおじいさんみたいだった。わたしのほうにオレオをのせた皿を滑《すべ》らせてくれたけれど、このときばかりは食欲がなかった。半分の真実でも、まったく真実がないよりましだと考えて、わたしは注意深く自分の罪に触れないようにしながら、物語を作った。

「それだけかね？」鉄の襟《アイアン・カラー》は、疑うように訊いた。

長いあいだ、わたしは秘密を胸に秘めたいと思ってきた。わたしだけが知っている秘密だ。今、それができたが、秘密というのは心躍るものではなく、惨《みじ》めなものだった。

「彼女の私物をかき回しているところを見つかったんです。大変なことです」

「教会に来るのをやめるほど？」

「どうして謝ることさえ、させてくれないのでしょう？」

「ときに、辛い時期を経験したり、裏切られたりしたとき、傷つけた人間を切り離すことがその後を生きるための唯一の手段になる場合がある」

彼女は一度もフランスに帰らず、一度も両親やおばさんやおじさんやいとこたちのことを話に出さなかった。オディールは自分の家族を切り捨てた——わたしなどを切り捨てるのは、難しいことではないだろう。

土曜日の午後、鉄の襟《アイアン・カラー》の車が縁石《えんせき》沿いにとまった。わたしは窓を開けて、様子をうかがっているのを見られないようにうずくまった。彼とオディールは彼女の家のポーチで、食料配給所の資金調達のためのパーティーについて和《なご》やかに話した。司祭がわたしの名前を出したとたん、彼女は家に引っこんだ。


人生はオディールなしで続いた。わたしはフランス語のレッスンをしないまま、三年生になった。母が死んだとき以来、これほどひどい喪失感に苦しんだことはなかった。でもママの場合は選択肢がなかった。オディールは彼女自身が離れることを選んだのだ。学校から徒歩で帰る途中、オディールの家の前を通る。カーテンは閉まっている。ドアを試してみたとしたら、鍵がかかっているのをわたしは知っている。

昼食の時間、メアリー・ルイーズとキースは校庭の観覧席の下で二人きりで過ごすというので、わたしはカフェテリアに一人とりのこされた。ティファニー・アイヴァースが近づいてきた。「あんたのところのまま母は、あんたが卒業して邪魔者が消えるのが待ちきれないでしょうね」ティファニーは、管理人の息子だからといってジョン・ブレイディーをいじめる。彼女はメアリー・マシューズににきびがあるからといって、みんなに〝ペパロニ・ピザ〟と呼ばせる。わたしは学校で唯一、まま母のいる子だ。離婚は大きな街の問題で、幸い、早くに母親を失うことはめったにない。わたしのような経験を、誰かにしてほしいとは思わない。

「フランス語でまま母はなんていうか知ってる？」わたしは訊いた。

彼女はわたしを、ばかみたいな前髪で半分隠れたなまくらな目で見詰めた。なぜ何年も、自分の運を彼女と、自分の外見を彼女と比べてきたのだろう？　ママがかぎ針編みで作ってくれたベストのこと、ママに対する気持ちよりもティファニー・アイヴァースの意見を気にしたことを思い出した。

「ベル・メール」わたしは言った。「美しい母親という意味よ」

「それ、フランス語なの？　ずいぶんたどたどしい発音だけど」

数年前だったら、わめいていたかもしれない。今ではわたしは、意地悪なことを言うひとは人生から切り離せばいいことを知っている。わたしはその場を立ち去った。彼女の意地悪な言葉や狭量な考えから立ち去り、強くなった気分だった。

無視の期間でさえ、オディールはわたしに何かを教えてくれた。

土曜日の午前七時三十三分、わたしはアニメの犬スクービー・ドゥーの甲高《かんだか》い鳴き声で目が覚めた。「寝てるひともいるのよ」わたしは廊下に向かって怒鳴った。

「はいはーい」ジョーが叫び返してきて、ほんの少し音量が下がった。

ジョーとベンジー、ベンジーとジョー。わたしは二人を愛していたが、頭がおかしくなりそうでもあった。座ると必ず、ベンジーがわたしの腰をつかんで膝に乗ってくる。もしうちの合唱曲があるとしたら、〝ジョー、いい子だから、指を鼻から出してくれない？　ジョー、すぐに鼻から指を出しなさい。指を出せ！　今すぐだ！〟という調子になる。ああ、わたしはオディールが恋しかった。自分が失ったもの、無謀で自分勝手なことをして手放したものを、一瞬たりとも意識せずにはいられなかった。

エレナーが部屋を覗いた。「一緒にドライブに行かない？」彼女は言った。「仮免を使いましょうよ」

「男の子たちはどうするの？」二人を連れずにどこかに行ったことはない。どこにも行かない、それは決まりだった。

「お父さんに見ててもらうわ。今日は女性だけ。グッド・ホープに行きましょう」

わたしは両手でハンドルを握る感触、アクセルを踏んだときの車の振動、長く続く牧草地、車が走るのを見ている牛たちが大好きだった。街に近づくと、ラジオ局が複数聞こえるようになるのが大好きだった。学校や男の子たちや、オディールを傷つけた経緯《けいい》から離れられるのが大好きだった。

グッド・ホープには三千人の住人がいる。街の中に入る直前、わたしは路肩に車を寄せて、エレナーに運転を替わった。デイリー・クイーンやベスト・ウェスタンのような、外の世界に存在するチェーンの店やホテルを通り過ぎた。フロイドには、誰も止まらない信号がある。グッド・ホープには本物の赤信号があった。歩道はフロイドの二倍の幅があり、車をとめるのに料金がかかる。わたしたちはモンタナ州でいちばん大きいデパート、〈ボン〉の真ん前に車をとめた。これはフランス語で〝良い〟という意味だ。五階建ての薄い色の煉瓦の建物が、陽光を浴びて輝いていた。ドアでさえ立派で、真鍮《しんちゅう》とガラスには汚れ一つなかった。中に入ると、ウィンド・ソングの香りに出迎えられた。化粧品の島々が手招きしていた。エレナーに連れられて、クリニークの売り場に行った。女性店員は医師のような白い上着を着ていて、いかにも信頼できそうだった。店員は手首に何種類かの口紅を塗った。それらはシルクの見本のようだった。知事の屋敷のカーテンを選ぶように、三人で慎重に吟味した。

わたしたちはパーフェクト・ピーチという色に決め、エレナーが小切手を取り出した。

「あなたは何か買わないの？」わたしは訊いた。

「考えてなかったわ」

「何かすてきなものを買えばいいのに」

「どうかしら」エレナーは困惑していて、わたしにはその理由がわからなかった。彼女は既婚女性だ。それは彼女のお金でもある。そうではないか？

わたしは譲らなかった。「せっかくここまで来たんだし」

エレナーはようやくそのつもりになった。ペール・ポピーズの銀色の服を買った。とても嬉しそうだった。

地上階を見晴らせるメザニン・ビストロで、わたしたちはプレキシグラス張りの角のテーブルを選んだので、パリのカフェにいるように行きかう人々が見えた。注文のあと、上品な女性店員が、誰も見ていないと思う瞬間にストッキングを引っ張り上げるのを見た。

ウェイターがエレナーのクラブ・サンドイッチとわたしのフレンチ・ディップを運んできたとき、

彼女は訊いた。「楽しんでる？」

「もちろん《メ・ウィ》」わたしはサンドイッチを肉汁につけながら答えた。

昼食後、エリーとトイレに行った。わたしたちは鏡の前で、唇を突き出して口紅を塗りなおした。これまでになかったほど、彼女を近く感じた。わたしたちがフランス人だったら、まさにこの瞬間が、丁寧なヴからくだけたチュに変わるときだっただろう。

わたしたちはステーション・ワゴンに乗って、街から出た。ラジオから流れるロックの音が弱まって、エリーはダイヤルを地元のカントリーの局に合わせた。フロイドの貯水塔、フランス語《アン・フランセ》では〝水の城〟が、地平線《ロリゾン》に見えてきた。

わたしたちの通りに入ったとき、消防自動車が見えた。五区画手前からではよくわからなかったけれど、わたしたちの家の前に止まっているように見えた。「あの子たち！」わたしは息をのんだ。エリーは速度を上げた。一日だけわたしたちが出かけた、その日に……ジョーが引き出しにマッチを見つけたのだろうか？　弟たちが無事でいますようにと、わたしは祈った。

消防自動車はオディールの家に来ていた。彼女の家の窓から、煙が漂い出ていた。消防士が、彼女の家からしぼんだホースを引っ張り出していた。エリーはブレーキを踏み、二人で車を飛び降りた。近隣の住人たちが歩道に集まり、縁石にオディールがへたりこんでいた。ミセス・アイヴァースがオディールの肩にキルトをかけたが、彼女は気づかないようだった。

「どうしたんですか？」エリーは消防署長に訊いた。

「キッチンから火が出た」彼は答えた。「オーヴンに何かを入れっぱなしにしたんだな」

「コーエン教授のクッキーよ」オディールは言った。「彼女のことを、ますます考えるようになっていたの。わたしが悪かった」

「ありうることよ」エリーは慰《なぐさ》めた。わたしたちは、オディールをはさむようにしてしゃがんだ。

「わたしが悪かったの」オディールは言い張った。

「わざとじゃないでしょう」わたしは言った。

オディールはわたしを見た。わたしはすごく嬉しかった、彼女が大きく目を見開いて、見知らぬ人を見るようにわたしを見詰めていてもかまわなかった。

「ごめんなさい」オディールは言った。

わたしは息をのんだ。「そんな。わたしのほうこそ……」言いたいことがたくさんあった。愛してる。あなたの許しが、わたしにとって全てよ。まだ申し訳なかったと思っているわ。

「うちに来ませんか?」エリーが言った。

わたしはオディールをうちに連れていき、自分の寝室に入れて横たわらせた。

「わたしはいないほうがいい?」わたしは訊いた。

「座って」オディールはベッドを叩いた。「あなたに知っていてもらいたい。戦争中に、今なお誰も話そうとしない出来事が起きた。あまりにも恥ずべきことで、わたしたちは秘密の墓地にそれを埋葬し、その墓を永遠に捨てた」

オディールはわたしの手を握って、登場人物を紹介した。愛するママと地味なウジェニー。気難しいパパ。オディールを見るたびにその姿が見える、生意気な双子の片割れ、レミー。彼の恋人、勇敢な司書のビッツィ。わたしも恋に落ちた、ハンサムなポール。メアリー・ルイーズと同じくらいおもしろいマーガレット。ミス・リーダー、伯爵夫人、ボリス、図書館の心臓であり魂であり命。わたしが知ることのない、忘れがたい人々。彼らはオディールの記憶の中に生き、今はわたしの記憶の中に生きている。

話が終わるころには、わたしはその物語が自分で読んだ本であるかのように感じ、それは永遠に自分の一部となった。ナチスが図書館に入ってきたとき、わたしは書架で震えた。コーエン教授に本を届けながら、ナチスに任務を見破られるのではないかと怯え、丸石の道でつまずいた。食料が乏しくなると、胃が鳴って苛々《いらいら》しがちになった。恐ろしい手紙を読み、どうしたらいいかわからなかった。

「勇敢だったのね」わたしはオディールに言った。「図書館を開き続け、みんなが本を借り出せるようにしていたなんて」

オディールはため息をついた。「最低限のことさえ、できたかどうかわからない」

「最低限《ル・ミニモム》のこと？　あなたのしたことはすばらしい。登録者たちに希望を与えたわ。最悪の時代でも、良い人間がいることを示した。あなたは本と人々を救ったの。命がけで、忌まわしいナチスに反抗した。それは大きいわ」

「もし戻れるなら、もっとやりたい」

「手紙を隠したことで、人々を救ったのね」

「初めて見たときにカラスの手紙を全部破棄していたら、もっと多くの命を救えた。何をする必要があるのかを理解するのに、時間がかかりすぎたわ。自分が捕まるのを怖がりすぎてもいた」

わたしは話を続けたかったけれど、オディールの瞼《まぶた》は震えながら閉じた。

オディールが眠っているあいだに、夕食を摂りながら、エリーとパパは、キッチンが改修されるまで彼女をうちに泊めようと決め、それからあれやこれやの話をした。わたしはカラスの手紙のことを考えずにはいられなかった。自分だったら罪のないひとを逮捕したりはしないと考えたかったけれど、自分が何かをやみくもに信じて非難しかねない人間だと、すでに証明済みだった。豆を食べているパパを見ていて、髪に白髪が交じっているのに気づいた。パパはどんな悩みがあって眠れない夜を過ごすのか、家族を守るためにどんなことをするだろうか。オディールの話を思い返し、何かが合わないと感じた。

毎年夏になると、グランマ・ジョーと一緒に、彼女の家の日よけのあるポーチでレモネードを飲みながら午後を過ごしたものだった。グランマ・ジョーはジグソー・パズルが大好きだった。テーブルにピースをばらまいて、バイエルンの城の上の青空を作り直した。麦畑に囲まれて孤立していたので、このバラバラになった写真が、わたしにとって初めての外の光景だった。グランマのパズルの習慣――一週間に二つ――は高くついたので、ママは中古品を買った。その利点は、安価なこと。欠点は、何時間も頭をひねらせてから、欠けているピースがあるのがわかること。教会のチャリティー・バザーに出るより前に、いくつかがなくなっているのだ。

ずいぶんしばらく、完成できないパズルに苛立《いらだ》ちを感じていなかったけれど、今わたしはその感覚を思い出した。オディールの物語の、ある要素が欠けていた。枠組みの一部か、隅の一つか。オディールはポールを愛していたのなら、どうして他の男性と結婚したのだろう?

第四十章

オディール
パリ、一九四四年八月

連合国軍が近づいてきている。その知らせはレンヌ街に沿って広がり、脇道に鳴り響いた。ペール・ラシェーズの小道で囁《ささや》かれ、ムーランルージュにまで達した。彼らは近くまで来ている。その知らせは地下鉄の階段を這いのぼり、中庭の白い丸石の上を撥《は》ねて、貸出デスクにも届いた。わたしたちは、二ヵ月以上前に連合国軍がノルマンディーの海浜地帯に上陸したと聞いたけれど、今はどこにいるのだろう？　報道——宣伝活動であふれていた——は役に立たなかった。わたしたちは口伝えによる情報に頼った。

「連合軍は近づいているにちがいない」ボリスは、本の貸し出しをしながら言った。

「占領されていたホテルの前で、ドイツ人たちが車に荷物を積んでいるのを見たわ」

「もうすぐ空室の札が掛かるな！」ボリスは答えた。

収容所滞在期間のせいで弱ったミスター・プライス＝ジョンズが、杖をついて入ってきた。彼は三週間前に解放された。ムッシュー・ド・ネルシアがすぐ後ろにいて、友人が転ぶのではないかと心配して両手を差し出している。

「パリに戻るのではなかった」ミスター・プライス＝ジョンズはつぶやいた。「ほかの者たちが収監されているというのに。それにわたしを解放する理由に、年齢を使わなくてはいけなかったのか？」

「いいや、頭が弱いやつだと言ってもよかったな」

わたしは『ねじの回転』（ヘンリー・ジェイムズ著）、八一三に微笑みを隠した。変わっていないものもある。

「連合国軍はどこだ？」ムッシュー・ド・ネルシアは言った。

「こっちに向かっているにちがいない」ボリスは言った。

マーガレットに話すのが待ちきれなかった。彼女は一週間ほど耳下腺炎の娘の看病で休んでいたが、ようやく出てくるはずだった。昼食後、マーガレットが来たとき、わたしは目を疑った。真新しい白い帽子のつばは目を隠すほど広く、ワンピースは洗礼用のガウンのように真っ白だった。わたしはくたびれたベルトをさすりながら、飾り気がないのはシックなのよと、自分に言い聞かせた。

「それ、ずいぶん擦《す》り切れてるわね」マーガレットは隣に座りながら言った。「何か探してあげるわ」

「いらない」わたしは答えたが、思った以上にきつい言い方になった。マーガレットのような服装が何を意味するか、誰もが知っていた。ポールは兵士《ゾルダーテン》たちと関係を持つ女性たちのことを〝詰め物をしたマットレス〟と呼んだ。でも、不当に責めているのかもしれない。マーガレットは以前から、いつもきれいな服を着ていた——わたし自身、彼女のものをずいぶん着させてもらった。新しい服は、恋人にもらったものと決まったわけではない。

「何かあったの？」彼女は訊いた。

「連合国軍は、いつ来てもおかしくないって！」

わたしはマーガレットがみんなのように喜ぶと思ったのに、彼女は「そう」と言っただけだった。

ビッツィがおはようと言いにきた。祖母の真珠のようなオパールが、指に輝いている。両親が家宝をビッツィに与えることを話しあったとき、わたしはそうするべきだと主張した。ビッツィにそれを持っていてもらって、家族だと思っているとわかってほしかった。わたしは彼女に、レミーとわたしの秘密の場所を見せさえした。皺《しわ》くちゃになったハンカチーフや綿埃《わたぼこり》にまみれて、わたしたちは一緒に横になり、わたしは彼の玩具《おもちゃ》の兵隊を、彼女は彼のお気に入りの本『ハツカネズミと人間』を抱きしめた。わたしは愛人が二人の仲を引き裂くまでしか愛は続かないと考えて育ったが、ビッツィは、死さえも真実の愛を打ち壊すことはないと証明してくれた。あの子宮のような暗い場所で、わたしたちはすすり泣いた。わたしたちは涙によって、どんな婚姻よりも強い絆で姉妹として繫がった。

わたしはレミーの友人の一人から手紙を受け取っていて、それをビッツィに見せた。

親愛なるオディール

わたしたちは彼を〝裁判官〟と呼んでいました、喧嘩を収めるとき、必ず彼のところに行ったからです。わたしは彼に、石と枝を紐で結んで小槌《こづち》まで作って持たせました。家から遠く離れ、ここに閉じこめられていると、みんな苛々して怒りっぽくなる。退屈で空腹です。たいしたことでなくても、癇癪を起こす。「裁判官」わたしは言ったものです。「法廷は開いていますか？　ルイが、無駄に悪態を吐くのをやめないんです。それでジャン＝ルイが苛立って、ルイにつっかかりました」些細《ささい》な喧嘩に見えるかもしれませんが、裁判官はいちいち真面目に取り組んで、気持ちがぼろぼろになった男たちをなんとかなだめてくれました。彼がいなくて寂しい。

敬具

マルセル・ダネ

読んでいるあいだにビッツィの表情が明るくなるのを見て、わたしはその手紙を彼女に持っているようにと勧めた。マルセルの言葉はわたしにとって大きな意味があったが、ビッツィにはそれ以上だった。彼女は手紙を心臓の上に押しあてて、児童室に戻っていった。

彼女の後ろ姿を見ながら、マーガレットは小声で言った。「彼女の髪型、いばらの冠みたい！可愛いビッツィは、いずれは涙にぬれた未亡人の役に飽きて、恋人を作るわ」

マーガレットの推測——ビッツィのレミーに対する悲しみは演技だという——を聞いて、わたしは殴られたようにショックを受けた。ビッツィがレミーを忘れるだなんて、考えられなかった。呼吸もできないほど、胸が痛くなった。わたしは部屋を走り出た。歩調を緩めたり、立ち止まって考えたりしたら、ビッツィの貞淑さと比べて自分が劣るように思ったのを思い出してしまいそうだった。マーガレットの嘲笑はビッツィというより、彼女自身の恥辱《ちじょく》に関わるものだった。

ボリスが、わたしが部屋を出るのを見て言った。「レファレンス室にマーガレットを一人きりにして大丈夫なのか？」

「大丈夫、彼女は全部を承知してるつもりなんだから」

「彼女はきみや図書館の、いい友だちだったじゃないか」

「どうして彼女の肩を持つの？」

ボリスは顔をしかめた。「まあ行け」

わたしは理解してくれる誰かと話をする必要があった。分署で、ポールはわたしに椅子を勧めてくれた。

「マーガレットが言った言葉、信じられないわ」

「戦争だからな。みんな、後悔するようなことを言ってしまう——してしまうんだ」彼はめったに過去に触れなかった。わたしが一度だけ、本の配達を拒否したこと。彼がコーエン教授を逮捕したこと。亡くなったひとのシーツで抱き合ったこと。それが、わたしたちが恋人同士でいられる唯一の方法だった。

「わかってるわ」

「生活は普通に戻るはずだ」

「それをもう何年も言ってきた。これが普通だったらどうするの？」

「永遠に続くものなどないよ」彼は言って、わたしの背中をそっとなでた。

「先週、マーガレットにママが夜明けに肉屋に行って、もう十人も主婦が並んでたと話したら、彼女は〝どうして闇市場で買わないの？〟と言ったのよ。どこにそんなお金があるのか、知りたいものだわ。いずれにしても彼女の食料はみんなフェ――」

わたしは言葉を切った。〝だめ、だめ、いつもしてしまうことでしょう。今回はダメ。口を閉じておくのよ！〟

「何を言いかけたんだい？」ポールは訊いた。

わたしは息を吐き出した。「なんでもないの」

「マーガレットはいいひとじゃないか」ポールは言った。「イギリスの女性にしては、という意味だけどね」

「いいひと？　ビッツィのことを、悲しんでるふりをしてると言ったのよ」

「ひとはよく考えもしないでものを言ってしまう。悪気があったわけじゃないだろう」

マーガレットのナチスの恋人のことを知ったら、ポールだって彼女をかばったりしないだろう。マーガレットはなんでも簡単に手に入れる。骨ばった指を鳴らすだけで、パーティーを開き、服や宝石を手に入れ、海辺に旅行できる。

「マーガレットったら、ビッツィに恋人ができるだろうって」

「それはそうだろう、ビッツィはレミーをずっと愛しているだろうが、いずれは――」

「いずれは?」わたしはきつく訊き返した。「彼女はレミーを忘れない。絶対に！　みんながみんな、マーガレットみたいな雌犬《めすいぬ》じゃないのよ」

わたしの肩におかれていたポールの手が、動きを止めた。「本気で言ってるんじゃないだろう」

なぜポールはビッツィのことを悪く言って、マーガレットのことはかばうのだろう?

「本気で言ったんじゃないね」彼はまた言った。

わたしは彼に顔を向けて、残酷な歓《よろこ》びを感じながら言った。「彼女にはドイツ人の恋人がいるのよ」

一瞬、わたしの言葉がポールとの間の空間に漂った。

ポールはさも嫌そうに口元をゆがめた。「あの雌犬！」

彼がわたしの言葉を繰り返すのを聞いて、わたしはうっかり怒りに負けてしまったことに気づいた。もっと慎重にしなければいけなかったし、批判的になるのは控えるべきだった。

「今のは言うべきじゃなかった。あなたの言うとおり、あなたはいつも正しいわ。彼女はいいひとで、うちの家族にもよくしてくれる。彼女のおかげでレミーに食料を送れた。図書館でも、彼女がいなかったらどうしていいかわからない。今だって彼女は図書館で、わたしの仕事をしてくれている」

「彼女のようなふしだらな女は、いずれそれなりの返報を受ける」

「そんな言い方をしないで。彼女の夫はひどいひとなの。彼女はもっと幸せになるべきだった。言うとおりだわ、ひとはものを考えずに喋る、たった今のわたしみたいに。誰にも言わないって約束して」

ポールは黙っていた。

「何も言わないでね、いい？」

「誰に言うっていうんだ？」ポールはわたしの体の向きを変え、肩を揉み続けた。今回は、指に強く力が入っていた。

第四十一章

オディール

パリでは、ガスが止まり、電気が通っている家はないに等しく、それでもあたりには何か帯電しているような緊迫感が感じられた。建物の壁に貼られたポスターはパリ市民たちを〝どこにいるやもしれぬ敵を倒せ〟と煽《あお》った。警察がストをし、鉄道員や看護師、郵便局や鉄鋼所の職員も同じようにした。ポールは丸石を掘ったりバリケードを作ったり、敵を待ち伏せする罠をしかける手伝いをしていた。

かつては戦闘というのは読むもの、遠くでおこなわれるものだったが、今では近くの往来で銃声が聞こえ、人々は車や戦車に火をつけた。噂が銃弾のように飛び交った。わたしたちを自由にしにくるのはアメリカ人だ！　ちがう、ガリア地方の人々だ。いや、パリ市民は自分たちで充分に応戦できる！　ドイツ軍は退却しつつある！　いや、彼らが闘わずに諦めることはないはずだ！

仕事の行き帰り、わたしは建物に添うようにして歩いた。狙撃兵や爆弾に怯え、何も変わらず永遠にこの調子で生きていくのではないかと思うと恐ろしかった。

二十四日の夜、蠟燭《ろうそく》の最後の明かりが揺らいで消える前に『暗闇の中の航海』を読み終えようとしていたとき、パリの教会の鐘が鳴った。わたしは立ち上がり、廊下に出ると両親がいた。ネグリジェ姿のママは、神の奇跡に驚嘆するかのように天を仰いだ。パパは、レミーとわたしが小さかったときによくしたように両手を広げた。わたしたちはパパに駆け寄ったものだった。両親とわたしは同じことを考えているとわかっていた――レミーがここにいさえすれば。言葉もなく、わたしたちは占領が終わったと知りながら抱擁《ほうよう》した。

パリは解放された。ミスター・プライス＝ジョンズは足を引きずりながら図書館じゅうを歩き回って叫んだ。「ドイツ軍は逃げた」そのすぐ後ろで、ムッシュー・ド・ネルシアが叫んだ。「われわれは自由だ！」わたしにキスをしたあと、二人の男性たちは抱擁し、すぐに離れた。二人は、唯一の慎み深い者たちだった。わたしはビッツィを、ボリスを、そして伯爵夫人を抱きしめた。伯爵夫人の使用人たちが、貯蔵室に残っていたシャンパンを全部持ってきた。わたしはこれまでの人生で飲んだ総量よりもたくさんを一日で飲んだ。

「戦争は終わっていない」ミスター・プライス＝ジョンズは警告した。

「でも終わりの始まりだわ」伯爵夫人は言った。

「それに乾杯だ」ムッシュー・ド・ネルシアが言った。

「あなたはなんにでも乾杯するんでしょう！」

刈られていない芝地の上で、職員と登録者が笑い、キスをし、泣いた。楽隊――登録者六人で編成された――が、〈星条旗よ永遠に〉と〈ラ・マルセイエーズ〉を交互に演奏した。わたしはポールと夜通し踊った。何ヵ月も息を止めていて、ようやく吐き出したようだった。わたしは将来を恐れながら、現在を生きていた。でも生き残る闘いは終わり、ポールとわたしは計画を立て始めることができる。わたしは家庭と子どもについて夢見ることを自分に許した。

街じゅうがお祭り騒ぎだというのに、マーガレットはふさぎこんでいた。彼女の〝少尉《ロイトナント》〟は拘束され、どこに連れていかれたのかわからなかった。もっと悪いことに、四年も不在だった彼女の夫が戻ってきた。彼女の目の前には、ローレンスとの人生が荒れ果てた田舎道のように延びている。気持ちを紛《まぎ》らわせようとして、わたしは彼女をチュイルリー公園の散歩に誘った。木々に囲まれ、木漏れ日を浴びて、彼女が真珠のネックレスをいじるのを見た。彼女を慰《なぐさ》めたかったが、何を言えばいいのかわからなかった。

フェンスの向こうで賑やかな音がした。ドラムの音と、パリ市民の叫び声。おそらく解放を、さらには勝利を祝うパレードだろう。それを見たら気持ちが晴れることを期待して、わたしは彼女をゲートの向こうに連れていった。

リヴォリ街の両側で、大太鼓を叩く男が通り過ぎるのを見て、何百人もの男女と子どもが拍手をした。その次に、ぼろぼろのスーツを着た年長の男が、羽根をむしった鶏《にわとり》をぶらさげ、空中で振りながらやってきた。太鼓の音に紛れて、鳴き声が聞こえたような気がした。

「ありえないわ」マーガレットは年長の男を指さした。

男が近づいてきて、わたしは彼がつかんでいるのが鶏ではなく、裸の赤ん坊だとわかった。泣いている幼児を見て、わたしはショックで言葉を失った。

「ドイツ兵たちは忘れ物をしていった」男は赤ん坊の脚をつかんで振り回した。

「ろくでなし、ろくでなし」みんなが声をそろえた。「畜生め！」

男の後ろで、二人の男たちが一人の女を引きずってきた。その女は裸だった。そして髪の毛が剃《そ》られていた。丸石にこすれて足は血まみれで、恐怖のせいか全身が真っ白だった。黒い陰毛が、白い肌に際立って見えた。女は身を振りほどいて子どもに手を伸ばそうとするが、男たちがその背中をどついた。

「売春婦め！」群衆の中の一人が叫んだ。「恋人はどこに行った？」

わたしはそれまで全裸の女性を見たことがなくて、今、自分が裸で暴行を受けているような気分になった。その女性を助けようと一歩踏み出したけれど、マーガレットに腕をつかまれた。

「わたしたちには何もできない」彼女は言った。

その通りだった。これはパレードではなく、暴動だった。暴徒と化した人々を止める手立てはなかった。人々は残酷だ。何年も、その証拠を見てきた。「ろくでなし、ろくでなし」人々は叫んだ。「畜生め！」わたしの頬に涙が流れた。人々に取り囲まれて、マーガレットとわたしは、骨ばった肘《ひじ》や軽蔑的に突きたてられた指などから抜け出そうとした。

「ドイツ人はこれを許さなかったでしょうね」中年の女性が舌打ちして言った。

「あの若い女をつかんでる、右側の男が見える？」別の女性が言った。「先週、あいつはビールとソーセージをドイツ兵に売ってたのに」

「彼のことなどどうでもいい」男が言った。「あの女は規則を破ったんだ」

「誰を愛するか、選ぶことはできない」マーガレットが小声で言った。

「愛の問題じゃない」男は答えた。「あんなことができるのは売春婦だけだ」

マーガレットは震えていた。群衆の糾弾に衝撃を受けたのか、若い母親に自分の姿を重ねたのだろうか？　わたしはマーガレットの上半身をしっかりと抱きしめて、彼女の家に連れていった。

その日はまだ終わりではなかった。四区画離れた、広場の中央に急造りされた足場の上で、青と白と赤の飾帯を身に着けた市の職員が一人の女性の背後に立って、彼女のうなじをつかんだ。日曜日の晴れ着のようなものを着た女性は、理容師に髪を刈られるあいだ、まっすぐに前を見詰めていた。ザク、ザク、ザク。まるでそれが世界で最も自然な行為のように。まるで理容師《バルビエ》は何十人もの女性の頭を刈ってきたかのように。バリカンが頭皮の上を動くと、砂色の髪が彼女の肩に落ちた。理容師はそれを、ごみのように地面に落とした。舞台の横で、群衆の野次を浴びながら制服姿の男たちに囲まれて、五人のフランス人女性《フランセーズ》が、これから自分たちの身にも降りかかることを見ていた。

裁判などなく、この見苦しい刑があるだけだ。泣きもせず堂々としている女性たちを見て、わたしは涙をぬぐった。

第四十二章

バーバーショップ・カルテット

巡回中に、ポールとその同僚のロナンとフィリップは、マーガレットに出くわした。彼女は市場から帰るところで、柳細工の籠《かご》に貧弱なニンジンが一束入っていた。「会えて嬉しいわ」マーガレットはポールに言った。男たちは視線を交わした。〝この女だ、ドイツ兵とつきあってたあばずれだ。それで、ドイツ兵はどこにいる?〟マーガレットの首元の真珠のネックレスを見て、ポールはオディールにプレゼントできない様々なものを思い出した。マーガレットの白いワンピースと帽子を見て、ロナンとフィリップは、もう何年も自分の妻に新しい服を買ってやっていないことを思い出した。衝動的に、ポールはマーガレットの肘をつかんで引っ張った。フィリップがもう一方の腕をつかんだ。

「どうしたのよ、ポール! どこへ行くの? やめて! ニンジンが落ちちゃう!」

マーガレットは、男たちが解放の歓《よろこ》びで浮足立っているのだと考えて笑った。見知らぬ者どうしでキスしたりダンスしたりしているのだから。彼女の笑い声に、ポールは胃のあたりがよじれ、かつてないほどの怒りを覚えた。彼女が危険を察していないことが、かえって男たちの怒りを煽った。〝よくもぼくたちを笑えるな〟彼らは危険だった。軍隊で闘っていないからといって、彼らが臆病者であるということにはならない。彼らは戦争中に市内を巡回し、油断のならない人気《ひとけ》のない場所の隅々まで知っていた。

フィリップとポールはマーガレットを、誰もいない袋小路に連れこんだ。ロナンはマーガレットの手から籠を奪った。マーガレットは彼がニンジンを拾ってくれるのだと思いこみ、彼ににこやかに笑いかけた。マーガレットがありがとう《メルシー》と言ったとき、彼は打ち捨てられた管理人用の小部屋の暗い窓に籠を投げ入れた。

ポールはマーガレットを地面に押し倒した。マーガレットは立ち上がろうとした。何度か試みたが、男たちは順番に彼女を倒した。マーガレットは誰か通りかからないかと期待して、男たちの向こうを見た。「助けて！」彼女は一人の〝パリジェンヌ〟に向かって叫んだが、その女性はそっぽを向いて急いで行ってしまった。

「イギリスの雌犬《めすいぬ》」ポールは言った。「闘いを放棄し、ぼくたちの船を沈め、全部が終わったときに戻ってくるなんて」

「わたしはずっとここにいたわ！」マーガレットは叫んだ。「あなたやオディールと一緒にいた」

「ドイツ兵と一緒にいたんだろう。そう聞いてるぞ」

「ナチスと寝た女は罰を受ける」フィリップは言った。「性交の罪だ。見たぞ、広場で髪の毛を刈られていた」

「それがこの女にはふさわしい」ポールが言った。

マーガレットは手をついて起き上がり、膝立《ひざだ》ちになった。

男たちは、膝をついている彼女が気に入った。

「お願い。やめて」

男たちはこんなことをするつもりではなかった。彼らは女性を傷つけたことはなかった。傷つけたいとも思っていなかった。でも目の前にマーガレットがいる。泥にまみれたあばずれ女。外国人。堕落した女。彼らが空腹だったときにステーキを食べていた。彼らの妻や恋人には望めなかったときに新しい服を着ていた。

彼らにとって、もはや彼女は女性ではなかった。彼らは打ち負かされ、恥辱《ちじょく》にまみれてきた。今度は彼らが打ち、殴り、切りつける番だ。

ポールはマーガレットの真珠に触った。「それは誰にもらったんだ?」

「ママよ」

「嘘つけ!」ポールは彼女の首に食いこむほど強く、ネックレスを引っ張った。

「ママのだったのよ」

「恋人にもらったんだろう」ポールがネックレスを強く引っ張ると、糸が切れた。真珠がマーガレットの周りに、悲しい星座のようにちらばった。

「ママのなのよ」彼女は泣いたが、フィリップが真珠を拾って自分のポケットに入れた。

「黙れ、さもないと後悔するぞ」ロナンはナイフをポールに差し出した。「お願いできるかな?」

マーガレットは言いたかった。「一緒に夕食を食べたじゃない。うちにも来たことがある。オディールがあなたのことを不安に思っていたとき、わたしがあなたの味方をしてあげた」でも彼女の声は、勇気とともに消えた。

ポールはナイフを手に取った。

第四十三章

オディール

禁じられた部屋は防虫剤のにおいがした。おそらくここは、パリで戦争中に変化しなかった場所の一つだ。前回ママがここに入れてくれたのは、わたしが十五歳のときだった。頭の中に浮かんでいる将来の夢とともに、わたしは嫁入り道具、わたしの結婚のために一族の女性たちが作ってくれた宝物を見て歓びに浸った。木製の収納箱には祖母がかぎ針編みで作った赤ん坊用の毛布があった。まもなく、ポールとわたしには赤ん坊が生まれるだろう。わたしはママが縫った丈《たけ》の長い白いナイトガウンを広げてみた。「新婚旅行に持っていったら」ママは恥ずかしそうに言った。コーエン教授の話を聞いてから、ポールと抱き合っていなかったし、新しい逢引き場所を探してもいなかった。彼とわたしは寝椅子にお行儀よく座って、磁器のひび割れについてのママのお喋《しゃべ》りを聞いていた。結婚は新しい始まりになるだろう。わたしは教会で彼に向かって通路を歩いていくところを想像した。その空想に夢中になって、誰かが玄関のドアをノックしたのに気づかなかった。しつこくノックする音のほうへ行くと、ポールが踊り場に立っていた。顔は汗でびっしょりだ。

「どうしたの？」わたしはくすくす笑った。「あんなにノックして、小さい子みたい。何をそんなに急いでるの？」

彼はわたしの両手を握った。「結婚しよう」

まるで、わたしの思いを読んだようだった。

「駆け落ちするんだ」彼は言った。「今日だ。市役所でしよう」

「結婚予告は出さなくていいの？　教会で結婚式を挙げなかったら、ママが悲しむわ。それに、マーガレットに花嫁の付き添いをしてもらいたいの」

「結婚はぼくたち二人の問題で、他人のものじゃない。ご両親はわかってくれる。結婚予告のことは忘れろ、ぼくには特別の認可書がある。いつかこうしたいと願って、ずっと長いあいだポケットに入れていたんだ」

「特別の認可書？」

「お願いだから、すると言ってくれ」

ポールはいつでもわたしの望みを知っていた。「キスして《アンブラス・モア》」わたしは言った。

わたしの両腕の中で、彼は震えていた。「愛してる。すごく愛してる。どこか遠くへ行って、二度と帰らない」

ポールとわたしが駆け落ちしたら、両親はがっかりするだろうか、それとも秘かに安心するだろうか？　結婚の披露宴はおろか、花嫁のドレスを買うお金さえない。一つ確かなことがある。占領という長い不確実な状態が終わり、わたしはポールと結婚したかった。

「結婚するわ！」

「ご両親には書置きを残そう。新婚旅行はおばのところに行く。ここを離れるんだ！　二人で出ていこう」

「大丈夫？　いつものあなたじゃないみたい。ちょっと待ってみたら」

「もう充分待ったんじゃないか？　きみと結婚したい。新婚旅行に行きたい」

新婚旅行ねと、わたしは夢見心地に考えた。古びたワンピースを何枚か、嫁入り道具のナイトガウン（ママはきっと許してくれる）、そして電車の旅に備えてエミリー・ディキンソンを鞄《かばん》に入れた。ポールは駅長に電話して、おばに伝言を頼んだ。わたしのスーツケースをポールが手にし、ドアを出るか出ないかのところで、わたしは言った。「待って！　仕事をほったらかしにはできない」

「一週間ほど新婚旅行に行くと言うんだ。真実の愛を前にして、だめとは言わないだろう」

わたしは隣の女の子に届けてもらうようにメモ書きを用意した。駆け落ちというのはロマンティックなのか慌ただしいのかわからなかった。

市役所《メリー》の受付で、係の女性は手元の書類仕事から顔も上げずに言った。「来週来てください。市長は予定がいっぱいです」

わたしはぜったいに駆け落ちしたいわけではなかったが、障害が生じると……。「お願い」わたしは言った。「わたしたち、愛し合っているんです」

「パリは解放されたかもしれない」ポールは、多少ヒステリックな感じの口調で言った。「でも戦争は続いてる。この先どうなるか、誰にもわからない。ぼくたちは結婚する、だから力になってほしい」

わたしたちの差し迫った表情を見て、女性は市長に即席の式を執りおこなえるかどうか訊きにいった。ポールはそわそわと歩き回った。わたしは傷のある木製の椅子に座っていた。わたしたちは何年も前にこうするべきだったのだけれど、わたしは横にレミーにいてほしかった。わたしは隣の、空っぽの椅子を触った。

「ぼくも、彼がいられたらよかったのにと思うよ」ポールは言った。

先刻の女性がわたしたちを〝結婚の間《サル・ド・マリアージュ》〟に案内してくれた。そこは天井が明るい青いペンキで塗られ、ふわふわした雲が浮いていた。市長は青と白と赤の飾帯をして、式を始めた。ポールは手の甲で、眉毛の汗をぬぐった。彼はとても緊張して、〝はい〟と言うべきときに、市長につつかれた。

電車の車両に乗って、ポールは新聞紙を手にして見出しを読み、すぐにそれを畳んで膝の上においた。何度も脚を組み替えた。身動きするたびに、膝がぶつかった。

「どうしたの?」わたしは脚をさすりながら訊いた。

「なんでもない」

「後悔してない?」

「後悔だって?」彼はわたしを用心深く見た。

「結婚したことについてよ」

彼はじっとりとした手を、わたしの手に重ねた。「きみを初めて見た瞬間から、きみを愛していた」

「あなたはママのローストポークが好きだったわね」

「あの大きなスライスを一枚食べるためになら、なんでも差し出すね」

わたしたちはたくさんのことを、当たり前だと思っていた。

ポールのおばのピエレットが、駅で、背中の曲がった馬と荷馬車で待っていた。「あなたの話はたくさん聞いているわ! 会えて嬉しい」赤らんだ肌は革のようだったけれど、パリ市民の大半よりも健康そうだった。

暖炉で、串刺しの雉《きじ》が焼けていた。脂《あぶら》が炎に落ちて音を立てた。炎が躍り、煙が立ち上った。これほど豊かなにおいは、何年も嗅いでいなかった。口の中によだれがたまった。テーブルの上では、セラミックのボウルに盛ったマッシュポテトから湯気が上がっている。わたしはその中に飛びこみたい衝動に駆られた。

「結婚のお祝いにはお粗末だけど」ピエレットおばさんは言った。「前もって言ってくれないんだもの」おばさんはポールをつねり、彼は照れくさそうに笑った。

「すごいご馳走だわ」わたしは言った。

わたしはゆっくり食べようと努めたが、夕食はあまりにもおいしかった——ポールとわたしはがつがつと食べた。おばさんは、暖炉のそばで二人だけでデザートを楽しむようにしてくれた。ポールはフランをスプーンでわたしの口に入れた。しっとりとした幸せの雫《しずく》となって、クリームが喉を伝《つた》い降りた。

寝室で、わたしが鎧戸を閉めているあいだに、ポールはわたしのスカートの中に手を入れてきた。

「待って！　ナイトガウンを着なければならないの」

「待てない」ポールはわたしをベッドに押し倒した。わたしはそっと彼にキスした。彼はズボンをゆるめ、わたしのスカートをたくしあげた。

「慌てないで」わたしは、わたしの下着を取り除こうとするポールに言った。「これから一生、時間はあるんだから」

「愛してる」彼はわたしの中に入った。「ぼくから離れないと約束してくれ。何があっても」

「もちろんよ、約束するわ」

翌朝、彼は馬に馬具をつけて、二人で荷馬車で村に指輪を買いにいった。宝石店の陳列ケースの中には何十もの結婚指輪《アリアンス》が輝いていた。絶望した人々が、数フランで売ったものにちがいない。

「縁起が悪いんじゃない？」わたしは、一つの指輪をわたしの指に入れてみているポールにたずねた。

「幸せな結婚は縁起とは関係なく、お二人の意志しだいでしょう」宝石店の店主は答えた。

金の指輪はわたしの指にぴったりだった。それから七日間、わたしは笑みを消すことができなかった。

パリ行きの電車は遅れた。仕事に遅れるのを気に病んでいたら、ポールに、駅から直接図書館に行けばいいと言われた。「一緒に来なくていいわ」わたしは言った。

「でも送っていきたいんだよ、マダム・マルタン。それに、スーツケースを運ぶ人間が入用だろう」

「あなただって遅れるでしょう?」

「今週は夜の勤務なんだ」

閲覧室の窓際のテーブルに、驚いたことにウェディング・ケーキ、チョコレート、そしてお茶の湯沸かし器がおかれていた。

「あなたが用意してくれたの?」わたしはポールに訊いた。

「彼らだよ」ポールは有志の者たちのほうに手を振った。自慢げな伯爵夫人の姿があった。ボリスとビッツィは微笑《ほほえ》んでいる。ムッシュー・ド・ネルシアとミスター・プライス゠ジョンズが言い合っていた。「二人は結婚すると言っただろう」「いいや、言ったのはわたしのほうだ」そして、ウジェニーと両親?

「なぜここで働くのが楽しいのか、わかったよ」父が言った。「もっと早く来てみればよかった」

「ああ、パパ! 来てくれて嬉しい」

「おめでとう、わが娘《マ・フィーユ》」ママは言い、そしてママとウジェニーはわたしを抱きしめた。

わたしは砂糖でできたウェディング・ケーキを見てはしゃぎ(ああ、みんなが寄付してくれた配給品といったら! それは何よりも意味のあるものだった)、ポールの情熱的なプロポーズの話をみんなに披露した。ポールは式の話をした。

「マーガレットは?」わたしはビッツィに訊いた。

「今週は顔を見ていないわ。招待状を送ったんだけど、返事はなかった」

わたしは眉をひそめた。彼女かクリスティーナが病気だとか？　わたしは電話に向かおうとしたけれど、そこでコルクの抜ける音――お祝いの合図、わたしが世界でいちばん好きな音――がして、伯爵夫人がシャンパンをふるまった。ポールとわたしは家族や友人たちからの祝辞を聞き、夢中でケーキを食べた。彼がわたしの頬にキスをして、そっと仕事に出かけたのにも、ほとんど気づかなかった。

お祝いのせいで千鳥足になって、マーガレットの家へ向かった。金色に輝くアレクサンドル三世橋を渡るさい、エッフェル塔を目にした。「おーい、美しい鉄製のご婦人！」わたしは彼女に向かって叫んだ。

玄関で、アイザに出迎えられた。家政婦が玄関に？　奇妙だ。もしかしたら執事も病気なのだろうか。「マダムはおりません」

「いつ戻る予定かしら？」

アイザはドアを閉めようとした。「マダムは今のような状態ではどこへも行きません」

わたしは無理に中に入った。「今のような状態って？　もしかして……妊娠しているの？」

「そうならよかったのに」アイザは涙ぐんだ。

「病気なの？　ご主人はここにいるの？」

「ご主人はお嬢さんを連れて、イギリスに帰りました」

「意味がわからないわ」シャンパンの酔いが回って、アイザの言葉についていけなかった。「待って。マーガレットはどこへも行かないと言ったわね。じゃあ、ここにいるの？」

「マダムは誰とも会いたくないそうです」

「でもわたしは親友よ」

アイザは躊躇《ためら》った。「お休みかもしれません」

「もしそうだったら、すぐに帰るわ」

わたしはそろそろと、ときどき壁に手をついてバランスを取りながら、廊下を進んだ。どんなおかしなことがあろうと、マーガレットはわたしと会いたいに決まっている。彼女がパーティーに来られなかったのは残念だった。よりによって、こんなときに何かがあるなんて。マーガレットったら、なんて不運なんだろう。

薄暗い部屋の戸口で、わたしは彼女が眠っているのを見た。休ませておくべきだとわかっていたけれど、自分の興奮を抑えきれず、爪先立ってベッドに近づいた。耳の近くに髪がかたまって生えていたけれど、残りは数ミリしかなかった。首のあたりに傷があった。わたしは瞬《まばた》きをした。どうやら飲みすぎたらしい。いや《メ・ノン》、目をこすってみても、彼女の髪の毛は短くて、首の傷も消えなかった。白いガーゼの巻かれた手首が、ベッドスプレッドの上にあった。何か事故に遭ったように見えた。ちがう。彼女は髪を刈られたようだった。通りにいた若い女性のように、打ちのめされ、髪を刈られていた。そう考えると、一気に酔いが冷めた。

目を閉じたまま、マーガレットは訊いた。「戸口にいたのは誰だったの、アイザ？」

「わたしよ」

マーガレットは上半身を起こした。

「何があったの？」わたしはたずねた。

「知らないとでも言うの」彼女の声はかすれて小さかった。

わたしはマーガレットの喉元にできている、灰色の傷を見詰めた。「いつ？」

「一週間前よ」

わたしはポールのピリピリした様子、街から離れようという主張を思い出した。何かがおかしかった。なぜわからなかったのだろう？

「なぜフェリックスとわたしのことを彼に話したの？」マーガレットは訊いた。

「わたしは……」悪気はなかった。

「こんなことになったのは、あなたのせいよ！」マーガレットはむき出しになった頭に手をやった。

わたしは震え始め、ヘッドボードをつかんだ。「ちがう」

「じゃあ、なぜ彼はこうしたの？」

「知らない」

「嘘つき！」マーガレットは言った。「外交関係の社会は残酷なものだということを思い知ったわ。言いなさいよ、友だちでしょう、なんて話したの？」

「何も、本当に……」

「確かにフェリックスはいろいろなものをくれた。でもそれをわたしは分け合った、あなたも同じようにしてくれると信じてね。あなたは誰からもらったものか、わかっていたはずよ」

「そうね、でもわたしは自分を貶《おとし》めるようなことは――」

「自分を貶める？　あなたがする必要はなかったわ、代わりにわたしがしたから。レミーの分もね」

「わたしは何も頼まなかった！」

「頼む必要はなかったの」

「わたしのせいじゃない」

「じゃあ誰のせい？」彼女は訊いた。

彼女の無遠慮な視線に、わたしは怖じ気づいた。わたしは窓から鏡台、クリスティーナの写真へと視線を移した。

「誰かを求めるのが、そんなにいけないことなの？」マーガレットは続けた。「求められるのが？

わたしは外国にいる、好きなようにしていいと言ったのは、あなただったわよね」

「それは自転車の乗り方を習う話で、ナチスとつきあう話じゃないわ！」

マーガレットは真珠に触れようとして手を上げた。動揺すると必ずそうしていたが、今は真珠のネックレスはそこになかった。

わたしはわざと彼女を傷つけようとしたのではないと、わかってほしかった。「わたしがしたことじゃない」

「ポールが銃で、あなたが引き金を引いたのよ」

「あなたはどうなの？　ビッツィが悲しんでるふりをしてると言ったとき――」

「あれは許されないことだった」マーガレットは言った。「少なくともわたしは、自分がまちがっていたことを認めるわ」

「わたしは一人のひとに話しただけよ」

「どうしてわたしを裏切ったの？」

「羨《うらや》ましかったの」

「完璧な仕事があって、愛する家族がいて、献身的な恋人もいたのに、わたしに嫉妬したの？」

わたしは自分が持っているものについて考えず、欲しいものばかりを考えていた。「さほど悪いことでもないわ。髪の毛はまた生えるでしょう」

「彼にされた最悪なことは髪の毛だと思うの？」

彼女は折れた手首を持ち上げてみせた。「彼らにされたことが見える？　あなたのせいで、わたしはすべてを失ったのよ」

娘に手紙も書けない。わたしのことがそんなに嫌いなら、いっそ殺し屋でも雇ってほしかった。わたしの家族にとっては、わたしは死んだも同然だから。職員はここに居残るか、ローレンスとクリスティーナと一緒にイギリスに行くか選べた。アイザ以外、誰も、わたしのような女と一緒にこのフラットに残ろうとしなかった」

「わたしはけっして、わざと……」

マーガレットはベッドカバーをはいで、ネグリジェの裾《すそ》を持ち上げ、脚にできているみみずばれを見せた。わたしは目を閉じ、自分の言葉を撤回したい、傷をないものにしたいと願った。

「臆病ね！　わたしが傷を見せられるんだから、あなたは見なさいよ！」

マーガレットは怒りに奮い立った。彼女の精神は傷ついても、けっして折れてはいなかった。

「ローレンスはわたしの写真を撮ったわ。もし騒ぎを起こしたら、わたしが不適切な母親だと証明するために写真を法廷に持ちこむって。頭を剃られるのは、ふしだらな女だけ。どうしたら、可愛い娘を取り戻せるの？」

「わたしからローレンスに電話をして、説明を……」

「ローレンスに電話して、説明をするですって」マーガレットはあざけるように言った。「帰って」

「ここにいて手伝うわ。食事を作り、家族に手紙を書く」

「あなたの〝お手伝い〟は要らない。どうぞ出ていって」

わたしはドアのほうへ動いた。

「待って！」マーガレットは言った。

わたしは振り向いた。もう一度チャンスをもらうためなら、なんでもしただろう。きっと許してくれるのではないか。わたしたちはたくさんのことを、一緒に経験してきた。

「化粧室の棚に青い箱があるわ。それを持ってきて」

わたしはその箱を彼女に渡そうとしたが、彼女は言った。「あなたによ。フェリックスに頼んで、探してもらったの。それを使うとき、自分のしたことを思い出して、真の友人であることの意味を知ってほしい」

中には赤いベルトがあった。革はバターを塗ったように滑《なめ》らかで、鞭《むち》のように長くて細かった。

「どうしたら仲直りできるの？　お願いだからチャンスをちょうだい」

マーガレットは壁に顔を向けた。「行って。二度とあなたに会いたくない」

第四十四章

リリー
モンタナ州フロイド、一九八八年六月

「パパの奥さんが『永遠』を取った！」わたしはオディールのキッチンにバタバタと入っていって、言った。「ジュディ・ブルームは〝エロ本〟を書くっていうのよ。検閲がまちがってる！」

「膝をつきあわせて話し合うのじゃなく、癇癪《かんしゃく》を起こすのもまちがってるわ」オディールは最後の皿を拭きおえた。「エリーに、何が心配なのか訊いてみるべきよ」

「え？」

「読書は危険なの」

「危険って？」

「エリーは、その本があなたの頭の中に生み出す考えを恐れてる。あなたがセックスを経験したくなるんじゃないかって、心配してるの」

「『アフリカの日々』（アイザック・ディネーセン著）を読んだけど、ケニヤにコーヒー栽培場を作ったりしなかったわ！」

オディールは、わたしがばかばかしいことを言ったと思っているように、小さな笑みを浮かべた。

「そうするひとは多くはないわね。セックスは人生の自然な一部よ。でも大きな一歩だから、エリーは心配なの」

「わたしはデートしたこともない」わたしは言った。「このぶんでは、永遠にできないわ。エリーはわたしの人生を潰そうとしてる」

「そんなことないと、わかっているでしょう」

「彼女が考えてるのは、パパと弟たちのことだけ」

「またそれを言って、飽きないの？　エリーは最善を尽くしてる。彼女の身になって考えてみなさい」

「ふん！」

「彼女の立場に立ってみなさい。エリーはどんな気持ちか、考えてみたことはある？　長いあいだずっと、彼女もあなたのお父さんも新しい寝椅子やランプを買っていない。エリーはあなたのお母さんの鍋で料理し、お母さんの皿で食事をしてる。それがどれほど奇妙なことだと思う？　あなたは本当に、自分が部外者だと思ってるの？」

オディールの言うとおりだった。

「愛は分配されるものじゃない。エリーはあなたたち全員のことを気にかけられる。ちゃんと彼女と話し合いなさい」

「でも、もし――」

「まず第一歩を踏み出すのよ」

家に帰るさい、男の子たちが裏庭で走り回っているのが見えた。ジョーは水の漏れている水鉄砲を、赤ん坊用の毛布をケープ代わりに羽織っているベンジーに向けて振り回している。二人はわたしに駆け寄ってきて、それぞれが脚にしがみついた。

「ぼくのだ」ベンジーは言った。

「ちがう」ジョーが言い返した。「リリーはぼくのだ」

「二人とも、わたしの弟よ」わたしは二人を抱きしめた。

家の中で、わたしはママのダイニング・ルームのテーブルを、ママが縫ったカーテンを、ママが選んだ淡い色調の鳥の絵をなでた。ここには何一つエリーのものはない。ブレンダ博物館の、無給のキュレーター。

主寝室の、わたしの母のロッキングチェアに座って、エリーは父のソックスをつくろっていた。

「癇癪は収まった?」彼女は訊いた。

「走っていっちゃって、ごめんなさい」わたしは言った。戦意を失っていた。「大人げなかったわ」

「ねえ、わたしはあなたのためを思っているだけなのよ」

「わかってる」わたしは彼女に近づいた。彼女はわたしを抱きしめた。

わたしの運転免許取得のお祝いに、オディールはエリーとわたしに、〈ハスキー・ハウス〉のサンデーをごちそうしてくれた。オレンジ色の仕切り席で、オディールはテーブルに贈り物をおいた。

「シカゴから取り寄せたのよ」わたしはそっとビロードのリボンをほどき、箱を開けた。中にあったのはベレー帽だった。灰色で、鳩《はと》のようにむくむくしている。

「すてき《ジャドール》!」わたしはテーブルに乗り出して、オディールの両頰にキスをした。「もう脱がない!」

彼女はわたしの眉にかぶさったベレー帽を直してくれた。

「フランス人みたい」エリーは言った。彼女がわたしにくれた、考えられる範囲で最高の誉め言葉だった。

家の自室で、ベレー帽をかぶったまま、オディールから借りたジョセフィン・ベイカーのレコードを取り出して彼女の顔をなぞった。その気安い笑み、つややかな肌、そして自信が羨ましかった。わたしは靴を脱ぎ、シャツとズボンも脱いだ。白いブラジャーとパンティだけになって痩せぎすの自分の姿を見詰め、シルクのストッキングをはいたセックス・シンボルというのはどういう気分のするものだろうと考えた。黒いマーカーをつかんで、太腿《ふともも》の、上着の裾が来るはずの位置に線を描いてみた。それでは充分でなかった。わたしは自分で、まったく新しい人生を描きたかった。

最高学年に上がる前の夏、メアリー・ルイーズとわたしはオヘアのモーテルでアルバイトした。掃除機をかけ、ベッドを整え、トイレを掃除し、浴槽を磨《みが》いた。ベビーシッターより稼げたし、ミセス・ヴァンダースルートは休憩時間にコークを飲ませてくれた。

八月の第一週、モーテルは契約制の収穫屋たちでいっぱいだった。日の出から日没まで働く、年寄りでしじゅう不満を漏らしているような男たち。わたしたちはいつでも、若くてハンサムな客も来てほしいと望んでいたが。テキサスからオクラホマの細長い地区、サウスダコタから地元のモンタナまで、彼らはアメリカじゅうの収穫を手伝って歩く。わたしたちとはちがい、町に縛られていない男たちだった。彼らは自由で、わたしたちはそれが羨ましかった。

彼らに声をかけられて、わたしたちは頰を赤くした。彼らはわたしたちを女として見た。昨晩、用心深い三日月の下、メアリー・ルイーズはそのうちの一人と抜け出した。酒を飲んで、トラックの荷台で関係を持った。彼女が言うには、ジョニーは自分のしてることを、彼女の恋人のキースよりもよく承知していたとのこと。

収穫屋たちは今日、機械類と冒険の予感とともに移動していく。廊下でフーヴァーの掃除機を引っ張っていて、そのうちの一人にまともにぶつかった。彼は片手で掃除機をつかみ、もう一方の手でわたしの体を支えた。着古した綿シャツから、小麦のにおいがした。わたしはベレー帽の位置を直し、彼の顔を見上げた。ああ、彼はハンサムだった。日を浴びて、日焼けしていた。二十一歳か二十二歳だろうか。全国の長く延びる道路を、青信号を、たくさんの青信号を見てきた目。男。

「きみたいな可愛い子が、どうしてこんなものを引きずって歩いてるんだ？　ここで働いてるのか？」

「そうよ」

「こいつをどこに持ってくんだ？」

「四号室」

「小声で喋る必要はない。教会じゃないんだから」

　わたしはドアの錠を開けた。彼はテレビの前に掃除機をおいた。シーツが一塊《ひとかたまり》になって、床に落ちていた。メアリー・ルイーズだったら、「昨夜はお楽しみだったみたいね！」と言っただろう。でもわたしはメアリー・ルイーズじゃない。

「すてきな帽子だ」彼は数センチほどの距離まで近づいてきた。わたしの心臓がバクバクしているのを、彼は察知しているだろう。「雌鹿《めじか》みたいにかわいいね」

　口元に彼の唇を感じて、わたしは驚いて目を閉じた。こんなにすてきな感触は初めてだった。

「行くぞ、マイク」別の収穫屋がロビーから叫んだ。

　わたしたちは離れた。わたしは息を詰めていた。彼はたこのある手で、わたしの頬をなでた。

「大丈夫か？」彼は訊いた。

　わたしはうなずいた。幹線に出るころには彼はわたしを忘れているだろうけれど、わたしは彼とのキスを永遠に忘れない。午前中ずっと、わたしは気づくと指が口元に行っていた。

　仕事のあと、メアリー・ルイーズとわたしは家に寄って、ママのハチドリ用の餌箱に餌を足した。そのまま歩き続けて、公園でガールスカウトとすれちがった。町から出てすぐのところで、彼女とわたしは草原に寝転がった。草は干し草のように硬かった。数メートル先で、ジリスが穴から顔を出した。暑くて乾燥していた。ここはいつも暑くて乾燥している。遠くで、コンバインが畑を走る音が聞こえた。わたしは両手を頭の後ろに組んだ。メアリー・ルイーズは草を嚙んだ。雲は長く居座ることなく、流れていく。この世界のよその場所ではMTVを見ているというのに、わたしたちは〈大草原の小さな家〉の再放送で暮らしてる。学校が始まるまであと一週間。平和で静かで、死んでしまうのではないかと思った。

「絶対にここを出ようね」彼女は言った。


　最後の新年度の始まりの日、わたしはベレー帽と合うスカートをはいていった。みんなはポカンとした顔をした――フロイドでは、ジーンズをはかない人間は変わり者なのだ。メアリー・ルイーズとは、一緒の授業が一つもなかった。姿を見かけるときは、たいてい廊下の先でキースと一緒にいた。戸惑っている新入生のあいだを縫っていっても、彼女に到達することはなかった。ロビーとは同じ時間割だった。彼は通路の向こうに座っていた。教会でもそうだし、いつもそうだった。心のどこかで、彼に好かれていると感じていた。でも、それを信じていなかった。

　学校のあと、オディールの家で、カフェオレを飲みながら彼女の結婚式の写真を眺めた。バックが彼女を見詰めるように、男の人がわたしを見ることはあるのだろうか？　キースがメアリー・ルイーズを熱く見詰めるように？

「もうめったにメアリー・ルイーズと会わないの」わたしは彼女が、APプログラム（アドバンスト・プレイスメント。高校生に大学の初級カリキュラムを提供する制度）の数学と同じくらい簡単にわたしを切り捨てたことに傷ついていた。

「友情について言えるのは、いつも同じときに同じ場所にいるわけじゃないということ」オディールは言った。「エリーや男の子たちのことで手一杯だったときのことを覚えてる？　今度はメアリー・ルイーズが忙しい番なの。初恋はそんなものよ。時間を全部吸い取ってしまう」

「吸血鬼みたいに言うのね」

オディールは笑った。「まあ、そのようなものね」

「ちがうでしょう！」わたしはむきになって言った。

「彼女は戻ってくるわ。待っていてあげなさい」

わたしは、キースがメアリー・ルイーズに腕を回したとき、彼女が顔を赤らめた様子を思い出した。わたしが近づいていくと、彼は彼女の腰を引き寄せて、「行こう」と言う。彼女もおとなしくついていく。二人きりになりたいのだ。メアリー・ルイーズはなんでも先に手に入れた。最初のキス。最初のベース。最初の恋。

「嫉妬するのは普通のことよ」オディールは言った。

「してないわ！」

「普通のこと」彼女は繰り返した。「ただし……」

「ただし、何？」

「あなたにもその日が来るのを、忘れないでいてね」オディールは自信がなさそうに言い終えた。

ええ、そうね。

家では、エリーがわたしの大好きな夕食、ステーキとフレンチフライと、グリーンサラダを作ってくれた。みんなは最初にサラダを食べたけれど、わたしは最後に食べて、そのあとパリジェンヌみたいにチーズを一切れ食べた。

「いつでもその帽子をかぶっていなくてはいけないのか？」パパは訊いた。

「ベレー帽よ。おしゃれ《セ・シック》でしょ」

「何ヵ月もかぶりっぱなしだろう。におわないのか？」

わたしはパパを無視した。「ステーキ、おいしいわ《ル・ステック・エ・デリシュー》！」

「英語を話すように言ってくれないか？」パパはエリーに頼んだ。

エリーは微笑んだ。彼女はわたしがフランス語を喋るのが好きなんだと思った。

「大学の出願について、わたしが言ったことを考えてみたか?」パパは訊いた。

「言ったでしょ、わたしは作家になるの」

「書くことは職業じゃない」

「それをダニエル・スティールに言って」エリーが言った。「ジョナス・アイヴァースよりお金持ちよ!」

「会計学の勉強をしなさい」パパは言った。「予備の案を考えておく必要がある」

「予備の案? わたしが失敗すると思っているの? どっちにしろ、わたしが何を勉強するか、パパには関係ない」

パパはフォークをわたしのほうに突き出した。「学費はわたしが出すんだから、関係はある」

「パパと話してると、なんでもお金の問題になるのね」

「銀行家の仕事の一つとして」パパは言った。「みんなにきちんと計画を立てさせるということがある」

どうしてすてきな夕食が大学についての口論に変わってしまったのか、わからなかった。

「いいかしら」エリーは言った。「お父さんは、家を失ったひとや仕事で失敗した事業主さんたちを見てきて、あなたにそんな苦労はしてほしくないと言っているのよ」

夕食後、わたしはオディールの家に行った。「わたしぐらいの歳のころ、何になりたいか決まっていた?」

「わたしは本が大好きだったから、司書になった。まずは情熱を見つける必要があるわね」

「パパは商業を勉強しろって言うの」

「まちがってはいないわ。楽しくなければだめだけど、家賃だって払わなければならない。女性が自分のお金を持つのは重要よ。わたしは教会の秘書として働いたけれど、収入はありがたかった。選択肢が欲しいでしょう」

「パパにお説教してほしくないわ」

「愛するコーエン教授はいつも言っていたわ。〝ひとを自分が望むようにではなく、そのひとのままに受け入れなさい〟ってね」

「どういうこと？」

「彼女はわたしの父のことを言ったの。父は心の中で何よりもわたしのためを思っていると言われても、わたしには信じられなかった。あなたとお父さんは別々の人間だけど、だからといって彼があなたのことを愛してなくて、心配していないということではないのよ」

冬の舞踏会の日、わたしは、誰にもダンスに誘われなくてもかまわないと自分に言い聞かせた。フロイドの男の子たちは脳なしだ。ニューヨークで心の友を見つければいい。わたしはコロンビア大学に出願していた。五百万人も男性がいれば、一人ぐらいわたしを好きになる。シモーヌ・ド・ボーヴォワールだって、サルトルと出会ったのは二十一歳のときだ。

カフェテリアで、メアリー・ルイーズが近づいてきて、夕食後にドレスを見にこないかと言った。何ヵ月も、彼女はわたしの存在を忘れていた。今度はドレスを見せびらかすという。

「行けない」わたしは嘘をついた。「宿題がたくさんあるの」

「お願い！」

心の一部では、いい友だちでありたかった。でも彼女がキースに捨てられて、わたしと同じように惨《みじ》めになればいいと望む部分のほうが大きかった。

夕食後、わたしはオディールの家の椅子に座りこんでいた。

「メアリー・ルイーズに捨てられた。またよ」

「ドレスを見にきてって言われたんじゃないの？」

わたしは一九五五・三四の棚に並んでいる本を見詰めた。『テラビシアにかける橋』、『ルーツ』（アレックス・ヘイリー著）、『マイ・アントニーア』。「行きたくない」

「一緒に行きましょうか？」オディールはたずねた。

わたしは首をぴんと伸ばした。「助かるわ」

メアリー・ルイーズの家に行くまで、ずっと彼女はわたしを見ていた。鷹《たか》みたいだと、ママなら言っただろう。家の中に入るとすぐ、メアリー・ルイーズはくるくる回ってみせた。淡い色のドレスで、首筋から肩までむき出しになり、いつにも増して優美な様子だった。

彼女の体は一夜にして変化していた。胸はロッキー山脈のようにそびえたっている。わたしの胸は草原のように平らなままだ。彼女の腰はベル形の曲線を描いているけれど、わたしのほうは鉛筆のようにまっすぐで、揺れたりしない。

「どう思う？」彼女は上身頃を引っ張り上げた。

「すごいじゃない」オディールは言った。

未発育の胸の前で腕を組んで、わたしはしばらく考えこみ、いちばん意味のある誉め言葉を思いついた。「エンジェルよりすてきよ」

「やだ！」メアリー・ルイーズはコート掛けの横の鏡を覗きこんだ。「本当に？」

わたしはそれ以上何も言えず、うなずいた。嫉妬心が涙のように溢れて、その瞬間、彼女はこれまでで最高に美しくて、わたしは彼女を見ているのがやっとだった。

キースが来た。彼は戸口で躊躇っていて、スー・ボブが彼をメアリー・ルイーズのほうへ押した。

彼が彼女を見る様子を見て、わたしは絶望的な気分になった。喉元に酸っぱいものがこみ上げた。

何度も唾を飲みこんだ。これ以上耐えられるかどうかわからなくて、わたしはドアのほうへ移動した。メアリー・ルイーズが近づいてきて、スー・ボブはわたしたち二人の写真を撮った。〝どうしてあなたは独りぼっちで惨めなの？〟意地悪な自分が囁《ささや》いた。〝本当の友だちだったら、見にこいだなんて言わない。彼女は自慢したいだけよ、わからないの？　あのニキビ面のスポーツマンに、彼女が言ったことを教えてやりなさいよ——収穫屋の男はキスが上手だった、何もかも上手かったってね〟

メアリー・ルイーズがわたしの腰に腕を回している状態で、わたしは言った。「キース……」

オディールが眉をひそめた。

「教えてあげましょうか——」わたしは続けた。

「だめよ」オディールは囁いた。「一言だけで済む。あなたの頭の中にカラスが円を描いているのが見える」

第四十五章

オディール
パリ、一九四四年九月

〝どうしてわたしを裏切ったの？〟川のほうへ、家のほうへとふらふらと歩道を歩きながら、頭の中ではマーガレットの質問が鳴り響いていた。壮麗なアレクサンドル三世橋が目の前に現われたけれど、わたしに見えるのはマーガレットの髪の毛を刈られた頭だけだった。自室に隠れるか、ママかウジェニーに告白したかった。でも二人とも、わたしが親友を傷つけるに至った経緯《けいい》を聞いて震え上がるだろう。ポールのこともだ。だめだ、恥ずかしすぎて、ママの顔は見られない。家に帰るわけにはいかない。マーガレットのことを愛している者ばかりがいる図書館にも行けない。彼女ははっきりと、二度とわたしと会いたくないと意思表示した。ということは、わたしがまだあそこで働いていれば図書館に行かないだろうし、それで友人や仕事を失うことになる。

少し前、わたしは疑い深い目で登録者たちを見て、どんな人間がカラスの手紙を書くのだろうと考えた。今わかった。わたしのような人間だ。〝警部どの。マーガレット・セント・ジェイムズ――イギリス人――は、なんとドイツ兵と恋に落ちました〟わたしはその密告を、警察官に届けさえしたのだ。

わたしはセーヌ川を渡り始めた。ベルトのバックルを手に持っていて、革の部分が小枝のように揺れた。手すりから身を乗り出して、水面を見た。わたしはポールとまったく変わらない、人でなしだった。わたしは結婚指輪をつかんで、それを川に投げ捨てた。そう。彼はもうわたしの夫ではない。わたしたちは離婚して、二度と口を利かない。離婚。離婚した女性《ディヴォルセ》は堕落した女よりも地位が低い。「近所のひとがなんて思うかしら?」ママなら言うだろう。わたしの母は、わたしが離婚した理由など気にしないはずだ。カロおばさんにしたように、わたしを追い出すだろう。

一時間前には、わたしは自分の将来を祝っていた。それが今は、暗闇しかない。自分でどうしたらいいのかわからなかった。シャンゼリゼ通りをふらふらと歩き、カフェの屋外のテーブルで食事している二人連れの横を通り過ぎ、映画館の前の行列を迂回し、どこへ向かっているかわからずに歩き続けて、やがてアメリカ病院に着いた。ドライブウェーの救急車の横を通り過ぎたとき、看護師が言った。「よく来てくれたわね。手助けが要るのよ」

マーガレットはわたしと何も関わりたくないと言ったが、ここでは負傷者の世話ができる。戦争の始まったころのように——職員やボランティアは寝台で寝る——病院に滞在しよう。家族や友人に顔を合わせなくて済むし、ポールにも見つからないはずだ。ほっとして、わたしは暗い出入り口のセメント敷きのスロープに座りこんだ。

マーガレットの言うとおりだった。わたしは彼女がレミーのような兵士を侮辱《ぶじょく》したり、ビッツィの悲しそうな様子が演技だと嫌味を言ったりしたとき、どんなに腹が立ったかを認めなかった。彼女の華やかな生活を羨んだことを認めなかった。そんな憎しみをボトルに詰めこんでいて、シャンパンの大瓶を振ったかのように、不愉快な感情が噴出した。ほんの一瞬、わたしは彼女を懲《こ》らしめたいと思い、その一瞬で人生を破滅させるのには充分だった——マーガレットの、そして彼女の娘の人生を。

松葉杖をついたアメリカ人兵士が、足を引きずって近づいてきた。「こんにちは、お嬢さん」

わたしは洟《はな》をすすった。兵士はハンカチーフを差し出した。

「どうしたの？」

わたしは唇を噛んだ。口を開くのが怖かった。話を全部ぶちまけてしまいそうで怖かった。

彼はわたしの横に座った。「どうしたの？」

「ひどいことをしてしまったの」

「ああ、それなら、たいていのひとが理解できるな」

彼はとても真剣な目をしていて、わたしは彼の注意を逸らさなければならないほどだった。「どの州の出身ですか？」

「モンタナ州だ」

「どんなところ？」

「天国だよ」

ケンタッキー州出身の登録者が同じことを言っていた。イギリスのケントやカナダのサスカチェワンから来た兵士も。「わたしを納得させてみて」

「モンタナはこの世でいちばん美しい場所だ。この陽気なパリにいて、そんなふうに言うのは、意味のあることなんだ。ぼくは田舎の町から逃げ出したかった、でも幸運にも帰れたら、もう二度と離れない。住んでいるひとたちは親切だ。正直だ。かつてはそれが退屈だと思った」

「退屈なのも、たまにはいいものでしょう」

「どうしてそんなに英語を上手に話すんだい？」

「子どものころにアメリカ図書館で習ったの」

「アメリカ病院のほかに、アメリカ図書館もあるのかい？」

「アメリカの暖房機の会社とか、アメリカ教会も忘れないでね！　登録者の一人、ムッシュー・ド・ネルシアは、アメリカ人は誰にも言わずにパリを植民地化していると冗談を言っていたわ」

彼は笑った。「登録者というのは？」

「わたしは司書なの。いえ、司書だったのよ」

「その図書館を見てみたいな。連れていってもらおうかな」

わたしは眉をひそめた。

「そうだね」彼は太腿をさすった。「この脚では、じっとしているべきた。でもきみとはもっと話がしたい」

その日の午後、わたしたちは玄関前の階段でピクニックをした。彼は配給の煙草をハムとバゲットに交換してきた。モンタナ州の平原はパッチワークのキルトのようだと話してくれた。大空には雲一つないのだと。彼の母親のビーフ・シチューを、一度食べてみるべきだと。二日後、彼はわたしに結婚してくれと言った。

わたしは知り合いにふたたび会うことなく、どこかへ行ってしまいたかった。再出発をして、ほかの誰か、今よりいい人間になりたかった。両親のことは恋しかったけれど、わたしがいないほうが両親にとってはいい。同僚や常連の登録者たちが恋しかったけれど、わたしがいなければマーガレットが居続けられる。図書館を愛していたけれど、マーガレットのほうが大きな意味があり、それを彼女に証明したかった。

「お嬢さん？」バックはとても思いやる様子でわたしを見詰めた。彼に何もかも話せるような気がした。そしてなぜか、彼はすでに知っているような気がした。

「もちろん、結婚するわ」

彼はわたしを抱き寄せた。胸のぬくもりを、綿シャツの柔らかさを感じた。安心できる気がした。

ブルターニュから戻ってきた日、わたしはスーツケースを図書館に持っていった。夜明けの、管理人以外には誰もいないはずの時間、わたしは盗んだカラスの手紙の最後の束とともに、スーツケースを持ち出した。ビッツィの机には、子どもたちの絵、べたべたするペン、縁《ふち》が欠けているのでほかの誰も使いたがらないお気に入りのティーカップなどがあった。わたしは書いた。〝親愛なるビッツィ、マーガレットに優しくしてあげて。ママとパパに、わたしは元気だと、ごめんなさいと伝えて。教授の原稿をお願いね。あなたのことを、姉妹のように、双子のように愛しています。あなたのオディール〟図書館の中を歩き回って、さようならを言った。まず、すべてが始まった閲覧室。それから登録者と同じくらいたくさんのことを学んだレファレンス室。晩年の部屋では、本の背に手を当てて、それらが忘れられることはないと伝えた。そして、わたしはこれを最後に、図書館を去った。

第四十六章

リリー
モンタナ州フロイド、一九八九年一月

　メアリー・ルイーズの家からの帰り道、オディールは、わたしが何をキースに言いかけたのかと訊いた。

「なんでもないわ」

「リリー」オディールはたしなめるように言った。

「彼女が収穫屋と浮気したって」

「それはあなたに関係ないことよ。どうして言おうとしたの？」

「知らないわ！」

「そう、よく考えなさい」

「彼女を取り返したかったの」

「彼女に腹が立っていたの？」オディールは訊いた。

「そうかもしれない」

「彼女の本当の罪は何？」

「それについては、話したくないわ」

「頑固ね！」

オディールが許してくれないとわかっていた。「わたしには恋人がいないけど、彼女には二人もいる。この何ヵ月か、彼女はわたしのことをすっかり忘れてた」

「わかるわ」オディールは言った。

その言葉を聞いて、気分がよくなった。意地悪な気持ちは霧散した。

「もしメアリー・ルイーズがしたことで傷ついたのなら、彼女に言いなさい」彼女は続けた。「溜めこまないで。それから彼女が不幸になれば気分がよくなるなんて考えないこと。メアリー・ルイーズは広い心を持ってる——あなたとキース、二人分の居場所があるわ」

オディールの家のドライブウェーに入っていきながら、彼女は言った。「あなたにも恋人ができるわ」

「そうかしらね」

「本当よ」星空の下、彼女の真面目な表情が見えた。「愛はやってきては去り、また来るものよ。でも幸運にも本当の友人ができたら、大切にしなさい。手放してはだめ」

その通りだ、メアリー・ルイーズのことは大切にしなければならない。でももし、わたしがしかけたことをメアリー・ルイーズに告白したら、きっともう口を利いてくれないだろう。

オディールは玄関を開け、わたしたちは寝椅子に沈みこんだ。

「遠くへ逃げ出したい」

「逃げちゃだめよ」オディールは言った。

「どうしていけないの？」

「理由を教えてあげる。わたしが逃げたからよ」

「え？」

「あなたみたいに、わたしも自分が恥ずかしかった。わたしは両親から逃げた。仕事から。そして夫から」

「バックと別れたの？」

「いいえ、最初の夫。フランス人の夫よ」

わたしは混乱した。

「親友に嫉妬したのは、あなただけじゃないの」オディールは認めた。

「あなたも？」

「わたしは彼女を裏切った」彼女は色褪《いろあ》せたベルトのバックルに触れた。「マーガレットは、二度とわたしに会いたくないと言った。彼女とわたしは同じ社会で活動していて、図書館が大好きだった。でも彼女にとっては、それは篤志行為だった――無欲にボランティアで働いて、見返りに一サンチームももらわなかった」

「どうして出てこられたの？」

「もしわたしがいたら、彼女は何もかもを失う。特に、彼女が家と呼ぶ場所をね。わたしは図書館を愛していたけれど、マーガレットのことをもっと愛していた。あまりにも恥ずかしくて友人や家族に真実を告げられず、成り行きを見るのが怖すぎて、わたしはバックと結婚して、さようならも言わずにフランスを出てきた。レミーの墓を見ていないし、両親が彼の遺体を確認できたと祈るばかりよ」彼女は深く息を吸いこんだ。「わたしは逃げた。あなたに話すまで、このことを誰にも話していない」

わたしは両腕で彼女を抱いたけれど、彼女のほうからは抱き返さなかった。

「自分を許すことはないわ」彼女はつぶやいた。

「マーガレットにしたことで？」

「彼女を捨てたのよ」

「彼女が、立ち去れと言ったんでしょう」

「そういうときこそ居残るべき場合もあるの」

オディールの言葉に驚いて、わたしは窓辺のシダ、きちんと並べられたレコード、お気に入りの本の棚を見渡した。嵐のような告白のあと、わたしはこれらのものがすべて、音を立てて床に落ちるのではないかと思った。

「でも……あなたはいつでも、何を言うのが正しいか心得ているのに」

「あまりにもたくさんのまちがったことを言ってきたからよ」

「本当に重婚してるの？」

「バックは亡くなった。だから、もうちがうわ」

おかしくはなかったけれど、わたしたちは低く笑った。いや、ちょっとおかしかった。

「あなたは何をしたというの？　それほど悪いことだったの？」

オディールがマーガレットとその恋人の話、そしてポールと仲間が彼女を襲った経緯《けいい》を話し終えたとき、失われたピースがあるべき場所におさまり、全体図が見えた。

「あなたの話が真実だとしても――」

「真実なのよ」オディールはぴしゃりと言った。「彼らは彼女の手首を折った」

「それはあなたのせいじゃない。あなたは骨を折っていないわ」

「折ったも同然なのよ。話したでしょう」

「誰もが自分の行動に責任がある」

「一般的には、そうだと思う」彼女は言った。「でも、この場合はちがうわ。危険が大きすぎた。わたしはマーガレットを危険にさらした。この話は誰にも一言もしていない、バックにさえもね」

オディールはわたしの目をじっと見た。「でもあなたに話したのは、あなたに同じまちがいをしてほしくないからよ。嫉妬心をうまく抑えないと、嫉妬心に動かされてしまう」

わたしは自分が真実だと思うこと、つまり彼女は誰も傷つけていないのだと、オディールを説得したかった。

「マーガレットはどうなったか知りたくない？　娘さんに会いにイギリスに行ったと思う？　彼女に連絡を取って、元気でいるかどうか確かめようとしたことはあるの？」

オディールは引き出しを開けて、一九八〇年六月の〈ヘラルド〉の切り抜き記事を出した。わたしはマーガレット・セント・ジェイムズの人物紹介記事を読んだ。


わたしたちは恋人を、家族を、友人を、そして生計を失った。わたしたちの多くは暮らしの欠片《かけら》を拾い集めたけれど、永遠に失われたものもいくつかあった。わたしたちは、自分自身を作り直さなければならなかった。

ものを破壊することによってこの喪失に対応した知人がいた。皿を床に投げつけて壊すことが、彼女にとっての慰《なぐさ》めだった。おそらく彼女は、自分が壊される前に壊してしまいたかったのだろうが、わたしは破壊という行為が嫌だった。それはパリでの困窮した時期のことで、配給制は戦争後もしばらく続いて、わたしたちは空腹で疲れていた。

わたしは皿を直して使おうと思って、彼女の家の家政婦に欠片をくれるように頼んだが、修復できるようなものではなかった。わたしは欠片を貼り合わせて、娘のくたびれた服の飾りにした。図書館の登録者たちは、そのブローチを誉めてくれた。わたしはそれらを売り始め、パリ市民がわたしの作品を身に着けるようになった。パリでおしゃれだと思われるものは、まもなく世界じゅうで使われるようになる。

マーガレットが生きていて元気で、アーティストになっていると知って、わたしは興奮した。

「彼女は本当に娘さんの親権を失ったのかしら？」

「そのように言っていたけれど……」

「記事によると、娘さんは一緒に住んでいたようよ」

オディールは新聞記事を眺めた。「そんなふうに解釈したことはなかった」

「もしかしたら、マーガレットにとって、さほど悪い展開にはならなかったのかもしれない。パリの彼女の店の住所が載ってるじゃない」わたしはページを指さした。「手紙を書いてみたら」

「手紙など欲しくないかもしれない」

「書いてみるべきよ」

「彼女の気持ちを尊重したいの」

「返事がないのが怖いのね」

「それもあるわ」

「書いてみなさいよ！」こんなところが、わたしが母に似ている点かもしれない。意外なところで楽観的なのだ。オディールとマーガレットにとってのハッピーエンドがあるかもしれない、わたしは心底そう思った。〝愛はやってきては去り、また来るものよ。本当の友人ができたら、大切にしなさい。手放してはだめ〟

「考えてみるわ」

わたしたちは醜い感情を抱えて暗い道を歩んだが、彼女はわたしの最悪の一面を見て、それでもわたしを愛している。わたしは彼女の両頰にキスをして、おやすみなさいを言った。もう一度、オディールはわたしを救ってくれた。

第四十七章

オディール
モンタナ州フロイド、一九八三年

わたしはまた、陸上競技をテレビで見ながら、誕生日を一人で過ごした。バックとマルクがスポーツを好きだったからだ。三人で寝椅子に座って観戦したのを思い出す。バックはわたしがステレオでバッハを聞けるように、消音ボタンを押したものだった（「どうせ、しようもないアナウンサーはろくなことを言わない」）。

たぶんわたしは過去に生き過ぎている。多くの思い出が楽しいものなら、それは容易なことだ。わたしはバックとの結婚初夜のことを思い出す。ふたたび歓《よろこ》びを見出せたのは驚きだった。〝愛は海のようなもの。動くものであり、それでもなお、打ち上げる浜から形を作り、浜によってすべてがちがう〟八一三、『彼らの目は神を見ていた』。

もちろん、試練のときもあった。バックの両親に、彼らの家で初めて直接顔を合わせた。「ママ、パパ、予告していた驚くニュースだよ。これがぼくの妻のオディールだ」バックは自慢げに言って、わたしを横に引き寄せた。

「初めまして」わたしは伯爵夫人のようにはっきりした発音で言った。

「ディール？」彼の父親は言った。

「オーディールよ」母親が直した。

「オディールだ。フランスで結婚したんだ」バックは言った。

父親は怪訝《けげん》そうにわたしを見た。母親のあいまいな笑みが、苦いしかめ面になった。「わたしたちのいないところで、どうして結婚なんかできるの?」彼女は訊いた。

「ジェニーのことはどうするんだ?」ミスター・グスタフソンは言った。

「彼女はわたしたちにとって娘みたいなものよ」ミセス・グスタフソンは言った。「あなたが……出かけていたあいだ、祝日は一緒に過ごしていたのよ」

出かけていた? バックはヨーロッパで湯治していたわけではなく、闘っていたのだ。

わたしはバックを見た。「ジェニーというのは高校時代の恋人なんだ」彼は説明をした。

「みんな、あなたとジェニーは結婚するものと思っていたのよ」母親は続けた。「待っていてくれと頼んだことはない。ぼくはもう子どもじゃない。戦争は……彼女はきみのように理解できないだろう。誰よりもよく、きみだけが知っている」

その通りだった。バックとわたしには戦争があった——彼の母親は、その言葉さえ口にできない。でも時は進み、彼とわたしはそれ以上にたくさんのものを持った——家と息子と幸福を。

義理の両親はわたしに対して態度を和《やわ》らげることはなかったけれど、マロニー神父は親切だった。教会の秘書として雇ってくれて、わたしは会報を書いたり、ホールに小さな図書館を作ったりするのを楽しんだ。バックを高校時代の恋人から〝盗んだ〟ことを村人たちが許してくれるのには時間がかかったが、住人たちが辛く当たれば、その分バックは優しくなった。ALPの中庭の写真を見せたとき、彼は図書館に似せてペチュニアを列にして植えた。東部の軍隊仲間を通して彼はフランス語の本を探し、わたしの本棚は戦争後のエジプトを舞台にしたコーエン教授の小説でいっぱいになった。彼女がわたしを信頼して預けてくれた原稿が刊行されることはなかったが、あれは図書館に保管されていると考えるのもよかった。バックはわたしが〈ヘラルド〉のパリ版を定期購読する費用について、文句を言うことはなかったし、ニュースが一週間遅れで届くのを指摘することもなかった。「宝石を欲しがる女性もいるが、きみは紙を欲しがる」彼は言った。「結婚したとき、わかってたよ」

わたしはALPのコラムを欠かさず読み、ミス・リーダーが議会図書館での仕事を再開したことを知った。ミス・ウェッドは収容所から解放されて、図書館の帳簿係に戻った。ビッツィは館長補佐に昇進した。伯爵夫人は回顧録を発表した。そしてボリスは引退した。図書館が存続していると知って、わたしは満足だった。何年ものあいだに、街での麻薬の増加についての父のインタビュー記事や、マーガレットが取り上げられた人物紹介などを読んだ。わたしはみんなが、特にマーガレットが恋しかった。

今、わたしはつきまとうべき相手のいない幽霊よろしく、家の中をさまよう。一人で食事する。一人で寝る。一人でいるのには飽き飽きした。クロゼットの中で、ついに焼くことのできなかった手紙を詰めこんである宝石箱を見詰める。わたしはまちがいを犯した。わたしは学んだが、手遅れのものもあった。もしわたしの人生が小説なら、つまらなくて刺激的、辛くておもしろい、悲劇的でロマンティックな章がたくさんあって、そろそろ最後のページを考える頃合いだろう。わたしは寂しかった。わたしの物語が終わってくれさえすれば。永遠に本を閉じるだけの勇気があれば。

バックのライフル銃が隅に立てかけてあった。照準望遠鏡に埃《ほこり》がたまっていた。この銃は装塡《そうてん》されているのだろうか。バックのことだから、されているはずだった。〝あなたは銃で、ポールが引き金だった〟ちがう、マーガレットが言ったのはそうではない。〝ポールが銃で、あなたが引き金を引いたのよ〟あなたが引き金を引いた。銃を手に取って、引き金を引きなさい。わたしはそれを手に取った。

呼び鈴が鳴った。かまわない。呼び鈴が鳴った。指を引き金のほうに動かした。誰かが入ってき

て、言った。「こんにちは?」その声に、聞き覚えがあった。隣に住んでいる女の子だ。わたしは

わたしはライフル銃を元あった場所に戻した。

「誰かいませんか?」

呆然として、わたしは居間へ歩いていった。

「あなたについてレポートを書くんです。いえ、あなたの国について」女の子は言った。「それで、うちに来てもらえませんか」

うちの居間に、誰か他人がいるのを見るのは奇妙だった。

「ここは図書館みたい」彼女は言い足した。

それは四年前、葬儀屋がバックの遺体を運び出したとき以来のことだった。

女の子は帰ろうとした。

「いつ?」わたしは訊いた。

彼女は振り返った。「今すぐは?」

人生がわたしにエピローグを用意してくれたようだった。

第四十八章

リリー
モンタナ州フロイド、一九八九年五月

「大学はあなたの人生の新しい章になる」ミサから退出しながら、オディールはわたしに言った。「刺激的なものになるかどうかは、あなたしだいよ」そうだろう。わたしはコロンビア大学に、メアリー・ルイーズはニューヨーク・インスティチュート・オブ・アートに進学が決まった。ありがたい、わたしは彼女のいない人生など想像できない。キースはビュートの専門学校に入学したけれど、彼女に手紙を書くと約束した。ロビーは地元に残る。ティファニーは北西部か、あるいは北東部に向かった。わたしは級友たちに、予想外の郷愁を感じた。好きでなかった者に対してもだ。

ホールでは、それぞれのテーブルが上級クラスの色、赤と白の花の籠《かご》で特別に飾られていた。コーヒー沸かしの周りで、男たちは首脳会談でモスクワにいるしたたかなレーガン大統領の話をしている。わたしたち女性陣は、ペストリーの列に並んだ。

「リリーのことが自慢でしょう」ミセス・アイヴァースがオディールに言った。

「リリーは大学に行って、わたしたちより賢くなって戻ってくるのね」年長のミセス・マードックは言った。

「彼女はもうすでに、誰かさんより賢いわ」オディールが答えて、ほかの女性たちをにらむと、彼女たちはこそこそとあとじさった。

わたしはアンヴォワイエ・バラデというフランス語を思い出した。文字通りなら誰かを散歩にやるという意味だが、本当は誰かを追い払うという意味だ。「みんなはあなたと話そうとしてるのよ」わたしはオディールに言った。

「誰のこと？」

「あの女性たちよ。彼女たちが〝いいお天気ね〟とか〝すてきなお説教だったわ〟とか言っても、あなたは追い払ってしまう」

「みんなは意地悪だったもの」

すねたような口調を聞いて、わたしは驚いた。オディールも驚いていた——彼女の目に、夜明けの気配が見えた。

「みんなは埋め合わせしようとしてるのよ」わたしは言った。「そろそろチャンスをあげたら？」

オディールはコーヒーを注いでいる女性たちを見やった。コーヒー沸かしの前に行って、ミルクのピッチャーを手にした。

「今日のお説教は爽やかだったわね」彼女は言った。

恐る恐る微笑《ほほえ》みながら、ミセス・アイヴァースは言った。「本当にね」

「神父はすばらしかったわ」ミセス・マードックが言葉を足して、カップを差し出した。

オディールはミルクを注いだ。

卒業式の朝、わたしはベレー帽をかぶり、ガニー・サックスのワンピースを着て、スピーチの原稿をつかんでオディールの家に行った。芝生の上で、コマドリ《ロビン》が土をつついていた。〝もう少しで、ロビンになるところだったのよ。勇気を出して〟ああ、ママ、わたしは頑張って……。

オディールはわたしと同じくらい、卒業に興奮していた。ぼろぼろの赤いベルトを、おしゃれな黒いベルトに替えていたくらいだ。

「すごくすてき《トレ・ベル》」わたしは言った。

オディールは顔を赤らめた。「スピーチを読んでみて」

わたしは舞台上にいるふりをした。「十代の若者はひとの話を聞かないと言われます。そんなことはありません、聞きます。わたしたちは、あなたの言うこと、あなたの言わないことを聞きます。ときに助言を必要としますが、いつもではありません。ひとのことを気にするなと言われても、それを聞かず——友人を作るために手を伸ばす。ひとはいつでも、何をすべきか何を言うべきかがわかっているわけではありません。相手を恨まないように努力する、心の中のことはわからないから。ひととちがうことを恐れない。自分の主張を守る。辛い時期には、永遠に続くものは何もないということを思い出す。ひとを自分が望むようにではなく、そのひとのままに受け入れる。ひとの立場に立ってみる。あるいは友人のオディールなら、〝ひとの身になってみる〟と言うでしょう」

オディールはわたしに笑いかけた。「あなたの心の中に、たくさんのひとがいるのね」

わたしは彼女を抱きしめた。彼女は小さくて、ハチドリのようだった。

エリーがカメラを持ってきて、オディールはわたしと一緒にポーズを取る前に、口紅を塗りなおすといって聞かなかった。時間になった。弟たちはオディールと一緒にステーション・ワゴンの〝遠隔地〟に座りたがった。エリーとグランマ・パールが真ん中の席に座った。パパはわたしに運転させてくれた。〝歩道で遊んでる子どもたちを轢《ひ》くなよ〟みたいな、いつもの助言を言いさえしなかった。

学校では、メアリー・ルイーズがすでにガウンと角帽を身に着けていて、わたしのベレー帽に黒いふさ飾りをつけてくれた。体育館で、わたしたちのクラス五十人が前方の列に座った。収穫の直前に重く実った小麦が囁《ささや》き合うように、わたしたちも盛んに話した。わたしは振り向いて、わたしたちを見守りにきた友だちや家族を見やった。町はいつでもわたしたちの背後にあった。彼らはすでに、わたしたちの背後にいる。これはさようならだ。これはこんにちはだ。わたしは終わり、この場を去る。何年も望んできたことだ。外に出る。それでも……。

スピーチをするとき、声が震えた。聴衆を見回し、パパが誇らしそうな顔をしているのを見て、つけ足した。「最後に、銀行家の娘から助言です。情熱を見つけよう、でも、経費を払えるぐらいの仕事も必ず見つけるようにしよう」みんなが笑った。バンドが、ジャーニーの〈オンリー・ザ・ヤング〉を演奏した。一人ずつ学生の名前が呼ばれて、わたしたちは演壇で卒業証書を受け取った。そののち、興奮した叫び声とともに、わたしたちは角帽を宙に投げた。メアリー・ルイーズとわたしは抱き合った。ドアは大きく開け放たれた。

家に着いて、ジョーとベンジーとわたしが車から転がり出て、大人たちがあとに続いた。友人たちがパーティーにやってきて、エリーが招き入れた。「キャロル・アンがケーキを作ってきたの、もちろんチョコレートよ、リリーのことがわかってるわね！」

わたしはオディールを見た。「フランス語のレッスンは？」

「急いでちょっとやりましょう」

彼女の家のキッチンのテーブルで、いつものようにオディールを独占できるのが嬉しかった。彼女は封筒をよこした。中にはパリ行きの航空券と、白黒の絵葉書があった。わたしはオディールを抱きしめた。「信じられない！」航空券を見直した。それは一枚きりだった。

「あなたの分は？」わたしは訊いた。「一緒に行かないの？」

「今回はね」

わたしは葉書を読んだ。〝リリーへ。夏のために、愛をこめて〟パリ。ありえない。どこに滞在するのだろう？　寄宿寮やオリエンテーションがあるので、ニューヨークでの滞在は比較的簡単だった。でもパリとなると？　誰も知らない。どこで、誰と会うのだろう？

葉書をひっくり返して写真を見たら、答えは明らかだった。立派な古い邸宅の前に、パンジーかペチュニアに縁取《ふちど》られた丸石敷きの小道がある。中に立って窓の外を見ているのは、帽子の大きなつばで顔の隠れた、白い服の女性だ。その下に、〝パリのアメリカ図書館、毎日開館〟という文字があった。

著者の覚書

二〇一〇年にパリのアメリカ図書館《ALP》でプログラム・マネジャーとして働いたとき、同僚のナイダ・ケンドリック・カルショウとサイモン・ギャロから、第二次世界大戦中にALPを開館し続けた勇気ある職員の話を聞いた。ナイダは戦争中と戦後の図書館に関する展示会を、遠くはアイダホ州ボイズの司書にまで意見を聞いて企画した。彼女はすばらしい人物で、わたしにとってのミス・リーダーのように思えた。サイモンは五十年も図書館に関わっていて、ALPのことはなんでも知っていた。彼の知識に加えて、彼は本書の中のデューイ分類法を全て確認してくれた。数字は一九三九年ではなく、今日《こんにち》使われているものだ。図書館それぞれに独自の本の分類法があると、彼は説明してくれた。

第二次世界大戦中のALPの司書たちの勇気と献身に、わたしは感服した。その精神は今の職員にも引き継がれている。小説のための調査は数年を要した。この期間中、館長のオードリー・チャプイスと館長補佐のアビゲイル・アルトマンはとても協力的で、逸話や資料や連絡先を提供してくれた。わたしはボリス・ネチャエフの子ども、エレンとオレグに会った。二人から、ボリスの軍隊での経験や家族についての情報を得た。ボリスの妻、アンナは女性伯爵、(旧姓)グラッベ女性伯爵だった。ボリスには肩書はなかったが、彼の祖先は全員に公爵か伯爵の肩書がある。アンナとボリスがロシアを離れたとき、彼らは何もかもをおいてきた。エレンは本書に登場する――ゲシュタポが押し入ってきて父親を撃ったとき、そのアパルトマンにいた。彼女は書いている。〝子どものころ、アメリカ図書館で多くの日々を過ごした……まだ生後何ヵ月かのころに、父はわたしを図書館に連れていったという……誰かが急ぎ足で歩くと軋《きし》んで音を立てた美しい寄木張りの床、本のにおい、入るのを許されなかった非公開室があったというような些細《ささい》なことまで、いまだに覚えている。わたしはなぜ入れないのだろうと不思議に思い、いまだに誰かが隠れているのではないかと考える……〟図書館は利用できる空間はくまなく有効活用したので、エレンの言葉から、わたしもまた戦争中に司書たちがユダヤ人登録者をかくまったのかもしれないと思った。

ボリスは六十五歳まで図書館で働いた。一九八二年に八十歳で亡くなった。エレンは彼のことを、ゲシュタポに三度も肺を撃たれ、一日に一箱ジタンを吸っていたにもかかわらず〝アンクレヴァブル〟（疲れを知らない、あるいはパンク知らず）だったと言った。

ミス・ドロシー・リーダーは合衆国に戻って、フロリダで赤十字のための資金を集め、士気を高めた。それからコロンビアのボゴタの国立図書館《ビブリオテカ・ナチオナル》で働き、その後議会図書館の職員になった。アメリカ図書館協会《ALA》のアーカイブのおかげで、ミス・リーダーの戦争中のパリでの生活に関する最高機密の報告書を、オンラインで読むことができる。ALAアーカイブのキャラ・バートラムとリディア・タンの助力に感謝している。ミス・リーダーの通信文を読み、本書でそれを皆さんと共有できるのは嬉しい。わたしの好きな手紙は、同僚のヘレン・フリックワイラーに宛てたものだ。

〝しなければいけなくていちばん辛かったものの一つは、あなたとピーターに図書館を辞めて家に帰ってくれと言ったことだった。でもわたしにはわかっていたの。そのように決めるのが唯一正しくて正当なことで、わたしの頭も心も、あなたたちがニューヨークで平穏無事でいるとわかってればよく働くとね。

あんな大変な試練の時期に、わたしたちとともにいてくれた忠誠と献身に対する深い感謝は、言葉には表わせない。あなたの仕事はいつも素晴らしかった。あなたの知識と効率性がなければ、わたしたちは存続できる状態にあったかどうかわからないわ〟

ミス・リーダーは、ヘレンがニューヨークに着いたときに図書館の基金から受け取るべき金と——給与一ヵ月分に相当する、百ドル——推薦状についても言及している。女性館長は手紙をこのように終えている。〝あなたについては、もしわたしが人事をまかされることがあったら、その場所がどこであろうと、同僚候補の一覧の最初にあなたを挙げるわ。ヘレン、あなたへの感謝、あなたへの気持ちをどう表現したらいいのか〟

合衆国に帰ったとき、ヘレン・フリックワイラーはピーター・アウスティノフと結婚した。プロヴィデンス図書館のケイト・ウェルズは一九四一年六月十九日の〈イヴニング・バルティン〉の記事を見せてくれた。〝ミス・フリックワイラーはナチス占領下のパリに滞在中に五キロも痩せて、様々な料理法で食べるのを余儀なくされたため、もう一生カブを見たくないと言っている……〟ヘレンとピーターの曾孫であるアレクシスは次のように書いた。〝ヘレンはパリで抵抗運動に参加していて、そこでピーターと出会った。彼は連合国軍にいたことがあり、合衆国、フランス、ロシアの軍隊でも働いた。ヘレンはニューヨークでケミスト・クラブの、のちにヴァーモント大学の図書館の司書をしていた〟

帳簿係のミス・ウェッドは収容所から戻り、引退まで図書館で働いた。わたしは引退記念パーティーでの、素敵な彼女の写真を持っている。にこやかな顔をして、コサージュをつけている。エヴァンゲライン・ターンブルとその娘は、二人とも戦争が始まるまで図書館で働いていた。カナダ人で、ということはイギリス連邦に属するので、二人は英国の民であり敵性外国人とみなされた。二人は一九四〇年六月にカナダに帰った。

ドクター・ヘルマン・フックス、ビブリオテクシュッツ、つまりは〝図書館の保護者〟は、占領下のフランス、ベルギー、オランダにおける知的活動の責任者で、戦争後はベルリンに帰って、司書であり続けた。パリのスラヴ系の図書館の略奪を組織したのはフックスではなくドクター・ワイスとドクター・ライブラントで、後者は東欧の専門家だった。フランスの図書館の専門家であるマーティン・プレインは、〝フックスが演じた本当の役割は、今でも確定しづらい。戦争前、戦争中と戦後のフランス人の同僚たちによる厚情《ビアンヴェイヤンス》を察するに、彼は疑いなく、思い出全般にあるよりも多くナチスの悪行に関わっていただろう〟と書いている。ドクター・フックスは一九四四年八月十四日にドイツ軍とともにパリを離れた。彼はフランス人の同僚に、〝わたしは来たときのように去る、フランスの図書館の、そしてフランス人司書の友人として……最初はミスター・ウェエルケの命令の下、その後は図書館運営の長として、わたしはわたしたちが結んだ絆が切れないように最善を尽くした。望むことが全て成功したわけではなく、頼まれた者全員を助けられたわけでもない。しばしば、わたしよりも状況のほうが強力だった。しばしば、軍の必要性で、いったん始めた行為を諦めざるをえなかった。わたしのおこないに対する判断は、あなたがたフランス人に委ねる〟と語っている。

　回想録『影が伸びる』（チャールズ・スクリブナーズ・サン、一九四九年）で、クララ・ド・シャンブランは、ドクター・フックスはＡＬＰの職員に、ゲシュタポが罠をしかけているから注意するように警告したと書いている。彼女はのちに、なぜ図書館に反ドイツ的なものが収蔵されているのか説明を求められたとのこと。伯爵夫人はまた、ある登録者に図書館を密告すると脅迫されたときのことを書いてもいる。密告の手紙はこの時代多かった。ある情報源によると、そのような手紙は三百万から五百万通も送られ、十五万から五十万通だったとする説もある。この図書館についての密告の手紙はわたしの創作だ。しかしながら、それらはフランスのホロコースト博物館であるショア記念館のアーカイブにある手紙を基にしている。オディールが父親の執務室で見つけた手紙は本物だ。憎しみと怒りに満ちたこれらの手紙は、読むのが辛い。多くの手紙は暴力的で不合理だ。大半が匿名《とくめい》で、家族や友人、同僚を非難している。ユダヤ人の密告に加えて、ＢＢＣを聞いた、ドイツ人について否定的なことを言った、夫が捕虜になっている妻たちの不貞行為、闇市場で物品を売り買いしたなど、多岐にわたる告発がある。

本書の出来事は実際の人間や事件に基づいているが、わたしはいくつかの要素を変更した。現実では、ドクター・フックスに呼ばれてナチス本部に伯爵夫人と同伴したのは、ミス・フリカートだった。兵士向けのサービスを発表したとき、本について、〝ひとに他者の目を通して物を見せるような不思議な機能のあるものは他にない。図書館は異なる文化を結ぶ、本の架け橋だ〟と発言したのはミス・リーダーだった。また、わたしはミス・リーダーの最初のドクター・フックスとの遭遇のあとの時間を縮約した。伯爵夫人は田舎の家に行っていた。彼女がミス・リーダーや職員と会うのは数ヵ月後だ。

わたしが本書を書いた目的は、第二次世界大戦の歴史の中の、このほとんど知られていない章を読者と分け合い、登録者を助けるためにナチスに抵抗した勇気ある司書たちの声を記録し、文学への愛を共有するためだった。いかにわたしたちが互いに助け合い、邪魔し合うのかということだけではなく、わたしたちの在り方を決める人間関係を探求したかった。言語は、他者に対して開いたり閉じたりできるゲートだ。わたしたちが読んだ本、互いに話す物語、自分に言い聞かせる物語がそうであるように、単語を使ってわたしたちは知覚を形作る。外国人職員と図書館の登録者は〝敵性外国人〟とみなされて、勾留された者もいた。ユダヤ人登録者は図書館に入ることを許されず、多くはのちに収容所で殺された。ある友人は、第二次世界大戦の時代の物語を読むことによって、ひとは自分だったらどうしただろうと自問したいのだと言った。わたしとしては、図書館と学習が全てのひとに許され、人々を尊厳と情熱をもって扱えるような状態を確保するために、自分たちに何ができるかというほうが、もっといい問いかけだと思う。

謝辞

素晴らしいエージェント、ヒーザー・ジャクソンに、彼女の優しさと、本書にとって完璧な居所を見つけてくれたこと、そして彼女の協力者リンダ・カプランに、この本を世界中のエージェントや編集者の目に留まるようにしてくれたことに、多大なる感謝を。

アトリアのチームに大いなる感謝を。「デューイ分類法の中にわたしがいたでしょう」という最初の言葉でわたしを説得した編集者のトリッシュ・トッドから、リビー・マガイア、リンジー・サグネット、スザンヌ・ドナヒュー、リー・ヘイズ、マーク・ラフロー、アナ・ペレス、クリスティン・ファスラー、ライザ・シアムブラ、ウェンディ・シーニン、スチュアート・スミス、イザベル・ダシルヴァ、そしてダナ・トロッカーまで、彼らの支援と情熱に。ライザ・ハイトンとキャサリン・バードンと、UKのツー・ローズのチームに心からの感謝を。とても細かい部分にまで注意を払ってくれた校閲者のトリシア・キャラハンとモラグ・ライアルに拍手を。

夫と姉妹と両親に、そして原稿を読んでくれ、励ましてわたしを支えてくれた友人と同僚たちに感謝を。ローレル・ザッカーマン、ダイアン・ヴァディノ、クリス・ヴァニア、ウェンディ・サルター、メアリー・サン・ド・ネルシア、アデライード・プラロン、アンナ・ポロニイ、マギー・フィリップス、エミリー・モナコ、ジェイド・メートル、アンカ・メティウ、アラナ・ムーア、リジー・クレマー、カレン・キチェル、レイチェル・ケセルマン、マリ・ハウゼル。オディール・ヘリア、クリデットとチャールズ・ド・グルート、ジム・グレイディ、スーザン・ジェイン・ギルマン、アンドレア・ドルミア、マダレナ・カヴェイシウティ、アマンダ・ベスター＝シーガル、そしてメリッサ・アムスター。

わたしは図書館や書店を愛して育った。わたしたちはこれまでになくそうした空間を必要としている。このような文学の聖域を作り出す、献身的で働き者の書店員や司書たちに感謝する。

訳者あとがき

本書の主人公オディールは、本と図書館を愛するパリジェンヌ。大好きなおばの影響で、幼いころから図書館に馴れ親しんで育った。彼女にとって、図書館はまさに宝の山だ。読書をしながら大胆な冒険に胸を躍らせ、ロマンスに憧れ、傷ついた心を癒《い》やすこともあった。成長しても図書館への愛は衰えるどころかいや増すばかりで、目につくすべてのものをデューイ十進分類法の数字に変換するほどになった。

そんな彼女は、女性は仕事などせず家庭にいればいいという厳格な父親の反対を押し切り、パリのアメリカ図書館に就職する。熱心な利用者からサービスを提供する側に立場を移し、張り切って司書として働き始めるが、当然のことながら仕事は楽しいばかりではない。折しも第二次世界大戦が始まろうという不穏な時代、やがてパリはナチス・ドイツに占領され、オディールの仕事も大きな影響を受けることになる。図書館の存続さえ危ぶまれるなか、望む者すべてに本を届けようと、オディールは仲間とともに奔走し、激動の人生の波に呑みこまれていく——。

オディールの働くパリのアメリカ図書館は、現在もパリに実在する図書館だ。第一次世界大戦中にアメリカの図書館から戦地の兵士たちに送られた多数の本を基にして、〝戦争という暗闇のあとに、本という光がある〟という旗印を掲げ、一九二〇年にアメリカ図書館協会と議会図書館によって創設された。

これは単なる図書館ではなく、パリにあるアメリカ図書館だというのがミソだ。パリにありながら英語の書籍や定期刊行物を提供する、アメリカ文化の情報発信地であり、当然、利用者も職員もフランス人とは限らず、アメリカはもちろん色々な国からフランスへやってきた外国人が多く出入りする。中には訳ありの過去を背負っている者も少なからずいたはずで、貴重な文化交流の場であると同時に、世界大戦という不幸な時代にはこのうえなく危険な場所とみなされることもあった。

一九四〇年から一九四四年まで、パリはナチスの占領下にあり、さまざまな文化活動が制限された。パリ市内の外国の図書館の多くが閉鎖され、アメリカ図書館はかろうじて活動を続けられたが、ナチスによるユダヤ人迫害の政策によりユダヤ人の利用は禁じられた。そこで当時の図書館長ドロシー・リーダーと職員たちは、戦地の兵士たちに本を送るのと並行して、図書館に登録していたユダヤ人利用者たちに本を届けるという、秘密のサービスを始めた。一九四一年にリーダーがアメリカに帰国したのちは、シャンブラン伯爵夫人がその跡を継いで、この図書館は占領下のパリにおける〝自由な世界への窓口〟であり続けた。

本書の著者、ジャネット・スケスリン・チャールズは、二〇一〇年にパリのアメリカ図書館でプログラム・マネジャーとして働いていて、第二次世界大戦中の職員たちの勇気ある活動のことを知った。これに深い感銘《かんめい》を受け、職員たちの信念に共感もしたのだろう。詳しい調査をし、関係者から直接話を聞くなどしたうえで、独自の想像力と創造力を駆使して、図書館を愛する一人の女性を主人公にした魅力的な物語を生み出した。実話をベースにしてはいるが、物語の中のエピソードには手が加えられており、登場人物や本なども実在するものとしないものが混在している。そうした事情は、巻末の〝著者の覚書〟に詳しい。

チャールズは、米国モンタナ州の小さな町で生まれ育った女性作家だ。交換留学生が頻繁《ひんぱん》に出入りする家庭環境で、自分でもフランスでホームステイしたことがあり、おのずと外の世界に目を向け、外国の文化や文学に興味を持つようになったという。

モンタナ大学とメリーランド大学で語学を学び、ソロス・ティーチング・フェローとしてウクライナ南部の港湾都市オデッサで二年間を過ごした。ウクライナ、アメリカとフランスで教職に就いた経験があるとのこと。ウクライナからアメリカに帰国した直後に長篇デビュー作の *Moonlight in Odessa* を執筆、二〇〇九年にこれを発表して好評を得た。二〇二〇年に発表された本書『あの図書館の彼女たち』は、彼女の長篇第二作にあたる。ほかにアンソロジーが二冊あり、〈シカゴ・トリビューン〉などにエッセーを寄稿している。

新型コロナウイルス感染症が流行し、感染防止のため、直接ひとと会うことが制限される世の中になった。不安な日々を過ごすなかで、誰もがあらためて、直接ひとと会うことの大切さを痛感しているのではないだろうか。少しでも誰かの顔を見て、声を聞くことで、心の重しが軽くなるような気がするものだ。状況はちがうが、占領下のパリでオディールたちがおこなった活動もまた、本を届けるということばかりでなく、直接顔を合わせるという意味でも、多くのひとの救いになっていたのではないかと思う。受け取る側にとってはもちろんのこと、届ける側の心の支えでもあったはずだ。

チャールズは、言語は他者に対するゲートであり、知識を求める人々の尊厳と情熱のためにも、図書館が広く開かれていることが大切だといっている。気持ちしだいで開き、閉じもする心のゲート。異なる文化的背景を持つ者どうしが出会ったとき、偏見や先入観に邪魔されずに意思疎通できるかどうかで、きっと世界は大きくちがってくるだろう。他者を受け入れることで、相手を理解し、自分の気持ちもわかってもらい、思ってもいなかった幸せを招くことができるかもしれない。それは非常時ばかりでなく、何気ない日常生活においても同様だ。パリの住人やアメリカ図書館に出入りする人々、そして米国モンタナ州の少女リリーなど、オディールをめぐる人々の悲喜《ひき》こもごものエピソードに、そんなチャールズの想いがうかがえる。

パリのアメリカ図書館は、二〇二〇年に創設百年を迎え、今日でも多くの利用者に愛されている。ふたたび海外旅行を楽しめる状況になって、フランスのパリを訪れることがあったら、ジェネラル・カムー通りのアメリカ図書館に行ってみたらどうだろう。そこで短いあいだでも静かな時間を過ごしたら、観光名所を巡るのとはひと味ちがった、貴重な思い出ができるのではないかと思う。

最後になったが、本書を訳出するにあたって力を貸してくださった方々、東京創元社の皆さまに、この場を借りてお礼を申し上げたい。ありがとうございました。

二〇二二年三月

あの図書館の彼女たち

著　者　ジャネット・スケスリン・チャールズ
訳　者　髙山祥子

2022年4月22日　初版
2022年8月5日　3版

発行者　渋谷健太郎
発行所　(株)東京創元社
〒162-0814　東京都新宿区新小川町1-5
電話　03-3268-8231(代)
URL　http://www.tsogen.co.jp
装　画　荻原美里
装　幀　岡本歌織(next door design)
ＤＴＰ　キャップス
印　刷　理想社
製　本　加藤製本

乱丁・落丁本は、ご面倒ですが小社までご送付ください。
送料小社負担にてお取替えいたします。

ISBN978-4-488-01113-0 C0097